열혈남편,
독한아내,
섹시청년

열혈남편, 독한아내, 섹시청년 1

—아내를 지키기 위한 남편의 고군분투기

초판 1쇄 찍은 날 § 2008년 3월 26일
초판 1쇄 펴낸 날 § 2008년 4월 6일

지은이 § 이정숙
펴낸이 § 서경석

편집장 § 문혜영
편집책임 § 이종민
편집 § 한지윤

펴낸곳 § 도서출판 청어람
등록번호 § 제1081-1-89호
등록일자 § 1999. 5. 31
어람번호 § 제5-0187호

주소 § 경기도 부천시 원미구 심곡1동 350-1 남성B/D 3F (우) 420-011
전화 § 032-656-4452 팩스 § 032-656-4453
http://www.chungeoram.com
E-mail § eoram99@chollian.net

ⓒ 이정숙, 2008

ISBN 978-89-251-1253-4 04810
ISBN 978-89-251-1252-7 (SET)

열혈낭편 독한아내 섹시청년

1 이정숙 지음

도서출판 청어람

"전시회 이후 일본 현지 반응은?"

세련된 인테리어의 넓은 사무실, 컴퓨터 기자재들이 복잡하게 돌아가는 가운데 한쪽 파티션의 안쪽 사무실에서 성준은 부하직원인 상현에게 질문했다.

어제도 야근을 한 터라 늘 깔끔하고 단정하던 고급 슈트는 다소 헝클어져 있었고, 굵은 붓으로 멋지게 그려놓은 듯한 짙은 눈썹도 피곤을 이기지 못해 살짝 찌푸려져 있었다. 그러나 그런 모습조차 여직원들 사이에서는 멋진 남자의 가눌 수 없는 섹시함이라고 칭해진다는 사실을 떠올리며 상현은 대답했다.

"신임 지사장 사다케 오사무의 지휘 아래 여전히 좋은 반응을 얻고 있습니다. 매뉴얼이나 웹 기반의 GUI를 모두 일본어와 영어 등 현지 언어로 제공한 것이 좋은 전략이 된 것 같습니다. 또 일본 내 경쟁사와 차별된 가격을 책정한 것도 일조를 했습니다."

"흐음, 사다케 오사무 그 친구, IT 유통 전문가니 실수는 없을 거야."

성준은 고개를 끄덕이며 신문을 펼쳤다. 펼친 면에는 (주)파워링크의 일본 현지 진출에 대한 자세한 기사가 나와 있었다.

성준이 차장 직을 맡고 있는 (주)파워링크는 일본 현지에서 거대시장으로 자리 잡고 있는 인터넷전화(VoIP)시장에 뛰어들었다. 한해 동안 전략에 전략을 거듭해 현재는 암펠, 리케이 등을 판매 대리점으로 영입한 것을 기폭으로 현지 유통망을 점차 확대해 나가고 있었다. 특히 일본 내에서 판매될 L4 시리즈는 네트워크 장비의 부하를 하나의 장비로 해결한다는 장점으로 각광받고 있었다.

IP폰이 우리나라에서는 아직 획기적인 돌풍이 일지 않고 있었지만 해외의 경우는 도입기를 지나 이미 성장기로 접어든 국가가 많았다.

특히 일본은 작년 대비 가입자 수가 천삼백만 명이 넘는 등 인터넷전화가 활성화된 대표 국가였다. 소프트뱅크, NTT 등 주요 통신사업자들이 적극적으로 사업에 참여하고 있으며 정부 또한 세계 최초로 착신번호를 부여하는 등 활성화를 위해 노력하고 있었다.

신문에 시선을 둔 성준은 며칠 동안 일에 쫓기느라 면도를 하지 못해 다소 까칠해진 턱을 만지며 말을 이었다.

"일본의 전자상거래 시장이나 콘텐츠 비즈니스 시장, 네트워크 인프라 구축 시장의 규모는 상상으로도 못 쫓아갈 정도야. 마케팅과 영업에 무엇보다 집중해. 기업용 시장을 집중으로 공략하는 것도 좋은 방법일 테지. 곧 우리나라의 경우도 다르지 않을 테니까. 아직은 유선 집전화 사업을 하고 있는 업체들이 기존 가입자와의 시장잠식을 두려워해 당분간은 적극적으로 나서지 않을 테지만, 곧 정부 차원으로 대반격이 일어날 거야."

"정책개발이나 지원만 확실히 받쳐 준다면야……."

"전시회 성과는?"

"네, 전시회의 성과는 성공적이었습니다. 현지 판매 대리점들과 공동으로 진행한 행사에 삼 일간 천여 명의 바이어들이 방문을 했으니까요. 특히 무정지, 무장애 기능에 대한 바이어들의 호응이 매우 좋았습니다."

일본의 콘텐츠 비즈니스 시장의 거대 규모와 함께 그 주축을 이루는 L4스위치의 수요도 그만큼 더 커지고 있다. 바로 그 프로젝트의 책임자가 성준이었다. 그래서 성준은 며칠 동안 일본 출장을 다녀온 후에도 내내 회사에 붙들려 있는 상황이라 벌써 닷새째 귀가도 못하고 있는 실정이었다.

"차장님, 피곤해 보이시는데 오늘은 그만 댁에 들어가시는 게……."

나이 어린 사모님께서 혼자 얼마나 심심하실까요. 상현은 그 말을 덧붙이고자 했지만 본래 사적인 신변사항을 잘 얘기하지 않는 무뚝뚝한 상사의 성격을 떠올리곤 얼른 입을 다물었다. 공적으로야 더없이 완벽하고 합리적인 상사였지만, 같은 남자 입장으로 보자면 사람이 좀 차고 딱딱해서 개인적인 일을 들먹이면서 친한 척하기에는 무리가 있었다.

'저렇게 사람이 찬 바위 같으니, 어린 사모님은 얼마나 더 답답하고 재미없을까.'

자그마치 열두 살, 자신의 직속 상사와 그 아내의 나이 차이는 띠동갑이었던 것이다.

일 년 전에 있었던 그 결혼식 직전, 회사 안에서는 한바탕 소동이 일었다. 그렇게 어린 신부라니, 나이 차이가 너무 많이 나서 눈물을 머금고 포기해야 했던 팔팔한 여직원들이 진작 대시해 볼 걸 그랬다면서 땅을 치고 통곡했다.

성준의 평소 이미지를 고려했을 때, 평생 우아한 독신으로 살아가다 생을 마치든지, 혹은 비슷한 연배이되 지성과 미모를 고루 갖춘 재원을 아내로 맞으리라 생각한 것이다. 웬만한 레벨 갖고는 그 옆을 채울 수 없을 거라 지레짐작하고 포기했다.

때문에 이십대 초반의 여직원들은 저마다 먼 거리에서 섹시

한 서른일곱의 독신 상사에게 침만 흘리고 있던 실정이었다. 냉철하고 지적인 이미지의 성준, 서른일곱이라는 나이가 무색하게 잘 빠진 균형 잡힌 체격, 샤프한 생김까지 가세해 그는 사내 여직원들의 우상이었으며 남몰래 사모하는 이미지 모델이었다. 무엇 하나 부족한 것 없는 그 남자에게는 적어도 로비스트, 아나운서, 혹은 명망 높은 정치인의 여보좌관 정도는 되는 세련된 직업여성이 서야 그림이 나온다고 스스로들 판단한 것이다.

그런데 어느 날 갑자기 날아든 비보, 열두 살이나 어린 스물다섯의 아가씨와 자신들의 브래드 피트가 결혼을 한다니! 결국 그녀들의 우상도 젊고 팔팔한 여자를 선호하는 색골, 혹은 도둑놈이었단 말인가.

능력있는 매력남이 솜털 보송한 어린 아가씨를 찾는 건 당연한 일이었지만 왠지 여직원들 사이에서는 성준만큼은 그런 속물적인 인간이 아니라는 인식을 하고 있었다. 급기야 성준은 사내 인기투표에서 급격히 추락했고, 여직원들은 이제 더 이상 그를 그녀들의 유토피아에서 홀로 고고하게 서 계신 분으로 보지 않았다.

'그럴 거였으면 왜 나한테는 눈길 한 번 안 줬어요? 나도 스물다섯이란 말이야! 탱탱하고 예쁘다고! 어째서 어린 아가씨는 대화도, 사상도 절대 맞지 않는 젖비린내 나는 아이로 인식하는 것처럼 우리한테 보여놓곤 그렇게 홀랑 결혼해 버리는

거냐구!'

딱히 성준이 그런 이미지를 스스로 흘린 적은 없었다. 그녀들이 제풀에 그렇게 인식하고는 스스로들 너무 억울한 나머지 씩씩거리며 화를 냈다.

성준은 공적이 되어가고 있었다. 실제로도 몇 번 상큼한 여직원들이 용기를 내 데이트 신청을 한 일이 있었는데 성준은 그때마다 칼같이 거절을 했다. 자신은 당분간 누군가를 만날 마음이 없다면서.

'그래 놓곤 뒤로 탱글탱글한 어린 것을 만나고 있었단 말이야! 뭐가 누군가를 만날 마음이 없어!'

그해 사내의 공기는 흉흉했고 성준이 지나가는 자리마다 억울함과 원망으로 이를 으드득 가는 여직원들이 쌓였다.

하지만 얼마 후 그 분위기가 일시에 전복되는 사태가 발생했다. 결혼의 배경이 삽시간에 사내로 쫙 번졌는데, 그 결혼이 연애결혼이 아니라 정략결혼이라는 것.

이 부분에서 여직원들은 저마다 손수건을 질끈 물어뜯었다. 결국 정략결혼인가! 그와 동시에 성준의 인기는 다시 슬금슬금 상승하고 있었고, 놓친 물고기를 아쉬워하는 여직원들의 아쉬움의 산도 비례해서 높아져만 갔다.

그리고 잇따라 터진 다음 소문, 그것이 일으킨 파장은 지금까지에 비하면 아무것도 아니었다. 바로 성준의 예비신부가, 그러니까 스물다섯의 어리고 탱탱한 결혼 상대 아가씨가 집안끼리 배경이 맞아 결혼한 것까지는 그렇다 치더라도 얼굴도 별로 볼 것 없고, 대학도 서울 변두리의 이름 없는 학교를 겨우 졸업한 데다 현재는 백수라는 것이다.

결국 성준의 인기는 단 몇 시간을 두고서 오르락내리락 급상승과 급강하를 지속하며, 그런 와중에도 무사히 결혼을 해서 일 년이 지나 있었다. 그렇다면 지금 현재 성준의 인기도는 어떤 상태인가. 나날이 상승세를 갱신해서 현재는 최고 우량주가 되어 있었는데, 그것은 현재 성준이 가진 잠재적인 상황 때문이었다.

말인즉슨, 내일 당장이라도 이혼이라는 희소식이 날아들 것 같은 성준의 잠재적인 불안 상태, 그것이 바로 그녀들의 행복이 되어 마구 배팅을 걸게 하는 배경이었다.

결혼한 지 일 년밖에 안 된 그가 과연 집에서 지내는 총 시간이 얼마냐. 아마 3분의 1도 안 될 것이었다. 그렇다고 살가운 통화를 목격한 이도 없고, 아내 쪽이 회사로 온 적은 더욱 없으며, 그나마 그 3분의 1의 날마저 술자리가 끝나고야 돌아간다는 것이다.

부부동반 모임에 함께 참석해도 별다른 애정의 흔적도 없다는 목격자의 증언이었다. 서로 덤덤하게 예의상인 양 꼭 필요한 것만 챙겨주고 받으며, 서먹서먹한 채로 있다가 서로 상당히 재미없는 얼굴들로 돌아간다는 것.

이쯤 되니 찧고 까불길 좋아하는 여직원들이 가만히 있을 리 없었다.

"이혼이 임박한 게 틀림없어."

"부부 간에 정이 없는 게 분명해."

"그래 봐야 집안끼리 정해줘서 한 결혼이니 후회하고 계실 걸?"

소문은 점점 커져 급기야는 불길처럼 빠르게 번져가 회사 전체를 홀랑 태울 지경이었다. 무엇보다 성준은 일에 미친 남자였고, 만약 성준 쪽에서 아내에게 정을 붙이지 못하는 게 아니라고 하더라도 그 아내 되는 여자가 성준에게 불만을 가지지 않을 리가 없다는 것.

그리하여 언제라도 이혼이라는 대박 소식을 터뜨려 줄 수 있는 성준 종목은 여직원들의 부푼 가슴 안에서 연일 상종가를 치고 있었고, 남의 불행을 곧 자신들의 행복으로 직결시키는 그녀들에게 온갖 파라다이스를 제공했다.

'이혼하시면 바로 들이대야지!'

바로 그런 마음가짐으로 모두들 성준의 행보를 주목하는 상태였다. 돈 많고, 능력있고, 얼굴 잘나고, 그 나이에 몸매도 저리 완벽하고, 게다가 듣기 좋은 저음에, 세련된 낮은 미소까지 그녀들은 성준이 갖고 싶었다. 여기를 보고 저기를 봐도 불안정한 미래의 가벼운 젊은 남자 일색인데, 성준은 그 틈에서 홀로 고고하게 빛나는 정교한 세공품 그 자체였던 것이다.

한편 여직원들이 자신의 이혼을 목 빠지게 기다리고 있다는 것도 알지 못한 채, 성준은 자신의 고급 중형차를 주차시키자마자 피곤한 기색을 가다듬으며 엘리베이터에 올랐다. 신혼집인 고급빌라의 삼층 버튼을 누르고서 벽면에 살짝 어깨를 기대고 섰다.

일본 출장까지 합쳐 도합 오 일 동안이나 집에 들어가지 못했다. 역시나 아내인 진아에게 미안한 마음이 들었다. 진아 생각만 하면 성준은 마음이 쓰렸다. 결혼하고 지금까지 일 년이라는 시간이 흘렀지만 남들은 신혼이니 깨를 볶는 냄새가 날 것이라고 서슴없이 말하는데도 두 사람은 그렇지 못했다.

일단은 성준 자신의 탓이 가장 컸다. 일에 우위를 두느라 어린 아내를 제대로 돌봐주지 못한 것이다. 그런 데다 이번 일본 시장 진출까지 겹쳐 더더욱 짬이 나지 않았다. 본격적으로 현지에 지점을 설립한 건 한 달도 안 되었다지만 그렇게 하기 위한 제반 작업과 준비 과정이 훨씬 더 길었다. 하필이면 진아와 결혼을 하는 그 시기에 시작된 일이라 더더욱 아내에게 미안한 상황이었다.

하지만 그녀는 성준에게 별다른 불평을 하지 않았다. 처음부터 그랬다. 집안끼리 얘기가 되어 한 번의 맞선으로 결혼이 결정되고 결혼식을 치르고 부부가 된 후로, 진아는 성준에게 무언가를 요구한 적이 단 한 번도 없었다.

그저 그녀의 집안에서 하라는 대로 결혼을 하고 그의 아내가 되었으며, 성준의 집에서 요구하는 대로 내조를 하고 집안 살림을 했다. 그녀는 딱히 커다란 행동반경을 보이지 않았다. 내성적이라든지 여필종부의 수동적인 이미지를 가진 여자도 아니었는데 말이다.

스물다섯의 나이, 그보다 훨씬 어려 보이는 동안으로, 누군가와 통화를 할 때나 다른 누군가와 함께 있을 때는 꽤 쾌활해 보이고 환하게 웃기도 하는데 꼭 성준과 함께 있으면 꿀 먹은 벙어리마냥 입을 딱 닫고서 표정 없이 앉아 있는 것이다.

그건 잠자리에서도 마찬가지라서 성준이 안을라치면 그녀는 늘 피하는 모습을 보였고, 성준도 욕구가 있는 남자인데다 어린 아내가 귀엽고 사랑스러워 잘 지내고 싶어 어떻게든 분위기를 만들어 안는 데 성공을 해도 뻣뻣한 통나무 그 자체였다. 자신이 죽부인의 환생이라도 된다고 생각하는 건지 온몸을 굳힌 채 통 꼼짝을 하지 않는 것이다.

그때까지도 성준은 그녀가 자신보다 많이 어리고 아직 아무것도 모르니 그런 것이라고만 생각했다. 좀 더 시간을 주고 익숙해지기를 기다리면 남편인 자신의 마음을 이해해 줄 것이라고. 혹은 일 때문에 그녀를 혼자 있게 두는 시간이 많으니 나름대로 서운함을 표출하는 게 아닐까.

하지만 그 모든 짐작은 어느 날 우연히 듣게 된 말들로 보기 좋게 깨져 버렸다. 그날도 일본 출장 건으로 며칠 만에 집에 들어오니 그녀가 친구와 통화를 하고 있었는데.

"남편? 아직 안 왔어. 또 일본 출장 갔으니까 며칠 후에나 오겠지. 완전 내 인생한테 스미마셍이야. 엄마 아빠가 정말 미워. 내가 공부 못하는 딸이라고 무시하는 거야, 뭐야? 어떻게 그렇게 나이 많은 아저씨한테 시집을 가라고 하니? 첫째 형부보다도 두 살이나 더 많아. 흥, 잘생겨? 그래, 잘생기고 능력있고 돈 많지. 하지만 재미없어. 고리타분하고 심심해 죽겠어. 저쪽은 너무 잘나서 나랑 대화도 안 통한단 말이야. 자그마치 십이 년이야. 내가 아무리 공부를 못했어도 제너레이션 갭은 안다. 세대 차이라구, 이 기집애야. 넌 그 정도 단어도 모르고 어떻게 대학 들어갔니? 앗차, 우리 둘 다 보결로 붙었지. 아무튼 그래. 침대에서? 아, 몰라. 징그러워 죽겠으니까 묻지 마."

바로 그 한 마디였다. 앞의 말들은 이해하려고 치면 나름대로 이해할 수 있는 것들이었다. 그녀의 입장에서 보자면 충분히 가능성있는 말이라고, 자조는 하겠지만 아무튼 넘어가 줄 수는 있었다.

그녀의 아버지, 성준의 장인은 국회의원이란 직함을 가진, 슬하에 네 딸을 둔 딸 부잣집 가장이었다. 인생의 목표가 정국의 안정과 네 딸의 행복, 단 두 가지인 사람. 그래서 장녀부터 모두 내로라하는 집안의 능력있는 자재들과 하나하나 성공적인 결혼을 골인시켰는데, 마지막 남은 막내가 문제였다. 주로 정치인과 인연을 맺어준 언니들에 비해 막내는 아무리 딸이라도 걱정이 되었던 것이다.

다분히 객관적으로 판단했을 때, 딱히 머리가 좋은 것도 아니고, 그렇다고 외모가 특출난 것도 아니고, 공부하기를 워낙 싫어해 강제로 시키지도 않았고, 겁이 많아 유학 가는 것도 싫다고 해서 보내지도 않았다. 그저 평범한 아가씨일 뿐인데 집안 배경이 좋다는 이유로 어마어마한 집에 보냈다가 괜히 고생시키는 건 아닐까, 아버지의 마음으로 걱정이 된 것이다.

그때 우연한 기회로 성준을 알게 되었는데, 성준의 성격과 듬직함, 진지함에 반해 그는 딸을 맡길 적임자로 성준을 점찍어 버렸다. 나이 차이는 좀, 아니, 많이 난다지만 철부지 막내딸에게는 이 정도의 나이 차이가 있어야 오히려 좋을 것 같다는 생각이었다. 그래서 물밑작업에 들어가 넌지시 의중을 떠보았더니 성준도 별달리 싫어하는 기색을 보이지 않았다.

성준 쪽으로 보자면 그 장인 되는 사람의 인품을 믿고서 아냇감을 정한 것이나 다름없었다. 게다가 일에 미쳐 있느라 한 번도 연애를 해본 적도 없고, 그러니 사랑이라는 건 더더욱 몰랐다.

하지만 슬슬 결혼은 해야겠고, 집에서도 이 자리 저 자리 선을 보라고 강요하고 있는 실정이었다. 몇 번 만나보기는 했지만 모두들 그다지 마음에 차지 않았다. 사랑까지는 아니더라도, 그래도 한평생 같이 살 사람인데 적어도 끌림 정도는 있어야 하지 않을까.

그런 와중에 마음으로부터 존경하는 분이 자신의 딸을 아냇

감으로 슬쩍 비춰왔다. 그래서 반쯤은 이미 마음의 결심을 하고 진아를 만났는데, 진아의 첫인상이 퍽 순수하고 무엇보다 무척 귀엽게 느껴져서 결정을 내려 버렸다.

신기하게도 그녀에게서 그 알 수 없는 끌림이란 걸 느꼈다. 막연하긴 했지만, 확실히 감정이 움직였었다. 다른 여자들을 보고는 한 번도 일지 않던 마음의 끌림이 그녀의 맑은 미소 앞에서 고요히 움직여 주었다.

귀여운 미소가 마음에 들었고, 같이 살아도 좋을 것 같다는 생각을 했다. 정이야 살아가다 보면 자연히 생길 것이고, 오히려 자신의 나이가 너무 많으니 그녀에게 미안하다는 생각을 했다.

그런 상태에서 결혼을 했고, 누군가가 자신을 기다려 준다는 사실이 행복했고, 아침 준비를 하고 있는 아내를 볼 때마다 하루하루 아내가 더 사랑스러워졌으며, 딱히 불만없는 결혼생활을 유지하고 있다고 믿고 있었는데.

"침대에서? 아, 몰라. 징그러워 죽겠으니까 묻지 마."

그 순간의 배신감이란……. 결국 그 한 마디가 그녀와 함께 살아온 날수들을 모조리 죽여 버렸고, 성준의 마음을 급속도로 진아에게서 떨어뜨려 놓았다.

"징그러워 죽겠으니까 묻지 마."

잠을 자다가도 눈을 번쩍 뜨게 하는 말.

징그러워 죽겠으니까.

징그러워 죽겠으니까…….

그게 아마 다섯 달 전의 일인 것 같다. 그 후로 자연히 부부 관계는 멀어지게 되었고, 일주일에 한두 번은 꼭 가졌던 잠자리도 당연히 하지 않게 되었다. 정확히 표현해서, 하지 못했다. 진아의 얼굴을 접할 때마다 그때의 모멸감이 되살아나서 일어서던 욕정도 가라앉는 실정이었으므로.

물론, 가끔 잠옷만 입고 자는 어린 아내의 가는 몸 선을 보고는 하릴없이 욕정이 일 때도 있었다. 아내를 생각하는 성준의 마음이 작아진 것이 아니라, 아내의 말 때문에 성준의 기가 죽은 것이었기 때문에 여전히 아내에 대한 근본적인 애정은 변하지 않았다. 그러나 그때마다 뇌를 후려치는 한 마디,

징그러워 죽겠으니까…….

결국 부부관계는 서서히 소원해지다가 완전히 멀어졌다. 더 화가 나는 건, 오 개월이나 남편에게서 소식이 없는데도 아내 쪽은 신경 쓰기는커녕 더없이 홀가분해하는 얼굴을 한다는 것이었다.

'당연히 그렇겠지. 징그러운 남자가 귀찮게 하지 않는데.'

갈수록 자괴감만 커지는 것이다. 오히려 가까이 오지 않아서 다행이라 안심할 걸 생각하니 심장이 씁쓸해지다 못해 콩팥까지 피곤해졌다.

'너는 뭐가 그렇게 잘났는데?'

한번 따져 보고 싶기도 했지만, 성준의 성격상 그럴 타입도 아니었다. 성준은 무조건 아내를 탓하고 원망하는 유치한 남자가 되지 말자고 수없이 자신을 다그쳤다. 그럼에도 때때로 마주칠 때마다 아내의 얼굴을 보기가 난처해서 그저 무관심한 듯 늘 그렇게 일에 미쳐 있고, 아내는 늘 그렇게 제발 혼자 두길 원하는 것 같은 무료한 신혼 생활을 유지하고 있었다.

초인종을 눌러도 반응이 없어서 카드키로 집 안에 들어갔다. 저녁 일곱 시. 그런데 거실도, 주방도 고요하기만 했다. 혹시 좋아하는 게임을 하느라 정신이 없는 건가 해서 아내가 PC방 수준으로 자주 칩거하고 있는 서재를 열어보았지만 역시 휑하니 인적이 없었다.

"……친구라도 만나러 간 건가?"

중얼거린 성준은 진아가 오기 전에 샤워라도 하고 있어야지 싶어 재킷을 벗어 소파에 걸치고서 와이셔츠의 소매를 열었다.

대단히 반겨주진 않아도 퇴근하면 늘 진아가 기다리고 있었고, 평소 남편에 대해 어떻게 생각하든 말든 '다녀왔어요?' 하는 한마디에 왠지 기분이 좋아지곤 했기 때문에 그녀가 없는 거실이 어쩐지 텅 빈 것만 같았다.

오다가 엘리베이터 안에서 반질반질한 벽면에 비친 자신의 얼굴을 보니 훨씬 더 나이가 들어 보였다. 진아 앞에 서야 한다고 생각하면 꼭 그런 자신없는 감정부터 생겼다. 어쩌면 강박관념일 수도 있었다.

하지만 며칠 동안 제대로 자지도 못하고, 게다가 일본까지 다녀온 지라 더더욱 피로가 쌓였으니 당연한 결과였다. 이런 자신의 모습을 보면 아내는 또 얼마나 신세한탄을 하며 남몰래 가슴을 칠까. 전생에 무슨 원수를 져서 저렇게 한 시간마다 늙어가는 남자를 남편으로 둔 걸까, 라고 생각하니 성준은 씁쓸해졌다. 어느 때는 능력이든 돈이든 그딴 거 하나도 없어도 좋으니 팔팔한 청년의 몸에 빙의라도 되었으면 좋겠다는 생각까지 하곤 했다. 그럼 아내는 자신을 좋아해 줄까? 징그럽게 생각하지 않을까?

샤워라도 하고 나면 조금은 덜 피곤해 보이지 않을까 싶었다. 나름대로 매력적인 남자로 통해서 때때로 섹시하다는 찬사를 보내며 접근한 여자들도 많았는데, 어째서 자신의 아내는 그렇게나 자신을 싫어하는지 모르겠다. 한 번도 외모에 불만을 가져본 일이 없었다. 아니, 오히려 적당히 연륜이 있어 더욱더 무게감을 실어주는 자신의 외모에 만족했다.

이십대에는 잘생긴 얼굴로 호감을 주어 일적인 면에서 더 승승장구한 사실도 있었고, 삼십대부터는 그 용모에 연륜까지 추가되어 잘못하면 자만심이 일 정도로 자신이 있었는데. 서른 후반이라는 게 문제인 건가.

성준은 괜히 나이를 먹었다는 말도 안 되는 생각을 하며 욕실로 들어갔다. 나이란 게 자신이 먹고 싶지 않으면 안 먹어도 되는 게 아니란 걸 잘 알고 있으면서도, 괜스레 그런 생각을 해보는 것이다.

친구 종원에게서 전화가 온 것은, 샤워를 마치고 가뿐한 차림으로 냉장고에서 캔맥주를 꺼냈을 때였다.

"여보세요."

테이블 위에 두었던 핸드폰을 받아 어깨와 턱 사이에 끼곤 캔맥주를 땄다. 느긋하게 앉아서 시원한 맥주를 목울대로 넘기던 그의 동작이 일시정지한 건 그때였다. 소파에 기대고 있던 그의 상체가 천천히 떨어지더니 새카만 동공이 커졌다.

"……뭐라고?"

[그 냉철한 성준이 잘 못 알아들을 만도 하지. 나 역시 내 눈으로 보고도 안 믿기니까. 지금, 네 마누라가 너보다 열 살은 어려 보이는 젊은 놈하고 바에서 술을 마시고 있다고. 심하게 취했…… 는데…….]

종원의 말끝이 갑자기 흐려지더니 아무 소리도 들리지 않았다. 성준은 제멋대로 일그러진 눈썹에 더욱 힘을 주고서 낮게 입을 열었다.

"한종원, 왜 말을 하다가 말아. 거기 어디야, 빨리 말해."

[그게…… 오지 않는 편이 낫겠다. 네 안사람한테 방금 저 총각이…… 입 맞췄다.]

핸드폰이 끊어졌다. 정확히 말해 너무 놀라서 성준이 자신도 모르게 끊어버린 것이다. 휴대폰이고 캔맥주고 감전이라도 된 것처럼 팽개치고서 믿을 수 없는 얼굴로 정지해 종원의 말을 곱씹어보았다.

[방금 저 총각이…… 입 맞췄다.]

자신도 모르게 벌떡 일어났다. 순간 물밀듯이 덮쳐 오는 '징그러워 죽겠어'의 악몽. 결국 아내는 자신을 무시하는 걸로도 모자라 바람까지 피운다는 것인가!

믿을 수가 없었다. 아니, 믿고 싶지 않았다. 그럼에도 무조건 거부하고 있을 수만은 없어서 머릿속이 정전이라도 된 것처럼 캄캄해지며 복잡하게 얽혔다. 결국은 해일처럼 덮쳐 온 모멸감에 성준의 얼굴이 제멋대로 일그러졌다.

숨도 쉬지 않고 침실로 달려들어 가 붙박이장 문을 거칠게 열어젖히고서 점퍼와 바지를 찾았다. 하지만 갈아입으려고 입고 있는 옷에 손을 뻗치는 순간 그의 동작은 정지하고 말았다. 마치 시간이 멈춘 듯 모든 움직임이 멈췄다.

잠시 후 미동도 없이 서 있던 성준이 곧 바지와 재킷을 다시 옷장 안으로 팽개쳐 넣었다. 천천히 몸을 돌려 넓은 거실로 걸어나가 방금 전에 팽개치듯 둔 맥주를 들었다. 강렬한 시선으로 어딘가를 뚫어지게 응시하며 한 모금을 마셨다. 이미 식어버린 맥주에선 어떤 맛도 나지 않았다. 하지만 꺼낸 지 얼마나 지났다고 이렇게 금방 신선도가 떨어질까. 그건 그의 기분 탓이었다. 시원하기만 하던 맥주도 전혀 도움이 되지 않았다.

그는 한쪽에 마련된 와인바로 가서 양주를 꺼내 들었다. 속이 타서 참을 수가 없었다. 두려움인 걸까. 당장 달려가야 하는데 발이 떨어지지 않는다.

종원에게 연락을 해서 거기가 어디냐고 닦달하고 현장에서 진아를 잡아서 끌고 와야 하는데, 그러면 되는 건데 그걸 못하고 있다.

겁쟁이라고 해도 할 수 없다. 종원의 말이 사실이라는 걸 확인하기가 싫다. 종원이 잘못 본 것이었으면 좋겠다. 제발 아니었으면 좋겠다. 아내와는…… 아직 제대로 시작해 본 것이 하나도 없는데…….

스트레이트 잔에 양주를 따라서 연거푸 세 잔을 들이켰다. 알코올이 목 안쪽을 찌르르 울리고 지나갔다. 화르르 치솟는 것은 양주의 독한 맛이 아니라 자신에 대한 모멸감, 혹은 자괴감일 터였다.

"어차피……."

한 잔을 더 채우며 중얼거렸다. 어차피 이미 망가진 관계였다. 다만 여기까지 지속되어 온 이유는, '징그러워 죽겠어' 그런 소리까지 듣고도 그녀가 싫지 않았다는 일말의 감정 때문이었다.

조금 천천히 가면 될 거라고 생각했다. 언젠가는 해결될 거라고······. 서두르지 않고 조급하게 생각하지 않고, 그녀와 자신이 부부로서 익숙해진다면 언젠가는 좋아질 것이다.

하지만 실패였다. 생각만 그렇게 했을 뿐, 서로 시간을 갖자는 명목으로 아내를 방치하에 두었다. 핑계를 대가며 더더욱 일하는 시간을 얻은 면도 있다는 것도 사실이었다.

그런데도 진아는 일에 매달리는 성준에게 드러나는 불평을 한 일이 없었다. 그랬기 때문에 결혼 후에도 그가 좋아하는 일에 어떤 장애도 없이 매달릴 수 있었다. 출장은 기본이요, 야근할 때도 수도 없고, 또한 지인들과의 술자리도 셀 수 없을 정도였다.

만약 아내가 아내라는 주장을 톡톡히 했다면 절대 가능하지 않은 일이었다. 또한 그것 때문에 꽤 많은 신경전이 있었을 테고.

하지만 아내는 어떤 간섭도 하지 않았고, 오히려 이쪽이 늦게 들어오거나 아예 들어오지 않으면 서재에서 자신이 좋아하는 온라인 머드 게임에 폭 빠져서 나름대로 혼자만의 시간을 보냈다. 어떻게 생각하면 너무 정이 없고 또 간섭하지 않는 그녀에게 오히려 그가 서운해야 할 정도로······.

겉으로 보면 독립적인 개체로서 더없이 가뿐하고 자유로운 결혼생활을 유지하고 있는 것 같겠지만, 조금만 깊게 들어가 잠깐이라도 덮개를 열어보면 그 안이 얼마나 비틀어져 있는지 알게 될 상황이었다. 그 흔한 외식도, 영화도, 데이트도, 드라이브

조차 단 한 번도 함께한 일이 없었다. 그녀도 그런 생활이 지겹도록 싫었을 것이다.

그러니 이제는 현실을 똑바로 직시할 때였다. 오로지 친구의 전화 하나로 모든 것을 믿어버리고 판단하는 경솔함을 보여선 안 되었지만, 만약 친구가 오해를 한 것이라고 할지라도 더 나아질 건 없었다.

가장 최악의 방향으로, 그녀가 정말 바람을 피웠다고 해도 성준은 뭐라고 할 수 있는 입장이 아니었다. 다만 부부 관계가 앞으로도 유지될 수 있을지 어떨지는 자신도 자신할 수 없었다.

"당신은 내가 싫지. 하지만 난 당신이 싫지 않아. 그래도…… 싫지 않다는 이유로 이런 생활을 지속할 순 없다는 걸 당신도 알겠지. 당신한테 미안한 게…… 아주 많아."

십이 개월을 함께 살았다. 하지만 오 개월 전부터는 남보다 더 먼 관계였다. 부부간에 정이 쌓일 수 있는 기회라고 할 수 있는 관계도 전혀 가지지 않았다. 만약 남편으로서 자신이 좀 더 적극적으로 투쟁을 했다면, 서운한 건 서운하다고 표현하고 정상화를 시키려고 노력했다면 지금보다는 좀 더 나아지지 않았을까?

결론은, 그녀도 자신도 노력하지 않았던 것이다. 그녀가 귀엽고 사랑스러웠다면, 그 마음 하나로 아내의 마음을 얻으려고 애써보았어야 했는데…….

현관문이 열린 건 그로부터 네 시간 정도가 더 흘렀을 때였다. 성준은 여전히 양주를 마시고 있었다. 웬만해서는 술에 취하지 않는 그도 그날은 좀 취해 버렸다. 아내가 돌아와서 이혼을 요구한다면, 아마도 자신은 그렇게 해주어야겠지. 다만 그녀가 원하는 대로 해주기 전에 자신도 아내에게 조금은 따져 볼 것이다. 꼭 외도밖에 없었느냐고. 너무하는 게 아니냐고.

　막상 이혼에 대해 이런저런 생각을 하고 보니 아쉬운 마음이 많았다. 당연히 모멸감도 컸지만, 그보다는 그동안 진아에게 못해준 게 너무 많이 생각나서…….

　늘 이방인인 듯 조용히 움직이던 그녀였는데 오늘은 현관 쪽이 좀 시끄러웠다. 신발장의 문을 세게 여닫는 것 같기도 하고 어딘가에 부딪친 듯 시끄러운 소리도 들렸다. 뭐라고 웅얼거리는 낮은 목소리도 함께 넘어왔는데, 놀랍게도 욕설도 조금 섞여 있는 것 같았다.

　그런 아내의 어투는 단 한 번도 들어본 적이 없었기 때문에 성준은 내심 당황스러웠다.

　'이제 아주 막 나가잔 건가?'

　하지만 현관에서 멀리 떨어진 구석 자리에 있었고, 또 고개를 돌려도 현관이 보이지 않았기 때문에 성준은 그저 양주만 연달아 마시고 있었다.

　"아우…… 아파. 벽이 막 달려드네. 우씨…….."

거실로 들어온 건지 진아의 목소리가 좀 더 또렷하게 들렸다. 그런데 어딘지 모르게 이상했다. 그럴 리 없을 텐데, 묘하게도 혀가 꼬인 것 같은 음성인 것이다.

성준은 천천히 위스키 잔을 내려놓고 고개를 돌렸다. 설마 싶었다. 그녀는 지금껏 단 한 번도 술을 마시지 않았다. 어쩔 수 없이 부부동반으로 모임을 갔을 때에도 그 흔한 와인 한 잔 마시지 않았다. 맥주도, 소주도 다르지 않았다. 그러니 자연히 그녀는 술을 마시지 못하는 사람이라고 인식해 버렸다.

"얼랄라? 우리 남편님 들어와 계셨네에?"

그런데 오늘은 놀랍게도 그녀가 취해 있었다. 확실히 취했다. 처음 본 그녀의 취한 얼굴, 일그러진 듯 뒤틀리는 묘한 미소를 짓고서 손가락으로 성준을 가리키며 옆으로, 옆으로 걷고 있는 것이다.

휘청거리면서 그녀가 웃어왔다. 술에 취한 전혀 예쁘지 않은 미소였지만, 웃는 건 웃는 것이었다. 놀랍기도 하고 황당하기도 하고…… 무엇보다 지금이 술에 취해 들어올 시국인가 싶어 기가 막혔다. 뻔뻔함에도 정도가 있지. 이쪽은 그녀가 들어오자마자 심각한 대화를 나눠볼 요량으로 마음을 다잡고 있었는데, 어떻게 저렇게 팔자 편하게 취해서 들어올 수 있는 건지. 무엇보다 저 술 자체도 그놈이랑 같이 마셔서 취한 게 아니냔 말이다!

이진아란 사람 자체에 실망감이 일었다. 다른 남자를 만나고

들어온 주제에, 저렇게 취기를 보이며 웃을 수 있는 사람이라
니.

성준은 차갑게 굳은 얼굴로 말했다.

"하고 싶은 말이 있지만, 취한 것 같으니 내일 하지."

다른 때였다면, 이쪽이 대화를 하기 싫다는 뜻을 비치기 전에
도 그녀가 먼저 서재 방으로 휑하니 들어가거나 침대로 가 등을
보이며 누워버렸을 텐데, 오늘 그녀는 지금껏 한 번도 하지 않
던 행동을 했다.

"에헤헤."

그렇게 요상한 웃음소리를 흘리며 성준 쪽으로 다가오는
것이다. 성준은 놀라서 커진 눈으로 그녀의 행태를 지켜보았
다.

'뭐지? 기왕 이렇게 된 거, 술김에 결판을 내겠단 건가?'

물론 성준의 마음도 그녀와 다르지 않았다. 아쉽고 안타까운
마음은 많았지만 그녀가 이따위 부부 관계 그만하자고 하면 그
래 줄 생각이었다. 그녀만 자존심이 있는 게 아니다. 그녀가 결
혼생활의 외로움을 견디다 못해 다른 남자를 만날 정도로 씁쓸
했다면, 성준도 나름대로 진아에게 서운한 점이 많았다.

하지만 이혼을 하더라도 맨정신으로, 어른스럽게, 진지하게
대화를 하고서 서로 허심탄회하게 서로의 잘못을 인정하고 행
복을 빌면서 헤어지고 싶었던 성준이었기에 짙은 눈썹은 절로
더 찌푸려졌다.

그때 진아가 지금껏 단 한 번도 없었으며 앞으로도 더는 없을 것 같은 행동을 연속으로 했다. 한 손을 뻗더니 손가락으로 성준의 얼굴, 정확히 찌푸려진 눈썹을 꾹 누르는 것이다. 그것도 모자라 누른 눈썹을 살짝 문지르더니 더더욱 놀랍게도, 방울 소리 같은 쾌활한 웃음소리를 흘리는 것이다.

맹세코 그녀와 결혼한 후로 처음으로 터뜨리는 맑고 높은 웃음소리였다. 또한 그녀 쪽에서 먼저 성준을 만진 것이기도 했다. 이걸, 만진 거라고 표현할 수 있다면의 말이겠지만.

"헤헤, 우리 남편님 눈썹이 험악해졌네? 화났네, 열 받았네? 어머, 어떡해. 짜증나시나 부다."

기가 막혔다. 그녀가 마치 유아퇴행 같은 행동을 하고 있었다. 그 이유는 바로 단지, 술 때문이라는 것?

"취했군. 가서 자고 내일 아침에 얘기해."

성준은 차갑게 진아의 손을 털어버렸다.

순간 허공으로 밀려난 진아의 손이 멈칫했다. 동시에 성준의 입장에서 보면 한껏 비웃는 것 같은 미소도 함께 걷혔다. 하지만 웃고 안 웃고의 차이가 너무 커서, 순간 성준은 너무 냉정하게 한 건 아닌가 문득 미안해지기까지 했다.

그래서 그녀를 흘끗 쳐다본 순간, 멈칫한 것도 잠시, 언제 그랬냐는 듯 그녀가 다시 생글생글 웃는 걸로도 모자라 흐느적거리며 바짝 다가와 성준의 양 뺨을 두 손으로 꼭 쥐어버리는 것이다. 이제 기가 막힌 단계를 너머 난처해진 상태로 성준의 눈

동자가 굳었다. 더불어 그 손을 다시 한 번 차갑게 뿌리치려는 찰나,

"우리 남편님. 만날 무섭기만 하고, 만날 무관심하고, 만날 지겨워 죽겠다는 얼굴만 하더니, 오늘도 또 그러네? 도대체 우리 남편님은 뭐가 그렇게 불만이실까? 내가 그렇게 싫어? 응? 내가 그렇게 싫어요? 남편님, 대답해 봐라, 오버. 내가 그렇게 싫니?"

순간 성준의 심장이 낮게 가라앉았다. 역시 자신만큼 그녀도 힘겨웠던 것이다. 알고 있었는데도 직접 들으니 역시 마음이 짠했다.

그래서 이혼을…… 해주겠노라고 진지하게 말해야 하는데, 황당하게도 진아가 느닷없이 성준의 뺨을 주물럭거리며 비벼대서 성준은 넋을 잃고 말았다. 어이가 없었다. 도대체 어떻게 이런 행동이 가능할까. 그, 남편이 싫어서 옆에도 오지 않는 이진아가 성준의 뺨을 마구 문대고 있는 것이다. 그녀를 이렇게나 180도 변화시킨 술이란 것이, 진심으로 두려워지는 성준이었다.

"도대체 얼마나 마셨……."

"에헤헤, 밀가루 반죽 같네. 우리 남편님의 잘난 얼굴도 이렇게 만져 보고 주물럭거려 보고, 이진아 많이 컸다. 나 많이 컸네? 남편님, 혹시 그거 알아요? 울 아부지가 만약 조 씨였다면 나 조진아 될 뻔했다는 거? 어휴, 안 그래도 조진 인생인데 조진

아라니, 나 대체 왜 이렇게 불쌍하냐? 아니지, 이진아니까 불쌍한 건 아니지? 에헤헤, 느낌 좋다. 우리 남편님 좋은 스킨 쓰는구나?"

성준은 손가락도 꿈쩍할 수 없었다. 황당한 말도 말이거니와 정말 스킨 냄새라도 맡으려는 듯 다가와 킁킁거리는 행동을 해와서 순간 자신도 모르게 심장이 철렁 내려앉았다.

물론 그녀에게 나는 냄새는 술 냄새뿐이었다. 얼마나 마셨는지 적당히 취한 성준임에도 맡을 수 있을 정도였다. 그런데 그게 싫지가 않다. 정확히 오 개월 만에 접한 아내의 체취는 술 냄새를 동반하고 있었음에도 부드럽게 와 닿는 것이다. 이 술은 아내가 그놈이랑 함께 마신 악마의 술이다! 라고 한없이 속으로 외치는데도…… 마음은 말랑말랑해지기만 하니.

'역시, 너무 굶었나.'

자신이 너무나 우스웠다. 이런 상황에서도 문득 어떤 욕구가 이는 자신이 어떻게 그 긴 오 개월을 참을 수 있었는지 참으로 놀랍다는, 한가한 생각도 더불어 하며.

"남편님, 우리 남편님. 진아는 우리 남편님이 너무 싫어요. 정말 화나요. 남편님만 내가 싫은 줄 알아요? 나도 남편님 싫어요. 근데 우리 남편님은 이혼하잔 소리도 안 하네? 난…… 가끔…… 이혼하는 게 나을 것 같단 생각도 하는데……."

성준의 눈동자가 흔들렸다. 느닷없이 일었던 한가로운 욕구도 금세 사그라졌다. 이런 식으로 직접적으로 말해오리란 생각은 하지 않았었기에 심장이 차갑게 식었다. 오늘 그녀 때문에 자신의 심장은 영하에 영하를 갱신하고 있었다.

"그렇게 하고 싶으면……."

"하루 종일 남편님을 기다려도 와주지도 않고, 얼굴 보기도 하늘에 별 따기고. 내가 무슨 뒷방 상궁도 아니고, 아들 못 낳는 중전도 아니고, 애정이 식은 후궁도 아니고. 대체 우리 남편님은 왜 그러실까? 왜 날 싫어하실까? 근데 난 왜 남편님을 만날 기다려야 하는 걸까? 내가 못생겨서 그런 걸까? 아들을 못 낳아서 그런 걸까? 하지만 하늘을 봐야 별을 따지. 남편님, 말해봐요. 나는 왜 아들을 못 낳는 걸까요?"

진아의 횡설수설에 성준은 급속도로 피곤해져서 진아의 손을 떼어냈다. 냉정하게 꾹 쥐고서 그녀의 눈을 똑바로 들여다보았다.

"잘 들어. 이혼하고 싶다면 해. 잡을 생각 없으니까. 어차피 내가 말린다고 마음 돌릴 거 아니잖아? 따로 사람도 있으면서……. 어차피 나 역시 내가 잘못한 거 잘 인식하고 있으니까 주저리주저리 괜한 핑계 들먹이지 말고, 기왕 이렇게 된 거 지저분하게 파헤치거나 하지 않을 테니까 그렇게 사람 떠보는 말 같은 거 하지 마. 나 역시 지저분한 건 싫으니까."

성준은 냉정하게 말하려 했으나 다음 말을 이으려니 순간 망설여졌다.

"……서로의 행복을 빌어준다는 빌어먹을 말 같은 거, 연예인

들만 쓸 수 있는 건 아니니까 걱정하지 말고……. 당신이 원하는 대로 해. 그까짓 이혼, 어려운 것도 아니니까."

중간에 망설임은 있었지만 고드름이라도 얼릴 것 같은 성준의 차가운 눈동자와 어조였다. 그런 말을 정면에서 받은 진아의 눈동자도 가늘게 떨렸다.

미안했지만 필요한 말이라고 생각했다. 아무리 취했어도 자신을 싫어한다는 표현만은 정확하게 하는 걸 보니 그녀도 의식이 적어도 반은 있다는 판단이었다.

게다가 그녀가 먼저 이혼이란 말을 꺼냈다. 그러니 그놈과의 관계 같은 거 괜히 파헤쳐서 상황을 지저분하게 만드느니 그냥 넘겨 버리고, 오로지 그녀가 원한다는, 하고 싶다는 이혼을 해주겠다고 한 것이다.

잘한 것이다. 그러니 이제 만족하고서 돌아설 것이다. 그러나 그의 예측은 틀리고 말았다. 아니, 오늘 이 몇 시간 동안 그가 예측한 것 중 맞아떨어지는 게 하나라도 있었던가.

놀랍게도 그녀가 갑자기 눈물을 뚝뚝 떨어뜨리더니 어깨를 떨며 흐느끼기 시작했다. 깜짝 놀란 성준의 눈동자가 크게 떠졌다.

자신도 모르게 진아의 어깨를 쥐었다. 아무래도 너무 직설적으로 말해 버렸나 싶어 순간적으로 후회가 되었다. 되도록 객관적으로 말하려고 했지만, 화가 나버려서 컨트롤을 하지 못했다. 속 깊은 척, 어른인 척 연기해 봐야 그 역시 아내 때문에 모멸감이 인 남편일 뿐이었던 것이다.

그래도 자신이 그녀보다 어른이라면, 헤어지더라도 나쁘게 헤어지고 싶진 않다는 생각을 했었는데, 어른스럽게 우아하게 마무리를 짓고 싶다는 생각을 했었는데, 그것 또한 자신의 우습지도 않은 희망사항이었다는 걸까? 자신은 허영을 부린 걸까. 이 또한 가식의 한 이름일 뿐인 걸까.

그렇다면 잡히는 대로 물건을 집어 던지고, 화르르 분노를 표현하고, 아내로 인해 받았던 모멸감을 있는 그대로 다 표현하고, 서로에게 아픈 소리를 해댄 후에 대판 싸우고 나서 이혼 법정까지 간 후에야 헤어지는 게 더 인간적이고 낫다는 걸까? 도대체 뭐가 올바른 건지 성준은 정말이지 잘 모르겠다고 생각했다.

아무튼 아무리 저쪽에서 이혼을 바라는 말을 했을지라도, 남편 쪽에서 그렇게나 단칼에 인정해 버리면, 그것도 다그치듯 차갑게 말해 버리면 화가 날 수도 있겠지. 서운하겠지.

"미안해……."

성준은 진심으로 낮게 사과했다. 우는 여자를 두고 아무렇지 않을 수 있는 성격이 아니었다. 그런데 바로 그 우는 대상이 항상 그의 마음을 아릿하게 한 아내라서 성준은 가슴이 더욱 조여 왔다.

"미안해…… 정말 미안."

성준은 손을 들어 방울방울 흘러 떨어지는 진아의 눈물을 닦아주었다.

그는 스툴에 앉은 채, 진아는 선 채였다. 눈물을 닦아주기 위해 상체를 약간 비틀어 숙이고서 진아의 얼굴을 올려다보며 눈물을 닦아주는 순간 성준의 심장이 저릿하며 손가락 끝이 떨렸다.

아래에서 올려다본 진아의 젖은 얼굴이 그 순간 참 예쁘다는 생각이 들었다. 이게 무슨 귀신이 곡할 노릇인지 모르겠다. 하필이면 이런 때에, 첫날 보았던 귀여운 인상이 다시 나타나다니.

무방비하게 훌쩍거리고 있는 진아가 아내라는 이름이 아닌, 아주 작고 귀여운 소녀 같다. 얼마 만인지 모르겠다. 아내가 다시 귀엽다는 생각이 든 것은, 귀여워서 사랑스럽다는 생각이 든 것은. 아니, 항상 그렇게 생각했었다. 다만 마주치는 시간이 적어서 자연스럽게 잊고 지내왔을 뿐.

진아가 훌쩍거리며 말하기 시작했다.

"내가 뭐…… 서운해서 우는 줄 아나? 이혼…… 까짓거 해버리지. 대신 위자료 잔뜩 안 주면 안 해줄 줄 알아요. 우리 아버지, 훌쩍, 나 이혼당하면 집에서 내쫓을 텐데. 훌쩍, 혼자 살려면 위자료 잔뜩 줘야 해요. 잔뜩 안 주면, 훌쩍, 이혼 안 해줄 거야."

울면서도 저 할 말은 다 하고 있었다. 도대체 그녀가 이런 사람이라는 걸 그동안 왜 전혀 몰랐을까. 이런 귀여운 투정도 부릴 줄 아는 여자일 줄은. 좀 더 빨리 보여줬더라면, 아니, 좀 더 빨리 알아챘더라면…….

성준은 그 모든 것이 씁쓸했다. 원망과 협박의 말일지언정 자신의 속마음을 표현하기도 하는 사람이라는 걸, 눈을 마주 쳐다보며 울기도 한다는 걸 그는 왜 알아차리지 못했던 걸까.

왜 그렇게나 시간을 허비했던 걸까. 그동안의 뻣뻣한 통나무, 혹은 게임에 빠져 있는 뒷모습, 아니면 무심하기만 하던 모습이 그녀의 전부라고 생각하고서 뒤쪽에서만 그녀를 바라봤었다. 하지만 지금의 그녀는 그런 모습과 무색하게 사랑스러웠다. 가슴이 일렁일 정도로.

[저 총각이 방금…… 입 맞췄다.]

그러나 순간 떠오른 종원의 말.

취하면 이렇게 사랑스러운 아내에게 입을 맞추었다는 그놈의 늑대 같은 마음이 이해가 가는 동시에, 진아가 미워졌다.

아내가 필요해서 그 남자를 찾은 걸까? 아니면 그 남자가 진아를 찾은 걸까? 그것도 아니면 동시에 둘의 마음이 맞아버린 걸까? 그 남자 때문에 이혼을 하고 싶은 걸까? 아니면 자신이 싫어서 그 남자를 만난 걸까? 이혼을 하고 그 남자에게 가고 싶은 걸까? 아니면 오로지 이혼만 하면 좋겠다는 걸까?

"내가…… 많이 못해줬지? 그러니까, 앞으로는 당신도 당신

인생 찾아. 즐겁게 생활해. 미안하다고 생각하고 있으니까."

진아의 뺨을 천천히 어루만지던 손을 거두어들였다. 울고 있는 그녀의 뺨을 닦아줄 자격이 자신에게는 없다는 생각이었다.

진아가 천천히 고개를 들었다. 눈물방울은 아직 매달려 있었다. 그렇지만 오늘 그녀는 잘도 웃었다. 푹 젖은 눈으로도 헤헤 웃더니 고개를 끄덕였다.

"알았어요. 남편님도 그걸 바라는 거죠? 그러고 싶은 거죠? 그래요, 까짓거 하지 뭐. 남편님도 내가 싫고, 나도 남편님이 싫고, 라곤 할 수 없지만 남편님하고 난 아무래도 안 맞는 것 같으니까 성격 차이라고 말하고 해버리지 뭐. 좋아요, 그까이꺼. 해버려요. 그럼 우리, 이혼 결정 축하주 들까요?"

성준은 쓸쓸하게 웃었다. 물론 이미 결론이 난 걸 두고 이런 저런 말을 끌어다가 변명하고 서로를 상처 입히며 독하게 와전되는 건 싫었지만, 그녀가 기다렸다는 듯 이혼을 받아들이는 것도 좋을 린 없었다. 야속하기도 하고.

"그래. 한 잔만 마시자."

"네, 남편님. 그럼 안주를 좀 준비해 올게요. 어휴, 깡양주를 마시고 있었어요?"

그리고 그녀가 비틀거리며 돌아섰다. 안주를 가지러 가나 본데…… 깡양주?

성준은 쿡 짧은 웃음을 터뜨릴 수밖에 없었다. 정말이지 주사

한번 요란하단 생각이었다. 마치 어디로 튈지 모르는 여학생을 눈앞에 두고 있는 것 같다. 그가 좋아하는 어투의 방향이 전혀 아닌데도 왠지 즐거워지려 한다. 그것은 지금 그도 살짝 취해 있는 상태이니 가능한 생각이겠지. 그나저나 여학생이라면…….

나이 차이를 계산하다가 성준은 기겁하고 말았다. 성준이 철학적이며 근원적인 나이 계산으로 질려 있을 때 용케 그 상태로도 안주를 찾은 진아가 넓은 안주용 접시에 마른안주를 담아 들고서 다가왔다.

"에이, 마른안주뿐이네요. 이걸로, 으앗!"

오늘 그녀는 정말 가지가지 한다. 도대체가 잘 들고 오던 마른안주를 엎어버릴 건 무엇이며, 안주와 함께 마룻바닥에 코를 박고 엎어질 건 또 뭔지.

놀란 성준이 벌떡 일어나 진아를 일으켜 세웠다. 진아는 코를 문지르며 난처하다는 듯 웃었다.

"헤헤, 더럽게 아프네요. 근데 나 코 안 무너졌죠? 우왓, 또 노려보는 거 봐. ……앗! 나 코 안 고쳤어요. 의심하네? 정말 아니라니까. 고쳤으면 더 예뻐졌죠! 그럼 뒷방 후궁 신세는 되지 않았을 텐데. 헤헤헤."

웃고 있는 진아를 화난 얼굴로 쳐다본 건 사실이다. 그러니 저렇게 변명인 듯 중얼거리고 있겠지. 하지만 그녀의 코성형에 대한 심각한 고찰이라든지, 마음대로 엎어진 그녀를 한심하다 생각해서 이런 표정이 된 건 절대 아니었다.

코를 문지르며 조잘조잘 떠들고 있는 진아의 입술이 참 매끈하다는 생각을 했다. 오 개월 전 아내를 안을 수 있었을 때, 그러니까 마지막으로 진아를 안았을 때 만졌던 촉감과 아내의 따뜻한 안쪽이 떠올라 버렸다.

키스하면 그녀의 입술은 참 곱다는 생각을 했었다. 물론 한 번도 반응해 주지 않은 그녀였지만 어리기 때문이라고 생각했었다. 혹은 자신의 테크닉이 능숙하지 않아서일 수도 있다고 자책하기도 했고.

하지만…….

"징그러워 죽겠어."

결국 결론은 그것이었다. 키스하고 싶다는 생각은 일시에 전소되었다. 자신도 모르게 그녀의 입술을 빨아버리고 싶다는 생각을 한 모양이었다.

성준은 떨치듯 진아의 어깨를 놓고서 벌떡 일어났다. 스툴에 다시 앉자 진아는 아직도 코는 절대 안 고쳤다고 중얼거리며 흩어진 마른안주를 담고 있었다. 떨어뜨린 저 마른안주를 먹을 수 있을지나 모르겠지만, 그것보다 코는 안 고쳤다는 말은 다른 곳은 손댔다는 소리일까?

"코 아니라 어디 고쳤어?"

혹시라도 대답해 줄지 몰라 지나가듯 무관심한 어조로 물어 보았다. 지금 그녀의 상태라면 술술 흘려줄 것도 같았는데 아니나 다를까, 마른안주를 성준의 앞으로 놓은 진아가 웅얼거리며 말했다.

"당신 만나기 이 주일 전에 앞트임 했어요."

성준은 고개를 갸웃했다. 앞트임? 그의 시선이 자연히 진아의 가슴 쪽으로 내려앉았다.

앞이라면, 가슴을 얘기하는 건가? 하지만 그녀의 언덕은 오밀조밀 귀엽고, 낮기만 했는데……. 세상에서 가장 야트막한 보형물을 넣은 건가?

"앞트임, 여기. 눈 했다구요. 눈앞에 여기 조금 텄어요. 엄마가 그거하면 예뻐질 거라고 해서 억지로 끌려가서 했다구요. 에이씨, 근데 그거 알아요? 한 간호사가 나를 코 수술하는 환자로 착각해서 나한테 수술 전날 전화를 해선 수술 전까지 금식하라는 거예요. 난 앞트임도 수술이니까 그런 거구나 하고 정말 금식했는데 앞트임이고 쌍꺼풀 수술이고 금식이 전혀 필요없다는 거예요. 그 간호사 때문에 완전 쫄쫄 굶어서 눈 찢는데 얼마나 배고팠는지 알아요? 에이씨, 그 간호사 죽었어. 누군지 밝히려 해도 다들 발뺌뿐이고, 진짜로."

성준은 그야말로 황당하다는 얼굴로 진아를 쳐다보고 있었다. 혹시 몰라 떠봤더니 수술 사실을 술술 흘린 것도 모자라 그 사연은 더더욱 황당했다.

"쿡."

결국 성준은 또 웃어버리고 말았다. 오늘 하루 동안 그녀 때문에 얼마나 많이 웃는지 모르겠다. 진작 이랬다면 얼마나 좋았을까, 자신도 모르게 그런 안타까움이 들 정도로.

성준은 복잡한 상념을 지우기 위해 진아의 잔을 채워주었다. 사랑스러운, 술에 취했을 때는 더더욱 사랑스러운 그녀. 다른 남자를 찾아서 자신과 이혼하겠다는 그녀를 어쩌면 좋을까. 정말…… 너무 늦은 걸까? 어째서 그녀는 그렇게 빨리 결정해 버린 걸까.

스트레이트 잔에 양주를 채워주자 진아가 고맙다고 했다. 성준은 자신의 잔도 채우고서 조용히 그녀를 돌아보았다. 엷은 미소를 입가에 띠고서 말했다.

"무엇을 위해…… 건배할까?"

진아가 생긋 웃었다. 취했을 때는 정말 자주도 웃는다.

"글쎄요, 뭘 위해 건배할까? 우리 남편님의 건강을 위해?"

성준의 한쪽 눈썹이 살짝 치켜 올라갔다. 건강을 위한다니 좋긴 하다만, 상황이 상황인지라 자신을 놀리는 것 같아 산뜻하게 받아들일 수만도 없었다. 얄미운 아내가 자신을 짓궂게 놀리는 것인가.

"아니. 당신의…… 사랑을 위해."

그래서 유치할지언정 좀 찔리라고 똑같이 응수해 주었다. 그래, 나 이렇게 속 좁은 남자 맞다!

하지만…… 다른 남자를 만나고 있다고 하는데도 왠지 그녀가 안타깝기만 한 것은, 오늘 짓는 그녀의 미소가 너무 청량하기 때문이겠지.

잔을 들고 있는 성준을 진아가 잠깐 동안 깜빡깜빡하며 쳐다보았다. 그러다 곧 입을 열었다.

"좋아요. 내 사랑…… 을 위해."

성준은 조금 쓰렸고, 그녀는 엷게 웃었다. 일순 상냥하다는 생각까지 드는 미소였다.

미소를 그대로 담은 채 진아가 스트레이트 잔에 입술을 댔다. 그리고 가볍게 마시는 모습을 성준은 자신도 모르게 넋이 팔린 듯 바라보고 있었다. 잔에서 입술을 뗀 그녀가 천천히 고개를 들더니 예의 취할 때 보이는, 오늘 처음 발견한 그 생글거리는 미소를 지었다.

그녀의 얼굴만 쳐다보고 있는 성준의 얼굴 위로 갑자기 그림자가 졌다. 놀랍게도, 말릴 새도 없이, 심장이 짧게 끊어지는 것 같은 충격을 주며 다가온 진아의 입술이 살짝 틀어지며 성준의 입술에 겹쳐졌다. 흠칫 놀란 성준이 자신도 모르게 상체를 뒤로 뺐지만 진아는 물러서지 않고 성준의 입술을 적셨다. 동시에 그녀의 입술에서 양주가 조금 흘러나왔다.

반사적으로 벌려진 성준의 입술 안으로 그녀의 체온이 섞인 액체가 밀려들었다. 그것은 그가 지금껏 마셔본 그 어떤 양주보다 독한 것이었다. 목을 태울 듯 강렬했다. 강렬하고도, 달콤

했다.

"양주는…… 한번 젖으니까 더 맛있어. 그렇죠?"

유혹하듯 속삭여 오는 목소리. 성준은 본능적으로 진아의 목을 와락 끌어안았다. 그리고 그대로 고개를 홱 비틀어 입술을 더욱 깊게 겹치고서 마지막 남은 양주 한 방울까지 빨아들이겠다는 듯 압박했다. 뜨거운 혀를 밀어 넣어 급박하게 입 안 곳곳을 핥았다. 치아 뒤편, 그 깊은 너머까지 구석구석 격렬하게.

"하아……."

취한 진아의 목에서 한 번도 들어본 적 없는 달뜬 소리가 흘러나왔다. 그것이 더더욱 성준의 감각을 미치게 했다. 성준은 그대로 진아를 돌려 바에 밀어붙이듯 눕히고는 더욱 맹렬하게 키스를 퍼부었다. 진아의 손가락이 그의 머리카락 속으로 부드럽게 파고들었다. 그 저릿한 감각에 성준은 온몸의 솜털까지 쭈뼛 서는 것 같았다.

더 참을 수가 없었다. 성준은 힘주어 진아의 스커트를 걷어 올렸다. 더 맛있는 양주를, 마지막 이별주치고는 너무 거창한 술을 주기 위해 자신의 타액으로 적셔서 넘겨주었다는 얄밉도록 사랑스러운 여자 때문에 미치겠다. 이건 무슨 해괴한 감정 상태인지 모르겠다. 근 오 개월 만에 느끼는 진아의 체온은 성준의 모든 세포를 떨리게 했다.

허벅지를 움켜쥐자 진아가 대담하게도 허리를 비틀면서 신음

을 흘렸다. 그녀의 건조한 입술에서 절대 들을 수 없으리라 생
각한 소리였다. 성준의 흥분은 최고치까지 올라갔다.

이미 이성적인 판단이 저 멀리로 날아간 상태였다. 이것저것
따지기도 힘겨웠다. 젖은 그녀의 안은 그의 예상대로 불처럼 뜨
거웠다. 느낀 순간 터질 듯한 욕구가 마른 불 번지듯 온몸으로
거세게 번졌다. 속옷을 채 끌어 내리지도 못한 채 하나가 되었
다.

"헉……!"

숨이 끊어지는 것 같은 소리를 내며 진아의 상체가 뒤로 젖혀
졌다. 그것마저 견딜 수 없는 유혹으로 증폭되어 다가왔다. 자
신의 전부를 쥐고 흔드는 것 같은 진아의 감각이 그를 미치게
했다.

짓무른 그녀의 눈가에 키스의 비를 퍼부었다. 항상 그녀는 겁
을 집어먹은 사람처럼 수동적이었지만 그래도 그는 그녀의 체
온이 좋았다. 하지만 그녀는 언제나 외면할 뿐 한 번도 반응
해 주지 않았다.

그러나 지금은 달랐다. 그때까지의 무관심을 모두 몰아서 반
응해 주듯 지금 그녀는 열기에 꽉 차 있었다. 성준을 벅차게 만
들 정도로. 술이 그녀를 이렇게 만든 것인가.

"당신, 왜 이렇게 날 힘들게 해."

진심으로 미워서 성준은 진아를 다그쳤다. 진아가 몽롱하게
반쯤 뜬 눈으로 성준을 올려다보았다. 고통이 쾌락으로 승화될

때마다 성준의 눈 주변에까지 열이 일었다. 그리고 드디어 성준은 진아의 안에서 자신을 놓아버렸다.

힘이 빠진 진아의 몸이 성준의 안에서 허물어졌다. 성준은 팔을 뻗어 그런 진아의 등을 보듬듯 끌어안았다. 그러나 그의 손끝에는 망설임이 묻어 있었다. 표정 또한 조금은 굳은 채였다. 진아는 아무것도 모르는 듯 그의 품에 안겨 있었지만, 지금 성준의 감정 상태는 그렇게 편하지가 않았다. 얼굴에 낭패감이 스쳤다.

아니었다. 이건 절대 아니었다.

다른 이유 때문이 아니라…… 그는 결코 그 시점에서 멈출 생각이 없었던 것이다. 무엇보다 자신에게 안겨오는 그녀의 헝클어진 모습이 너무나 고혹적이라서 온몸의 피가 끓어오르고 있었는데, 어째서…….

"나 피곤해요. 졸려……."

안긴 채 진아가 웅얼거렸다.

"어…… 응. 그래……."

하지만 성준은 여전히 움직이지 않고 있었다.

"자기야…… 남편님…… 나 졸리다니까……."

도무지 성준이 놓아주지 않자 진아가 졸려 게슴츠레 풀린 눈으로 올려다보았다. 성준은 도저히 자신을 인정할 수 없어 그녀의 입술을 찾아 짙은 키스를 했다. 갑작스러운 키스에 진아의 눈동자가 살짝 흔들렸다. 그러나 곧 그녀의 표정은 풀리고 성준의 목을 살며시 마주 안았다.

성준이 천천히 그녀를 놓아주고서 몸을 안아 들었다. 진아는 눈을 깜빡거리며 그런 성준을 올려다보았다. 차마 아내를 쳐다보지 못하고 있는 성준을 고개를 갸웃거리며 지켜보던 진아가 낮은 목소리로 말했다.

"더…… 안 해요?"

침실로 걸어가던 성준의 다리가 삐끗했다. 확인사살까지 시켜주는 친절한 아내 때문에 성준이 얼마나 피눈물을 삼켰는지, 아내는 절대 모르기를.

아닐 것이다. 이건 절대 나이 탓이 아닐 것이다. 일본 출장에 야근에, 여러 가지 요인과 스트레스까지 겹쳐서, 아마도 그것 때문일 것이다. 다른 이유가 아닐 것이다. 임포…… 일 리가 없는 것이다. 분명 한 번은 성공시켰으니까. 진아보다는 많은 나이라고 해도 자신은 그냥 삼십대 후반인 것이다.

젠장, 빌어먹을! 삼십대 후반이었다!

성준은 쓰린 속을 억지로 눌러 삼키며 진아를 침대에 조심스럽게 눕혔다.

"당신…… 취한 것 같으니까 오늘은 그만…… 자자."

이런 변명 같은 말을 해야 하는 자신이 너무나 한스러웠다. 스스로가 창피해 죽을 지경이었다.

다행히 진아는 곧 고개를 끄덕이더니 깜빡이던 눈을 감고서 베개에 뺨을 편하게 묻었다. 그 순간 다시 반응이 일어 그나마 심하게 마음이 놓였지만, 이미 진아는 잠들어 버린 후였다.

성준은 한숨을 내쉬고서 진아의 옆에 길게 누웠다. 그리고 진아를 가슴에 끌어안은 채 눈을 감고서, 이를 갈며 낮은 질타를 했다.

'너무…… 늦었단 말이다.'

1. 아내의
   남자

진아는 다음날 일어나자마자 후다닥 욕실로 도망쳤다. 눈을 뜨니 놀랍게도 자신이 남편에게 안겨 있는 것이다. 놀랄 노자의 일이었다. 어떻게 그런 일이 일어났을까! 무엇보다 저 남자가 무슨 바람이 불어서 자신을 안고 있는 거지?

순간 드문드문 어제의 일이 생각났지만 도대체 어디까지가 현실이고 어디까지가 망상인지 구분하기가 힘들었다. 술을 마셔서 취한 것까진 기억이 나는데, 무사히 집에 들어와서 현관에 이리 부딪치고 저리 부딪친 이후로는 영 아사부사였다.

"그리고 남편이 보여서…… 평소에 부글부글 끓어오르던 걸 뿜어내면서 시비를 건 것 같은데……."

진아의 주사는 '깜빡'이란 한 단어로 표현할 수 있었다. 즉, 필요이상으로 마시면 필름이 끊어진다는 소리였다. 그래서 결혼 후에는 일부러 술을 마시지 않았다. 만약 마셨다는 소문이 귀에 들어오면 다리몽댕이를 부러뜨리겠다는 어머니의 협박이 있었다. 그러나 결국 마셨고, 오랜만에 마신 술의 여파는 이렇게 큰 것이었다.

"가만, 시비를 걸어서 한 대 얻어맞았나? 한 대 때리고 나니까 그나마 가여워서 거두어줄 생각을 한 거? 저 냉혈한 남자가?"

남편이 처음부터 싫었던 건 아니다. 결혼 얘기가 오가면서 문제가 생겼다 해도 그건 그의 문제라기보다는 그녀의 문제였다. 저명한 국회의원의 막내 딸, 그것은 진아가 싫어도 갖고 다녀야 하는 꼬리표였다.

대대로 정치인을 배출한 집안으로 유전자들도 저마다 그렇게 좋을 수가 없었는데 유독 그녀만이 열성을 타고 나서 위의 언니들에 비해 유난히 치였다. 도대체가 잘하는 게 하나도 없었다. 우성 인자들은 모조리 위에서 다 빼앗아 태어난 건지, 그래서 막내딸에게는 나누어 줄 게 없었는지, 뭘 해도 언니들과 비교가 되는 것이다.

큰언니가 반장을 할 때 그녀는 유난히 말이 늦은 아이로 더듬거리고 있었고, 둘째언니가 명문대에 입학을 할 때 그녀는 학습 부진아로 어머니를 불려오게 했다. 셋째언니가 총학생

회장을 할 때 그녀는 점수가 모자라 지원할 대학을 찾지 못했다.

그렇다고 공부 외에 특별히 잘하는 게 있었느냐, 그것도 아니었다. 언니들이 피아노에 바이올린에 승마에 외국어에 합기도까지 도대체 못하는 잡기가 없다고 칭찬이 자자했을 때 그녀는 운전면허마저 떨어졌다. 이게 무슨 열성인자의 총 조합인 건지. 요리에 꽃꽂이 기타 등등 언니들이 신부수업을 착실히 할 때도 진아는 종이접기조차 제대로 못해서 학을 만들면 닭이 될 지경이었다. 언니들이 차례차례로 유학을 갈 때 진아는 죽어도 유학 가지 않겠다고 방문을 꼭꼭 걸어 잠그고서 나가질 않았다.

"싫어! 안 그래도 여기서도 내 자리가 없는데, 생판 모르는 남의 나라로 가라구? 게다가 다들 영어로만 말하잖아!"

그녀는 영어에 젬병이었던 것이다. 몇 번을 외국에 나가봐도 마찬가지였다. 잠깐잠깐 여행하는 수준이니 나아지고 말고 할 것도 없었다. 무엇보다 지난여름 유럽으로 가족 여행을 갔을 때 길을 잃고 혼자 떨어지는 바람에 고생한 일이 생각나자 외국이라고 하면 더더욱 치가 떨렸다.

뜬금없는 애국심의 발로였다. 그러던 중 아버지가 결혼 상대라는 남자를 척 내밀었을 때 진아는 기겁을 했다. 남자를 만나기 전에 나이부터 전해 들었다. 순간 든 생각은 하나였다.

"휴우…… 결국 이런 식으로 날 포기하시는구나. 언니들은 다

들 멋지고 잘난 형부랑 엮어주시더니, 못났다는 이유로, 백조 사이에 낀 미운오리새끼라는 이유로 막내딸은 늙은 남자한테 덤핑으로 팔아넘겨도 되는 거야?"

들어보니 남자 쪽 집안 전체가 재계의 알아주는 거목들이라니 정치와 경제의 결합 정도가 이 결혼의 배경이 되는 것 같았다.

그런 필요성에 의해 그녀가 사용되긴 했는데, 남편 쪽이 열두 살이나 더 많은 아저씨라니, 그렇게 억울할 수가 없었다. 오로지 아버지가 딸을 처분한 걸로밖에 생각이 되지 않았다. 그래도 엄할 때는 엄했지만 못난 막내딸을 불쌍하게 여겨서 귀하게 대해준다고 생각했는데, 모조리 다 실망이었다.

그리고 그 남자를 만났다. 하지만 의외로 나이가 무색하게 멋진 남자라서 조금 놀랐다.

'뭐, 뭐야? 혹시 동생? 아니면 대리인?'

하지만 그 매력적으로 생긴 남자는 본인이 성준이라고 했다. 집안 자체도 알아주는 명문가인데, 본인 혼자서 하고 싶은 일에 뛰어들어 벤처기업의 핵심으로 있다고 했다. 세련되고 진지한 느낌, 어느 때 보면 아버지와 함께 있는 게 아닐까 싶을 정도로, 성격만 보면 안 그래도 많은 나이보다 더 무거워 보이는 남자였다. 그가 어려웠다.

아버지에게 배신당했다는, 처음부터 부정적인 생각에 사로잡혀 있어서일까. 남편에게 쉽게 다가서지 못했다. 함께 있어도 늘 서먹서먹했고, 꼭 어딘가 모자란 반편 같은 자신을 어느 순간 무시하지 않을까 싶어 몸을 사리게 되었다.

그러다 남편과 눈이라도 마주칠라치면 스스로 찔려서 슬금슬금 피하고 말았다. 하지만 그래 봐야 몇 달, 처음엔 기를 쓰고 피해 다녔는데 얼마 후부터는 그럴 필요도 없게 되었다. 그 남자도 별달리 진아를 찾지 않았고, 오히려 일하느라 바빠서 얼굴을 마주칠 시간도 없었다.

'외롭다……'

이건 숫제 고아였다. 마누라를 내팽개치고 그 남자는 정말 일에만 빠져 살았다.

'그럴 거면 데리고 살질 말든지!'

차라리 싸울 일이라도 있었으면 좋겠는데 그 잘난 남자가 싸움이라니, 말도 안 되는 일이었다. 그렇다고 이쪽에서 쥐약 먹은 듯 미친 척하고 달려들 수도 없었다. 만약 이혼이라도 당하면 그녀는 절대 친정으로 발도 들이지 못할 것이다. 다른 것도 제대로 못하더니 이혼까지 당했다고, 인생 전체가 무시당할 것이다. 이진아가 조진아가 되는 건 시간문제였다. 그러니 이러지도 저러지도 못하고 있는데도 남편은 저 할 일만 할 뿐이었다.

집 안 어디에도 그녀가 발 디딜 곳이 없었다. 꽁꽁 언 얼음 위를, 맨발로 디디고 선 것 같은 기분. 그러니 그가 안아올 때도 자연스러울 수가 없었다. 딱딱한 나무토막 같은 것이 갑자기 쇠를 달군 것처럼 뜨겁게 변해서 그녀의 안으로 침범할 때면 그저 숨을 죽이고서 참을 수밖에 없었다.

"침대에서? 아, 몰라. 징그러워 죽겠으니까 묻지 마."

남편의 출장이 한참이나 길어지면 가끔 가장 친한 친구를 붙들고 넋두리를 흘리곤 했다. 정말 그렇다기보다는 그냥 불만의 표현이었다. 막상 친구가 부부생활에 대해 물어오니 창피해서 둘러댄 것이기도 했고.

하지만 사실은 그 무뚝뚝하기만 한 남편이 저 할 것을 하고 나서 살포시 안아줄 때면 조금은 마음이 안정되곤 했다. 워낙 품이 넓어서 가끔 따뜻하단 생각도 들어 어느덧 그 안에서 소로록 잠이 든 때도 있었다.

그러나 그것도 오래가지 않았다. 어느 날부터인가, 결국 남편이 본색을 드러냈다. 그나마 안아주던 것까지 하지 않아 그녀는 완전히 외톨이가 되어버렸다. 안기는커녕 손도 대지 않았다.

"결국…… 의무도 끝났단 거야?"

그리고 오 개월, 놀랍게도 두 사람이 한침대에 누워 있었다. 정말이지, 하늘을 봐야 별을 딴다지만 그 뻔뻔한 하늘이 별을 마구 하사해 준다고 해도 이런 식으로 갑자기 남편 노릇하는 건 정말이지 부담스러웠다.

도대체 남편의 의도를 모르겠다. 남이라고 생각한 시점에서 완전히 포기하고 있었는데, 이렇게나 갑자기 제멋대로 경로를 틀어버리면 어쩌라는 건지, 무슨 마음을 먹고 저러는 건지 진아의 머릿속은 복잡하기만 했다. 아무튼 며칠 사이에 무슨 일이 있었는지는 모르겠지만.

"한 번만 더 쓸데없는 수작 해봐. 그땐 정말 가만히 안 둘 거니까."

침실과 연결된 욕실에서 쭈뼛거리며 나온 진아는 살금살금 발소리를 죽여 화장대 쪽으로 갔다. 다만 화장대가 침대와 가깝다는 게 문제였다.

샤워를 할 때 문득 이상해서 살펴보니 아래쪽이 화끈거리며 아픈 이유가 있었다. 순간 화르르 분노가 일었다. 저 남편이라는 작자가 동의도 없이 그렇고 그런 짓을 해버린 것이다. 절대 넘어가 줄 수 없는 문제였다.

하지만 막상 따지려고 보니 저 파렴치한과 눈을 마주치고 말을 섞어야 한다는 게 생각났다. 그래서 그저 부르르 떨며 샤워를 마칠 수밖에 없었다.

가운을 걸친 채 밖으로 나온 진아는 스킨이라도 대충 바르고 얼른 갈아입을 옷을 챙겨 나갈 생각으로 겨우 화장대까지 도착해 얼른 스킨 뚜껑을 열었다. 그 순간, 갑자기 허리에 가해온 힘이 진아를 끌고 가더니 그대로 침대로 쓰러뜨렸다. 진아는 너무 놀라 말도 안 나와 입만 뻥긋거려야 했다.

정말 뭐라도 잘못 먹은 건지, 도대체 왜 이러는 건데! 지금껏 남보다 더 남처럼 대해온 남자가 어째서 지금 자신을 안고, 아니 덮쳐 누르고 있는 거냔 말이다!

진아는 경악에 질려 굳은 채로 성준을 올려다보았다. 성준의 결 좋은 검은 머리카락이 살짝 곡선을 그리며 흘러내렸다. 그리고 아직 졸음이 다 가시지 않아 나른한 눈으로 진아를 내려다보며 입술 끝에 엷은 미소를 띠었다. 웃고 있다, 이 남자가.

'도대체…… 날 누구랑 착각하는 거야?'

모멸감이 일어 점점 더 통나무처럼 굳어가는 진아의 허리를 와락 안은 채로 성준이 천천히 얼굴을 숙였다. 진아는 도대체 이 남자가 무슨 짓을 하는 건지 커다란 동공을 움직이지도 못하고 굳어 있는 상태였다. 성준이 허스키하고 낮은 목소리를 조용히 흘렸다.

"여보…… 잘 잤어?"

"……!"

진아의 입술이 벌어졌다. 오로지 경악의 표현이었다.

그러나 성준은 지금 다른 의미로 들끓고 있었다. 열리는 그녀의 입술이 사랑스러워 미칠 지경이었다. 그녀의 가늘고 부드러운 여체를 다시 안고 있는 지금이 그렇게 뿌듯할 수 없었다. 다행스럽게도 욕구는 솔직하게 반응해 주고 있었다. 이대로라면 하루 종일이라도 그녀를 안을 수 있을 것 같았다.

어제, 아마도 피곤한 탓에 한 번밖에 사랑을 나누지 못한 것이 못내 안타까움으로 남았다. 느꼈던 그 쾌락을, 터질 것 같은 정염을 다시 느끼고 싶었다. 아직 일본 지사 때문에 자신이 필요한 일은 많았지만, 하루쯤은 쉬어야지 결정했다. 하루 종일 아내를 안고 있을 수만 있다면, 이 품 안에 아내를 가두어두고서 밤이 올 때까지, 어쩌면 그 후로도, 계속해서 키스를 되풀이하고 그녀의 부드러운 여체를 만질 수 있다면.

'여보라니…… 여보라니!'

반면 진아는 아직도 경악 중이었다. 어젯밤 그녀가 취기와 열기로 인해 자신도 모르게 내뱉었던 여보, 자기야, 성준 씨라는 여러 가지 표현이 얼마나 그를 달뜨게 했는지 그녀는 전혀 알지 못하는 것이다. 그중에서 가장 그의 마음을 끄는 건 바로 그 표현이었다. 여보…… 유성준이 이진아의 남편이라는 확실한 의미를 가진 단어였다.

이혼이라니, 생각할 수도 없었다. 한번 자신있게 다가서 보는 것이다. 징그러워 죽겠어, 그 문장의 압박을 뛰어넘어 보겠다. 이렇게 사랑스러운 그녀를 노력 한 번 해보지 않고서 놓아줄 수는 없었다. 그녀의 주변에 어떤 변화가 일어나고 있진 모르겠지만, 설사 그렇다고 하더라도, 노력해 보면 돌아봐 줄지도 모른다. 성준은 생각했다. 마음을 바꿔줄지도 모른다고. 그래 주었으면 좋겠다고. 그동안 해주지 못한 걸 돌려주며, 하나씩 하나씩 보상하면서…….

벌어진 그녀의 입술이 참을 수 없는 유혹으로 다가와 그의 신경세포를 모조리 태워 버릴 것 같다고 생각한 순간, 성준은 격정을 견디지 못하고서 진아의 머리를 왈칵 감싸 쥔 채 뜨거운 혀를 기도까지 밀어 넣었다. 순간 진아가 격렬하게 진동하며 그를 밀어냈지만 성준은 더욱 힘을 주어 끌어당겼다.

하아…… 목 안으로 터지는 격한 신음을 눌러가며 그녀의 혀를 부드럽게 감아올렸다. 손바닥 아래로 기분 좋은 온기가 느껴졌다. 진아의 머리를 감싸 쥐고 있던 한 손을 내려 가슴을 덥석 쥐었다. 그리고 힘껏 비틀며 더더욱 키스의 농도를 짙게 했다. 말할 수 없이 달콤한 즙이 그의 목 안으로 넘어갔다. 아깝다는 듯 모조리 삼키며 엄지와 검지로 유두를 집고 비틀었다. 그때까지도 진아는 반항을 멈추지 않았다. 그녀의 팔팔 뛰는 살아 있는 몸은 그의 열기를 늦추기는커녕 오히려 거세게 돌진하게 하는 것이었다.

결국 가슴을 맛보고 싶어 입술을 떼는 순간이었다.

"꺄아아악!"

입술이 속박에서 풀리자마자 터져 나온 비명 소리 때문에 성준이 잠깐 멈칫한 사이 진아가 있는 힘껏 성준을 밀어버렸다. 꽉 끌어안고 있는 상황이라면 모를까, 안 그래도 멈칫한 상태였기 때문에 성준은 휘청하며 뒤로 밀렸다. 하지만 그보다 더 큰 건 당황스러움이었다.

여전히 진아는 미친 듯 비명을 지르고 있었다. 후다닥 뒤로 물러나더니 몸을 동그랗게 말고서 침대 머리맡에서 죽일 듯 성준을 쏘아보았다.

"저, 저리 가! 당신, 뭐예요? 갑자기 왜 이래, 대체!"

성준은 천천히 머리카락을 쓸어 올렸다. 낮은 한숨이 흘러나왔다. 혹시 그럴지도 모른다는 생각은 했지만, 결국 어젯밤 그녀의 격한 반응은 주사의 한 종류였다는 뿐이란 건가. 그를 그렇게나 격렬하게 흔들었던 그 사랑스러움이 취기의 표현이었다니.

이렇게 허무할 수가 없었다. 하지만 무엇이 어떻든 결과는 다르지 않았다. 자신은 보아버린 것이다. 그녀의 사랑스러움을, 그녀의 뜨거움을, 그녀의 격렬함을. 그래서 절대 놓치고 싶지 않았다. 포기하고 싶지 않았다. 놓아주고 싶지 않았다.

"당신, 어제 일 생각 안 나?"

"그, 그래요! 내가 묻고 싶다구요! 당신, 어떻게 그렇게 파렴치할 수 있어요? 부부 간에도 강간이 성립한다는 거 몰라요? 신고해 버릴 거야!"

성준은 급기야 맥이 쭉 빠지고 말았다. 강간이라니…… 한 번 더 해도 좋다고 이쪽을 피눈물 나게 한 사람이 누군데 그런 소리를 하는 건지.

"지금껏 관심조차 없더니, 갑자기 왜 이러는데요? 누가 마음대로 해도 된다고 했어요? 한 번만 더 만져 봐요. 정말 꽉 물어버릴 거야!"

진아는 가운의 앞섶을 꽉 움켜쥔 채 원수 대하듯 성준을 노려보며 바락바락 소리쳤다. 성준은 그녀의 말들을 이해해 줘야 한다고 속으로 자신을 억누르면서도 화가 났다. 어제 그녀의 반응은 의지가 들어간 행동이 아니었으니 오늘 일이 갑작스러울 수는 있을 것이다. 하지만 지금 물러나면 지금까지와 똑같아지는 것이다. 그렇기 때문에라도 성준은 절대 지금 이 순간만은 그녀를 놓아줄 수가 없었다.

"……뭐라고 해도 좋아. 어쩔 수 없으니까."

결심했다는 듯 말을 흘린 성준은 그대로 다가가 진아의 팔을 꽉 쥐어 홱 끌어당겼다. 그리고 가슴에 안는 동시에 턱을 치켜올려 입술을 꽉 물다시피 해 강제로 벌려 혀를 섞었다. 그 미친 듯 감미로운 타액을 성수라도 되는 양 욕심껏 빨아 마시는 순간.

"으윽!"

가해오는 날카로운 통증에 성준은 진아를 놓아버릴 수밖에 없었다. 그와 동시에 진아는 파다닥 일어나 휘청휘청 침대에서 뛰어내려 그대로 침실을 빠져나갔다.

쿵!

그리고 크게 문이 닫히는 소리, 결국 서재로 숨어버린 것이다.

성준은 침대 위에서 얼음처럼 굳어 있었다. 뺨이 불에 닿은 듯 화끈거렸다. 천천히 손을 들어 볼을 쓸어보는 순간, 손가락 끝에 미끈거리는 액체가 묻어나왔다.

역시나 할퀴어진 상처에서 피가 몽글몽글 배어나오고 있었다. 할퀸 것이다. 그것도 아주 옹골지게, 진아의 손톱이 성준의 뺨을 사정없이 긁어버리고 말았다. 마치 끝내주게 날카로운 포크에 당한 것처럼, 뚜렷한 상처가 남아 있었다. 슬쩍 몸을 기울여 화장대에 비추어보니 오선지가 비스듬하게 핏빛으로 그려져 있었다.

"이…… 진아…… 너어……."

성준은 부들부들 떨며 오선지를 만지다가 또 통증이 일어 윽, 신음을 삼켰다. 아주 멋들어지게 그어진 그 선은, 일말의 망설임도 없는 확실한 응징이었다.

성준은 벌떡 일어났다. 침실 문을 신경질적으로 쾅 닫자마자 뚜벅뚜벅 걸어가 서재 문 앞에 섰다. 손잡이를 돌려보았지만 열릴 리가 없었다.

"문 열어."

고드름이 뚝뚝 떨어지도록 낮은 소리를 흘렸다. 그러나 안에선 아무런 대답이 없었다. 다시 손잡이를 철컥철컥 돌리며 이번엔 좀 더 큰 소리로 말했다.

"문 열어, 이진아!"

그러나 여전히 조용했다. 결국 마스터키를 찾으러 가려는 순간, 안에서 목소리가 터져 나왔다.

"열쇠 찾아서 들어오면 창문으로 뛰어내린 거야! 정말이에요!"

성준의 걸음이 우뚝 멈췄다. 결국 그의 눈동자에 천천히 상념이 돌았다. 방금 전까지 그렇게 환희에 차 있었는데, 지금의 그는 마치 죽은 사람 같았다.

천천히 무거운 발걸음을 돌려 서재 앞에 섰다. 손잡이엔 손도 대지 않고서, 뻗으려고 하는 손을 막기라도 하듯 주머니에 쿡 찌르고서 낮게 말했다.

"그렇게 싫다면…… 그래, 좋아. 이혼해 줄게."

그녀는 도저히 자신을 돌아봐 줄 마음이 없는 건가. 마음이 진공 상태에 갇힌 것처럼 갑갑했다. 안쪽은 여전히 조용했다.

"당신이 원하는 게 이혼이라면, 하자. 해줄 테니……."

"이 나쁜 남자! 결국 그거였어? 그거였니? 뭐, 이혼? 웃기지 말라 그래. 하고 싶으면 당신이나 하지 그래? 누구 좋은 일 시키라고 이혼을 해. 유감이지만 절대 안 해줘! 몇 억을 가져와 봐, 내가 해주나! 날 이 집에서 쫓아낼 수 있을 것 같아? 절대 안 나가! 안 나갈 거라구!"

여전히 닫힌 문 안에서 터져 나온 말이었다. 바락바락 얼마나 상기되어 소리를 치고 있을지 그대로 상상이 갈 만큼 독이 밴 목소리였다. 어제는 취해서 그랬다고 쳐도, 오늘처럼 저렇게 소리를 칠 수 있는 여자일 줄은 정말 몰랐다. 하긴, 부딪친 것도 어제오늘이 처음이었으니, 그녀의 저런 면이 없었다기보다는 발견하지 못했다는 표현이 옳을 것이다.

'이진아, 정말 성격 대단해. 독하구나, 당신.'

성준은 혀를 차고 있었다. 하지만 이상하게도 마음이 슬쩍 풀어져 가고 있었다.

아내란 여자는 문도 안 열어주고 남편의 얼굴을 할퀴고 도망 갔으며 저렇게 고래고래 못되게 소리를 치고 있는데도 마음이 물에 풀리는 잉크처럼 번져 가고 있는 이유는, 이혼 같은 것 절대 해주지 않겠다는 그녀의 말 때문이 아닐까. 그 말에 한없이 안심이 되는 탓이겠지. 도대체 그녀의 의도가 무언지는 모르겠지만, 당장이라도 이혼하겠다고 나올 줄 알았던 것보다는 백배 천배는 더 마음이 놓였다.

'당신, 그 말 사실이지? 우리 절대 이혼하지 않는 거지?'

다른 놈을 만나는 데다 남편 얼굴에 오선지까지 그린 여잔데, 오히려 이쪽에서 이혼하자고 나서도 모자랄 판에 이혼이 싫다는 말에 이렇게나 마음이 풀어지고 있으니 이게 무슨 조화인지 모르겠다. 그저 안심이 되고 기쁘기만 하니…… . 다만 그게 꼭 옆에서 피를 말려주겠다는 의도로 들려서 잠깐 섬뜩하긴 했지만…… .

성준은 미간을 살짝 찌푸린 채 서재 앞에 서 있었다. 무엇보다, 그녀의 갑작스러운 심경 변화는 또 어떻게 된 건지 궁금했다.

"누구 좋은 일 시키라고 이혼을 해!"

그녀는 그렇게 말했지만, 미안하지만 이혼을 하면 좋은 일 시키는 건 그녀 쪽이 아니었던가?

"당신, 정말 몇 억을 줘도 이혼…… 안 하겠다는 거지?"

확인인 듯, 스스로가 유치하다는 걸 알면서도 성준은 되묻고 있었다. 그녀의 목소리로 다시 확인 받고 싶다. 아직 그 바람피운 놈하고 아무런 관계도 아닌 거지?

안에서 조금은 기세가 줄어든 목소리가 흘러나왔다.

"안 해요. 절대 안 해줄 거니까 꿈 깨요. 난 죽어도 이 집에 있을 거니까, 당신은 지금처럼 하고 싶은 대로 해요. 별로, 당신은 필요없으니까."

결국, 성준의 눈썹은 구겨지고 말았다. 그가 바라는 방향이 전혀 아니었던 것이다. 성준은 경악한 채 문을 뚫어지게 노려보았다.

"당신…… 이진아, 당장 나와."

으르렁거리듯 잇새로 흘린 말이었다.

"문만 열어봐요."

"그러니까 당신, 나하고 살겠다는 거야, 말겠다는 거야? 손도 대지 말라면서, 이혼은 안 하겠다고? 그리고 나는 나대로 돌아다니라고?"

"그러니까 난 이 집에서만 있을 거라구요! 당신의 아내란 이름으로만 있어도 좋아요. 당신이 바람을 피우든 딴집 살림을 차리든 상관 안 할 거니까 가만히 좀 두라구요!"

지금 누가 바람을 피우고 있는 건지 그건 고사하고라도, 그녀

의 말은 충분히 독한 말이었다. 성준을 재생불능 상태로 만들고
도 남을 만큼. 하지만 진아는 또 한 번 친절하게도 확인사살까
지 시켜주었다.

"그러니까 한 번만 더 만지면, 정말 죽어버릴 거야!"

눈앞이 핑글 돌았다. 도대체 자신더러 살라는 건지, 죽으란
권유인 건지 그걸 도통 모르겠다.

"세상에, 차장님 얼굴 봤어? 그거 바, 반창고였지?"

"난 내가 잘못 본 건 줄 알았는데, 정말 반창고였어?"

회사 안은 숨죽인 소문들로 분위기가 흉흉해져 있었다. 평소
칼같이 출근하던 차장이 조금 지각을 해서 나타났는데 바로 그
얼굴이 문제였다. 그 수려하고 지적인 얼굴에, 정확히 한쪽 뺨
에 커다란 반창고가 붙어 있는 것이다. 여기에서 여직원들의 추
론이 활발하게 시작되었다.

"뭘까? 종기라도 나신 걸까? 그거겠지?"

"그, 그럼. 그거겠지. 아니면…… 넘어지셨다거나."

"그래, 맞아! 확 넘어졌는데 옆으로 슬라이딩을 해서 뺨이 긁
힌 거야. 틀림없어."

얼굴에 난 상처는 주로 맞거나 혹은 할퀴어지거나, 둘 중 하
나라는 것을 그녀들은 이미 잘 알고 있었다. 전자의 경우는 성
준의 평소 이미지상 불가능한 것이었고, 후자일 확률이 많았는
데 그렇다면 누가 되었든 여자와 연결시켜야 할 소지가 다분했

다. 그중에서도 보통 아내일 가능성이 가장 컸기 때문에 여직원들은 고의로 부인하고 있는 상황이었다.

'설마, 정말 부부싸움인 거야? 그건 왠지…….'

성종과 폐비 윤씨의 일화가 생각나는 그녀들이었다. 주로 잠자리에서 자주 일어나는 에피소드로서…… 그렇다는 건 차장님이 아내를 완력으로 안으려고 했다가 아내가 반항을 했다는 그림이 그려지는데.

'아니, 감히 어쩌자고 반항을 해? 주신 떡은 고이 먹어야지!'

그렇게 부러움의 결과로 이어질까 봐 결코 인정하지 않는 것이다.

한편 여직원들을 까무러치게 만들어놓은 장본인은 차장실로 들어가자마자 서류 가방을 팽개치듯 놓고 재킷을 벗었다. 의자에 앉아 잘 피우지 않는 담배를 찾아 서랍을 뒤졌지만 없었다. 무척이나 금단증상이 밀려왔다. 별로 흥미를 두지 않는 담배인데 금단증상이라니, 그저 그의 마음이 그만큼 신경질적이란 것의 반증일 뿐이었다.

컴퓨터 부팅조차 하지 않고서 테이블을 손가락으로 두드리며 앉아 있는데 휴대폰이 울렸다. 그는 서둘러 재킷을 잡아채 안주머니에서 휴대폰을 꺼냈다. 혹시나 아내일지도 모른다고 생각했지만, 액정에 뜨는 이름은 한심하게도 친구 종원이었다. 받을까 말까 망설이다가 끙, 하는 소리를 흘리며 휴대폰을 귀에 댔다.

"왜."

전화를 걸어온 의도가 빤했기 때문에 건조하게 말했더니 역시나 종원이 기다렸다는 듯 물어왔다.

[마누라 사정은 어떻게 된 거냐? 어젯밤에 집에는 들어왔겠지? 설마 안 들어온 거 아니야? 둘이 같이 나가는 것까진 목격했는데.]

성준의 짙은 눈썹이 꿈틀거렸다.

"이봐, 변호사 양반. 요즘 사건 없어? 손가락 빨고 싶어? 얼른 일이나 하지 그래."

[그 친구, 까칠하게 나오네. 혹시 오해할까 봐 미리 말해두는 건데, 알량한 동정심이나 얄팍한 호기심으로 친구를 들쑤시려고 아침부터 전화한 건 아니거든?]

"한데 왜 알량한 동정심, 혹은 얄팍한 호기심인 것처럼 들리는 걸까."

[그거야 네 인격 수양이 부족해서 그렇지. 나는 말이지, 어쩐지 네 아내가 너무 어린 게 늘 신경이 쓰였거든. 솔직히 띠동갑이면 부녀지간이라고 하는 게 낫지, 안 그래?]

"왜, 직접 찾아와서 비웃어주지 그 너머에서 그러고 있어? 당장 이리로 달려와. 아니면 내가 그리로 갈까?"

성준은 진심으로 친구에게 어퍼컷을 먹여주고 싶었다. 그 친구가 아무리 결혼 이십 년 차로 요즘 매일매일이 지옥 같은 갱년기라고 해도, 어째서 다른 이도 아닌 가장 친한 친구의 슬픈 가정사를 두고 저렇게 놀려댈 수 있는 건지.

[과연 귀여운 마누라님께서는 뭐라고 하셨을까? 물론 발뺌하셨겠지? 아 참참참. 우리 성준 어른께서는 그런 일로 아내를 들볶을 위인이 아니시지? 네 인격에, 네 내공에, 네 그 근엄한 성격으로 어찌 아내를 닦달하는 짓을 할 수 있겠어.]

"비꼬고 싶은 마음은 알겠지만, 그 말 그대로야. 즐거움에 동조를 해주지 못해서 미안해 죽겠네. 한 마디도 묻지 않았으니까."

잠시 저쪽이 조용했다. 설마 그랬겠느냐고 떠보는 식으로 말해봤는데 정말 그랬다고 하니 놀란 것 같았다.

성준은 자신의 아내가 이런 일에 왈가왈부되어야 한다는 것 자체가 기분 나빴다. 하지만 다른 이도 아닌 종원이 직접 목격을 했다고 하니 일단 이 남자의 전화를 끊어버릴 수는 없었다. 그냥 두면 또 어떤 억측이 나돌지 모르므로.

[유성준, 미쳤군. 돌았어. 설마 내가 헛것을 본 거라고 생각하는 건 아니겠지? 유감이지만 이 눈으로 똑똑히 봤다고. 분명히 네 부인은 남자를 만나고 있었고, 분위기가 보통 요상한 게 아니었어. 그래, 톡 까놓고 말해서 네 부인은 좀 취해서 뭐가 뭔지 분간을 못하는 것 같았지만 그 상대편의 미끈하게 잘빠진 총각은 분명히 흑심이 있는 눈이었다고. 같은 남자로서 단번에 알아차릴 수 있는 눈! 아주 완전히 폭 빠진 눈! 혹은 유혹하고 싶어

죽겠다는 눈!]

　친구가 불행에 빠지지 않도록 나름대로 변론하고 있는 종원의 얕은 우정에는 일단 감사하는 바였다. 성준이 낮게 입을 열었다.

　"하지만 아직은 추측일 뿐인 것도 사실이지. 그런 말에 휘둘리고 싶지 않아. 적어도 내 눈으로 직접 보지 않은 이상은, 내가 확인하지 않은 이상은 어떤 말도 듣지 않을 생각이니까 그렇게 알아."

　[하! 천하의 성준이 어린 아내한테 완전히 맛이 갔구만. 큰일이야, 이거 진짜 큰일이야. 그러다가 철썩 배신당하면 가엾어서 어찌 보나. 좋아, 그럼 입 맞춘 건 어쩔래? 네 마누라 몸에다가 다른 놈이 도장을 찍었다고. 취해 있는데 제멋대로 한 거라고 해도, 딴 놈이 입을 맞췄다는데 기분 나쁘지도 않아?]

　성준의 눈동자가 무서울 정도로 차갑게 식었다. 얼음 같은 기색으로 그가 낮게 입을 열었다.

　"어제, 다 소독했어. 어떤 놈이 한 번 키스하면 나는 열 번 한다. 어떤 놈이 백 번 키스하면 나는 천 번 해. 왜냐, 난 진아의 남편이니까. 진아가 아내의 의무를 벗어나는 행동을 해도 상관없어. 언제든 끌고 와서 내 옆에 앉혀둘 테니까. 대신 그놈, 책임지고 찾아. 변호사니까 그 정도는 할 수 있겠지?"

　성준의 기에 질린 걸까, 아니면 그의 황당한 사고방식에 질린 걸까. 종원은 한 마디도 하지 못하고 있었다. 한참이나 후에 그가 말했다.

[잡으면, 잡으면 뭘 하려고?]

성준이 킥 웃었다.

"건방지게 함부로 내 것을 빼앗았으니, 천억 배로 돌려줘야지."

유성준, 그 차분한 성격에 저렇게 말할 정도면 심하게 많이 참고 있었다는 걸 종원은 뼈저리게 느껴야 했다.

그 미지의 '미끈하게' 생긴 놈은 조만간 잡을 수 있을 것이다. 도대체 무슨 마음을 먹고 가정이 있는 여자에게 접근한 것인지, 얼마나 맞고 싶어서 감히 남의 아내의 입술을 건드린 것인지 그 얼굴을 똑똑히 봐줄 필요가 있었다. 그로 인해 누군가가 진아의 뒤를 쫓을 일이 필요악으로 생기겠지만 어쩔 수 없는 일이었다. 나중에 진아가 기분 나빠한다고 해도 방법이 없었다. 지금 그가 유일하게 기대하는 것은.

[네 부인은 좀 취해서 뭐가 뭔지 분간을 못하는 것 같았지만.]

그 말 많고 한심한 친구가 내뱉은 말의 일부였다. 그 말에 따르면 진아는 불시에 습격을 당한 것이라 볼 수 있었다. 무엇보다 그녀의 주사는, 아무래도 기억이 홀라당 날아가는 것 같으니 더더욱 가능성이 컸다. 매달리고 싶은 동아줄이었다. 그녀의 의지와 무관하게, 오로지 취해 있는 그녀가 사랑스러워서, 성준이 그녀를 보았을 때 그랬듯 너무나 사랑스러워서 그놈이 충동적으로, 제멋대로 한 행동이기를.

'그러기 위해선, 일단 금주령부터 내려야겠군.'

성준은 중얼거리며 엘리베이터에서 내렸다. 한 층 위에 있는 사무실로 가는 길인데, 마침 여직원들이 모여 있었다. 성준이 모습을 나타낸 순간 여직원들의 무리에 한바탕 바람이 일었다. 그녀들은 호기심 어린 눈을 총총히 빛내며 성준을 바라보았다. 그러나 고급 질감의 정장 바지 주머니에 한 손을 찔러 넣은 채 아래만 내려다보며 걷고 있는 성준은 여직원들의 시선조차 알지 못했다. 그녀들의 시선이 성준의 뺨에, 정확히 말해 그 심란한 반창고에 머물렀다.

여직원들은 어떻게든 그 사연을 알고 싶었지만, 성준을 불러 세워 자연스럽게 말을 걸 정도의 용기가 있는 사람은 그들 중에 없었다. 그때 마침 저쪽에서 그녀들의 구세주가 나타났다. 그러니까 이화진 팀장, 현재 남편과 별거 상태이긴 했지만 미모와 능력만은 인정해 줄 수밖에 없는 멋진 여성이었다.

그녀가 때마침 성준을 마주 보고 아는 체를 했다. 족히 170cm은 되어 보이는 저 늘씬한 키와 질투를 일으키게끔 만드는 날씬한 몸매.

'그래, 저 정도는 돼야 차장님하고 어울리지. 결혼하려면 둘이서 하든지. 그러면 기세에 눌려서라도 포기할 텐데.'

여직원들은 그런 생각을 하며 두 사람이 접선하는 지점까지 슬금슬금, 아닌 척 다가갔다. 혹시라도 어떤 정보를 들을 수 있지 않을까 하는 요행이었다.

"세상에. 차장님, 그 멋진 붕대는 도대체 뭐예요?"

안 그래도 화진 팀장이 바로 여직원들이 궁금해하는 그것에 대해 정확히 물어봐 주었다. 역시 그녀는 그녀들의 구세주였다. 안 듣는 척하면서 여직원들이 귀를 쫑긋하고 있는 가운데, 성준이 자신의 뺨을 슬쩍 훑더니 대답했다.

"붕대가 아니라 반창고야."

여직원들은 경악을 했다. 지금 그런 대답을 듣고 싶은 게 아니거든요!

화진이 쿡쿡 웃었다.

"누가 몰라요? 늘 자로 잰 듯 깔끔하신 분이 복서처럼 얼굴에 반갑지 않은 하얀 덩어리를 얹고 있으니 하는 말 아니에요."

"좀, 개인적인 상처야."

아침에 진아에게 당했던 순간이 떠오르자 또 울컥해져서 성준이 중얼거리듯 말했다. 그렇게나 자신이 싫은 건지, 생각할수록 분하고 서운했다.

"호호, 남자의 얼굴에 난 상처는 주로 가해자가 여자일 경우가 많다죠. 설마, 바람피우다가 사모님께 들킨 건 아니겠죠?"

성준이 쿡 웃었다. 그 반대였다. 바람피운 아내에게 내 거라고 도장 찍으려다가 당했다.

"내 와이프, 좀 안으려고 했더니 이렇게 할퀴어 버리네. 고양이 띠인지, 쯧쯧."

그리고 성준은 저편으로 사라졌다. 순간 남은 화진도, 또 한쪽에서 귀를 쫑긋하고 있던 여직원들도 모두 굳어버렸다. 화진은 지금 자신이 무슨 말을 들은 건지 고개를 갸웃거렸고, 여직원들은 절망감으로 몸부림쳤다.

'내…… 와이프?'

'조, 좀 안으려고 했더니?'

'할퀴어 버리네?'

'오, 마이 갓!'

휘갈겨 썼던 그 어떤 각본도 맞지 않았다. 가장 불가능하다고, 아니, 아니길 바란 최악의 시나리오가 정답이었다니!

여직원들이 흐늘흐늘해져 있는 가운데 화진이 쿡 웃으며 지나갔다.

"왠지 샘나네. 나도 화해나 해볼까나?"

진아는 통화하며 거리를 걷고 있었다. 겁나기도 하고, 민망하기도 해서 사실은 당장이라도 짐 가방을 싸들고 나오고 싶은 심정이었지만 갈 데도 없었고, 성준에게 말했던 것처럼 절대 그 집에서 제 발로 걸어나갈 마음도 없었다. 도대체 남편의 속마음을 모르겠다. 여태까지 그렇게 소 닭 보듯 하더니 별안간 아침의 그 키스는 도대체 뭐란 말인가.

'어젯밤에 정말 날 때렸나?'

속으로 중얼거리는 진아의 귀로 큰 목소리가 파고들었다.

[엄마 말 듣고 있는 거니? 얘, 진아야!]

"어? 어, 듣고 있어. 근데 방금 뭐라고 했어?"

[소식 말이야. 아직 소식 없냐고.]

"내가 엄마한테 소식 알려줄 게 있었어?"

어머니 최 여사의 한숨 소리가 여기까지 짙게 들려왔다.

[넌 어째 시집가서도 그 모양이니? 아기 말이다, 아기 소식
없냐구.]

순간 진아는 깜짝 놀라 자신도 모르게 통화구를 막고 주변을
둘러보았다. 누가 들을 것도 아니고, 설령 듣는다고 해도 부부
사이에 아이가 생기는 게 뭐가 그렇게 창피할 일이라고 진아는
바짝 긴장하고 있었다. 도대체가 하늘을 봐야 별을 딸 게 아닌
가, 그런데 엄마는 무슨 마음으로……. 아니다, 어제 별을 딸 기
회는 분명 존재했던 건 같다. 도무지 기억이 가물가물해서 문제
였지만.

"어, 없어! 엄마는 창피하게 그런 걸 막 묻고 그래. 주책이야,
정말."

[무슨 딴소리야? 외할머니가 손자 보겠다는 게 뭐가 주책이
야? 그렇게 대답하는 네가 더 주책이야. 도대체 사돈 볼 낯이 서
야지. 저쪽은 오매불망 손자를 기다리는 것 같던데. 유 서방 나
이도 있잖아. 안 되겠다, 엄마랑 날짜 잡아서 다시 한의원에 가

보자.]

"미안하지만 전에 사준 보약 아직도 먹고 있거든요?"

거짓말이다. 냉장고에 넣어놓고 하루에 하나씩 먹는 척하며 버리고 있었다. 지금 시국이, 부부가 합심해서 아이를 기다리는 게 문제가 아니었다.

이대로 미치도록 각방을 쓰고 싶은 상황이라는 걸 알면 어머니는 과연 뭐라고 하실까. 신기하게도 그동안 그렇게 사이가 나빴는데도 잠은 한침대에서 잤던 것이다. 하긴, 저쪽이 전혀 꿈쩍도 하지 않았으니 아무리 침대라고 해도 안전지대나 마찬가지였다. 다만 어제부로 그곳은 비무장지대가 되었다.

[네 언니도 도통 아기 소식이 없어서 피가 마르는데 너까지 왜 그러니?]

그건 진아의 바로 위 언니인 현아에 대한 말이었다.

"그럼 그쪽이나 닦달해요. 난 아직 일 년밖에 안 됐지만 그쪽은 이 년도 더 됐잖아? 나보다 언니가 더 문제네 뭐."

[현아는 일하잖아! 그 뭐냐, 딩크족이냐? 그거라고 자신있게 소리치고 있는데 어떻게 닦달하니?]

그렇게 말씀하시면 또 기분 나빠지는 것이다. 언니는 능력있는 연구원이라서 아이 따위 안 낳아도 되는 거고, 자신은 그저 집에서 놀고먹기 때문에 일단 애부터 낳아서 집구석에서 퍼질러 있어야 한다는 걸까? 엄마지만 가끔씩 서운해져서 미치겠다.

[시댁에선 아무 말씀도 안 하셔?]

"글쎄, 찾아가지 않은 지 오래돼서. 그 사람 일이 바쁘잖아. 그래서 그런지 명절 때 이후로 안 건드리시네. 아니면 포기하신 건지."

[……도대체 유 서방하고 너, 정말 아무 문제도 없는 거니?]

더 추궁당할까 싶어 전화통화 중임에도 진아는 얼른 눈가에 돌던 상념을 지우고 쾌활하게 웃었다.

"문제는 무슨 문제. 잘 지내고 있으니까 걱정 말아요."

[아직도 갓 선본 상대마냥 서먹서먹해 보이니까 하는 말 아니니. 아버지도 내색은 안 하셔도 걱정하시는 것 같아. 괜히 나이 많은 신랑한테 시집보낸 건 아닌가 싶으신지.]

그럴 거면 진작에 보내지 마시든지. 진아는 지금 와서 그런 얘기 해봐야 뭐 하겠냐 싶어 대충 다른 말로 둘러대고서 서둘러 전화를 끊었다. 아니면 괜히 질질 짜는 모습을 보여 버릴지도 모른다. 하지만 진아는 그런 모습을 어머니에게 보여주고 싶지 않았다.

커오면서 어머니의 관심은 자연히 어디에서도 돋보이는 세 언니들에게 집중될 수밖에 없었고, 때문에 그녀는 옆으로 밀려나게 되었다. 그래서 늘 어머니가 서먹했는데, 지금 와서 막내딸에게 저렇듯 자주 전화를 하시는 것은 아마도 시집보내 놓고 나니 키울 때 잘 챙겨주지 못한 것이 못내 미안해서는 아닐지.

물론 기본적으로는 어머니를 좋아한다고 하더라도, 지금 와서 스스럼없는 모녀처럼 굴자니 그것도 좀 민망한 건 솔직한 마음이었다.

"그러고 보니 현아 언니랑도 연락 안 한 지 오래됐네."

막내언니인 현아와는 위의 언니들보다는 조금 더 가까웠다. 큰언니와 둘째언니는 열성 인자를 몰아서 타고난 진아를 늘 덜떨어진 동생쯤으로 취급하는 쪽이었다. 저 잘난 맛에 사는 언니들이라서 진아는 위의 두 언니를 별로 좋아하지 않았다.

그러나 현아는 달랐다. 똑같이 그 위의 언니들처럼 우성 인자를 타고나긴 했지만 진아와 자주 놀아주고 좋은 말들도 많이 해주고 상담도 해주곤 했던 것이다.

무엇보다 현아는 성격 자체가 곱고 착한 사람이었다. 그 얼굴에서 미소가 떠난 적도 없었다. 딱 한 번, 결혼 전에 잠깐 날카로운 모습을 하긴 했었다. 그 당시에 아버지하고 자주 반목을 하는 것 같아서 진아는 도대체 무슨 일인지, 혹은 자신이 도움이 되어줄 일은 없는지 항상 현아의 주변을 기웃거리곤 했다.

"괜찮아. 별일 아니야."

하지만 그때마다 현아는 그런 말로 진아를 안심시켰다. 그러나 진아는 자신도 언니에게 도움이 되어주고 싶었다. 혹시 자신이 미덥지 않아서 언니가 말조차 해주지 않는 건 아닐까. 자신이 조금만 더 똑똑하고 지혜로웠다면, 언니가 힘들 때 위로라도 해줄 수 있었을 텐데.

잘은 몰랐지만 결혼 문제로 다투는 것 같았다. 아버지도, 언니도 어떤 말도 해주지 않았기 때문에 그 이상은 몰랐지만, 다만 그때 아버지의 표정이 무척 무서웠던 건 똑똑히 기억났다. 덕분에 지레 겁을 먹은 진아는 막상 자신의 결혼이 닥쳐오자 아버지에게 단 한 마디의 반항도 하지 못하고 따르게 되었다.

"차라리 똑같이 잘나게 낳아주시든지, 아니면…… 그냥 낳지 마시지."

진아는 자신도 모르게 힘이 빠져 버렸다. 문득 민기의 목소리가 떠올랐다.

"난 진아 씨가 좋아요. 만나면 함께 공기 속에 떠 있는 것 같아요."

"진아 씨 눈은 세상에서 가장 순수한 보석이에요. 아주 순결한 검은 빛."

"진아 씨하고 한 번만 키스해 봤으면 좋겠어요. 그럼 어떤 기분일까."

"무례했다면 용서해요. 하지만 내가 한 말을 후회하진 않아요."

"헤어지기 싫어요. 조금 더 있다가 들어가요. 조금만 더, 함께 있어줘요."

태어나서 누군가에게 처음으로 소중한 존재가 된 것 같았다. 자신이 꼭 필요한 사람이 된 듯 무척이나 귀해지는 느낌. 지금 껏 그 누구에게도 자신이 필요한 존재라는 생각을 해본 적이 없었다. 늘, 항상, 덤으로 머물고 있는 듯한 느낌.

그래서 진아는 민기에게 많은 위로를 받았다. 정말 마음 깊이 믿고 의지할 수 있는 친구를 만난 느낌. 그래서 지금도 그의 해 사하고 상냥한 목소리가 듣고 싶다. 타인이 자신에게 그렇게 다 정하고 친절하게 대해준 건 정말 오랜만이지 싶다. 결혼 후에는 특히 더 그랬다. 가장 가까워야 할 사람이 늘, 너무나 멀었던 것 이다.

"벤처업체인 MCA커뮤니케이션에서 문자메시지, 착신전화, 통화녹음이 가능한 동시에 메신저를 통해 부가서비스를 제공받 을 수 있는 소프트폰을 출시 예정 중입니다. 케이블업체에서는 초고속 인터넷, 케이블TV, 와이파이폰을 아우르는 3종 세트를 하드폰으로 내놓고 있고…… 저기, 차장님?"

보고를 올리고 있던 상현은 오늘따라 전혀 집중하지 않는 것 같은 상사를 쳐다보며 고개를 갸웃거렸다. 일하는 와중에 다른 생각이라니, 전에 없던 일이었다. 그러나 성준은 무슨 생각에 빠져 있는 건지 전혀 반응이 없었다.

상현의 시선이 자신도 모르게 그의 뺨으로 내려앉았다. 사내에 파다하게 번진 소문처럼, 저것이 진정 사모님의 작품이란 말인가. 도저히 믿기지 않는 사실이었다. 무엇보다, 누가 보더라도 의심스러울 수밖에 없는 저런 모습을 하고서 나타난 성준 자체가 신기했다. 또한 사모님의 작품이라는 걸 말한 당사자도 바로 유성준 차장 본인이라니. 성준은 사생활이 건드려지는 걸 가장 싫어했다. 그런데 요즘 그의 신변에 도대체 무슨 변화가 일고 있는 건지.

"차장님……."

"지금 보고하던 것 정리해서 내일 서류로 올려줘. 난 퇴근할 테니까."

그가 벌떡 일어나는 바람에 상현이 공처럼 휘둥그레진 눈으로 성준을 쳐다보았다.

"……퇴근, 말씀이십니까? 아직 여섯 시밖에 안 됐는데요?"

정식 퇴근은 일곱 시였다. 물론 차장이 자신의 퇴근 시간을 임의대로 조정하는 거야 문젯거리가 아니었지만, 스스로 퇴근을 앞당겨 한 경우는 한 번도 없었기 때문에 받아들이는 쪽이 적응이 잘 안 되는 것이다.

벌써 재킷을 걸치고 있던 성준이 상현을 흘끗 쳐다보았다. 눈을 가늘게 뜨고서 상현을 탐색하듯 보자 상현은 자신도 모르게 긴장했다. 상사의 표정에 탐탁지 않은 불쾌감이 묻어 있어서 상현은 억울했다. 퇴근을 한다는 것에 대해 불만이 있다는 게 아니라, 그저 놀라워서 반문한 것뿐이었는데.

"일이란 능률의 포인트를 잡는 게 중요하지. 자네 말이야, 아무리 붙들고 있어봐야 별 효과가 없을 것 같은 작업을 하고 있다고 치면 어떻게 할 테야?"

"그야…… 잠시 손에서 놓아야겠…… 지요?"

"좋아, 그래서 이 시점에서 퇴근이야."

그리고 성준은 휭하니 사무실을 나가 버렸다.

상현은 고개를 끄덕이지도, 그렇다고 갸우뚱하지도 못하고서 서 있었다. 말의 의미를 알아듣기는 하겠는데, 그런 말을 한 주체가 성준이라는 것이 가장 큰 문제였다. 유성준 차장은 눈에 보이는 효과가 전무한 일일지라도 승냥이 떼처럼 물고 늘어져 결국 성사시키고야 마는 인물로 유명했기 때문이다.

"도대체…… 원론 자체를 변화시키실 줄이야."

한편 그 원론을 변화시킨 인물은 지하주차장에서 차를 끌어내자마자 바로 빌라로 직행했다. 무엇보다 불안했다. 설마 오늘도 그놈을 만나고 있는 건 아닐까 걱정이 일어서 도무지 일이 손에 잡히지 않았다. 그렇다고 전화를 해보기도 민망한 것이, 지금껏 한 번도 하지 않던 짓을 감시의 명목으로 하자니 속이 찔릴 수밖에 없었다.

조바심과 같은 번뇌가 그를 통째로 뒤흔들고 있었다. 아내의 옆에 다른 누군가가 있다. 있는 건 분명하다. 그런데 하필이면 그 사실을 아는 동시에 그녀의 숨겨져 있던 어떤 면을 그가 발견해 버렸다. 그것은 그를 매혹시킬 만큼 강렬한 것이었다. 차라리 술 따위 취하지 말아서 늘 그랬던 것처럼 먼 아내로 있든지, 그것도 아니면 바람 같은 것 피우지 말아서 이쪽을 도발시키지나 말지. 어째서 동시에 두 가지를 해버려서 이렇게나 자신을 안달나게 하는 건지. 손에서 놓치게 될까 봐 초조하게 만드는 건지.

다시, 어제의 그녀를 만나고 싶었다. 뜨겁고, 뜨겁고, 뜨거운 그녀를 만나고 싶다. 안고 싶었다. 벌써부터 손가락 끝에 경련이 일 만큼, 어제 일만 생각하면 짜릿해지고 심장이 무서운 속도로 뜨거워졌다.

"혹시라도, 막상 놓친다는 생각을 하니 아까운 것이라면……."

일까지 뒷전으로 미루고 있는 자신이 이해가 안 가서 성준은 거칠게 중얼거렸다. 하지만 그 어떤 이유이든 진아에게 모조리 집중하고 있는 자신으로 귀결된다는 건 마찬가지였다. 한 번 만들어진 가정은 되도록 끝까지 유지하고 싶었다. 그게 그의 의무감 담긴 생각이었다. 그런데 지금은 그런 생각에 진아에 대한 소유욕까지 더해져서 욕망과 초조함은 걷잡을 수 없을 정도로 커지고 있었다. 어쩔 수 없다. 지금은 그저, 진아의 얼굴을 보면 안심이 될 것 같았다.

일부러 초인종을 누르지 않았다. 아직 여섯 시가 조금 지난 시간이었다. 그런즉 오는 길에 엄청나게 밟았다는 뜻이었다. 있겠지, 생각하며 안으로 들어가니 역시 주방 쪽에서 소리가 흘러나왔다.

 늘 늦게 퇴근하거나 혹은 잘 들어오지도 않는 남편이었는데도 진아는 언제라도 저녁을 먹을 수 있게끔 간단하게나마 준비해 놓고 있었다. 통통통 도마 소리가 들리는 걸 보니 저녁 준비를 하는 모양이었다.

 일단 재킷을 벗은 성준은 차 키를 장식장 위에 놓고서 타이를 느슨하게 했다. 이끌리듯 소리가 나는 쪽으로 다가가 주방의 커튼을 살짝 밀쳐 내자 진아의 모습이 보였다.

 그녀는 역시 새하얀 에이프런을 두르고 무언가를 만들고 있었다. 머리카락을 하나로 차분하게 모아 묶은 터라 하얀 목덜미가 더더욱 뽀얗게 드러났다. 집중하고 있는 옆선과 입술선이 참 곱다는 생각을 했다. 성준의 입가에 자신도 모르게 엷은 미소가 걸렸다.

 사라락, 손에서 커튼을 놓은 성준은 천천히 진아 쪽으로 다가섰다. 하지만 갑작스러운 인기척에 진아가 놀랄 수도 있다는 생각이 들자 잠깐 걸음을 멈추고서 흠흠, 헛기침을 했다.

 "어마! 아앗!"

 순간 터진 두 가지의 비명 소리에 성준의 눈이 번쩍 떠지더니 바람처럼 진아에게 달려갔다. 첫 번째 비명은 놀라서 본능적으로 터져 나온 소리겠지만, 두 번째 것이 문제였다. 아니나 다를까, 칼에 다친 그녀의 손가락에서 피가 배어나오고 있었다.

 "이 바보!"

소리를 버럭 지른 성준은 진아의 손을 빼앗듯이 가져와 두 번도 생각하지 않고 피가 나는 손가락을 입술로 물고 쏙 빨았다.

감싸듯 상처에 혀를 대는 순간 찡그려져 있던 진아의 눈매가 활짝 열렸다. 다만 그건 결코 환영의 의미가 아니었다. 이를 테면 경악 같은 것이었다.

알고 있었지만 성준은 못 본 체하고서 진아의 손가락에서 나오는 피를 빨아 뱉고서 곧장 손목을 끌었다.

"아, 아파요. 어디 가요?"

"치료해야지. 누가…… 그렇게 놀라게 하려고 그런 줄 알아?"

속상해서 괜히 더 퉁명스러운 어조만 나갔다. 나름대로 놀라게 하지 않으려고 한 행동이었는데 오히려 그것 때문에 더 놀라서 이렇게 손까지 베어버리다니. 꼭 두 사람의 전혀 맞지 않는 현재를 보여주는 것 같아서 성준은 무작정 가슴이 쓰렸다.

진아를 소파에 앉힌 그는 거실에서 약상자를 꺼내 일단 소독부터 했다. 진아가 아야아야! 온갖 소리를 내며 발발 떨자 성준은 미안하면서도 그 모습이 자꾸만 귀엽다는 생각만 들었다. 머리카락을 하나로 묶고 있어서 그런 걸까, 진아의 얼굴이 오늘따라 더 작아 보였다.

연고를 바르고 거즈로 덮었다. 반창고로 마무리를 하는 것으로 모든 응급처치가 끝났지만, 성준은 잡은 진아의 손을 놓지 않고 있었다.

"괜히…… 덧나지 말아야 할 텐데 걱정이다. 많이 쓰려?"

진아는 고개를 저었다. 쭈뼛거리며 성준의 시선을 피했다. 이 남자가 또 시작이다, 란 생각을 하며.

정말이지, 이렇게 갑자기 태도를 틀어 자상하게, 성실하게 대해주니 어찌해야 할 바를 모르겠다. 아침부터, 아니, 정확히 말하면 어젯밤부터겠지. 무언가 달라진 듯한 그 모습 때문에 정신을 차리지 못하겠다. 되레 지금 모습이 더 낯설어서, 남편 유성준이 아닌 것 같다. 전에는 외롭긴 했지만 그래도 마음은 편했었다. 늘 멀리 있는 사람이란 생각에, 일정 부분 벽인 양 취급할 수 있었는데.

"난 괜찮아요. 조금 아릿하기만 하니까. 그보다, 얼굴 미안해요."

그저 부담스러울 뿐이었다. 남처럼 취급해도 부담스럽고, 지금처럼 잘해줘도 부담스러우니 이 남자와 자신의 궁합을 도저히 모르겠다. 게다가 저 얼굴의 반창고도 심히 그녀의 마음을 심란하게 하는 부분이었고.

"그러니까…… 다음부터는 강제로 그러지 말아요."

갑자기 성준이 쿡 웃었다. 진아가 흘끗 쳐다보자 성준이 부드러운 미소를 입가에 띤 채 입을 열었다.

"당신, 그것 참 나쁜 말이야. 나 당신 남편이야. 내가 강제로 그러지 않게 하려면 당신도 날 그렇게 거부하면 안 되는 거잖아?"

"가, 가스레인지에 찌개 올려놨어요. 빨리 가봐야 해."

진아는 일순간 할 말이 없어져서 얼른 다른 말을 둘러댔다. 솔직히 다음에도 또 그런 행동을 하면 또다시 할퀴지 않을 보장도 없었고, 그래서 얼른 가버리고 싶어 손을 빼려 했지만 꽉 쥐어진 손은 꿈쩍도 하지 않았다. 성준은 힘을 들인 듯 아닌 듯 그녀의 손을 고정시키고 있었다.

진아는 정말이지 숨이 막힐 것 같아 더욱 힘주어 손을 빼보았다. 하지만 여전히 놓아주지 않는 그, 긴장이 되어서 미칠 것 같았다. 겉모습만 유성준인 다른 남자 같다. 저 부드러운 눈길은 너무 부담스러울 뿐인데, 어쩌자고 자꾸만 거품이 예쁘게 인 카푸치노처럼 상냥한 눈으로 자신을 보는 건지.

"왜, 왜 이래요. 찌개 끓는다고 했잖아요."

이제 와서 왜 그러는 거예요. 뭘 원하는 건데요. 도대체 무슨 마음인 거냐구요!

"당신, 왜 자꾸 내 눈을 피해. 우린 부부야. 남이 아니란 말이야!"

하지만 진아는 고개를 돌려 버렸다. 무조건 거부하고 싶은 마음 반, 그러지 말아야 한단 마음 반. 아무튼 지금 이 상황이 아주 많이 초조한 것만은 사실이었다. 자연스러워지지가 않았다. 그래서 고개를 돌린 순간, 뻗어온 성준의 손이 진아의 턱을 고정하고서 억지로 그를 보게 했다.

"나 좀 봐. 진아야, 여보. 나라고, 당신 남편."

그때였다. 턱이 잡힌 채로도 어떻게든 반대편으로 고개를 돌리려고 애쓰던 진아의 입술에서 짧은 조소의 소리가 흘러나왔다.

순간 성준의 심장이 본능적으로 싸늘하게 식었다. 턱에 닿아 있는 그의 손에 더욱 힘이 들어갔다.

"꼭, 그래야겠어? 노력하고 싶은데, 당신에게 사과하고 싶은데 꼭 그렇게 무시해야겠어?"

"무시한 적 없어요."

자신보다 더 싸늘한 진아의 목소리에 성준은 할 말을 잃고 말았다.

"난 당신이 이해가 안 가요. 솔직히 무슨 마음인지 모르겠어. 크리스마스 악몽이라도 꾼 거예요? 갑자기 가정이 소중해졌어요? 아니면, 내가 갑자기 예뻐 보이기라도 해요?"

'갑자기 왜 내가 필요해졌어요? 오랫동안 쳐다보지도 않은 아내라는 존재가 왜 필요해졌어요? 아무것도 설명해 주지 않고서, 다시 손가락만 까딱하면 나는 그대로 끌려가야 해요?'

"왜…… 그런 식으로만 말하는 거야. 난 당신이랑……."

"도대체 무슨 생각인 건진 모르겠지만 난 예전이 더 편해요. 제발 귀찮게 하지 말아요!"

진아는 차갑게 성준의 손을 털어냈다. 그리고 그의 손아귀 힘에서 자유로워지자 미련없이 일어섰다.

그러나 성준은 그대로 손을 뻗어 그런 진아의 팔을 꽉 움켜쥐고서 다른 손으로는 그녀의 허리를 휘어 감았다. 그리고 끌어당기는 동시에 급박하게 입술을 찾아 겹쳤다. 하지만 달콤한 숨결을 채 마시기도 전에 도저히 진아의 것이라고는 믿겨지지 않는 힘에 밀쳐져 뒤로 밀려나고 말았다. 그 틈을 타 진아는 후다닥 소리가 날 정도로 빠르게 도망가 버렸다. 잠시 넋이 빠졌던 성준도 질세라 퉁기듯 일어나 진아를 쫓았다.

"이진아! 정말 그럴 거야!"

그러나 이미 진아는 또 서재 안으로 숨어버린 뒤였다. 손잡이를 돌리니 오늘 아침처럼 철컥철컥 소리만 날 뿐이었다. 성준은 손잡이를 힘껏 쥐었다가 쿵 치고서 신경질적으로 머리카락을 쓸어 넘겼다.

"제길!"

거칠게 중얼거리며 하릴없이 문만 노려보았다. 도대체 어째서 자신이 이런 신세로 전락해 버렸는지 모르겠다. 잘잘못을 따지자면 그녀부터 문제가 있는 게 아닌가?

남편을 경계하고 어려워하기만 했던 건 그녀 쪽이었다. 그리고 마음속으로 남편을 무시하고 있었으며, 싫다는 표현을 친구에게 아무렇지도 않게 흘렸다. 그런데 거기에 다른 놈까지 만나고 있다. 게다가 그녀는 모든 게 유성준 만의 잘못인 양, 그의 죄인 양 조소하고 외면하고 노려보고 무조건 도망만 가는 걸까.

결국 성준은 서재 문을 쾅쾅 두드리기 시작했다.

"말 좀 하자. 문 좀 열어봐! 그렇게 숨어버린다고 해결될 일이 아니잖아!"

생각했던 퇴근 후의 풍경은 이런 것이 아니었다. 기대했던 그녀의 모습은 이런 것이 아니었다. 오로지 그녀를 따뜻하게 안아주고 싶다는 생각뿐이었는데. 그래도 아직은 자신이 그녀의 남편이니, 이쪽이 노력할 시간 정도는 줄 줄 알았고, 그녀가 허락해 주면 잘해보고 싶다는 마음뿐이었는데.

"하고 싶은 말 있으면 거기에서 해요. 다 들리니까."

하지만 안에서 흘러나오는 말은 그런 냉소적인 것이었다.

"눈을 보고 얘기하잔 말이야. 이대로 살아도 될 것 같아? 당신은 이대로도 좋아?"

"말했잖아요, 난 그전이 훨씬 더 좋다고. 지금의 당신은 너무 부담스러워요."

"그렇다고 계속 이렇게 살아?"

"당분간 시간을 줘요. 설마 그 조금의 시간도 못 내주겠단 건 아니겠죠?"

"시간 따윈 충분히 줄 수도 있어. 하지만 뭐 하러 그런 시간 낭비를 해야 해?"

"뭐라구요? 시간 낭비?"

"대화를 해보면, 서로 이야기를 나눠보면 더 좋은 방법이 나올 수도 있잖아."

"그러니까 말하라니까요."

"그러니까 문 열라고!"

"들린다고 했잖아요!"

"눈이 안 보이잖아. 당신 얼굴을 보면서 말하고 싶다고."

"난 당신 얼굴 보기 싫어요. 그리고 내가 분명히 말했죠? 강제로 그러지 말라고. 당신은, 정말 뻔뻔한 색골이에요."

순간 성준의 손이 삐끗했다. 엄청난 부피의 말 때문에 더 문을 두드리고 싶은 의지도 없어졌다.

"징그러워 죽겠으니까."

"뻔뻔한 색골이에요."

이제는 두 가지로 늘어나 버렸다. 자다가도 눈이 번쩍 떠질 말이 배로 늘어난 것이다. 성준의 눈동자가 활활 타오르기 시작했다.

그는 그대로 몸을 돌려 거실의 서랍장에서 열쇠 꾸러미를 찾았다. 그리고 다시 돌아와 미련없이 열쇠를 넣어 찰칵 돌렸다. 이제 더는 봐줄 수 없었다. 숨바꼭질도 한두 번이지, 아주 단단히 버릇을 고쳐 주어야겠다는 생각이었다. 서재를 없애 버리는 한이 있더라도 다시는 이렇게 숨어버리지 못하도록…….

"응?"

해야 하는데……. 잠금 장치가 풀리자마자 손잡이를 비틀듯 돌려 바깥으로 열게 되어 있는 문을 힘껏 당기는 순간, 철컥 하고 금속성의 소리가 들렸다. 그리고 그대로 문은, 정지였다. 그 이상 열리지 않았다.

그렇게 만든 것은 바로 안쪽에서 설치된 사슬 형태의 체인 자물쇠였다. 체인이 길게 늘어져서 문과 기둥을 단단하게 잇고 있었다. 그 틈으로 진아의 얼굴이 보였다. 진심으로 얄밉게도, 그녀가 팔짱을 낀 채 차가운 눈으로 성준을 바라보며 비웃듯 말했다.

"흥, 한번 열어보시죠? 열쇠가 있다는 걸 내가 잊었겠어요?"

성준의 얼굴이 서서히 일그러지더니 잇새로 낮은 음성이 흘러나왔다.

"……열어."

"경고예요. 또 한 번 내 몸에 손대면 그땐 정말 가만있지 않을 거예요. 그 자리에서 똑똑히 들어요. 만약 한 번만 더 허락하지 않은 키스를 하거나 만지면, 그땐 정말 가정폭력범으로 신고해 버릴 테니까."

성준의 심장이 꿈틀거렸다. 그렇게 독할 수가 없었다. 이건 숫제 견제가 아니라 탄압이었다. 그녀가 먼저 선포한 전쟁.

그러나 맞서는 성준의 임전태세도 전혀 다르지 않았다. 아니, 그녀보다 더하면 더했지 덜하지 않은 상태였다. 삽시간에 내 집의 방조차 들어가지 못하는 불청객이 되었을뿐더러, 무엇보다 가정파괴범이라니!

"좋아, 좋다고. 그렇게 하자. 당신이 이기나 내가 이기나 한번 해보자고."

"얼마든지요."

"이 쇠사슬, 이거부터 당장 끊어내. 대신 당신의 동의 없이 다시는 당신 몸에서 손끝도 안 댈 테니까."

"흥, 그걸 어떻게 믿어요? 당신은 방금 전에도 약속을 어겼거든요?"

"그럼 우리 지금 바로 본가로 갈까? 그래서 이 뺨에 상처, 손톱자국 어머니한테 보여 드릴까?"

성준의 패가 던져지자 진아의 눈동자가 흠칫했다. 역시나 며느리에게 가장 효과가 있는 패는 시어머니 패였다. 이것이야말로 팔땡이었고, 삼팔돛대가보의 위력을 지닌 것이다. 성준의 입가에 느긋한 미소가 걸렸다.

"자, 어떻게 할까?"

"이 치사한……. 하지만, 하나는 알고 둘은 모르나 본데, 그거 내 손톱자국 아니거든요? 안 그랬다고 절대 시치미 뗄 거거든요?"

"그렇게 생각한다면 그렇게 해. 나야 몇 마디만 해주면 그만이니까. 어머니가 당신 말을 믿을까, 내 말을 믿을까?"

"세상에서 제일 치사한 남자! 못된 인간! 졸렬하고 야비해!"

"집 안에 이런 쇠사슬을 아무렇지도 않게 달 수 있는 당신이 더 야비해! 당장 이거 안 떼지!"

버럭 소리쳤지만 진아는 뒤도 안 돌아보고 돌아서더니 그대로 컴퓨터 앞에 앉았다. 그리고 마치, 너는 떠들어라 나는 모른다는 식으로 헤드셋을 끼곤 게임에 접속해 버리는 것이다. 가장의 권한이 그대로 땅으로 추락하는 순간, 성준의 눈이 경악으로 커졌다.

"이진아! 이 못된 마누라야!"

그러나 진아는 꼼짝도 하지 않았다. 마치 좁은 창살 틈으로 대지를 꿈꾸는 빠삐용처럼, 성준은 그 좁은 틈으로 진아의 이름만 갈망해야 했다.

"이진아──아!"

아무리 시간이 지나도 진아는 조금의 반응도 보이지 않았다. 결국 성준은 쇠사슬과 진아를 동시에 노려보고는 부서질 듯 문을 닫고 몸을 돌려야 했다. 그러나 절대 이대로 물러날 생각은 없었다.

잠시 생각한 그는 재킷에서 휴대폰을 꺼내 버튼을 눌렀다. 그의 눈동자가 이글이글 타오르고 있었다.

'서로 머리를 쓰잔 말이지? 좋아, 내가 내 자존심을 걸어서라도 이번 프로젝트 성사시킨다. 못된 망아지 이진아 자빠뜨리기, 내가 못할 줄 알아?'

한쪽 눈썹을 찌푸리고서 상대방이 전화를 받기를 기다리자 얼마 안 가 저쪽에서 팔랑팔랑, 당장이라도 나비가 날아오를 것 같은 활기찬 목소리가 넘어왔다.

[어머? 오빠가 웬 바람이 불어서 전화를 다 했어?]

여동생 지원이었다.

"너 사흘 후에 생일이지?"

[오마나, 우리 오빠가 손수 전화를 걸어주신 걸로도 모자라 이 미천한 동생의 생일까지 기억해 주고 계시네? 맞지. 이 몸의 생일이지. 그런데 그건 왜?]

"왜긴 왜야, 챙겨줄 생각이니까 말 꺼냈지."

짜증을 잔뜩 담아 내뱉듯 말하자 순간 지원이 갑자기 푸훗 웃음을 터뜨렸다. 성준은 한쪽 눈을 가늘게 뜨고서 동생의 건방진 행태를 지켜보았다. 한참이나 웃는 꼴을 관망하던 성준이 낮게 말했다.

"너, 지금 뭐 하는 거냐?"

[웃지, 뭘 하고 있겠어. 들으니 개그라서 웃지 않을 수가 없어야지. 우리 오빠, 죽을 때 됐어? 설마 시한부 선고라도 받은 거야? 왜 안 하던 짓을 하고 그러실까? 사흘 후에 생일이 맞긴 하나 미안하지만 나 바쁘거든? 오라버니나 만나고 있을 시간 따위 없다는 거지. 그렇게 생일 챙겨주고 싶으면 가여운 새언니 생일이나 잘 챙겨주시지 그래? 만우절도 아닌데 왜 말도 안 되는 전화를 하고 그러실까.]

"유지원, 잘 들어라."

성준은 길게 말하지 않았다.

"그날 조용히 내 집으로 올 테냐, 아니면 오피스텔 정리하고 집으로 들어가고 싶으냐?"

지원의 자유는 성준이 부모님을 설득해 주어 가능한 것이었다. 물론 치사한 방식이었지만 성준에게는 현재 선택의 여지가 없었다. 그 어떤 야비한 방식이라도 쓰고야 만다. 아주 작은 자투리라도 사용할 수밖에 없었다. 역시나 돌아온 반응은 간단했다.

[……오빠 집으로 가면 되는 거야?]

"올 때 새언니 선물도 사 와라."

[하! 기막혀. 오빠 씨, 그날은 내 생일이거든요? 하나밖에 없는 귀한 여동생의 생일이거든요?]

"그런데?"

[아, 답답해. 선물을 받아야 할 내가 왜 어째서 선물을 사가야 되냐는 거냐구!]

"그 하나밖에 없는 귀한 여동생의 생일상 때문에 내 하나밖에 없는 귀한 마누라가 고생하게 생겼으니까 감사함을 표현하라는 말이다. 왜, 이의있어?"

[……사갑지요. 아무렴요, 사가야지요. 화내지 마시와요, 오라버님.]

"그럼, 그날 여덟 시까지 늦지 않고 와라. 이상."

성준은 매몰차게 전화를 끊었다. 일방적으로 당한 지원이 저쪽에서 노발대발을 하고 있든 말든 휴대폰을 덮은 성준의 입술 끝에는 만족스러운 미소가 걸리고 있었다. 취해야지만 사랑스러움을 드러내는 아내라. 그럼 취하게 만들면 되는 게 아니겠는가.

살짝 말려 올라간 입술 선, 그리고 짙은 검은 눈동자는 잡아 놓은 계획에 대한 기대감으로 느긋하게 반짝였다.

"이진아, 상대를 잘못 골랐다."

바야흐로, 독한 아내를 어떻게든 다시 차지하기 위한 전쟁, 그의 인생을 건 거대한 프로젝트의 시작이었다.

2. 열혈남편
프로젝트 1
―취하게 하라!

"**마**누라, 배고프다!"

얼마 후, 성준은 마치 아무 일도 없었다는 듯 느긋한 어조로 서재 쪽에 대고 말했다. 소파에 앉아 신문을 읽어가는 척을 하며 무심한 어조를 흘려보았지만 여전히 서재 문은 꼼짝도 하지 않았다. 헤드셋을 끼고 있으니 들릴 리가 없을 것이다.

벌써 한 시간이 흘렀는데도 저렇게 나와보지도 않으니 옅은 한숨이 절로 나왔다. 도대체 밤새도록 저러고 있을 것인지 슬슬 인내심이 동이 나려는 순간, 다행히도 서재 문이 열렸다. 달칵 소리가 나자마자 성준은 얼른 신문에 시선을 박았다.

"함부로 완력 쓰지 말아요. 알았죠?"

성준은 대답하지 않았다. 그런 건 완력이 아니라 남편의 정당한 요구이자 권리이며 사랑을 표현하는 아름다운 수단이라는 걸 그녀에게 똑똑히 알려줄 필요가 있었다. 하지만 지금은 참아야 할 때였다. 거사를 치르기 위해 일단은 한발 물러서는 것이다.

서재 문을 살짝 연 채로 진아가 확인 받듯 다시 말했다.

"부부 간에도 지켜야 할 예의라는 게 있다구요. 겁주지 않을 거죠?"

"겁주려 한 적 없어."

"겁먹었으니까 겁준 거 맞아요."

"알았어. 이제부터는 손가락 끝도 대지 않겠다고 약속하니까 저녁 좀 먹자. 배고파 죽겠다. 아니면 내가 차려 먹을까? 밥도 주기 싫어?"

"……그럼 약속한 걸로 알게요."

그리고 드디어 서재를 벗어난 진아는 최대한 성준과 거리를 두어 주방으로 삥 돌아 들어갔다. 성준은 정말이지 기가 막혔다. 폐병 환자라도 이보다는 부드럽게 취급 받을 것이다.

약속은 했다지만, 주방으로 쏙 사라지는 아내의 뒷모습을 보자 역시 약이 올랐다. 하지만 성준은 벌떡 일어나 주방으로 직행해서 진아의 허리를 확 잡아채는 대신에 베란다로 나가 창문을 활짝 여는 걸 선택했다. 저녁 바람이 확하고 밀려들어 그나마 치밀어 오른 화를 식혀주었다. 이게 무슨, 세상에서 가장 가여운 남편의 모습인지 모르겠다.

저녁을 먹고 각자 샤워를 하고 늘 그랬던 것처럼 침대에 누울 때까지도 성준은 자신의 말을 고스란히 지켰다. 그래서인지 진아가 서재에서 자겠다는 청천벽력 같은 소리는 하지 않았다.

지금까지도 서로 참으로 무심한 부부 사이라고 해도 잠은 늘 같은 침대에서 잤으니 어쩌면 그건 당연한 일이었다. 하지만 지금 괜히 잘못 건드리면 각방을 쓰는 첫 기념일이 될 수도 있다는 사실을 다시 한 번 상기하며 성준은 마지막까지 조심을 했다. 그녀는 건드리지 않으면 유순했지만, 한 번 잘못 콕 찌르면 방울방울 터져서 난사가 되는 성격이란 걸 알아버린 것이다. 실로 고집 센 여인이었다. 어떻게 방문에 체인을 달 생각을 다 했을까.

'독한 마누라!'

성준은 진아를 안심시키기 위해 일부러 그녀를 등진 채 돌아누워 있었다. 벽 쪽을 보고 누워 진아가 침대 안으로 들어오기만을 기다렸다. 물론 들어온다고 바로 품 안에 가둘 생각은 없었다. 만약 그렇게 한다면 이번에야말로 짐을 꾸려서 도망가 버릴지도 모른다.

눈을 지그시 감은 채 잠든 척하고 있으니, 저쪽에서 보시락거리는 소리와 함께 얇은 원피스 잠옷이 사각거리는 소리, 그리고 드디어 진아의 체온이 옆에 눕는 게 느껴졌다.

심장이 꿈지럭거렸지만 성준은 여전히 깊이 잠든 척 움직이지 않았다. 등 뒤의 진아는 잠깐 움직이는 것 같더니 곧 조용해졌다. 머리맡의 스탠드 불빛만 남아 침실 안은 은은했다. 성준은 바로 옆에 아내를 두고서도 이대로 손발을 묶고 있어야 한다는 게 너무나 억울했다. 모르는 척 살며시 돌아누워 볼까? 단순히 뒤척이는 건데 그것까지 뭐라고 하겠는가. 그런 생각으로 살짝 몸을 움직이려는 순간.

정적 속에서 휴대폰의 진동 소리가 크게 들려왔다. 그건 화장대 위에 놓아둔 작은 핸드백 안에서 울리는 소리였다. 순간 기분 나쁜 예감과 함께 성준의 짙은 눈썹이 찌푸려졌다.

하지만 더 화가 나는 건 진동 소리가 들리자마자 총알처럼 일어나 침대에서 벗어나는 진아의 행동 때문이었다. 혹시라도 성준이 깰까 봐 그렇게 살금살금 움직이더니 저 빌어먹을 휴대폰 소리에는 아무것도 보이지 않는다는 듯 반응하는 것이다. 성준의 가슴 안에서 도저히 참을 수 없는 분노와 짜증이 치밀어 올랐다.

"당신, 지금 뭐 하는 짓이야! 그거 그놈이지? 당신 미쳤어? 남편을 두고 어디 다른 남자를!"

외치며 목을 딱딱 조르고 싶은 건 마음뿐, 그는 타 들어갈 것 같은 인내로 자신을 눌렀다.

천천히 몸을 돌려 가늘게 눈을 뜨고서 쳐다보니 진아는 은은한 스탠드 불빛을 받고 서서 휴대폰의 메시지를 확인하고 있었다. 성준의 검은 눈동자가 낮게 가라앉았다. 단순히 화만 났었다. 하지만 지금은 한없이 가라앉고 있었다.

가슴이 아렸다. 그는 그대로 다시 돌아누워 눈을 감아버렸다. 고개를 비스듬히 기울이고서 액정을 확인하고 있는 진아의 표정이 너무나 온화해 보였다. 생전 보여주지 않던 지독히 순수한 미소를 입가에 담은 채, 눈가에 더없이 평온한 빛을 고요히 흘리며 서 있는 것이다.

'그러지 마라, 당신. 나한테 그러지 마라.'

죽도록 아니길 바랐지만, 메시지의 주인은 결국 그놈인가 보다. 굳이 확인할 필요도 없는 사실이었다.

'도대체 내가 어떻게 해주길 바라는 거야? 이대로 질투로 타 죽을까? 그럼, 당신 나한테서 벗어나서 그놈한테 갈 거니? 아니면, 내가 있어도 전혀 상관이 없다는 거야?'

성준은 거의 뜬눈으로 두 시간 정도를 버티고 있었다.

진아는 어느 새 옆에서 고른 숨소리를 내며 잠들어 있었고, 성준은 이마에 팔을 얹은 채 조용히 천장을 올려다보고 있었다.

얼마를 더 그렇게 있었을까, 성준은 시선만 천천히 옆으로 돌려 아내의 잠든 얼굴을 바라보았다. 그러나 그녀는 이쪽으로 향해 있지 않았다. 어깨 길이의 머리카락이 베개에 펼쳐져 있을 뿐, 반대편으로 누워 있는 얼굴이 보일 리가 없었다.

문득 무언가가 불쑥 치밀어 올라와 손을 확 뻗었다. 하지만 진아의 어깨에 닿기 직전에 겨우 기세를 강제로 죽이고서 그나마 부드러워진 손길로 진아의 어깨를 살짝 안아 자신 쪽으로 돌아 눕혔다. 잠깐 뒤척이는 것 같던 진아는 다행스럽게도 깨지는 않았다.

성준은 조용히 자신의 자리로 돌아가 진아의 얼굴을 마주 보고 누웠다. 자신의 팔에 팔베개를 하고서 가만히 그녀를 바라보고 있다가 조금 몸을 움직여 코가 맞닿을 거리까지, 아주 조심스럽게 다가갔다. 그녀의 오밀조밀 도톰한 입술에서 쌕쌕 새어 나오는 숨결마저 닿을 정도로 가까운 거리였다.

그제야 성준의 마음이 조금은 풀렸다. 그리고 안정이 되었다. 아직은 이렇게 자신의 옆에 있는 것이다. 이마로 머리카락이 흘러내려 와 있어 자신도 모르게 손을 뻗으려 했다가 그냥 두었다. 괜히 깨워서 이 시간을 빼앗기고 싶지 않았다. 자신이, 겁이 나서 몸을 사리고 있다니.

그래서 누군가가 소중해지는 건 이렇게 곤란한 것이다. 아무것도 소중한 게 없을 때는 편하다. 그런 사람은 전혀 걸릴 것도, 신경 쓸 것도 없으니 그저 속 편하고 행복해하기만 하면 된다.

하지만 누군가가 자꾸만 눈에 밟히고 시선 속에 들어오게 되면 그때부터 골치가 아파진다. 조금만 시선 밖으로 비껴나 있어도 불안하고, 어떻게든 다시 끌어다가 안에다 놓고 싶어진다. 때문에 그 욕심으로 지레 지치는 것이다. 조바심이 일고, 초조해지고, 질투 때문에 속이 뒤집힐 것 같고, 혹시라도 잃어버릴까 봐 안달나서 미칠 것 같고.

보석이든, 사람이든 너무 가치가 큰 걸 갖고 있으면, 어쩔 수 없이 손발을 달달 떨게 되는 게 아닐지. 하지만 그게 싫어서 소중한 걸 만들지 말까? 이렇게 보고 있는 것만으로도 행복하고 가슴 안이 충만해지는 이런 감정을, 사랑으로부터가 아니면 도저히 찾아질 수 없는 감정을, 두렵다는 이유 하나로 시작하지 말아야 할까?

"여보…… 마누라야…… 나 당신을 좋아하는 걸까?"

아주 낮은 소리로, 혹시라도 자신의 말에 먼지가 끼어버릴까 봐, 겁이 나는 심정으로 속삭여 보았다. 아내는 무심하게 잠이 들어 있었다. 이미 모든 게 끝나 버린 순간에 찾아버린 감정이라니, 그래서 이렇게 힘들어야 한다니. 누군가가 손가락 사이로 빠져나갈 수 있다는 게 이렇게 조바심이 날 수도 있다는 걸 뒤늦게야 알아버릴 줄이야.

성준은 조용히 일어나 침대에서 내려섰다. 허리를 숙여, 흘러내려 가 있는 이불을 진아의 어깨 위로 조심스럽게 덮어주고서도 한참이나 진아의 어깨 위에 얹은 손을 움직이지 않았다. 토닥토닥, 아주 부드럽게 다독여 주다가 또 한참을 손바닥을 펼쳐 따뜻한 체온을 느꼈다.

그렇게 그녀가 지금 자신에게 어떤 의미인지 한참을 느낀 후에야 손을 뗐다. 앞으로 이 눈으로 무엇을 보게 되더라도 경솔

한 행동을 하지 말자고, 분명히 들 수밖에 없을 즉흥적인 감정을 자신의 이성으로 이겨보자고, 그녀의 얼굴을 체온을 숨결을 일부러 더 새겨가며 다짐에 다짐을 한 후에야 숙이고 있던 허리를 펴고 화장대로 다가갔다.

한쪽 주머니에 손을 찌른 채 한 손만 이용해 무기질의 눈으로 핸드백을 툭 치듯 열었다. 그리고 한동안 지그시 내려다보다가 휴대폰을 꺼냈다. 마치 하대하듯 내려다봐 주는 눈으로 표정 없이 메시지 함을 열었다.

〈별이 쏟아지는 곳에 와 있어요. 한참을 올려다보고 있자니 진아 씨가 보고 싶어요.〉

〈오늘은 뭘 하고 지냈어요? 고개를 비스듬히 기울이고서 이 메시지를 확인하고 있을 진아 씨가 눈에 선해요.〉

〈보고 싶어요. 지방 내려가기 전에 진아 씨 얼굴을 보고 싶습니다.〉

최근 메시지부터, 휴대폰에 저장되어 있는 모든 메시지는 그 남자의 것이었다. 날짜는 오늘 날짜부터 거슬러 올라가 며칠 전의 것까지 보관해 두고 있었다. 모조리 다 그놈의 것이었다. 민기 씨, 라고 마치 소중하다는 듯 저장되어 있는 글귀들.

"더럽게…… 유치해 죽겠네."

핸드폰을 쥔 성준의 손이 부르르 떨렸다. 이대로 더 힘을 주어 핸드폰을 박살내 버리고 싶을 만큼, 혹은 창문을 열어 던져 버리고 싶을 만큼, 혹은 바닥에 팽개치고 몇백 번을 밟아서 부수고 싶을 만큼 분노가 치밀어 올랐다. 그나마 견디고 서 있을 수 있다는 게 스스로가 용할 정도로.

딱 한 가지 마음이었다. 그놈을 죽이고 싶다!

그리고 저 얄미운 마누라도!

이건, 명백한 배신인 동시에 모욕이었다. 그를 무시하는 처사였으며, 남편을 비웃는 악독한 행동이었다. 어떻게, 이럴 수 있을까. 이렇게, 자신을 두고서 다른 남자의 메시지를…….

자신을 두고서…….

결국 성준은 쯧쯧 혀를 차고 말았다. 이 휴대폰 안에 다른 남자의 메시지가 이렇게나 가득 차 있는 동안 자신은 무얼 했는가. 그 흔한 통화 목록에라도 한 번이나마 번호를 남긴 일이 있는가.

"어차피…… 확인하고 싶은 건 했으니까."

어떻게 '그럴 수 있느냐'의 문제는 이미 더 따지지 않기로 한 것이다. 지금은 이 현상의 도덕적 의미나 그녀의 행동에 대한 시시비비를 따질 때가 아니었다. 지금 현재, 본질은 다른 것이었다. 집중해야 할 부분은, 그녀가 다른 놈을 가슴에 묻어두고 있다는 게 아니라 자신이 그런 그녀를 놓아주고 싶지 않다는 것.

그 남자에 대한 미칠 듯한 질투가 인다고 하더라도…….

그녀가 아주아주 많이 밉고 원망스럽다고 하더라도.

오래오래, 진아를 만지고 메시지를 확인하기를 잘한 것 같다. 손끝에 묻혀두었던 진아의 체온이, 휴대폰을 만지고 있는 지금 이 순간 들고 있는 모멸감을 상쇄시켰다. 아직은 충분히 남아 있었다. 충분히, 아직 따뜻했다.

질투와 다그침으로 이 관계를 망쳐 버리기 전에 해야 할 일이 무언지, 다른 무엇보다 최우선으로 집중해야 할 것이 어떤 건지 성준은 잘 알고 있었다.

그쪽이 아무리 날고 기어도, 이진아는 자신의 아내인 것이다. 부부라는 것이, 누가 누구를 소유하는 개념이 될 수는 없겠지만, 이 가정 안에 그녀를 붙들고 있다는 사실을 상기했을 때, 그녀는 역시 자신의 소유가 맞았다. 그러니 내 것이다. 온전히 자신의 것이란 게 이렇게 기쁜 의미라는 사실이, 못내 유치하면서도 마음이 놓인다.

휴대폰을 제자리에 놓은 성준은 아직 온기가 남아 있는 손을 꽉 말아 쥐고서, 온기가 날아가 버리기 전에 침대로 돌아와 누웠다. 그리고 베개에 한쪽 뺨을 묻은 채 진아의 올망졸망한 얼굴을 가만히 들여다보았다. 타인의 눈에는 특별할 것 없는 생김이라도, 바라보고 있는 그 한 사람의 가슴에서 최고의 아름다움으로 인식되면 그 존재가 바로 영혼의 반쪽이 아닐지.

뒤늦게, 아니, 살면서 처음으로 감정의 사치란 것에 빠져 버린 성준은 가만히 입술을 가져가 진아의 윗입술의 뾰족한 끝에 살짝 입을 맞췄다. 역시 진아가 바로 뒤척이는 바람에 성준은 그야말로 번개와 같은 속도로 제자리로 돌아가 눈을 감았다. 하지만 진아에게는 더 이상의 움직임이 없었다.

성준은 천천히 눈꺼풀을 들었다. 이번에도 조심스럽게 다가가 혀로 부드러운 진아의 입술을 핥고 살며시 안으로 넣었다. 하얀 치아에 닿자 너무도 흡족한 마음에 천천히 쓸어보았다. 본능인 건지, 잠결인 건지 으응 소리를 흘리며 진아의 치아가 열렸다. 그 틈을 타 혀를 밀어 넣자 말캉한 혀와 만날 수 있었다. 하지만 섞기를 포기하고서 그저 입술 전체를 살포시 겹치고서 타액만 살짝 빨아들이고 입술을 뗐다.

아쉬운 마음을 다독이며 제자리로 돌아가 눕자 이번에는 진아가 제대로 뒤척였다. 눈을 가늘게 뜨고서 그녀의 상황을 지켜보니, 이리저리 뒤척이던 그녀가 눈을 번쩍 떴다. 당연히 성준은 바로 눈을 감았다. 시체 흉내였다.

한편 진아는 분명히 입술에 어떤 감각이 있었다는 생각에 졸음이 가시지 않은 눈을 깜빡거리고 있었다. 꿈이었는지, 그런데 왜 그런 이상한 꿈을 꾼 건지 자신도 모르게 손을 들어 입술을 쓸어보았다. 살짝 젖어 있는 것 같다. 본능적으로 눈을 번쩍 떠서 성준 쪽을 쳐다보았지만 그는 잠들어 있었다. 그것도 이쪽을 보고서······.

'혹시······.'

잠깐 의심해 보았지만 억측이라고 생각한 진아는 밀려드는 졸음을 견디지 못하고 다시 누웠다.

하지만 스탠드 불을 끄고서 그녀가 누운 방향은 성준이 일부러 돌려놓은 반대쪽이었다. 시트를 목까지 끌어 덮고서 그대로 잠이 들어버리는 것이다.

'이 원수야!'

성준은 어둠 속에서 혀를 차고 있었다. 기껏 돌려놓았더니 고새 제자리로 돌아가 버리다니. 얄미워서라도 지금 이 순간 그대로 어깨를 돌려 힘껏 짓누르며 짙은 키스를 해버리고 싶었다. 뭐라고 반항을 하든 옷을 다 벗겨 버리고 꽉 끌어안아 버리고 싶다.

정작 안아버리면 얌전해질지도 모른다. 그날처럼 반응해 줄지도 모른다. 하지만…… 정말 그랬다가는 이번엔 은장도가 나올지도 모를 문제라서.

가장 화가 나는 건, 꼭 자신을 등진 이유가 휴대폰 쪽을 선택한 것 같다는 미칠 것 같은 질투 때문이었다. 정신이 피폐해져 가는 것 같다. 과연 이렇게까지 하면서 참아야 하는 이유가 있는 걸까? 이것은, 일방적인 무시가 아닌가. 다른 남자의 메시지를 확인하고도 아무 말도 못하고 있는 남편이라……. 이게 과연 배려인 걸까, 멍청한 걸까.

그까짓 우습지도 않은 배려…….

'당신, 그거 나쁜 짓이다. 남편 두고 다른 놈이랑. 그놈 도대체 뭐 하는 자식이야? 그런데도 천하에 아량 넓은 놈인 양 넘어가 주는 넌 또 뭐고. 그래, 진아야. 그 이유가 뭐일 것 같냐? 그건, 절대 용서가 아니야. 아쉬운 쪽이 젖 먹던 힘까지 끌어 모아 참고 있다는 것만 알아라. 어디까지 참을 수 있을지는 모르겠다만 어디, 이진아. 늙어서 보자.'

그래, 아주 멋진 할아버지가 되는 것이다. 그래서 꼬부랑 할머니가 된 이진아의 앞에서 끝내주게 미인인 할머니랑 바람을 피워 보이는 것이다.

성준은 다짐하고 있었다. 그럼 그때는, 이진아도 땅을 치고 후회하겠지. 지금 다 타서 재가 될 것 같은 이 심정을, 부글부글 끓어오르는 분노를, 조바심 나서 미치겠는 이 마음을 그녀도 알게 되겠지. 자신만큼, 그녀도 괴롭겠지.

'우리 그때…… 화해로 온천여행이나 가자.'

결국 그날 밤, 좀 더 기다리다가 끝내 진아를 자신 쪽으로 돌려 눕히고 나서야 성준이 잠들었다는 걸, 진아는 전혀 모르고 있었다.

"새언니, 미안해요. 생일상 차리느라 고생했죠?"

지원은 심사숙고해서 고른 고급 와인과 새언니의 선물을 각각 양손에 들고서 현관으로 들어섰다. 오랜만에 본 새언니, 그러니까 그녀보다 네 살이나 어린 진아가 살가운 미소를 보내오며 그녀를 맞았다.

"아니에요. 별로 많이 차리지도 못했어요. 아가씨야말로 실망하시면 안 돼요."

언제나 봐도 귀엽고 착해 보이는 새언니였다. 반면 뜬금없이
생일을 해주겠다고 한 악귀 같은 그녀의 오라비, 성준은 진아의
옆에서 시침을 딱 떼고 서 있었다.

"어서 와라, 잘 왔다."

잘 오긴 뭘 잘 와!

지원은 당장이라도 소리치고 싶은 걸 꾹 참아 누르며 슬리
퍼로 갈아 신었다. 도대체 무슨 바람이 분 건지 생일상을 직접
차려주겠단다. 하지만 문제는 그게 아니었다. 정말 황당한 건,
오늘 성준으로부터 도착한 메시지에 담긴 일방적인 주문이었
다.

〈적당한 와인 준비해 와라. 특명은, 새언니를 취하게 할 것! 제대로
못하면 독한 응징 들어간다.〉

하…….

지원은 정말이지 기가 막히고 코가 막혔다. 도대체 뭐가 어떻
게 돌아가는 건지, 도대체 왜 자신이 그런 짓을 해야 하는 건지
점점 미궁 속에 빠지는 기분이었다. 새언니를 취하게 하라니.
아무리 생각해도 이해가 안 가서 성준에게 즉시 전화를 걸어봤
지만 돌아오는 대답은 간단했다.

[자세한 건 알려고 들지 말고 시키는 대로만 해. 분위기만 잘 만들어주면, 곧 귀여운 조카를 안겨줄 테니까.]

그것으로 끝이었다. 본래 제멋대로인 인간이라는 건 알고 있었지만 이번만큼 황당했을까 싶다. 물론 일단은 그 지엄한 분부를 따르는 척 노력이야 해보겠지만, 이 부부에게 도대체 무슨 일이 일어나고 있는 건지.

"참, 새언니. 오다가 새언니 생각나서 사 왔어요. 오랜만에 놀러 오는 건데 빈손으로 올 수가 있어야죠."

지원이 꽤나 값나가는 목걸이가 들어 있는 종이가방을 내밀자 진아가 눈을 동그랗게 떴다. 물론 그 악귀 오라비는 옆에서 만족스럽다는 듯 설핏 웃고 있고. 지원은 진심으로 저 오라비를 아작 내고 싶었다. 들기론 그다지 둘의 사이가 좋지 않은 걸로 알고 있었는데 모조리 다 헛소문이었던 건지, 지금 보니 팔불출이 조상님 하고 매달리겠다.

'손자손녀 늦는다고 우리 엄마, 아버지 걱정이 태산이시더니, 그 양반들 입 찢어지게 생겼네. 이렇게 잘 지내고 있는데 뭐가 걱정들이래?'

물론 부모님께서 보신다면 이 긍정적인 방향에 대해 어깨춤이라도 덩실거리시겠지만, 지원은 오라비의 부부금슬이 어떻든 전혀 상관할 바가 아니었다. 그녀는 오로지 자신 혼자 잘먹고 잘살면 그만이라는, 그야말로 개인주의의 극치인 인간 군상이었다. 그러니 앞으로도 이 개인주의를 만족스럽게 지탱하기 위한 독립생활을 유지하고자 좀 더 오라비의 변덕에 장단을 맞춰 줄 필요가 있었다.

"아, 아가씨, 선물은 제가 해야죠. 안 그래도 오늘 백화점에 들러서 스카프 샀는데, 잠깐만요. 갖고 나올게요."

생각지도 못한 선물에 크게 당황했는지 순진한 새언니가 어쩔 줄 몰라 하며 안으로 들어가려고 하자 잘난 오라비가 그 손목을 붙잡아 세웠다.

"됐어, 선물이야 나중에 주면 되지. 일단 지원이 선물 받고. 자, 들어가자."

그러면서도 끝까지 선물은 챙겨서 새언니의 품에 안겨주는 성준이 지원은 진심으로 기가 막혔다. 먼저 돌아서서 걸어가는 두 사람의 뒷모습을 물끄러미 쳐다보고 있자니 눈꼴이 다 실 지경이었다. 물론 새언니에겐 별 감정이 없었지만, 저 오라비는……

'아, 약 올라. 그렇게 선물을 주고 싶으면 저가 직접 사주면 될 거 아니냐구!'

사실 목걸이는 성준이 이미 미리 주문해 놓은 걸 그녀가 찾아오기만 한 것이었다. 처음엔 그녀도 새언니의 선물 하나 못 사주겠냐 생각하며 직접 준비할 생각이었다. 그런데 어느 날 저 아닌 밤중에 홍두깨 오라비가 메시지를 때려선 매장에 가서 고이 찾아 선물하는 척만 잘하라는 것이다.

'이게 무슨 게릴라 작전이냐구!'

그 잘난 오라비 성준이 아내에게 선물하는 것이 쑥스러워서 자신을 시켜 돌려돌려 선물을 준비하게 했다니, 무엇보다 저 인간에게 쑥스러움이라니! 철면피에 잘난 체의 복합 생물체인 유성준에게 절대 어울리는 단어가 아니었다.

게다가 부부 간인데 선물쯤 아무렇지도 않게 할 수 있는 게 아니었나? 무엇보다 선물을 하면 누구라도 공치사를 하고 싶을 텐데, 오라비는 그런 건 전혀 관심도 없는 건지 오히려 애먼 여동생에게 생색을 내라고 하니. 정말이지 궁금한 게 한두 가지가 아니었다.

"어머, 이거 내 선물이에요?"

성준이 나중에 줘도 된다고 그렇게나 말했지만, 뜻밖의 선물을 받자 아무래도 미안했던 진아는 침실에다 잘 간직해 둔 지원의 생일선물을 부득불 들고 나왔다. 그리고 지원이 만면에 미소를 띠며 포장을 벗기는 모습을 지켜보았다.

포장지를 풀자 고급스러운 스카프가 곱게 모습을 드러냈다. 지원은 까르르 웃으며 정말 즐겁다는 듯 스카프를 목에 둘러보았다.

만족스러워하는 지원을 쳐다보며 진아가 말했다.

"핸드백으로 할까 했는데, 제가 가방 보는 눈이 별로 없어서요. 스카프도 친구가 골라줬어요. 친구도 가방은 자신없다고 해서."

"어머, 정말요? 사실은 나 핸드백 필요했는데……."

두 번도 생각 않고 아무렇게나 지껄이던 지원은 그 순간 자신을 험상궂게 노려보고 있는 누군가의 시선과 마주치자 화들짝 놀라 얼른 말을 돌렸다.

"……그래서, 필요하다는 걸 알았는지 오늘 핸드백 선물이 엄청 들어온 거 있죠. 새언니까지 핸드백 샀으면 어쩔 뻔했어요. 내가 팔 여덟 개 달린 시바 신도 아니고 말이에요. 안 그래요? 호호호."

그제야 당황스러워하던 진아의 표정이 돌아오는 동시에, 지원은 속으로 구사일생 안도의 한숨을 삼켜야 했다. 이게 무슨, 새언니까지 달래며 살아야 하는 박복한 팔자인지 모르겠다.

잔뜩 불만스러운 얼굴로 성준을 노려보니, 그는 냉정한 눈매로 동생을 내리 쳐다볼 뿐이었다. '입 조심해라, 동생아' 라는 듯.

저 인간이 정말 내 오라버니 맞냐구요!

"그럼, 전 저녁 준비할게요. 금방 끝나니까 조금만 기다려 줘요."

"내가 도와줄까?"

"네에?"

너무 기겁을 한 건지, 진아가 너무나 깜짝 놀라는 얼굴을 하는 바람에 지원은 어색하게 웃어야 했다.

하지만 진아도 그럴 수밖에 없는 것이, 도대체 왜 남편이 자꾸 저렇게 안 하던 행동을 하는 건지 모르겠다.

"나, 나 혼자서 해도 되니까 주방에 들어오지 말아요. 알았죠?"

오면 식칼을 들어 보일 수도 있다는 회유, 혹은 협박이었다. 성준이 큭 웃자 진아는 슬금슬금 피하듯 그 자리를 벗어났다.

한편 핸드백을 날려 버리고 대신 건진 스카프를 들고서 오버를 하며 웃어 젖히고 있던 지원은 진아가 주방으로 들어가자 그제야 경련이 일고 있는 안면근육을 풀어가며 성준에게 따져 댔다.

"오빠, 대체 이게 뭐가 어떻게 되어가는 시국이야? 하나밖에 없는 동생 앞에서 너무 눈꼴신 거 아니야? 아이구, 마누라 없는 사람 서러워서 살겠어?"

"왜, 샘나?"

소파의 팔걸이에 걸터앉은 성준이 비웃듯 말하자 지원은 더더욱 황당해졌다.

"그럼 지금 샘 안 나게 생겼어? 것보다 둘이 언제부터 그렇게 사이가 좋아진 거야? 하도 남처럼 굴어서 부모님까지 한 걱정시키게 만든 장본인이란 걸 그새 깜빡 잊으셨나?"

성준이 픽 웃으면서 허리를 펴고 일어섰다. 균형 잡힌 장신의 체격으로 지원을 흘끗 내려다보자 지원은 동생인데도 슬쩍 기가 죽었다. 저 타고난 매력 작살과 좋은 머리 등으로 항상 저 잘난 듯 살던 오라비였더란 말이지.

"본래 사람의 사귐엔 가까워지기 전의 서먹함이 반드시 존재한다는 거다. 그리고 그 서먹함을 뛰어넘었을 때야말로 진정한 행복의 시작 아니겠냐? 그렇게 부러우면 너도 사랑이란 걸 한번 해보거라. 이 오라비의 심정을 조금은 이해할 수 있을 테니. 철없는 것."

가차없이 쏟아지는 매운 질타와 무시에 지원은 완전히 넉다운되고 말았다.

'도대체…… 새언니는 저 인간한테 뭘 먹인 거야!'

지금 하는 꼴을 보란 말이다. 아주 널리 세상을 이롭게 하자는 듯 행복 충만, 기쁨 가득, 자신만만, 안하무인이 아니고 무엇인가!

"흥, 목하 열애 중이라 이 말이야?"

"그렇지."

"정말 심하게 잘난 체하고 계시네."

"유지원, 오라비 앞에서 한 번만 더 건방진 어조 쓰면 머리카락 깎아서 방에 가둬 버릴 줄 알아. 그리고 너!"

갑자기 손가락으로 척 가리키는 통에 지원은 화들짝 놀라 자신도 모르게 차렷 자세가 되었다. 그러나 성준은 싱긋 웃으며 말했다.

"설거지는 네가 해라."

저녁식사를 마친 후 진아는 혼자 침실에 앉아 있었다. 말이 앉아 있는 거지, 거의 갇힌 꼴이었다.

그럴 수밖에 없는 게, 설거지를 하려 했더니 지원이 자신이 하겠다고 부득불 나서고, 그렇다면 안주를 준비하겠다고 했더니 그건 성준이 하겠다고 부득불 나선 것이다. 또 시작된 남편의 이해 불가능한 친절.

도대체 뭘 원하는 건지 모르겠다.

"아니야. 그게 아니야. 뭘 원하는 것이든, 노력하려 한다는 게 중요한 거야."

이미 알고 있는 사실이었다. 다만, 머리로는 이해하고 있는데 아직 가슴으로 잘 받아들여지지 않을 뿐이었다.

그렇다. 남편이 노력을 한다면 아내인 자신이 계속 제 자존심만 내세워 모르는 척해서는 안 되는 것이다. 끝까지 그래 봐야 자신이 당한 것만 생각하는 속 좁은 여자가 될 뿐이다. 서운한 것만 생각해서 받아들일 생각은 전혀 않고 쳐내기만 하는 사람이 되는 것이다. 그럼, 남편도 결국 얼마 못 가 그녀에게 실망할 것이다. 그렇게 노력했는데도 전혀 알아주지 않으면 누구든 화날 수밖에 없다.

그녀가 마지막에 바라는 건, 행복하고 평온한 가정이고 남편의 관심인 건데 그게 아직 쉽게, 자연스럽게 받아들여지지 않는다는 게 문제였다. 솔직히 어떻게 반응해야 할지 모르겠다. 잘

해주면 잘해주는 대로 받아들이고 웃어주면 되는 건데, 좀 민망하기도 하고 어색하기도 하고…….

아무튼 아직 시간이 필요한 건 사실이었다. 이 시기만 지나면 행복하게 웃을 수 있지 않을까 싶다. 성준과 편하고 아름다운 부부 관계를 이루어 나갈 수 있지 않을까, 진아는 기대하는 것이다.

진아는 화장대 서랍을 열어 결혼반지를 찾아 꺼냈다. 오랫동안 끼지 않았지만, 이제 끼어도 될 것 같다. 가정이라는 단어가 지닌 무게감과 경외감을 지금 이 순간 느끼고 있었다.

결혼이라는 것의 의미가 이렇게나 큰 것이다. 애들 장난처럼, 나 너 때문에 화났으니까 너랑 이제 안 놀래, 그렇게 될 수는 절대 없는 것이다. 아무리 큰 잘못을 했더라도 결국 한 번 더 생각해서 되도록 좋은 방향으로 노력해서 끝까지 함께 걸어가야 하는 것, 그게 바로 결혼이 가진 무게이자 성스러운 언약이며, 앞으로 어떤 시대에 살아도 결코 함부로 훼손되지 말아야 하는 성역이었다.

거기에 사랑까지 더해지면 너무나 완벽한 조건이겠지만…….

아직 시작되지 않았다고 하더라도 언젠가는 남편과 마음을 주고받고 싶다.

천천히, 가는 손가락을 펼쳤다. 그리고 아주 오랫동안 외면하고 있던 결혼반지를 스스로 손가락에 끼우려는 순간, 핸드백 안에서 휴대폰의 진동이 울렸다. 반지를 쥐고 있던 진아의 손이 멈칫했다.

진아는 조용히 핸드백을 바라보았다. 아마도, 민기의 연락이 아닐까? 정말이지 위로가 되어준 사람이었다. 좋은 사람이고 상냥한 친구였다.

휴대폰의 진동은 멈추지 않았다. 사실 지금 그의 전화를 받지 않을 이유는 없었다. 친구이고, 그의 따스한 말에 많은 위로를 받았었다. 하지만 밖에선 남편이 자신을 위해, 갑작스러운 일일지언정 노력을 하고 있는 소리가 들리는데도 다른 남자의 전화를 받을 수는 없었다.

남편이 변화된 모습을 보이고 있다. 그동안 그녀를 외롭게 한 것은 사실이었지만, 마치 보상하겠다는 듯, 한 번도 해주지 않았던 배려들을 보이고 있는 것이다. 인정할 수밖에 없게끔, 진심이 느껴지지 않을 수 없게끔 어떤 다른 의도 없이 오로지 그녀를 위한 행동이라고 고개를 끄덕일 수밖에 없게끔 신경 써주고 있다.

진동이 멈추었을 때 진아는 천천히 손을 뻗어 핸드백을 열었다. 몇 번 망설이다가 휴대폰을 꺼내보자 역시 액정에 찍힌 번호는 민기의 것이었다.

삼 개월 전 갑자기 그녀의 눈앞에 나타난 남자, 그녀가 가장 외로울 때 옆에서 있어주었던 소중한 친구다. 바람처럼 와서 공기처럼 머물다가 햇살처럼 웃어준 남자였다. 정말이지 순수한 마음으로 그가 좋았다. 아름답고 사랑스러운 사람이라고 생각했다.

항상 먼저 배려해 주었기 때문에, 한 번도 미소를 잃지 않고 쳐다봐 주었기 때문에, 한 번도 먼저 일어서서 돌아간 적이 없었기 때문에, 그 작은 미소와 친절 하나하나가 모여서 저절로 그녀의 가슴 한쪽에 윤민기라는 이름을 자리 잡게 했다.

서로가 서로에게 요구하는 것은 없었다. 그저 같은 공간에서 조곤조곤 대화를 나누는 것만으로도 위로가 되었고, 그것으로 충분했다.

자신도 쓸쓸하고 어딘가 텅 빈 사람이었지만, 그건 민기도 마찬가지였다. 외롭고 허전해 보였다. 마치 아주 슬픈 일이 있었던 사람처럼, 그라는 사람 자체가 흠뻑 젖어 있는 느낌. 서로가 서로에게 구한 건, 서로를 향한 위로와 동정, 그리고 연민이었을지도 모른다. 하지만 그것만으로 충분하고 행복했다.

그러나 이제 더 이상 남편이 자신을 외롭게 하지 않는다면, 아무리 우정에 기반한 따뜻한 관계라고 해도 더 이상의 만남은 지양해야 하지 않을까?

이렇게나 이기적인 마음이라니, 정말이지 민기에게 미안했다. 지금 이 시점에서 바라는 건, 서로의 외로움을 알아보고 위로해 주기 위해 만나 온 두 사람이니만큼 무언지 자세히는 모르겠지만 부디 그의 슬픔도 조금은 가셔졌으면……. 그도 이제는 편해졌으면……. 다만 동류로서 함께 슬퍼해 주고 위로해 주는 것 외에 자신이 해줄 건 없을 것 같단 생각에, 그래선 안 될 것 같단 생각에…….

그를 정말 좋아하지만, 좋아하고 있기 때문에 자신은 이제 그에게 해줄 수 있는 게 없었고, 민기 역시 자신에게 바라는 것이 단지 우정만은 아닐지도 모른다는 생각이 문득 들어서 진아는 결론을 내려야 했다.

씁쓸하고도 미안한 마음으로 핸드폰을 보고 있는데 기계가 다시 한 번 진동했다. 짧게 진동하고 끊기는 그것은 메시지 알람이었다. 진아는 천천히 슬라이드를 열었다.

〈지난번 카페에서 기다리고 있을게요. 만나고 싶어요.〉

진아는 오래 망설이지 않고 버튼을 눌러 답장을 작성했다. 그리고 그대로 전송했다.

〈미안해요. 남편하고 같이 있어요. 이 시간을 소중하게 보내고 싶어요.〉

"그래서 난 조카만 생기면 무조건 예뻐해 줄 거라니까요? 맡길 사람 없으면 마음 탁 놓고 나한테 맡겨요. 최고로 잘 봐줄 테니까."

미리 협약되어 있던 성준과의 암묵적 거래에 따라 지원은

계속해서 진아의 잔을 채워주며 이런저런 말들을 흘리고 있었
다.

물론 처음부터 이렇게 쉬웠던 건 아니다. 진아가 절대 안 마
시겠다며 한사코 버텼던 것이다. 그러나 지원이 누구인가. 필요
할 때면 진드기 사촌도 될 수 있는 성격에 지금은 오라비의 보
이지 않는 협박까지 가세했으니, 살아남으려면 새언니를 취하
게 만들어야 했다.

결국 진아는 생사를 건 지원의 적극 공세에 밀려 조금씩 조
금씩 술을 홀짝이기 시작했고, 지금은 꽤 많은 양의 술을 흘려
넣은 상태였다. 성준은 아무것도 모른다는 듯 느긋한 얼굴로
자신의 와인 잔을 비우고 있었다. 와인이라는 것이, 달짝지근
하지만 은근히 취기가 오른다. 아직 진아는 외관상은 그렇게
취한 것 같지 않았지만, 점점 눈동자가 풀려가는 것만은 확실
했다.

'오빠, 나 잘하고 있는 것이야?'

'그래, 그대로만 해라.'

남매간에 그런 모종의 눈 대화가 오가는 것도 모르는 채, 진
아는 어느새 스스로 와인 잔을 채워가며 또 비워가며 열심히 음
주 중이었다. 한 번 발동이 걸리면 그 누구도 못 말리는 게 진아
의 술버릇이었다.

"애기가 뭐, 갖고 싶다고 막 가져지나요? 하지만 태어나면 너
무 귀여울 것도 같아요."

까르르 웃으며 진아가 한 말에 성준이 더없이 흡족한 눈을 했다.

한편 진아는 자신이 무슨 말을 하는지도 모르고서 그저 술이 맛난다는 생각에만 정신이 팔린 상태였다. 기분이 알딸딸해진다. 그녀는 취한 자만이 느낄 수 있는 이런 알딸딸함을 좋아했다.

"어우, 나 술 마셨다는 거 알면 엄마한테 혼나는데."

혀가 조금씩 꼬이고 있었다. 성준은 그녀의 말투에 귀염성이 더해지고 있다는 걸 간파했다. 그것은 즉, 해피 타임이 오고 있다는 뜻이리라. 너무 마시는 건 아닌가 싶어 역시 걱정스럽긴 했지만…….

그 시점에서 지원은 마지막 스퍼트를 가하기 위해 얼른 양주를 따랐다. 그리고 스트레이트 잔을 진아의 앞에 턱 놓아주고, 자신도 잔도 채우고 건배를 권했다.

"제 생일을 이렇게나 축하해 주시니 몸 둘 바를 모르겠는 거 있죠. 이런 역사적인 순간을 절대 그냥 넘어갈 수 없죠. 와인 같은 건 치워 버리고 한번 강하게 나가보자구요. 자, 우리 여자끼리 건배해요, 새언니!"

"으응? 이거 독한 술인데……."

진아가 미끼를 물지 않고서 미간을 찌푸리자 지원이 대뜸 호쾌하게 웃어 젖혔다.

"아유, 언니도 참. 독한 술이니까 마시는 거죠. 술이 독하지 않으면 그게 술인가요? 물이지. 안 그래요?"

"뭐, 그거야…… 그렇죠. 진리이긴 하지만……."

아직은 이성이 조금 남아 있는 상태였으므로 슬슬 자신의 상태가 걱정되는 것이다. 술만 마시면 행동이 대범해지고, 또한 그것도 모자라 깜빡 증세까지 있다는 걸 진아는 알고 있었다. 그런데 지금은 남편과 시누이의 앞인 것이다. 이대로 가면 반드시 후회할 일이 생길 것이다. 실수하지 않으리라는 보장이 없었다.

그래서 못내 망설임을 보이는 진아에게 지원이 마구 닦달 공세에 들어갔다.

"아이, 뭘 망설이는 거예요? 나 말이에요, 새언니랑 이렇게 술자리 가지니까 너무 좋은 거 알아요? 이렇게 좋은 걸 왜 지금껏 한 번도 안 했나 몰라. 어머, 혹시 새언니는 나랑 술 마시는 게 싫은 거예요?"

"예? 그, 그럴 리가요. 저도 너무 좋은걸요. 정말정말 좋아요."

"그럼 이 술로 내 생일 맘껏 축하해 주는 거죠? 자, 원샷해요!"

"에구에구, 원샷! 좋죠, 술은 원샷이어야 술이죠. 아니면 국물이죠, 국물. 아하하하."

성준은 고개를 설레설레 저었다. 고의로 벌인 일이긴 했지만, 두 취한 여자를 눈앞에 두고 보자니 가관이 따로 없는 것도 사실이었다. 게다가 막상 진아가 인사불성으로 취해가려고 하자 어쩔 수 없이 슬슬 걱정이 되는 것이다. 괜히 콧대 한번 꺾어주려다가 사람 잡는 건 아닐까 싶기도 하고. 아무튼 체인 하나 때문에 별의별 짓을 다 하고 있다. 자신이 어쩌다가 이렇게 망가졌을까.

'어이, 유지원. 이제 됐으니까 적당히 치고 빠져라.'

결국 성준은 지원의 시선을 붙들고는 그런 뜻을 넌지시 비쳤다. 샐샐 웃기 시작하는 진아의 상태가 아무래도 염려스러웠던 것이다.

남매라서 그런지, 성준의 눈짓 하나에 모든 상황을 파악한 지원이 양주를 연달아 스트레이트로 세 잔을 비우고는 자리에서 벌떡 일어났다.

"아유, 너무 늦었네. 그럼 새언니, 나 그만 가볼게요."

"어머! 왜 가요? 이제부터 시작인데!"

지원의 수작에 넘어가 똑같이 연달아 세 잔을 비운 진아가 눈을 부릅뜨고 소리쳤다. 그 기세에 진아가 깜짝 놀랄 정도로.

"에, 또, 그러니까…… 내일 출근해야죠. 더 마시면 저 출근 못해요."

이거 큰일이었다. 생각보다 새언니가 더 복병이다! 양주를 마시기 전까지는 그래도 이성이 좀 남아 있는 것 같더니 섞어 마시기를 하고 나서부터는 어딘지 모르게 상태가 변했다. 왠지 끈질긴 주류 명가의 숨결이 느껴지는 것이……

자신이 알아주는 주당이었기에 망정이지, 새언니 한번 보내려다가 저가 먼저 가게 생긴 것이다. 지원은 진심으로 새언니의 내공에 감탄을 보내며 얼른 도망가야지, 생각했다. 성준에게서 허락도 떨어졌겠다, 이 긴장된 공기에서 더 머무를 이유가 없었다.

하지만, 그걸 진아가 온몸으로 막았다.

"젊은 사람이 술 한잔 마시고 출근 못할 수도 있는 거지! 에비, 그러지 말고 더 마셔요. 난 밤새도록 우리 아가씨 생일 축하해 주고 싶단 말이에요! 이렇게 재미있는 술자리가 얼마 만인데. 아웅, 그러지 말고 더 마셔요. 네? 아잉, 네에?"

표정 자체가 변해 버렸다. 평소보다 더 귀염성있게 애교를 부리는 것 같긴 하지만, 어째서 그 사랑스러운 표정 뒤에 숨겨진 숨결이, '혼자 배신 때리고 가면 가만 안 둔다'의 포스로 느껴지는 걸까. 정말이지, 대단한 새언니였다.

"아니, 그게……."

"아가씨답지 않게 망설이시긴! 어유, 안 어울려요, 안 어울려! 그러지 말고 더 마셔요. 나 지금 술이 너무너무 맛있단 말이에요. 아주 꼴깍꼴깍 잘도 넘어가요. 왜 이렇게 술이 달지? 뚜껑 딴 양주는 마저 끝내야죠. 그게 주당의 진정한 법도란 말예요."

'주, 주당은 새언니 혼자 하시지요.'

지원은 난감한 얼굴로 지원사격을 요청했다. 한숨을 폭 내쉰 성준이 자리에서 일어났다.

"여보, 술은 내가 마셔줄 테니까 지원이는 그만 보내자."

순간 진아가 고개를 홱 돌리더니 성준을 똑바로 쳐다보았다. 그리고 입을 열었는데.

"어머, 우리 남편님 거기 계셨네? 난 또 워낙 조용해서 입에 이끼가 낀 줄 알았죠!"

저건 또 무슨 표현인 건지.

성준은 머리가 딱딱 아파왔다. '남편님'이란 단어가 진아의 입에 내림했다는 건 그녀가 취할 대로 취했다는 뜻이었다. 그런데 왠지 생각과는 다르게 슬금슬금 올라오는 이 불안감은 과연 무엇일까. 이걸 어쩐다……. 그때 진아가 배시시 웃더니 말했다.

"우리 남편님, 정말 나랑 술 마셔줄 거죠?"

"그래, 내가 끝까지 마셔줄 테니까 지원이는 그만 보내자."

"그럼요, 그럼요. 우리 아가씨는 내일 출근하셔야 하니까 보내 드려야죠. 아무렴요, 그럼 아가씨, 오늘 잘 얻어마셨습니다. 제 생일에 와주셔서 진심으로 감사드립니다!"

그리고 넙죽 허리를 굽히며 인사를 하는 진아 때문에 지원은 푸핫 웃음을 터뜨리고 말았다. 저런 새언니의 모습은 정말 처음이지 싶었다.

"쿡쿡, 너무 귀엽잖아. 자기 생일이래. 오빠, 목하 열애 중인 오빠의 연인 같은 아내, 상태가 왜 이러셔?"

진아가 소리 죽여 성준에게 속삭이자 성준이 한쪽 눈썹을 찌푸리며 낮게 말했다.

"보내줄 때 얼른 가라. 이불 빨래까지 하고 갈래?"

"그럼, 전 갑니다! 잉꼬부부에게 축복이 있기를!"

"조심해서 가세요, 아가씨! 다음에 또 놀러오세요!"

문이 닫히는 순간까지 진아는 허리를 굽실거리며 인사치레를 하고 있었다.

성준은 진심으로 머리가 아파 와 관자놀이를 꾹 눌렀다. 허리에 한 손을 얹고서 황당해 죽겠다는 눈으로 진아를 쳐다보자, 그녀는 문이 닫히고도 한참이나 후에야 굽히고 있던 허리를 겨우 폈다. 그리고 아무리 말똥말똥 뜨려 해도 이미 취기에 푹 젖은 눈으로 성준을 돌아보더니 히죽 웃으며 이렇게 외쳤다.

"남편님, 오늘 우리 죽어보죠!"

……그렇다. 실상, 성준이 죽어보고 싶은 의미는 엄밀히 말해 다른 것이었다. 꼴딱꼴딱 그녀의 숨을 사랑스럽게 넘겨주고 싶은 마음이었지, 절대 술로 죽자는 말은 아니었다. 가능하면 좀 더 은밀하고, 좀 더 친밀하고, 좀 더 본능상학적인 것으로서 다가가고 싶었건만.

"남편님, 도대체 남편님 요즘 나한테 왜 그래요? 왜 그렇게 잘해줘요? 도대체가! 난 이유를 모르겠다구요. 우리 남편님은 항상 저 먼 곳에 떠 있는 뜬구름 같은 존재였는데, 어째서 쑥 내려와서 옆에서 자꾸 연기를 피워요?"

성준은 소파에 등을 기대고 앉아 그저 아내를 쳐다볼 뿐이었다. 벌써 십 분째 저 말만 되풀이하고 있었다. 이제 똑같은 대답을 해주기도 지쳤지만 성준은 또 입을 열 수밖에 없었다.

"잘해주고 싶으니까."

뜬구름 같은 존재였다는 말은 그로서도 이해가 가고 또 미안해지는 부분이었지만, 옆에서 연기를 피운다니 들을 때마다 참으로 서글퍼지는 말이었다. 차라리 껄떡거린다고 표현해 주면 의미는 통할 것 같은데, 연기를 피우는 건 도대체 뭔지. 그녀의 취중 언어세계는 도저히 탐사 불가능이었다.

"나한테 잘해주지 마요. 다쳐요."

그나마 이제 똑같은 말이 아니라 다행이긴 했지만, 오지 말라는 극명한 표현이어서 그것도 반가울 수만은 없었다.

"남편님, 나 궁금한 게 있는데."

"그래."

"도대체 나한테 요즘 왜 그래요? 왜 항상 뜬구름처럼 있다가 쑥 내려와서……"

성준은 결국 이마를 짚고 말았다. 이건 무슨 고장난 라디오도 아니고……

그가 상상한 취중 풍경은 절대 이런 게 아니었던 것이다. 도대체 무슨 부귀영화를 누리겠다고 동생까지 동원해서 이 시국을 만든 건지. 게다가 은근슬쩍 팔이라도 뻗을라치면 진아는 매몰차게 그 손을 탁 쳐내는 것이다. 그날 보였던 그 고혹적이고 매혹적이며 적극적이던 모습은 자투리 하나 찾지 못했다. 하나도, 오늘 계획으로 얻은 이점이 없었다. 단 하나도!

고민을 하는 사이에 진아가 또 양주 한 잔을 비웠다.

"그만…… 자라, 당신."

어쩔 수 없이 성준은 포기하고 말았다. 어쩌면 그날의 일은 그에게 주어졌던 일종의 근사한 행운이 아니었을지.

슬픈 것은, 똑같은 행운은 쉽게 주어지지 않는다는 서글픈 진리. 지금은 무엇보다 아내에게서 술잔을 빼앗고 재우는 일이 급선무인 듯싶었다. 함께 자고 싶은 마음은 여전히 굴뚝같지만, 욕심을 버리고 일단 재운다는 것에 집중해야 했다.

"그러다가 속 버려. 내가 미안하니까, 그만 마시고 얼른 자자."

"남편님, 혹시 내가 예뻐요?"

진아의 손에서 와인 잔을 빼앗으려던 성준의 손이 멈칫했다. 듣자니 뜬금없는 말에 그의 심장이 크게 한번 일렁였다. 그녀에게 고하노니, 제발 생각 없이 이쪽의 심장을 들쑤시지 말아주기를.

성준은 와인 잔을 들고 일어나며 낮게 말했다.

"예쁘지. 당신 예뻐."

"언제부터요?"

여유도 주지 않고 터진 질문에 돌아서던 성준의 몸이 결국 재차 멈췄다. 그는 옅은 한숨을 폭 내쉬고 진아를 돌아보았다.

"……처음부터 예뻤어."

"에이, 거짓말. 처음부터 예뻤다는 사람이 그렇게 남처럼 굴었어요? 거짓말! 뻥! 각성해라, 유성준!"

성준은 진심으로 이 술자리를 만든 자신이 원망스러워졌다. 그녀는 자신을 괴롭히려고 태어난 여인이 틀림없으리니.

"여보, 성준 씨, 내가 어디가 예뻐요?"

고개를 숙이고 있던 성준은 진아의 말에 대답해 주기 위해 시선을 들었다. 순간 그의 눈동자가 멈칫하고 말았다. 언제 왔는지 진아가 바로 눈앞까지 다가와 있어서 자신도 모르게 한 걸음 뒤로 물러섰다.

참 묘한 일이었다. 그녀를 이렇게 다가오게 하려고 만든 술자리인데, 막상 다가오니 심장이 짧게 끊어지는 것처럼 뛰어 당황하고 마는 것이다. 게다가 지금 그녀의 표정은, 하느님이 보우하사 꼭 그날처럼 고혹적이 되어가고 있었다. 눈꼬리를 살며시 접고서 의도적으로 유혹하려는 게 확실한 눈. 체인을 달고, 서재로 숨어버리는 그 독한 평소의 이진아에게서는 절대 찾아볼 수 없는 바로 그 눈이었다.

"진…… 아야…… 여보, 당신 취했어. 내가 치울 테니까 당신은 그만 들어가서……."

"내가 어디가 예쁘냐고 물었잖아요. 남편님은 만날 날 타인처럼만 취급했는데, 도대체 내 어디가 예뻤는지 정말 궁금해. 눈?

코? 목? 가슴? 엉덩이?"

그녀가 하나씩 가리키며 손의 위치를 바꿀 때마다 성준의 시선도 함께 옮겨가며 그때마다 심장이 걷잡을 수 없이 반응했다.

미칠 지경이었다. 이건 숫제 고문이었다. 설마 그녀, 취한 척을 하는 건 아닐까. 여기에서 바로 넘어가 버리면, 언제 그랬냐는 듯 말짱한 얼굴로 또 색골이라고 퍼붓는 건 아닐까?

"다, 예뻐. 당신 다 예뻐서, 미칠 정도로 예쁘니까 그만 하자."

참는 것도 한계가 있다는 말을 아는지 모르겠다. 참을 인 자세 번이면 살인을 면한다지만, 참을 인 자 세 번이면 수명이 준다는 말도 있을 테다. 남자로서 욕구를 참는다는 게 얼마나 힘든 건지 그녀는 전혀 모른다. 게다가 자신은 벌써 며칠째 그녀만 보면 근질거리는 손을 딱 붙여놓느라 본드를 써도 모자랄 지경이었다.

"성준 씨, 우리 남편님…… 내가 계속 예쁠 거죠?"

혀가 꼬인 것도 모자라 국어의 표현 방법까지 꼬인 것도 확실히 문제는 문제였다. 그 말인즉슨 계속 예뻐해 줄 거죠, 혹은 예쁘게 봐줄 거죠 정도의 의미 같은데.

그런데 지금은 그런 것보다 더한 위기가 성준에게 닥치고 있었다. 그 말을 하며 진아가 그 가녀린 팔을 성준의 목에 척하고 두른 것이다. 순식간에 얼굴이 맞닿을 정도로 가깝게 끌어당겨

졌다.

"당신…… 날 놀리는 거라면 그만 해. 이래서야, 내가 더 미안해지잖아."

어떻게 하면 그녀를 안을 수 있을까, 기회를 만들었던 것이다. 아내가 술에 취하면 대범해진다는 걸 이미 알고서, 고의적으로 동생을 불러서 선동을 시켰다. 취하게 만들어 그녀를 가져버리려 했다. 그것도 어떻게 보면 그녀의 인격을 무시하는 처사의 한 가지가 아닐지. 당장 눈앞의 싸움에서 이기고 싶어서, 오로지 그녀를 안아버리면 내 것이 될 거란 생각에, 그게 부부의 의미라는 생각에 일을 벌였다.

그런데 그녀가 막상 취해서 다가오니 죄책감이 들었다. 몸으로 안는 건 쉽다. 언제부터 그게 전부라는, 그런 위험한 착각에 빠져 버린 걸까.

그녀를 너무나 사랑해서 그녀의 모든 것에 빠져 허우적거린다는 것과는 또 다른 의미였다. 자신이 한 행동은, 확실히 아내의 몸만 가지면 된다는 그런 짧은 생각의 발로였다.

"내가 왜 우리 남편님을 놀릴까요? 난 놀리는 거 없는데."

"그럼, 이 팔 풀어. 지금 깨달았어. 당신이 진심으로 원할 때 안는 게, 내가 행복해지는 길이란 걸."

매몰차게, 어쩌면 야속하다 싶을 정도로 진아의 팔을 풀어버렸다. 성준은 자신의 행동이 모순되었다는 걸 알았지만 어쩔 수 없었다. 스스로에게 모멸감이 인 순간, 그녀와의 거리가 더욱 멀게 느껴졌다.

"왜…… 늘 이래요? 당신은 왜 나한테 늘 이럴까. 뭔가를 조금 기대하려고 하면, 당신은 멀어져. 그때도 그랬어요. 난…… 당신이 안아줄 때, 조금은 따뜻하다는 생각을 했는데…… 당신은 멀어졌어. 그리고 끝이었어. 다시는 한 번도 날 쳐다봐 주지 않아. 그래 놓고…… 이제 또 우리 남편님은 내 손을 막 차갑게 밀어내네. 난 잘해보고 싶은데…… 결국 그럴 거면서…… 평생 사랑해 주지도 않을 거면서."

성준의 심장이 찌르르 울렸다.

고개를 숙이고 있는 그녀, 아프게 자신의 심정을 토로하고 있는 그녀를 보며 성준은 순간 알아버렸다. 그녀는 취하면 사랑스러운 모습을 드러내는, 그런 단순한 의미가 아니란 것을. 그녀는 취하면 한없이 솔직해지는 사람이었다. 솔직하고, 솔직하고, 솔직해져서 평소에 하지 못하고 가슴에만 담아두었던 잠재의식 속의 말들을 털어놓듯 말해 버린다는 사실을.

성준은 와인 잔을 내려놓았다. 그리고 조용히 다가가 진아의 어깨를 끌어당겼다. 가만히 안고서 등을 토닥토닥 두드려 주었다. 뺨에 뺨을 살포시 맞대고 그가 말했다.

"당신한테…… 마음으로 다가가고 싶어."

지금 이 순간 그녀가 보이는 반만큼이라도 자신이 솔직했었다면. 그랬다면, 이렇게나 멀리 돌아올 일이 있었을까. 그녀가 취해야지만 솔직해지는 사람이라는 걸 몰랐다고 하더라도, 남자인 그가 용기를 냈어야 옳았다. 그랬다면 그녀를 외롭게 할일도, 그래서 자신이 이렇게 안타까워질 일도 없었을 텐데.

"진아야…… 예쁜 마누라야…… 내가 많이 미안해."

"성준 씨……."

"어쩌면, 당신을 시도 때도 없이 안으려고 했던 건, 내가 내마음 상태에 솔직하지 못했기 때문일지도 모르겠어. 당신한테자신이 없어서, 내 마음이 제대로 들여다보이지 않아서, 오로지당신을 안는 것으로 충족시키려 했던 건지도 모르겠어."

"그럼, 이제 나 안 안고 싶어요?"

눈물이 그렁그렁 담긴 그 까만 눈으로 물어오는 그녀를 사랑하지 않을 수 없었다. 성준이 본능인 듯 얼굴을 내려 진아의 눈꺼풀에 입술을 누르자 진아의 속눈썹이 파르르 떨리며 맺혀만있던 눈물방울이 톡톡 떨어졌다. 성준은 젖은 그녀의 눈가를 머금어가며 아깝다는 듯 눈물방울을 하나하나 마셨다.

"나…… 안 안아줄 거예요?"

성준이 고개를 저었다. 어쩔 수 없이 온몸이 뜨거워져 잔뜩쉰 낮은 목소리가 나갔다.

"안고 싶어. 밤새도록이라도 안고 싶어."

"그럼, 나 안아줘요."

성준은 그녀가 자신을 받아들이는 것으로 생각했다.

그는 으스러지듯 진아를 끌어안고서 그대로 덜렁 들어 침대끝에 걸치듯 앉혀놓았다. 진아가 앉은 채 성준을 올려다보았다.

아내의 까만 눈동자가 자신을 향하자 성준은 걷잡을 수 없는 뿌듯함을 느꼈다.

그녀는 취하면 좀 더 대범해지는 사람, 아주 많이 솔직해지는 사람, 비록 지금 이 행동이 100% 그녀의 의지가 아니라고 할지라도 상당 부분 그녀의 잠재의식이 포함되어 있다는 걸 알고 있었다. 그녀는, 위로받고 싶었던 것이다. 무엇보다 너무나 차가웠던 남편인 자신에게…….

미안, 미안해. 진아야.

성준은 마음속으로 끊임없이 사과하며 진아의 에이프런을 벗겨냈다. 그리고 가지런하게 잠겨 있는 블라우스의 단추를 그녀가 보는 앞에서 하나씩 하나씩 풀었다.

아마, 취하지 않은 그녀라면 성준의 손길에 쳐냈을 것이다. 그러나 진아는 마주 손을 뻗어 성준이 입고 있는 세련된 셔츠의 단추를 동시에 열고 있었다. 바로 아래에서 움직이는 가는 손가락의 느낌 때문에 성준의 턱이 짧게 진동을 했다.

하얀 블라우스의 단추 하나를 열자 가는 쇄골이 드러나고, 하나를 더 풀자 실크 소재의 은은한 핑크빛 브래지어의 가슴 선이 드러났다.

또 하나, 하나, 마지막까지 열어 블라우스를 벗겨 내리자 부드러운 속옷과 그녀의 작은 상체만 남았다. 어느새 성준의 셔츠도 벗겨져 맨가슴과 단단한 팔, 보기 좋게 근육이 잡힌 상반신이 드러났다.

성준은 진아의 어깨에 입을 맞추며 브래지어의 끈을 가만히 내리다가 무슨 생각이 들었는지 그녀의 팔을 타고 입을 맞추며 내려가다가 한쪽 무릎을 대고 앉은 채 진아의 긴 스커트를 걷어 올렸다.

　"하아……."

　진아가 상체를 뒤로 젖혀가며 성준의 머리카락 속으로 손가락을 찔러 넣었다. 성준은 걷어 올린 스커트의 안쪽부터 쪽쪽 입을 맞춰 내려가며 하얀 허벅지에, 종아리에 계속해서 키스의 비를 퍼부었다. 그리고 가느다란 발목의 앙증맞은 복사뼈에 닿았을 때 톡 튀어나온 그 부분에 이를 세웠다. 순간 진아가 침대를 짚어가며 상체를 확 젖혔다. 확인을 하듯 몇 번이나 깨물 때마다 진아는 진저리를 치며 탄성을 토해냈다.

　성준은 그대로 벌떡 일어나 진아를 와락 끌어안고서 침대로 겹쳐서 쓰러졌다. 이제 더 참을 여유가 없었다. 잡아먹을 듯 게걸스럽게 입술을 빨아가며 급한 사람처럼 스커트를 벗겨 던져버리고 브래지어도 끌어 올렸다. 진아의 혀도 성준의 호흡에 맞춰 함께 바쁘게 응하고 있었다. 젖은 혀가 마찰할 때마다 나오는 소리가 침실을 적나라하게 울렸다.

　브리프만을 남기고 성준은 빡빡하게 겹쳐 있던 입술을 힘껏 떼고서 양손으로 진아의 젖가슴을 움켜쥐었다. 힘껏 비틀자 진아가 고통과 쾌락을 담은 젖은 눈으로 그를 올려다보았다. 우는 것처럼, 혹은 웃는 것처럼 그 어느 때보다 교태 짙은 얼굴로 그를 똑바로 보며 진아가 입술을 달싹였다.

"이제 나…… 외롭게 하지 않을 거죠? 혼자로…… 안 둘 거죠?"

아픔으로 심장이 뻐근해져 왔다. 성준은 그 아픔에서 고개를 돌리지 않았다. 몸을 숙여 진아의 귓바퀴를 깨물었다. 정성스레 혀로 모조리 핥아가며 중얼거렸다.

"항상 당신과 함께야. 절대 혼자 두지 않을게."

"그럼, 힘껏 안아줘요. 당신이 날 안아주면…… 편해질 것 같아."

요구와 애원이 동시에 묻어 가늘게 떨리며, 혹은 조금은 따갑게 나오는 진아의 목소리였다. 순간 그녀의 어깨에 입을 맞추고 있던 성준의 입술이 정지했다. 지금껏 입술이 닿아 있던 어깨를 쓰다듬듯 쥐고서 그녀와 시선을 맞추었다.

"왜, 그런 말을 하지?"

무엇으로부터, 당신은 편해지고 싶은 걸까? 그녀의 표정과 뉘앙스로부터 직감처럼 든 예감이었다. 그녀의 상념이, 고민이, 망설임이 고스란히 전해져 와서 성준은 가슴이 불에 덴 듯 뜨겁게 요동쳐 왔다.

어쩔 수 없이 화장대 위의 핸드백 쪽으로 신경이 예민하게 가닿는 것이다. 뜨겁게 타오르던 모닥불이 일시에 꺼지는 느낌, 머리 꼭대기부터 이가 시릴 정도로 찬물이 퍼부어지는 느낌, 그의 심장이 싸늘하게 식었다. 말 몇 마디로, 사람은 천당과 지옥을 찰나로 경험할 수 있다.

설마, 당신 그 남자를 그렇게나 사랑하나? 이렇게 나한테 기댈 정도로, 나한테 매달릴 정도로 그 남자를 잊고 싶나? 그렇게 하면 잊어질 것 같나?

본능적으로 손을 뻗었다. 그녀의 입술을 매만지듯 손가락으로 쓸었다.

한참을 만지작거리다가 그 촉촉한 틈새로 밀어 넣자 그녀의 말캉한 입술이 열리며 그의 손가락을 품었다. 손가락 끝에 진아의 촉촉한 혀가 와 닿았다. 세심하게 움직이며 핥자 키스와도 같은 흥분이 일었다. 일순간 현기증이 일 정도로.

가슴이 아린다고 생각한 순간 손가락을 빼고서 그녀의 뒷머리를 끌어당겼다. 꾹 누르듯 안고서 그녀의 머리카락을 매만졌다. 정수리에 입을 맞추고서 씁쓸하게 웃었다. 당신을…… 어떻게 하면 좋을까.

성준은 천천히 진아의 몸을 떼어냈다. 순간 진아가 우웅, 소리를 내며 그의 목을 더욱 안아왔다. 멀어지려던 성준의 몸이 다시 겹쳐졌다. 진아가 그를 꼭 끌어안은 채 중얼거렸다.

"그러지 마요. 가지 마. 아가씨 말처럼…… 우리 아기 가져요. 아기가 생기면, 다 괜찮아질 거야."

그게 그 어떤 말보다 성준의 가슴을 헤치는 말이란 걸 그녀는 모르고 있을 것이다.

자신이, 지금 그녀의 마음이 어디에 가 있는지 이미 알고 있다는 걸, 그녀는 전혀 모르니 저런 악독한 소리를 할 수 있겠지. 아기를 가지면, 아기로 당신을 묶어버리면 그걸로 당신은 된다는 걸까. 그렇게 해서 무엇이 해결되는데.

어쩔 수 없이 이는 억울한 마음.

그녀가 밉다. 원망스럽다. 그 누구보다 악독한 여자 같다.

사랑하게 된 것을 후회할 정도로, 그녀가 야속하다.

천천히 진아를 떼어냈다. 여전히, 마치 매달리듯 성준을 놓아주지 않고서 몸을 던져 안겨오는 그녀였지만 성준은 진아의 어깨를 꽉 쥐어 고정시켰다. 진아의 눈에 눈물방울이 매달려 있다. 보기 싫다.

왜 난, 지금까지 시간을 허비해 당신의 마음을 붙잡아두지 못한 걸까. 왜 틈을 만들어, 그 사이에 이렇게 소중한 당신에게 다른 남자의 시선이 닿게 만든 걸까. 왜, 당신은 기다려 주지 않고서 그 시선을 마주 쳐다봐 준 걸까.

'넘어가. 더 이상 캐내려 하지 마!'

성준은 있는 힘껏 자신을 다그쳤다. 오로지, 그녀가 자신과 살기 위해 그녀 나름대로도 노력하고 있다는 것만 바라보자고, 그것에만 집중하자고 미친 듯이 자신에게 강요했다. 지금은 서로 노력하는 시기이니, 그래도 이 가정에 집중하려고 하는 그녀만을 생각하자고. 어린 그녀도 이렇게 노력하고 있으니 자신도 조금만 참으면 된다고. 자꾸만 드는 생각의 가지들 따위, 그것에서만 벗어나면 스트레스는 없을 거라고. 잘될 거라고.

"아마도, 당신은 내일이면 지금 일을 기억하지 못하겠지."

하지만 성준은 중얼거리고 있었다. 왜 지금 이 순간, 그녀의 마음을 확실히 확인해 보고 싶었던 걸까.

낮게 말하며, 진아의 어깨를 쥐고 있던 한 손을 들어 올렸다. 그리고 커다란 손바닥으로 그녀의 눈을 가렸다.

"성준 씨……?"

갑작스러운 성준의 행동에 당황한 듯 진아가 어깨를 움찔했다. 하지만 그것도 잠시, 부드럽게 누르고 있는 체온이 나쁘지는 않았던 것일까. 시야가 막힌 채로 그녀는 더 움직이지 않았다. 손바닥을 통해 진아의 눈꺼풀이 깜빡이는 게 느껴졌다. 하지만 곧 그것도 가만히 가라앉아서, 진아는 눈을 감고 있었다.

"……졸려요."

아무것도 모르는 그녀는, 졸릴 수도 있나 보다. 가슴에 이는 안타까움의 소용돌이를 눌러 삼킨 채, 성준이 천천히 입을 열었다.

"솔직히 대답해 줘. 당신…… 그 남자 사랑하니?"

그녀는 이 일을 기억하지 못한다. 하지만 대답은, 분명히 할 것이다. 그게 그녀의 상냥하지만, 그만큼 위험한 주사라는 걸. 대답을 해주고야 말 그녀를 보고 싶지 않은 걸까, 그녀에게 자신을 보이기 싫은 걸까. 성준은 진아의 눈을 가리고 있는 손을 풀지 않았다.

시야가 가려진 채, 취한 기운에 모든 것을 의지하고 있는 진아는, 어쩌면 대답해 주지 않기를 바라고 있을지도 모를 성준이 보는 앞에서 입술을 달싹여 대답해 주었다.

"그 사람은, 내가 사랑하고 싶은 사람…… 당신은, 내가 사랑해야 할…… 사람."

그 어떤 단어에도 부정적인 의미가 하나도 없이 전체가 긍정으로 이루어진 단어의 집합. 하지만 성준에게는 그 어떤 긍정보다도 슬프게 들리는 말이었다.

3. 열혈남편 프로젝트 2
—문제는 스태미나?

한곳을 응시하는 성준의 눈동자는 이미 끝까지 침몰되어 있었다. 아직도 손을 통해서는 그녀의 온기가 전해지고 있었는데, 그게 심장까지 닿지 못하고 도중에 모두 흩어져 버리는 것이다. 그렇게 얼마나 정지해 있었을까. 진아의 몸이 조금씩 기우는가 싶더니 성준의 품으로 톡 쓰러졌다. 그녀는, 잠들어 있었다.

성준은 자신의 품에, 타인보다 먼 아내를 안은 채 굳은 듯 앉아 있었다. 쌔근쌔근, 편한 숨소리. 째깍째깍, 증폭되어 들리는 초침 소리. 그 외에는 어떤 것도 들리지 않는 숨 막히는 정적 속에서, 성준은 움직일 줄을 몰랐다.

[잘 지내고 있나, 친구.]

이튿날, 간부회의를 마치고 막 사무실에 들어오자마자 걸려 온 전화 때문에 성준은 짙은 눈썹을 꿈틀거려야 했다. 안 그래도 속이 뒤집어질 것 같은데, 원수 같은 친구가 이렇게 염장을 덧얹어주는 것이다. 뭐가 그렇게 흥미로운지 시간만 나면 전화 공세였다.

"무슨 말이 듣고 싶은 건데?"

의도하지 않았다고 해도 말이 딱딱하게 나갈 수밖에 없는 상황. 하지만 의도했기 때문에 더더욱 어조는 차가웠다. 휴대폰 너머의 종원이 싱긋 웃는 게 느껴졌다.

[그 뭐랄까, 그저 친구가 무진장 걱정될 뿐이지.]

성준의 가슴에 불덩어리가 치받쳐 올랐다. 물론 종원은 어제 같은 자세한 상황이야 하나도 모르고 있겠고 평소의 능구렁이 같은 성격을 십분 발휘해 장난질을 걸려는 수작이겠지만, 성준으로서는 싱글싱글 웃고 있는 친구가 진심으로 때리고 싶을 정도로 미웠다. 어떻게 친구의 불행을 이용해 저렇게 놀릴 수 있는 건지 원망스럽고 짜증나고 화나고 분노가 치밀어 오르고, 아무튼 솟아오르는 게 한두 가지 감정이 아니었다.

그러나 자존심 때문에라도 결코 자신의 끓어오르는 감정 상태를 드러내 보이기 싫었던 성준은 냉정을 가장했다. 젖 먹던 힘까지 끌어 모아 되도록 건조한 어투로 천천히 입을 열었다.

"그렇게 남의 사생활로 장난하는 거 아니야. 본인의 가정 상태가 얼마나 괴로운지 모르겠지만, 다른 사람의 경우를 보면서 자기만족하려고 드는 건 유치한 발상이야. 유감이지만, 난 내 아내를 사랑하고, 내 아내도 날 사랑해. 그걸 확인하고 싶은 거냐?"

[아이고, 너무 과민반응을 하십니다그려. 그렇다면 내 눈으로 똑똑히 본 그 젊은 녀석, 그놈의 배후를 캐봤는데, 그 결과는 어떻게, 받을 테야, 말 테야?]

순간 성준의 표정이 잠깐 솔깃했지만, 그는 이내 고개를 저었다. 절로 세 줄 주름이 가는 미간을 살짝 문지르고서 의자에 편안히 등을 기댔다. 천천히 눈을 감으며 대답했다.

"별로, 이젠 필요없어. 어떤 놈이든 내가 굳이 알아야 할 상대는 아니니까."

어떤 놈이야! 뭘 하는 놈이고, 뭘 먹고 사는 놈이고, 어떻게 생겼어! 몇 살이야! 어느 대학 나왔어! 능력은 좀 있어? 서울 토박이야, 아니면 지방서 올라온 놈이야? 취미는 뭐야? 특기는 뭐고, 여자관계는 어떻게 돼!

묻고 싶은 말은 안에서 득시글득시글 끓어오르다 못해 흘러넘칠 정도였다.

하지만 성준은 어느 하나도 물을 수 없었다. 아니, 묻고 싶지 않았다. 들어버리는 순간 정말 인정해야 하는 상황이 될까 봐, 어젯밤에 느꼈던 그 바닥도 없는 아득함을 또 느껴야 할까 봐

의식적으로 피했다.

나한테 그놈은 없는 놈이다. 존재하지 않는 놈이다. 아내는
그저, 무관심하게 버려져 있는 동안 그 누구라도 느낄 수 있는
무료함을 견디지 못하고 잠깐 의존했을 뿐이다. 그 누가 되었든
상관없었을 터이다. 운 좋은 그놈이 우연히 그 시기에 아내를
만난 것뿐. 아내도 어쩌다 보니 그놈을 만나게 되었던 것뿐, 그
이상도 이하도 아니다. 특별히 그놈이어서 마음이 이끌린 건 절
대, 아닐 것이다.

[호오, 그렇게 나온단 말이지. 사실은 네가 그렇게 말할까 봐
조사하진 않았어. 무엇보다 네 아내가 전혀 움직임을 보이지 않
으니까, 사람이 사람을 만나야 뒤쫓든 말든 하지.]

"그런즉, 시도는 했었다 이 말이군. 건방진 자식!"

[하! 이 친구 정말 웃기고 앉아 있군. 그놈이 누군지 반드시
알아내라고 한 건 네 쪽이었거든?]

"반드시, 라고 한 적은 없어. 아무튼, 그걸로 됐으니까 내 아
내한테서 손 떼. 내가 싫으니까, 이 이상 내 아내한테 어떤 관심
도 기울이지 마. 그리고 네가 내 친구라면 잘 들어. 내 아내는
부정한 여자가 아니고, 나는 자비심이 많아 아내의 외도를 용서
해 주겠다는 남자가 아니야."

종원의 한숨 같은 소리가 넘어왔다.

[그럼, 도대체 뭔데?]

"아내는, 그럴 수밖에 없는 상황이 있었고 나는, 아내를 사랑

해. 그것으로 다야."

[성인군자 나셨군. 뭘 잘 모르나 본데, 아무리 부부라고 해도 용서해 줄 게 있고 그렇지 않은 게 있는 거야. 부부는 이혼하면 바로 남이 되는 무촌 관계라고. 하물며 너네 부부 사이엔 아이도 없어. 일 년이라는 기간? 그게 과연 기간이라 칠 수나 있을까? 난 네가 이해가 안 가. 물론 나도 단 한 번 목격한 것으로 친구의 아내를 매도하는 건 잘못된 것일 수 있겠지만…….]

"잘못된 거라 생각하면 거기에서 끝내. 지금 내 심정을 말해 줄까?"

그대로 베어버릴 것처럼 차갑고 냉한 어조. 그러나 성준의 말에 종원은 기가 죽어버리기는커녕 왠지 신나는 어조로 이렇게 되받아쳤다.

[뭔데? 어떤 심정인데? 아주 죽을 것 같지? 괴로워 죽겠지? 그 철가면 성준이 지금 심하게 동요하고 있는 거지? 사실은 자존심 상해 죽겠지?]

이걸 친구라고!

"내 심정이 어떤가 하면, 네놈한테 신체포기각서 쓰는 법을 가르쳐 주고 싶은 심정이야. 거기서 종알거리지 말고 당장 달려와. 고등학교 졸업한 후로 처음으로 한번 피 터지게 주먹 써보자."

[쓰읍, 의뢰인 오실 시간이다. 아무래도 내가 좀 바빠서 주먹질은 못하겠다. 네 주먹이 보통 철권이어야 말이지.]

"그렇게 능글거리지 말지 그래? 내 수하 조직을 확 풀어버리면 배 나온 아저씨 하나 처치하는 것쯤 일도 아니야."

종원이 '아무렴, 그렇게 하든지 말든지'라며 껄껄 웃었다. 그러다가 갑자기 웃음을 뚝 그치더니 난데없이 이를 드륵드륵 가는 어조로 말했다.

[솔직히 말해서 난 네가 눈꼴셔 죽겠어. 이쪽은 마누라쟁이랑 하루가 멀다 하고 서로 죽일 기세로 피 터지게 싸우고 있는데, 귀신은 뭐 하느라 저런 거 안 잡아가 주나 욕하면서 장독에 물 떠놓고 빌고 있는데, 뭐가 어쩌고 어째? 내 아내가 뭐? 사랑이 뭐가 어째? 내 참, 더러워서 살 수가 있나.]

역시 원인은 저것이었던 모양이다. 저 졸렬한 친구는 갱년기에 접어든 부부생활 때문에 저만 괴로운 게 억울했던가 보다. 성준은 부드럽게 컬이 지는 결 좋은 머리카락을 쓸어 넘기며 킥 웃었다.

"그래서 같이 불행해지자고?"

[그래! 그게 뭐가 잘못인데? 친구면 당연히 그래 줘야 하는 거 아니야? 친구 따라 강남 간다는 말도 못 들어봤어?]

"됐다, 인간아. 내가 인생에 잘못한 게 있다면 네놈 같은 놈을 친구로 사귄 거다. 위로는 못해줄망정 불난 집에 부채질이냐?"

[호오, 그러니까 불난 집이 맞긴 맞는 모양이군. 자, 이제 인정하지 그래. 사실은 아내를 응징하고 싶어 죽겠지? 열 받고 화 딱지 나 죽겠지? 마누라를 사랑하는 게 아니라 인정하면 얼굴

팔릴까 봐 그런 거지? 제발 그렇다고 말해줘라.]

이젠 아예 애원이었다. 성준은 어째서 자신의 인생에 이런 귀신같은 친구가 끼어들어 와 있는 건지 진심으로 삶의 과정이 후회가 되었다.

"유감이지만, 너도 뒤늦게 후회하지 말고 아내한테 잘해. 네 아내, 처음 변호사 개업하고 힘들 때 그 뒷바라지 다 하고 묵묵히 밀어준 고마운 사람이야. 은인이라고. 만약 다른 마음이라도 먹고 있는 거라면, 그래서 괜히 흠 잡고 싶어 안달난 거라면 내가 네놈을 가만두지 않을 테니까."

[내 참, 공자 나셨군 그래. 법 없이도 살겠어! 누가 마누라쟁이 말고 다른 여자 생겨서 이런 줄 아냐? 너도 한번 내 마누라 바가지 공격을 받아보라고. 아주 얼마나 긁어대는지 바닥이 보이지 않을 정도란 말이야. 어떻게 여자가 날이 갈수록 초합금 로봇이 되냐 그래. 잘못하면 미사일도 발사되겠어. 난 내 마누라쟁이가 세상에서 제일 무서워.]

하긴, 종원의 아내 되는 사람은 다혈질로 유명했다. 남편의 친구가 있든 없든 남편의 기를 팍팍 죽이는 언행을 하는 바람에 주변에서 살짝 눈살을 찌푸리기도 하는 것이다.

"그렇더라도 네가 평생 책임져야 할 사람이야. 모쪼록 깊게 생각해서 행동하라고. 밉다 밉다 하면 더 미워지는 게 사람 관계니까."

[군자 나셨군, 군자 나셨어!]

또 아침에 부부싸움이라도 하고 나온 건지 말끝마다 엇나가는 친구 때문에 성준은 고개를 설레설레 저었다.

"도대체 너하고 친구를 하고 있는 이유가 뭘까. 후회가 구만리다, 구만 리."

[이 친구 웃길세. 사시 패스했을 때 우리 우정 영원하자고 살살 꼬드긴 놈이 누군데?]

"변호사 개업하고 파리 날릴 줄 누가 알았겠어?"

말로는 원수 원수 해도 두 사람은 오랫동안 우정을 나누어온 가장 친한 친구였다. 저 친구가 저래 봬도, 함부로 툭툭 내뱉는 말 때문에 때로 주위 사람들의 오해를 사기도 하지만 사실은 먹은 마음이 없는 사람이라는 걸 성준은 잘 알고 있었다. 이번 경우처럼, 굳이 전화기에 불이 나도록 연락을 해서 이쪽을 살살 놀리려는 행태를 보일 때는 무척 얄밉기도 하고 속이 뒤집히기도 하지만, 사실 저렇게 대놓고 놀리는 게 뒤에서 다른 소리를 하는 친구들보다야 백배 낫다는 생각이었다. 표현이 좀 그래서 그렇지, 누구보다 친구를 생각해 주고 걱정하는 인격을 가진 사람이다.

[한데, 보니까 그 젊은 친구 말이야. 아주 멋져 보이긴 하더라고.]

그렇게 믿고 싶단 말이다!

성준은 도무지 근심이 떠나질 않게 만드는 친구 때문에 관자놀이를 누르며 입을 열었다.

"그래서, 무슨 말을 하고 싶은 건데. 우정론에 입각해서, 꼭 필요한 말만 지껄여 주길 바라."

다른 건 몰라도, 이 친구가 자신의 지지부진한 일상을 탈피할 만한 재미난 놀잇감으로 친구 부부의 삐걱거림을 선택한 건 확실한 사실 같았다. 오지랖 넓게 끼어들고 간섭하길 좋아하는 그 본래 성격으로 지금 이 상황이 오죽 재미있겠는가.

아니나 다를까, 신이 나서 죽겠다는 어조로 도대체 어디로 나이를 먹었는지 모르겠는 그 친구가 말을 이었다.

[바로 그거지. 내 말을 잘 들어보라고. 일단 너, 나이상으로 좀 밀리지 않겠어? 문제는 스태미나거든. 스태미나, 그것이 바로 뭐냐! 정력이지, 정력. 일단 아내를 지키려면 힘이 있어야 한다는 말이거든.]

그리곤 종원은 의미심장한 목소리로 말을 이었다.

[사나이의 세계는 곧 힘의 세계. 자, 당장 야산으로 뛰쳐나가서 인삼이고 장뇌삼이고 마구 파헤쳐서 뜯어 먹어. 그래야 너의 그 귀하고 보석 같은 아내를 지킬 수 있지 않겠어?]

그나마 말의 형태를 하고 있으니 들어주기는 하고 있었지만, 성준은 제멋대로 꿈틀거리는 눈썹까지 감당하지는 못했다. 핸드폰을 쥔 손에 힘을 빡 주고 버럭 소리쳤다.

"쉰 소리 그만 하고 끊어!"

종원이 건너편에서 뭐라고 더 강조를 하고 있든 말든 성준은 미련없이 핸드폰을 끊어버렸다. 생각 같아서는 전원 버튼도 눌러 버리고 싶은 심정이었다.

"세속적인 인간 같으니."

혀를 차면서 휴대폰을 테이블에 툭 던져 놓았다.

그러나 한참을 고심하다 보니 세속적이라 하면 자신도 만만
치 않다는 난관에 봉착했다. 지금도 아내만 생각하면 그저 폭
끌어안아 버리고 싶다는 생각만 하는 자신인 것이다. 그 애송이
같은 놈에게 한정없이 질투를 하고 있다. 마음을 주지 않으니,
만약 끝까지 그렇게 하면 어떻게든 몸으로라도 끌어안아서 가
두고 말 거라는 위험한 생각도 하고 있다. 게다가, 만약 두 사람
이 자신의 눈을 피해 단 한 번이라도 만나는 사태가 벌어지면
아마 질투로 터져 죽을지도 모른다는 생각까지 더불어.

'가장 세속적인 인간은 나일지도……'

겉으로는 한없는 배려와 아량을 가진 신사의 모습을 하고 있
지만, 속까지 그렇게 점잖을 수는 없는 것이다. 사실 속은 그 누
구보다 까맣게 타 들어가고 있었다.

어젯밤 아내의 그 너무나 슬픈 말을 들었을 때는 그대로 그놈
을 죽여 버리고 싶다는 생각도 했다. 그렇다, 가장 세속적인 인
간은 자신이다.

그때 노크 소리와 함께 문이 열리더니 상현이 들어섰다.

"차장님, 점심시간인데 식사하러 가셔야죠."

한참 싸늘한 생각에 빠져 있었기 때문일까. 그대로 시선을 돌
려 상현을 쳐다보았더니 상현이 화들짝 놀라며 뒤로 물러섰다.

성준은 자신의 눈에 담겨 있는 얼음 덩어리를 인식하지 못한 채 낮게 말했다.

"생각없으니까 먼저 먹……."

중얼거리던 그가 말끝을 흐리자 상현이 의아한 눈으로 성준을 쳐다보았다. 순간 성준이 고개를 번쩍 들더니 재킷을 걸쳤다. 그리고 저벅저벅 걸어나가며 그 속도 그대로 말했다.

"장어구이 잘하는 집 알지? 점심은, 장어로 결정."

그리고 그대로 상현을 휙 스쳐 지나가는 것이다.

상현은 고개를 갸웃거리며 얼른 그를 따라 나섰다. 항상 중식은 깔끔하고 부담없는 음식으로 했었는데, 장어구이라는 메뉴는 성준이 단 한 번도 지목하지 않았던 것이었다. 상현은 속도를 더 빨리 해 성준을 따라붙어선 말했다.

"잘 알고 있는 집이 있습니다. 역시 스태미나 하면 장어죠."

갑자기 성준이 걸음을 우뚝 멈췄다. 당연히 상현도 함께 멈춰 섰다. 성준이, 아직도 그 살벌함이 가시지 않은 싸늘한 눈초리로 상현을 노려보더니 천천히 입을 열었다.

"홍삼 제품은 어디가 좋지?"

그렇다. 자신은 세속적인 인간인 것이다. 절대, 그 젊은 놈에게는 밀릴 수 없다는 오기로, 이 몸에 활력을 부여할 것이다. 사랑과 정열을 그대에게, 라는 예스러운 문구를 실현시키고야 말겠다는 생각이었다.

가장 질투나는 부분은, 전부터 그의 신경을 예민하게 갉작이고 있는 부분은 사실 그것이었다. 솔직히 인정하면 더 화가 날 것 같아서 일부러 모른 체하고 있었지만, 아닌 체하고 있었지만.

그놈이 더럽게 미끈하게 생긴 젊은 놈이라는 것!

아니, 다 필요없었다. 앞의 수식어는 빼고, 오로지, 젊은 놈이라는 것!

그게 성준을 가장 민감하게 건드리는 부분이었다. 그래서 속은 부글부글 끓어오를지언정 종원을 조금은 도움이 되는 놈이라고 생각하고 있는 것이다.

'그렇지, 세속적인 이 친구야. 역시 남자는 정력이지!'

친구의 귀한 충고를 따르기로 했다.

"홍삼이라 하시면 일반적으로……."

상현이 눈을 깜빡거리며 대답하려는 순간 성준이 손을 들어 저지하더니 몸을 휙 돌렸다.

"됐고, 내가 알아서 할 테니까 자네는 자네대로 점심 해."

그리고 그는 바람처럼 휑하니 사라져 버렸다.

갑작스러운 일련의 일들로 상현은 고개를 갸웃거리고 있었다. 과연 홍삼을 구하러 가신 것인가, 장어를 구하러 가신 것인가.

그것이 궁금했다.

진아는 휴대폰을 만지작거리고 있었다. 메시지 함에 있는 문자 때문이었다. 민기로부터 온 메시지는 간단했다.

⟨진아 씨는 흑백이 무척이나 확실한 사람인가 봐요.⟩

어제 그녀가 보냈던 메시지에 대한 대답이었다. 그 이상의 말은 없었다. 외로울 때 그를 만났다. 친구라고 했지만, 그의 따뜻한 위로에 친구 이상의 가까움과 위로를 받은 건 사실이었다. 하지만 그게 정말 친구 이상의 감정인 건지, 아니면 고마움이 너무나 커서 친근감이 극도로 팽창된 건지, 그 친근감을 우정 이상 즉 애정으로 착각한 건지 거기까지는 잘 모르겠다.

혼란스러웠다. 그럴지언정 친구 이상의 감정이라고 결론 내리기에도 어폐가 있었다. 민기를 정말 좋아하지만, 사방이 캄캄할 때 그녀에게 내려진 구원의 동아줄 이상의 의미라고 단정 내리기에도 부족함이 있었던 것이다.

남편을 생각할 때처럼 아득한 마음 같은 건 없는 것이다. 아릿함은 있을지언정 심장을 찌를 것 같은 괴로움도 없었다. 다만 미안하고 또 미안한 마음만 가득할 뿐.

그녀는 잠시 생각하다가 곧 통화 버튼을 눌렀다. 몇 번의 신호가 가고 민기의 목소리가 들려왔다.

[전화 주실 줄 알았어요.]

너무 확신에 찬 어조라 오히려 이쪽이 맥이 빠졌다.

"왜요? 내가 어제 보낸 건 분명히 끝을 말하는 메시지였는데 어째서 그런 생각을 했어요?"

마치 자신을 모두 다 알고 있는 듯한 그의 어조였다.

민기는 언제나 너무 느긋한 사람이었다. 세상에 힘들일 게 없는 사람인 것처럼. 그게 일부러 만들어진 느긋함이었든 어쨌든 가족들에게, 언니들에게, 그리고 자신과의 싸움으로부터 항상 무언가에 쫓기듯 살아왔던 진아는 그의 여유가 부러웠다.

"내가 혹시라도 민기 씨를 떠본 거라고 생각한 거예요?"

진아는 결코 하릴없이 툭 건드려 보고자 한 말은 아니었다. 많은 고민 끝에 내린 최선의 결론이었다. 그런데 어째서 그는 마치, 그녀가 그저 감정적으로 툭 내뱉은 것이라도 되는 양 쉽게 말하고 있는 걸까.

[화내지 말아요. 그런 의미 아니었으니까. 어떤 식으로든, 진아 씨는 확실한 매듭을 짓고 끝낼 사람일 거라는 뜻이었어요. 그러려면 이렇게 개운하지 못한 상태로 일방적으로 연락을 끊는 것으로 끝이라 표현하진 않겠죠.]

진아는 머리가 아파왔다.

민기는 쉬운 사람이 아니다. 자신보다 두 살이 많은 남자. 스물여덟의 그는 가볍지도, 함부로 행동하는 사람도 아니었다. 오히려 언제나 부드러운 미소를 머금고서 사려 깊은 면모를 보이는 사람이었다. 그래서 더더욱 그에게 의지했었다. 지금 이 혼란스러운 관계를 끝내려는 자신이 더더욱 미안할 만큼.

진아는 입술을 살짝 깨물고선 말을 이었다.

"그래요. 메시지를 보내는 것보다는 통화를 하는 게 나을 거라고 생각했어요. 그게 민기 씨한테도 예의이고, 또……."

[그런 단어 쓰지 말아요. 예의라니, 좋은 말인데도 그냥 서글프게 들리네요.]

진아의 눈동자에 미안함이 차 올랐다.

"확실하게…… 마지막을 표현하려고 전화했어요. 어제, 민기 씨한테 보낸 메시지처럼 남편하고 함께 있었어요. 앞으로도 그럴 거고, 그래서 민기 씨를 더는 만나지 않을 거고, 이렇게 통화하는 것도 이제는 안 할 생각이에요. 남편을 사랑하고 싶고, 그 사람하고 잘 지내고 싶어요. 어쩌면…… 나도 모르고 있었지만…… 그 사람을 좋아하고 있었던 것 같아요."

아침에 눈을 떴을 때 진아는 자신을 가만히 쳐다보고 있는 성준의 시선과 마주치자마자 깜짝 놀랐다. 그녀의 옆에 비스듬히 누운 채 그렇게 그녀를 내려다보고 있었다.

도대체 얼마나 그렇게 있었던 건지, 아니면 단지 바로 전에 깨서 쳐다보고 있었을 뿐인 건지. 무엇보다 그의 눈동자가 문제였다. 이상하게도 함께 쳐다보는 순간 가슴이 아릿할 정도로 슬픈 눈이었다. 하지만 그는 금세 고개를 돌려 버렸고, 그래서 다시 생각해 보면 정말 그런 눈이었는지 잘 확신할 수조차 없었다.

"성준 씨……?"

잠이 덜 깬 상태였기 때문에 혹시라도 착각한 것일 수도 있어 진아는 성준을 불러보았다. 그러나 성준은 그녀를 둔 채 벌떡 일어나 침대에서 내려갔다. 대답해 주지 않아서 진아도 따라 일어났다.

스르르 침대 시트가 내려간 순간, 그녀는 혹시 하는 생각에 화들짝 놀라며 아래를 내려다보았다. 하지만 생각했던 것과는 달리 그녀는 옷을 갖춰 입고 있었다. 전처럼 취한 바람에 또 이런 일, 저런 일이 있었으면 어쩌나 본능적으로 화들짝 놀란 것이다. 그러나 그건 전혀 아니었다. 그날과 다르게 성준은 그녀를 안아주고 있지도, 함께 잠들어 있지도 않았다. 등을 보인 채서 있는 그의 분위기는 그날과 달리 아주 많이 차가웠다. 무심함이 느껴져서 진아는 자신도 모르게 그를 부른 것이다.

"……왜."

성준이 짧게 대답했다. 진아는 막상 부르긴 했지만 도대체 무슨 말을 물어야 할지 갈피를 찾지 못했다.

왜 불렀던 거지?

당신, 왜 또 그렇게 차가워요?

아니야, 그게 아니야.

왜…… 그런 눈으로 날 보고 있었어요? 왜 그렇게 슬픈 눈으로……. 마주 보는 순간 함께 슬퍼질 정도로 흐린 눈으로 날 보고 있었던 이유가 뭔가요? 나 지금, 당신의 대답을 너무 기다리고 있어요. 말해주면 안 돼요? 대답해 주면 안 돼요?

망설이고 있는 그녀를 돌아보지 않은 채 성준이 낮게 말했다.

"할 말 없으면 씻을게. 출근, 늦었거든."

그리고 성준은 욕실로 들어갔다. 결국 그는 아무 말도 해주지 않았다. 가슴 한쪽이 한 움큼 배어져 나간 것 같은 허전함……. 그러나 그걸 채 다 느낄 새도 없이 진아는 고개를 번쩍 들어 시계를 쳐다보았다. 아홉 시!

그녀는 그대로 총알처럼 일어나 시트를 정리하는 것도 미루고서 거실에 있는 욕실에서 대충 씻고 나와 아침을 차렸다. 그리고 요 며칠 동안의 성준과는 다른 싸늘한 기운 속에서 함께 아침을 먹고, 그를 배웅했다.

현관문 앞에 서서 그를 바라보았다. 말쑥한 정장 차림으로 출근하는 남편을 배웅하는 게 처음도 아니었는데 그 아침만은 왠지 떨렸다. 그리고 계속 성준의 모습을 쳐다보게 되었다. 마치 찾듯이, 그를 보고 있는 것이다.

그러니 구두를 신고서 똑바로 선 성준의 시선과 정면으로 마주친 것은 당연했다. 너무 뚫어지게 쳐다보고 있었던 터라 진아는 어깨를 움찔했고, 성준도 시선이 부딪치는 순간 눈동자가 살짝 흔들렸다.

"잘, 다녀와요."

그의 시선을 비스듬히 피하면서 진아가 말하는 순간 그가 갑자기 진아의 손목을 끌더니 부드럽게 그녀를 안았다. 진아는 깜짝 놀라 그를 밀어내지도 못하고 쩡 얼어버렸다. 출근길을 배웅한 적이야 셀 수도 없이 많았지만 그때마다 늘 서로 서먹하게, 혹은 무심하게 서 있고 나갈 뿐이었다. 이렇게 안아준 것은 처음이었다.

"저기, 성준 씨……."

오늘의 그는 어딘가 이상했다. 그래서 진아는 그의 옷깃을 살짝 쥔 채 그를 불렀다. 하지만 성준은 대답하지 않았다. 그저 심장과 심장의 위치를 확인하겠다는 듯 고요하게 그녀를 안고 있다가 곧 진아를 풀어주고 밖으로 나갔다.

진아는 아직도 그때 그의 표정이 사라지지가 않았다. 이유도 없이 그저 미안한 마음, 본능적으로 그런 마음이 들었다. 아주 많이 슬퍼하고 있으면 이쪽도 똑같은 부피로 무작정 신경이 쓰이는 형태, 그와 비슷한 마음이었다.

주사를 너무 부렸나, 그래서 혹시 또 무슨 실수라도 해버린 걸까. 그런 가능성도 없지 않아 까만 천을 덮어놓은 듯 또 기억에서 휘리릭 증발해 버린 어제의 일들을 더듬어보면서 진아는 헤매고 있었던 것이다, 하루 종일.

그리고 지금 민기와 통화를 하고 있었다. 민기에게도, 성준에게도 똑같이 미안한 마음이다. 하지만 자꾸 남편에 대한 미안함이 더 신경 쓰인다. 민기에 대한 미안함은 말 그대로 사과의 의미였고, 성준에 대한 미안함은 가슴이 아파서 따끔할 정도로 아릿하다. 이제, 더 생각할 것도 없는 게 아닐까? 다만 민기의 말대로 메시지만으로 확실한 매듭을 지은 양 제멋대로 끝낼 수는 없었기 때문에.

[무엇이, 문제인 건가요?]

그래서 전화를 했지만, 민기의 질문에 진아의 상념은 또 길을 잃었다.

"무슨, 뜻인가요?"

문제는 수도 없이 많았다. 그중 가장 큰 문제는, 이진아가 유부녀라는 것, 그리고 남편과 잘해보고 싶다는 것. 그 이상으로 중요한 문제가 더 있나요?

[왜 갑작스러운 이별 통보를 들어야 하는 건지, 난 그걸 묻고 있는 거예요. 서로 짐작으로 이해하자 그러지 말고, 진아 씨가 진아 씨 입으로 확실하게 말해봐요. 그럼, 받아들이기도 좀 더 수월할 테죠.]

남편의 무관심 속에 놓여 있을 때는 일정 부분 민기를 만나도 된다고, 그래도 자신은 전혀 바람을 피우는 게 아니라고, 이건 절대 외도가 아니라고 믿는 구석도 있었다. 혹은 똑같이 해주는 것이다, 변명하기도 했었다.

하지만 그게 잘못된 거라는 걸 지금에야 깨달았다. 결국 민기를 만나 그에게 위로를 받은 것도 성준의 무관심에 대한 반항의 표현이었다는 걸. 밖에서 다른 사람을 통해 구할 게 아니었던 것이다. 문제는 성준과 가정 안에서 해결해야 할 것이었는데.

"민기 씨는 항상 날 이해해 줬어요. 아무것도 물어보지 않고, 아무것도 강요하지 않고. 유부녀를 친구로 둔다는 게 그렇게 썩 내키는 일은 아니었을 텐데, 친구가 생긴 것처럼 정말 잘 해줬어요. 마치 내가 민기 씨의 소중한 사람 중 한 사람이 된 것처럼."

[소중한 사람 중 한 사람이 된 게 아니에요. 진아 씨는 내 소중한 사람이에요. 누구 중에 한 사람이 아니라 진아 씨 그 자체예요. 내 안의 부피를 왜 진아 씨가 마음대로 결정해요.]

"미안해요. 내가 너무 이기적이에요."

[그래요. 진아 씨, 아주 이기적인 사람이네요. 그러니 이제는 돌아가고 싶다는 말인가요?]

진아는 입술을 꼭 깨물었다. 비난일지언정 그의 말은 틀리지 않았기 때문에.

"……돌아가고 싶어요."

민기에게서 바람 소리 같은 옅은 숨소리가 넘어왔다. 진아는 조용히 고개를 숙이고 있었다. 얼마나 그렇게 있었을까, 민기가 먼저 침묵을 깼다.

[내가 만난 사람이, 유부녀 진아 씨였나요? 진아 씨가 유부녀였을 뿐이죠. 사람을 만나는데, 총각이니 유부녀니 그런 게 그렇게 중요한가요? 그래요, 진아 씨는 문제가 된다고 하니까. 그렇다고 해서 친구도 안 된다는 건가요? 그렇게 단호하게 잘라버려야 해요? 남편이 돌아왔기 때문에? 그렇다면 진아 씨는 오

로지 남편의 자리를 상쇄하기 위해서만 날 만났던 건가요?]

아무 말도 할 수가 없었다. 민기의 말처럼 남편의 자리를 메우려고 그를 만난 건가, 그를 만나다 보니 남편의 자리가 메워진 건가. 그를 만나고서도 여전히 남편의 자리는 채워지지 않은 채 그녀를 추위에 떨게 한 건가. 모든 것 안에 남편이 있다는 사실만은 분명했다.

"……미안해요."

결국 진아는 낮은 사과밖에 할 수 없었다.

[모르겠어요. 난 잘 이해할 수 없군요. 참 많이 어려운 문제 같아요. 말은, 도대체 왜 그런 게 문제가 되느냐고 몇 번이라도 따지고 싶지만, 다 내 생각 같지는 않으니까요. 어쩌면 나 혼자 잘못 생각하고 있는 것일 수도 있으니까. 도덕이라는 틀에 끼워 맞추는 순간, 내 말 자체가 우스운 것으로 전락해 버릴 테니까.]

"더는, 연락하지 않아요. 미안해요."

[진아 씨가 이렇게 냉정한 사람인 줄 미리 알았다면 좋았을 걸 그랬어요. 그럼, 지금 제 상황이 조금은 덜 가여워졌을까요?]

그렇게 말하는 민기의 어조는 그렇게 나쁘지 않았다. 오히려 부드러운 미소조차 머금고 있는 것 같았다. 정말 그를 잘 모르겠다. 그의 저런 모습 때문에 그에게 더 이끌렸던 게 사실이라고 할지라도, 지금은 그를 도저히 모르겠다. 하나하나 복잡하게 따지지 않는다. 상황을 한 번도 힘들게 만든 적이 없는 사람이었다. 정말 바람처럼 다가와서 햇살처럼 따뜻하게 머무르다, 저녁노을처럼 아련하게 돌아서서 가는 사람. 그는 그랬다. 어떻게 그는 그게 가능할까?

[좋아요, 진아 씨가 편한 대로 해요. 나 혼자 아무런 문제가 없는 거라고 해도 진아 씨 스스로가 용납할 수 없다면 강제로 진아 씨를 만난다고 해도 행복하지 않을 테니까. 난 행복한 진아 씨를 만나고 싶고, 진아 씨가 행복해야 나도 행복해질 것 같아요. 마음에 걸리면 연락하지 말아요.]

"미안해요. 하지만 그렇게 할 거예요."

민기가 부드럽게 웃었다.

[그래요. 대신 난 가끔, 아주 정말 가끔 당신이 보고 싶으면 메시지만이라도 보낼게요. 번호가 당분간은 생각날 것 같아요. 잊어버릴 때까지만 그렇게 할게요.]

"아니요, 하지 말아요."

[걱정 말아요. 나 기억력 그렇게 좋지 않아요. 금방 잊어버릴 거예요.]

그는 왜 이렇게 모르는 걸까. 지금 같은 그의 말을 듣는 게 얼마나 부담이 되는지.

[모든 것이 그렇게 깨끗하게 솎아내지는 건 아니에요. 단면처럼 잘리지는 않잖아요. 진아 씨가 단호하게 표현할수록, 난 진아 씨의 미련을 읽을 수밖에 없어요.]

진아의 고개가 번쩍 들렸다.

"아니에요! 그런 거…… 난……."

하지만 진아의 말은 반도 표현되지 못하고 민기에게 막혔다.

[진아 씨도, 내 번호를 지우겠죠. 하지만 금방 말했죠? 모든 게 다 단면처럼 잘리진 않는다고. 아마도 어느 한 부분에 내 번호가 남아서 문득 기억이 날 수도 있을 거예요. 그럼 그때 연락해 줘요. 난, 항상 같은 자리에 있으니까…….]

"그만, 끊을게요."

진아는 휴대폰을 덮어버렸다. 그녀의 눈동자에 깊은 상념이 떠올랐다. 통화를 하는 내내 시작된 의문이 통화를 끝낸 지금 더더욱 극명하게 밀려들고 있었다.

무엇일까, 친절한 배려를 담은 그의 말이 마치 자신의 모든 것을 알고서 조종하고 있는 것처럼 인식되는 이 감정은. 언제나처럼 그의 그런 면이 좋다. 나쁘지 않다. 화사하게 빛나서 어떤 장애도 없을 것 같은 겉모습과 달리 항상 차분하고 무언가에 아주 깊이 상처받아 오히려 일찍 성숙해 버린 사람 같은 느낌을 주는 그래서, 그의 차분함이 싫을 리 없었다. 항상 치이고만 살았던 그녀는 그의 해탈한 듯한 눈빛과 대화로 자신의 부족함을 위로받았었다. 그런데 지금 민기의 그런 면이 너무 완벽하고 틈이 없는 것처럼 느껴져서 알 수 없는 위화감을 느끼고 있는 건 또 왜일까.

어떻게 그렇게 초연할 수 있는 걸까.

어떻게 그렇게 모든 걸 잘 정리할 수 있는 걸까.

어째서 그는 세상 모든 틀에서 그렇게 자유로울 수 있는 걸까.

분명 처음에는 그의 자유로운 날갯짓이 마음에 들었었다. 동경하기까지 했었다. 하지만 전혀 흔들림이 없는 그의 어조에서, 슬픔마저도 잔잔하게 미소 지으며 스스로 다독일 수 있는 그의 능력 앞에서 진아는 뜻 모를 위화감을 느끼고 있었다.

왜일까, 왜 그런 생각을 하게 된 걸까.

그건 어쩌면…….

'흔들림을 고스란히 담은 당신의 오늘 아침 눈빛이, 그 눈빛이 문제예요.'

약해 보여야 할 그의 눈빛이 오히려 더 인간적인 느낌으로 그녀의 심장을 파고들어 버린 탓이 아닐지. 동정의 마음이 든다기보다 함께 슬퍼하고 싶은 동조를 일게 했다는 걸. 그리고 그런 그를 약하다고 생각해 버릴 뻔한 흔들림을, 그는 또 심장이 맞닿는 무언의 포옹으로 깨끗이 지워 버렸다. 동정을 불러일으키는 슬픈 눈빛, 하지만 그 뒤에 이어진 포옹은 너무나 어른의 그것처럼 단단하고 넓어서…….

'도대체 이게 뭐예요. 왜 한껏 혼란스럽게 만들어놓고…….'

그가 정말이지, 얄미운 남편이라는 건 점점 더 확고해지는 생각이었다.

계속 통화 중이었다. '다 먹어주겠다, 슈퍼 섹스 푸드'를 실현시키고 있던 성준은 그 이름도 야릇한 레드 머시깽이를 홀짝홀짝 마시며 계속 수화기를 들고 있었다. 벌써 한참이나 되었는데 집전화가 계속 통화 중이었다.

'수화기를 내려놓은 건가?'

성준은 고개를 갸웃거리며 팩의 내용물을 모두 마시고서 이번에는 진아의 핸드폰 번호를 반 정도까지 눌렀다. 하지만 몇 번인가 도중에서 그쳤듯 이번에도 그만두고 말았다. 집 전화번호는 나름대로 누르겠는데 휴대폰 번호는 성공이 잘 안 되는 것이다.

'의처증 초기.'

바로 그런 진단이 아내의 입에서 떨어질까 봐 핸드폰은 가깝고도 먼 기계가 되어버렸다. 집전화는 받는 순간 끊어버리면 되지만 핸드폰, 이게 또 추적이 되는 것이다. 그렇다고 발신자 번호를 지우고 통화를 시도하자니 그것도 또 양심에 찔렸다.

"이건 꼭, 아내를 못 믿는 못난 놈 같잖아."

신경질이 나서 중얼거리며 수화기를 팽개쳐 놓았지만, 결국 자신의 상태는 그게 맞다는 걸 인정하고선 미간을 찌푸렸다. 현재 그는 분명히 의심하고 있는 것이다. 초조해하고 있었고 믿지 못하고 있었다. 도대체 어떤 놈이랑 통화를 하고 있는 거야! 바로 그 말이 목울대까지 치밀어 올랐다가 그나마 이성이란 놈의 다독임을 받아 겨우겨우 본래 자리로 내려가는 상태였다.

"좋아, 마지막으로 한 번만 더."

일이고 뭐고 내팽개친 채 벌써 수화기만 붙들고 있기를 삼십 분째, 성준은 진아의 목소리만 들으면 다시 일을 해야지 다짐하며 다시 재다이얼을 눌렀다. 그리고 다행히도 연결음이 들려왔다.

'흠흠. 받으면 뭐라고 하지?'

성준은 진아가 전화를 받기 전의 짧은 순간 동안 열심히 고심해 보았다.

"점심은 먹었어?"

그건 너무 식상하고.

"저녁거리 뭐 사러 갈 거야?"

이건 뭐, 아내가 밥만 하는 사람 같고.

"오늘 저녁에 외식이라도 할까?"

아 참, 오늘 거래처 사장과 저녁 약속이 있었지.

"거기 날씨는 좋아?"

미국이냐!

별의별 생각을 다 하고 있던 성준은 겨우 제정신으로 돌아와서 흠흠, 헛기침을 하고서 다시 수화기에 집중했다. 하지만 무언가 이상하다는 걸 깨달은 건 그때였다. 이렇게나 오래 벨이 울릴 리가 없는 것이다. 그걸 이제야 깨닫다니!

다른 생각에 넋 놓고 빠져 있다가 판단할 타이밍을 놓친 것이다.

"나간 건가?"

성준은 중얼거리며 수화기를 내려놓았다. 그리고 달칵 소리와 함께 수화기가 본체에 겹쳐지는 그 순간 그가 눈을 번쩍 떴다.

"뭐야! 나갔다고!"

민기와 통화를 끝낸 후 조용히 앉아 있던 진아는 마침 집전화가 울려 고개를 돌렸다. 집으로 전화를 해올 사람들은 가족뿐이었다. 그녀의 가족이거나 성준의 가족이거나. 하지만 시댁 쪽에서는 전화가 오지 않은 지 한참이나 되었다. 그리 사이도 좋지 않은 것 같은데 괜히 건드려서 일을 크게 만들지 말자는 시댁 쪽의 배려인 것 같다고 진아는 혼자 판단하고 있었다.

그렇다면 전화를 해올 사람은 그녀의 가족이거나 각종 여론 기관의 조사 전화, 아니면 잘못 걸려온 전화 중 하나일 것이다.

"여보세요."

[진아니?]

"어머, 현아 언니!"

역시나 셋 중 하나였다. 그중에서도 가장 반가운 현아의 전화라서 진아의 눈동자가 번쩍 떠졌다. 생긋 미소가 돌면서 입이

귀까지 걸렸다.

"언니, 어디야? 잘살아 있어? 한 번도 전화도 안 하고 너무했어."

[언니가 안 하면 너라도 하지. 안 한 건 마찬가지면서.]

"나야 뭐, 언니가 바쁠까 봐 그랬지."

그리고 시작된 자매의 수다는 삼십 분을 훌쩍 넘어버렸다. 진아는 오랜만에 너무나 좋아하는 막내언니의 전화에 시간 가는 줄 몰랐고, 현아도 겨우 동생과 연락이 닿아서 즐거운 것 같았다. 덕분에 레드 어쩌고를 한 손에 쥔 어떤 남자가 죽일 듯 노려보며 수화기를 붙들고 있었다는 걸 그녀는 전혀 모르고 있었다.

[그럼, 잠깐 집에 들를래? 언니 좀 더 있을 거거든.]

현아가 오랜만에 친정에 온 모양이었다. 진아는 더 생각할 것도 없이 대답했다.

"응, 갈게. 안 그래도 언니한테 상의할 것도 있거든."

[뭐야? 골치 아픈 거면 언니 머리 깨지니까 안 좋은 소식은 아니길 바랄게.]

"에이, 아니야. 그런 거 전혀 아니고 좀 더 발전적인 거야. 일 좀 시작할까 해서. 나, 유아교육과 나왔잖아. 엄마는 취직 반대하지만 난 다시 해보고 싶거든."

[네 남편은? 제부는 그거 허락해?]

진아는 혀를 쏙 내밀며 웃었다.

"맞다! 상의 안 해봤다."

지금껏 워낙 상의 자체가 안 어울렸던 사이였기 때문에 생각도 못해본 것이다. 하지만 이제는 물어보면 들어줄지도 모르겠다. 아니, 분명히 적절한 조언을 해줄 것이다.

그런 생각을 하자 문득 가슴 안이 꽉 차 오르는 포만감 같은 걸 느꼈다. 처음부터 그에게 바란 건 그런 게 아니었을지. 역시 그의 고견을 들어볼 필요가 있었다. 충분히 도움이 될뿐더러, 절대 허락 못한다고 열렬히 반대를 하고 나올 가능성도 내포하고 있었다. 다시 말해, 유채꽃밭일 수도 있으며 지뢰밭일 수도 있다는 말이었다.

[으이그, 이것아. 그런 건 남편한테 먼저 상의를 했어야지.]

"응, 나도 알아. 아무튼 일단은 언니한테 물어보고 나서 우리 남편한테도 말해볼게. 아직 확실히 결정된 게 없어서 그냥 조언 좀 들을까 하거든. 그래도 남편한테 말할 때는 조금은 확실해야 하잖아."

[여전히 서먹서먹한 거니?]

현아는 둘 사이를 잘 알고 있었다. 현아에게만은 숨기지 않고 성준과의 사이를 말해주었다. 진아는 고개를 저었다. 엷게 웃으며 말했다.

"아니야, 그런 거. 성준 씨…… 멀지 않아. 암튼 언니 내가 지금 출발할게."

[그래, 얼른 와. 진아야?]

"응?"

[이상하게도…… 네 목소리가 좀 더 어른스러워진 것 같아.]

"어, 언니……."

현아의 칭찬에 진아는 말 그대로 몸 둘 바를 몰랐다. 언제나 자신에게는 별 같았던 언니에게 긍정적인 평가를 받으니 마치 수학경시대회에서 상을 탄 초등학생처럼 설레는 것이다. 뿌듯하기도 하고.

전화를 끊긴 진아는 서둘러 욕실로 직행했다. 그래서 문이 닫히는 순간 곧바로 벨이 울렸다는 걸 전혀 알지 못했다. 그 당시 전화기 너머의 상대방은 레드 어쩌고를 들고서 열심히 이 말이 좋을까, 저 말이 좋을까에 대해 심사숙고하고 있었다.

성준이 수십 번 집 전화번호를 눌렀다는 것도 모른 채 진아는 샤워를 마친 후 엷게 화장을 했다. 그리고 붙박이장에서 외출복을 꺼내려는데 세탁기 작동이 끝나서 서둘러 빨래를 널었다. 그리고 이것저것 정리를 하고 방으로 돌아와 외출복을 갖춰 입었다.

'외출 준비 끝!'

이제 현아를 만날 수 있다는 생각에 진아는 싱글벙글했다. 그래서 막 구두를 신고서 현관문을 밀려는 순간, 먼저 밖으로 문이 열리자 화들짝 놀라고 말았다.

"엄마야!"

생각지도 못하고 있다가 무방비하게 누군가 쑥 들어섰으

니, 아무리 환한 대낮이라고 해도 심장이 쿵 떨어질 수밖에 없었다. 그래서 자신도 모르게 소리친 순간, 저쪽에서 더 놀라서 우뚝 멈춰 섰다. 동시에 두 사람의 시선이 마주치면서, 진아의 동공이 휘둥그레 커지고, 성준의 시선은 서서히 가늘어졌다.

그녀의 위아래를 쭉 훑어보는 그의 속마음은 현재 타 들어가고 있었다. 깔끔하게 외출복을 갖춰 입은 그녀. 결국…… 그녀는 자신의 눈을 피해 그놈을 만나는 것인가.

"성준 씨……? 이 시간에 어쩐 일이에요? 낮인데……."

진아는 당황하고 있었다. 이런 시간에 그를 본 건 처음이지 싶었다. 무엇보다 오늘 한참 동안이나 그를 생각하고 있던 차였고, 또한 이 장소는 아침에 그 포옹이 있었던 곳이라 더더욱 신경이 쓰였다. 그래서 어조가 가늘게 떨려 나갈 수밖에 없었다. 왜 그러는 건지 자꾸만 긴장이 되는 것이다. 게다가 무슨 일이 있는 건지 급하게 달려온 듯 숨을 몰아쉬고 있는 성준의 정장이 조금 흐트러져 있었는데, 그 모습이 더더욱 평소의 단정하기만 한 그와는 좀 달라서 이상하게 심장을 쿵쿵 두드렸다.

"왜, 내가 오면 난처할 일이라도 있어?"

하지만 질투를 참지 못한 성준은 차갑게 말해 버렸다. 순간 말속에 담긴 가시를 감지한 진아의 눈이 더욱 동그래졌다. 지금 무슨 말을 하고 있는지 모르겠다. 문득 화가 나려 했지만 진아는 고개를 돌리는 것으로 마음을 다스렸다.

진아가 시선을 피하자 성준의 심장은 더욱 초조함에 일렁거렸다. 자신도 모르게 그녀의 손목을 잡을 뻔했지만 제멋대로 뻗어나가려는 손을 겨우 다독여 누를 수 있었다.

　결국 달려오고 말았다. 얼마나 밟아댔는지 엔진에서 불이 날 뻔했다고 해도 과장된 표현이 아니었다. 결코 손 놓고 앉아 있을 수 없어 본능이 시키는 대로 집으로 왔지만, 마침 외출복을 입고서 나갈 준비를 하고 있는 진아와 딱 마주치는 순간 이성이 날아가 버렸다. 이렇게 초조해서 어떻게 살아갈지 모르겠다. 지금 그에게 필요한 것은, 슈퍼 섹스 푸드 같은 게 아니라 신경안정제였다.

　"어딜 가려는 거지?"

　옅게 화장을 해서 그런지 더더욱 해사해 보이는 진아의 얼굴을 살피듯 쳐다보며 성준이 낮게 말했다.

　"집이요."

　"……."

　성준의 눈동자가 흔들렸다가 이내 다시 굳었다.

　'거짓말.'

　정말, 자신이 왜 이러는 건지 모르겠다. 뇌가 미쳐 버린 것 같다.

　"현아 언니가 집에 와 있대서요."

　성준이 눈을 가늘게 뜨고서 반문했다.

　"정말이야?"

순간 지금껏 시선을 맞추지 않고 있던 진아가 고개를 들었다. 그쪽도 싸늘하게 표정을 굳히고서 말했다.

"무슨 뜻이에요?"

"아, 아니……."

성준은 뒤늦게 가슴을 치고 있었다. 꼭 무언가에 홀린 사람처럼 그녀를 취조하는 어조를 흘리고 있었던 것이다. 깨달았지만 이미 진아는 화가 난 것 같았다.

"지금 그 말, 무슨 뜻이냐고 물었어요. 의도가 뭐예요?"

안 그래도 독한 마누라한테 딱 걸린 것이다. 그러니까 왜 오늘따라 괜히 시선을 맞추지 못하고서 망설이는 모습을 보였느냐 말이다. 꼭 잘못을 해서 아버지 앞에서 머뭇거리는 딸처럼, 혹은 좋아하는 선생님 앞에서 망설이는 소녀처럼……. ……처럼?

그 순간 성준의 눈이 번쩍 떠졌다. 설마, 이건 아주 황당한 상상일 수도 있겠지만, 그녀가 눈을 마주치지 못한 건 혹시 의식적으로 피한 게 아니라 피할 수밖에 없었던 건 아닐까? 그러니까 그녀가 요 몇 시간 사이에 철이 들어서 남편의 소중함을 깨닫고 쑥스러운 마음에 얼굴을 붉히는 것과 비슷한 맥락으로 시선을 맞추지 못한 거라면……. 하지만 그럴 리는 없지 않은가. 요란하게 상상을 해보았지만 갑자기 그녀가 그렇게 바람직해질 리가 없었다.

"흠흠, 처형 만나러 가는 거야?"

"그래요. 현아 언니 만나러 가요."

역시, 삐친 것 같지?

"혼자 가도 되겠어? 나중에 나랑 같이 가든지."

"지금껏 그런 적 한 번도 없잖아요. 그냥 둬요."

성준은 할 말이 없어졌다. 아무튼 이쪽이 칼바람 좀 날렸다고 저쪽은 도끼가 날아오는 것이다. 그것도 쌍도끼.

"그럼…… 바래다줄게."

"괜찮아요. 나 혼자 갈 수 있으니까."

"혼자 갈 수 있는 걸 누가 모르나? 바래다주고 싶으니까 그렇지."

마누라야, 화 좀 풀어라. 나도 모르게 생각이 부정적인 쪽으로만 치닫는 걸 어쩌란 말이야. 도대체 이놈의 레드는 정력을 높여주기는커녕 질투만 더 왕성하게 만들어준 것 같으니.

"됐어요. 바쁘잖아요."

"아니, 갈 수 있……."

그때 안주머니에 넣어두었던 휴대폰이 울려서 성준은 옅은 한숨을 내쉬고 전화를 받았다. 상현으로부터 온 것이었다. 물론 일 처리 때문이었다. 조금만 자리를 비우면 이렇게 엄마 잃은 아이처럼 갈피를 못 잡고 있으니…….

"곧 들어갈 테니까 일단 막아두고 있어."

일본 지사에서의 일이 어딘가에서 틀어진 모양이었다. 늘상 잠재해 있는 일이었다. 통화를 끝낸 성준은 핸드폰을 다시 안주

184 열혈남편, 독한아내, 섹시청년

머니에 넣고 말했다.

"그럼, 가까운 곳까지는 태워다 줄게. 가자."

"근데 이 시간에 어쩐 일이에요?"

"아……!"

그 순간 성준은 발등까지 떨어졌던 심장을 겨우 주워 올려야 했다. 살벌하게 노려보며 왜 왔느냐고 닦달하는 아내 때문에 겨우 깨달았다.

일났다. 딱히 이 시간에 집에 들이닥친 이유를 설명할 만한 게 없었다. 무엇보다 지금껏 전혀 하지 않던 행동이라는 게 문제였다.

"그…… 두고 간 서류가 있어서 말이지."

"그럼 갖고 가요. 난 먼저 나갈 테니까."

"진……."

채 더 부르기도 전에 진아는 이미 현관문을 퍽 밀고 나가 버린 후였다. 그 성깔 한번 고약한 마누라였다. 투정 한번 부려보려다가 찍소리는커녕 꽥 소리만 나게 생겼다.

"못된 마누라."

어차피 챙겨갈 서류 따위 없었던 성준은 그대로 그녀를 따라 나가려다가 혹시라도 아내가 서류를 확인할지도 모른다는 생각에 서둘러 구두를 벗고 서재로 들어가 아무 서류나 갖고서 바람처럼 진아를 쫓았다. 그러나 동작이 얼마나 재빠른지 어느새 사라져 있었다. 도대체 땅으로 꺼진 건지, 하늘로 솟은 건지 알 수가 없었다. 때마침 택시가 지나가서 바로 잡아탔다는 걸 성준이 알 리가 없었다.

"놓쳤군."

성준은 머리카락을 쓸어 넘기며 혀를 찼다. 차를 파킹시킨 곳으로 걸어가며 그는 휴대폰을 꺼내 들었다.

[차장님, 빨리 들어와 보셔야겠는데요. 저쪽 판매 대리점에서 L4시리즈의…….]

"지금 들어가는 길이니까 내가 도착하기 전에 스포츠센터 새벽 시간대로 회원권 끊어줘."

성준의 열혈남편 프로젝트가 추가로 가동되었다. 슈퍼섹스 푸드에만 의존할쏘냐. 열심히 몸을 만들어서 힘을 키우는 것이다. 남자는 힘! 남자는 정력! 바로 그것이 아닌가! 그렇다면 부부 간에 힘을 쓸 곳이 어디인가. 바로 침대에서 아내의 숨이 꼴딱 넘어갈 정도로 죽여주는 게 아닌가.

그렇게 해서 진아가 자신에게 헬렐레 반하게 만드는 것이다. 그러면 자연히 아내는 딴생각을 할 여유가 없겠지. 뿐이냐, 남성미로 도배가 된 자신에게 뿅 가서 폭 빠져 버리게 될 것이다! 그것이 바로 성준의 머릿속에서 착착 진행된 나름대로의 완벽한 계획이었다. 아내를 정력으로 잡는다! 그런 단순한 의도로 현재 성준은 웨이트 트레이닝을 시작할 계획을 잡고 있는 것이었다.

어디에 가는 건지 미친 듯이 신경 쓰이고, 혹시라도 그놈을 만나러 갈까 봐 초조하고, 아내의 옅은 화장에도 가슴이 술렁거리며 반응이 일고 있다. 다행히도 오늘 아내는 옅은 화장을 한 모습으로 딴 놈을 만나러 가는 게 아니라 친정에 간다고 했다. 그러니 걱정스러울 일은 없는 것 같아 다행이지만, 이렇게 불안해서야 사람이 살 수가 있나. 그러니 어떻게든 아내의 마음을 확 붙잡아두어 마음 좀 편하게 살고 싶은데……

자아~ 슈퍼 섹스 푸드와 웨이트 트레이닝으로 열심히 힘을 키워 침대에서 끝내줘 볼까나? 그럼 절대 한눈팔지 않으려나? 그런 기대로 열심히 헬스를 할 생각을 하고 있는 성준의 귀로 상현의 목소리가 흘러들었다.

[회원권…… 말씀이십니까? 그것보다 지금 L4시리즈가…….]

"스쿼시, 헬스, 수영, 모조리 다 끊어. 금방 들어간다."

[L4시리즈가……!]

그러나 성준은 이미 전화를 끊은 후였다. L4시리즈고 뭐고 그의 머릿속에는 오로지 '몰두' 한 가지만이 들어 있을 뿐이었다. 그러니 저쪽에서 상현이 수화기를 붙든 채 어이를 상실한 모습으로 굳어 있다는 것 따위 그에게는 현재 관심 밖이었다.

"그래서. 이제 서로 노력해 보려구?"

예전 현아가 쓰던 방에서 자매는 오랜만에 얼굴을 보며 대화 중이었다. 진아의 아버지는 딸들이 모두 시집가고 난 후에도 예전에 쓰던 방을 하나도 정리하지 않았다. 그 마음은, 가끔이라도 찾아와 자고 가라는 소리 같았지만 친정에 찾아오는 딸은 별로 없었다. 그래도 아버지가 부르면 가장 잘 오는 딸은 진아였다. 다른 자매들은 자신의 일이다, 시댁의 일이다 바빠서 짬을 내지 못했다.

"응. 서로 노력해 봐야지. 성준 씨도…… 나한테 잘해주고, 이제 와서 그러는 게 좀 얄밉기도 하고 갑자기 왜 그러는 건지 좀 얼떨떨하기도 하지만, 요즘엔 그 사람이 저렇게 멋진 사람이었구나 싶을 때도 있어. 난 말야, 언니. 남편 사랑받고, 아기 낳고, 가정 꾸려 나가면서 그렇게 마음 편하게 따뜻하게 살고 싶어. 딱히 남편 그늘 아래에서 살면 모든 게 만족일 것 같지도 않은데, 그냥 남편하고 아기하고 잘살고 싶은 거 있지."

현아가 싱긋 웃으며 진아의 머리카락을 쓸어주었다.

"원래 여자들은 그런 거야. 가정이라는 개념이 가진 의미가 그래. 여자들에게는 그 무엇과도 바꿀 수 없는 가장 소중한 게 되는 거야. 그건 아이를 낳으면 더해지겠지. 가장 결속력 강한 단체잖아. 물론 남자들도 다르진 않아. 특별히 가정에 많은 의미를 둔 남자도 적지 않으니까. 그 냉정해 보이는 제부가 그렇게나 먼저 노력하는 사람이란 게 좀 의외긴 하지만, 동생의 행복을 위해선 가장 좋은 길이겠지. 나도 제부가 널 사랑해 준다니 기분 좋다."

진아는 마음이 따뜻해졌다. 언제나 그랬다. 현아의 칭찬을 들으면 세상에서 가장 착한 행동을 한 것 같은 만족감이 든다.

현아는 머리를 짧게 쳐서 작은 얼굴이 더 작아 보였다. 그녀보다 세 살이 많고 지금은 유명 연구소의 능력있는 연구원으로 있었다. 턱이 뾰족하고, 눈꼬리가 길고, 얼굴이 말할 수 없이 하얗다. 언제나 느끼지만 참 미인이라는 생각이었다. 얼굴만 예쁜게 아니라 지성미까지 갖추고 있어서 항상 언니가 더 거대해 보였다.

진아에게 현아는 자랑거리였다. 하지만 현아가 부럽다는 생각은 한 번도 하지 않았다. 부러워하면 질투를 해야 하는데, 진아는 감히 현아를 두고 그런 생각을 할 수 없었다. 어떤 부정적인 생각도 현아에게만은 하고 싶지 않았다.

"여유 되면 언제 제부하고 만나서 술이나 한잔하자. 아니면 저녁도 괜찮고."

"응! 성준 씨한테 말해볼게."

"어이구, 우리 동생. 꽤나 행복한 모양이네. 아주 얼굴이 활짝 피는데?"

"아니…… 그냥."

진아는 못내 쑥스러워서 겸연쩍은 듯 웃었다. 그냥 남편과 잘 지내야겠다는 생각을 하고 있을 뿐이었다. 하지만 남편이 멀리 있는 사람이 아니란 걸 느끼는 것만으로도 마음이 편해지는 건 사실이었다. 아주 오랫동안 방황하다가 겨우 자신의 방으로 돌아온 느낌.

"그런데 진아야, 언니가 며칠 전에 우연히 널 봤는데…… 누구랑 같이 있더라? 뭐랄까…… 좀 친해 보이는 남자던데."

조심스럽게 흘러나온 현아의 말에 딴생각에 빠져 있던 진아가 고개를 번쩍 들었다.

"……응?"

머릿속이 하얗게 번지는 느낌이었다. 그러나 당황하는 진아와 달리 묻는 현아는 차분해 보였다. 언제나 그렇듯 잔잔한 눈매였다.

"그 남자, 누구니?"

심장이 덜컥 내려앉았다. 세상 넓고도 좁다더니 바로 이걸 두고 하는 말일까. 현아가 말하는 사람이 민기라는 건 굳이 오래 생각해 보지 않아도 알 수 있었다.

"어…… 그냥…… 우연히 알게 됐는데……."

뭐라고 말을 해야 할지 모르겠다. 우물거리며 진아가 대답한 순간 달칵 소리가 나더니 현아가 들려던 커피잔을 제자리에 두고 진아를 가만히 쳐다보았다.

"……계속해 봐."

진아는 망설였다. 별로 하고 싶지 않은 말이었지만 이상하게도 현아가 대답을 기다리고 있다는 느낌이 강하게 들어서 입을 다물고 있을 수만은 없었다. 그리고 현아에게만은 솔직하게 말해도 될 것 같았다. 참 괜찮은 사람이었다는 걸.

"그냥, 좋은 사람이었어. 남자 대 여자로 만났다는 느낌보다 사람끼리 만났다는 생각이었어. 선하고 부드럽고…… 착한 사람이야. 응, 그걸 부정할 순 없어."

설핏 웃은 진아가 말을 이었다.

"뭐랄까, 좀 여유로운 사람이야. 그래서 인생에서 좋은 친구가 되고 싶었어. 하지만 그건, 욕심이었던 것도 같아."

"그래……."

현아가 낮은 한숨과 같은 말을 흘렸다.

"내가 아무리 친구라고 해도 다른 사람들 눈엔 그렇게 비치지 않을지도 몰라. 그러니까, 동생이라고 무조건 날 이해해 달란 말은 아니야. 오늘도 성준 씨가 잠깐 낮에 집에 들러서 마주쳤는데, 솔직히 털어놓고 사과를 하고 싶은 마음이 불쑥 드는 거야. 그런데 차마 말하지 못했어. 여러 가지 이유로…… 용기가 안 나더라. 괜히 오해할 것 같기도 하고, 오해받아서 좋아진 관계가 틀어지는 건 죽어도 싫고. 그래서 언니한테는 말하게 되네? 언닌 항상 내 말을 잘 들어줬으니까."

남들이 다 한심하다고 욕해도 현아만은 항상 진아의 본심을 이해해 주었고, 또 합당하게 판단을 내려주고 용기를 북돋아주었다. 진아는 그런 현아에게 항상 의지하게 되었다. 바쁜 아버지와 두 언니들과 별다를 바 없는 엄마, 그러니 현아만이 진아에게는 아군이었다.

"뭐가 어떻게 되었든 언닌 널 무조건 탓하고 싶지 않아. 다만, 지금은 네가 마음을 잡은 것 같으니까 그건 다행이라고 말해주고 싶어. 이혼할 것도 아니고, 남편이 계속 잘못을 하는 것도 아닌데 계속 마음을 잡지 못하고 방황하면 그것만큼 꼴사나운 일도 없으니까."

"으응…… 그래, 언니."

너무 직설적인 표현에 좀 기가 죽고 말았다. 현아는 항상 좋은 말만 골라서 해주는 사람이었는데.

"네가 제부한테 막상 말을 못했다는 건 이해가 가. 언니 생각에도 딱히 일부러 말할 이유는 없는 것 같아. 특별히…… 남편한테 떳떳하지 못한 행동까지 한 게 아니라면……."

"아, 아니야! 그런 거 정말 아니야. 민기 씨 그런 사람 아니고…… 나도 민기 씨가 마음으로 그냥 좋았어. 그냥 난……."

"훗! 그런 말이 있더라. 아내가 몸을 주는 것보다 마음을 주는 게 정말 외도라고. 우리 진아, 외도 한번 요란하게 했구나?"

진아는 당황스러워 어쩔 줄을 몰랐다. 직접적으로 나온 외도라는 단어에 심장이 쿵 떨어졌다. 정말 그런 건가 하는 생각이 드는 순간 머릿속이 너무나 복잡해졌다. 난 정말 가장 악독한 형태의 외도를 한 걸까?

"그래, 그 민기란 남자는 결별을 받아들인 거니?"

"그건…… 응, 그랬어. 확실하게."

사실 그는 흑백의 경계를 확실히 구분하는 사람이 아니었다. 그런 성향의 사람이어서 끝이 무언지 결별이 무언지 그에게는 잘 안 통하는 것 같다. 하지만 이 자리에서 자신 스스로 결론을 내리고 싶어 진아는 그렇게 대답했다. 하지만 오랜만에 만난 언니에게 하필이면 이런 말을 하고 있는 자신에게 회의가 드는 것도 사실이었다.

"난 정말, 언니가 부러워. 내가 언니 반만큼이라도 됐어도 이렇게 처신하진 않았을 거야."

"자기비하는 옳은 사고방식이 아니야. 그리고 나도…… 너보다 더 잘날 것도 없어."

갑작스러운 현아의 낮은 말에 진아는 눈을 깜빡거렸다.

"……응?"

고개를 비스듬히 살짝 기울인 채 현아가 웃어왔다. 허리까지 오던 긴 머리카락을 잘라 더욱 세련된 느낌의 지적인 얼굴, 하지만 어쩐지 추워 보이는 그 모습에 진아는 걱정이 될 수밖에 없었다.

"언니, 왜 그래? 무슨 일 있어?"

현아가 엷게 웃더니 커피를 한 모금 마셨다. 그리고 조용히 놓고서 한숨처럼 말했다.

"진아야, 난 항상 네게 좋은 언니가 되고 싶었어. 네가 언니를 좋아해 주고 미더워하는 것 같아서, 언니는 정말 행복하더라."

갑작스러운 고백 같은 말에 진아는 어쩔 줄을 몰라 했다. 처음으로 보는 언니의 약한 모습이지 싶었다.

"무슨 일이 있는 건데."

그런 생각이 절로 들 정도로 지금 현아는 어딘가 혼란스러워 보였다. 그녀답지 않았다. 일순 슬퍼 보이기까지 하는 얼굴.

"나도, 그렇게 완벽한 사람은 아니야. 아마 네가 내 상황을 듣는다면, 참 한심하다 흉보겠지. 왜 이런 사람을 그렇게나 믿었던 건지 한심해질 거야."

"무슨 말이 그래? 절대 그럴 리 없어. 난 언니가 어떤 상황이든 언니를 이해할래. 언니한테는 어떤 잘못도 없어. 언니 탓이 아니야."

현아의 검은 눈동자에 다정함이 담겼다. 몇 번을 강조해서 자신의 편을 들어주는 진아의 얼굴을 한참이나 바라보다가 갑자기 풋 웃음을 터뜨렸다.

"아유, 우리 동생 정말 착하고 예뻐 죽겠네. 도대체 어떻게 한마디도 안 듣고서도 내 탓이 아니라고 말할 수 있을까? 진아, 너 내 팬인 것 같다, 응?"

"나 거짓말 아니야. 장난한 거 아니라구. 누가, 어떤 상황이 언니를 힘들게 하는진 모르겠지만 100% 언니 잘못이 아닐 거야. 도대체 어떤 인간들이야? 회사 사람들 때문에 그래? 시댁에서 괴롭혀?"

진아는 정말 화가 났다. 전혀 몰랐었다. 물론 사람들에게는 저마다 한두 가지 힘겨운 일이 있을 테지만, 현아에게만은 그게 해당되지 않을 것 같았다. 거침없는 성격, 하지만 그만큼 합리적이다. 그런 언니를 싫어할 수도 있다니. 진아가 아는 한 백이면 백, 누구나 현아를 좋아하고 인정해 주었다. 세상에 없는 완벽한 사람, 위의 두 언니들에게는 완벽하나 인간적인 감정이 결여되어 있다면 현아는 그것까지 갖추고 있었다. 다정함까지 갖춘 똑똑하고 아름다운 언니를, 도대체 누가 나쁘게 본단 걸까?

하지만 오늘의 그녀는 확실히 어딘가 조금 서글퍼 보였다. 힘이 없어 보였다. 상념에 차 보였다. 눈썹에 근심이 묻어 있는 것 같다. 왜 진작 알아차리질 못했을까. 자신의 생각에만 빠져 있느라 막상 언니의 상황을 파악하지 못했다는 걸 깨닫자 진아는 더더욱 미안해졌다. 그런데도 현아는 끝까지 이야기를 들어주었다. 자신이 너무 창피해서 사과를 하기도 겸연쩍어졌다.

"내가 대단한 도움은 되지 못하겠지만 괜찮다면 나한테라도 털어놔 줘. 그럼 마음은 조금 가벼워질 거 아니야. 나도 그렇거든. 누구한테든 말하고 나면 조금은 나아지더라. 그걸 항상 언니가 해줬잖아. 그러니까 이번엔 내가 들어줄게. 누가 우리 언니를 힘들게 해? 왜 언니 표정이 그렇게 지친 거야. 뭔데? 어떤 사람들인데?"

마치 다 응징하겠다는 듯 화를 내고 있는 진아를 가만히 쳐다보며 현아는 싱긋 웃었다.

"그럼, 나도 한번 고민 상담 좀 해볼까? 있잖아. 언니도······ 전의 너하고 다르지 않아. 남편하고······ 벌써 반년째야. 실질적으로 별거에 들어간 지가."

진아는 단 한 마디도 할 수 없었다. 너무나 예상치 못한 말이었다. 무엇보다 그 현아 언니가 그런 상황까지 갔다는 사실이 도저히 믿기지 않았다.

"그냥 그래. 지금은 더 얘기하고 싶지가 않아. 나중에 언니하고 밖에서 한번 보자. 그때 자세한 거 말해줄게."

무슨 말이라도 더 하고 싶었지만 현아는 그렇게 말하고는 피곤하다며 좀 눕겠다고 했다.

하지만 현아가 침대에 누운 후에도 진아는 방을 나가지 않고 그 자리에 굳은 듯 앉아 있었다. 도무지 놀라움이 가시지 않았고 무엇보다 어떤 말을 해야 할지 감이 잡히지 않았다. 이럴 줄 알았다면 자신의 이야기 같은 건 하지 말 걸 그랬다.

"그럼, 꼭 시간 만들어야 해. 나중에 꼭 말하자. 응?"

"그래. 참, 엄마는 아무것도 모르시니까 당분간 모르는 척해줄래? 그럼 나 좀 잘게. 아, 나가면서 불 좀 꺼줘."

그리고 현아는 잠이 든 것 같았다. 진아는 어쩔 수 없이 조용히 일어나 불을 끄고 방을 나갔다. 피곤한 것 같았다. 아주 많이.

형부는 아버지가 선택해 준 사람이었다. 성준과 다를 바가 없는 완벽한 사람. 사법고시에 합격하고 사법연수원 이 년 과정을 수료한 후 현재는 감사원에 소속되어 있는 젊고 야심한 남자, 외모도 단정하고 집안도 완벽한, 한마디로 아버지의 기준에 무척이나 부합하는 청년이었다. 그만큼 현아도 부족함이 없었기에 더할 수 없이 어울리는 한 쌍이라고 소문이 자자했다.

그 결혼 자체가 모든 사람들의 축복과 부러움 속에서 시작되었다. 성준처럼 차가운 기색이 있는 사람도 아니었다. 서글서글한 인상에, 진아에게도 다정한 형부로서 대해주었다.

그런데 무슨 일이 있었던 걸까? 하지만, 부부 사이의 문제는 당사자들이 아니고서는 함부로 판단할 수 없는 부분이라 짐작하기도 곤란했다. 흔히 말하는 성격 차이, 그게 원인이 될 수 있을까? 도대체 언니처럼 생각이 깊은 사람과 형부처럼 별달리 문제의 소지를 일으킬 여지가 없는 사람 사이에 어떤 문제가 생길 수 있다는 걸까.

'우리 부부는…… 처음부터 내가 남편을 멀리한 탓이 컸어. 솔직히 성준 씨도 아주 많이 찬 사람처럼 느껴졌고…….'

하지만 현아 부부의 문제점은 자신으로서는 잘 짚어내질 못하겠다. 현아가 자신처럼 자기비하에 빠져 있다거나 자신감이 없는 사람이 아니기에 더더욱 그랬다. 가끔 만나면, 형부는 더없는 매너와 애정으로 아내를 귀하게 대해주는 것 같았는데.

문득 결혼 전에 아버지와 극렬하게 대립하던 언니가 떠올랐지만 진아는 고개를 저었다. 그게 언젯적 일인데……. 게다가 그 후에는 전혀 부딪치는 기미가 없었다. 진아가 보기엔 그랬다. 형부가 몇 번 집을 오가고, 결혼 날짜가 잡히고, 그러고 나서는 단 한 번도 부녀가 다투는 일은 없었다. 오히려 나중엔 현아가 더 행복해하는 것 같았다. 결혼식 때도 그렇게 화사하게 웃을 수가 없었다. 단지 정략결혼을 일방적으로 강요받다 보니 자아가 강한 언니로선 반항을 하고 싶었나 보다, 그렇게 생각했었는데.

"혼자 내려오니? 현아는?"

아래층으로 내려가자 소설책을 읽고 있던 최 여사가 물었다.

"응…… 피곤한가 봐. 자."

"너 여기 좀 앉아봐."

보고 있던 책을 옆으로 밀친 최 여사가 앞자리를 권했다. 그녀는 활자중독증이라고 할 만큼 읽을거리를 좋아했다. 책이든 신문이든 잡지든 가리지 않고 글자로 된 것은 무조건 읽고 보는 사람이었다. 그러니 어릴 때부터 책이라고 하면 무조건 싫었던 진아와 엄마는 더더욱 잘 맞지 않았다.

"너는 도대체 누구를 닮아서 그럴까?"

딱히 상처 주려고 한 말은 아니었을 것이다. 하지만 주변 사람들에게 항상 미운오리새끼 취급을 받던 진아에게는 그 이상의 슬픈 말이 없었다. 엄마로서 걱정이 되어 한 말이었을 것이고, 그렇게 생각하자고 몇 번이나 다짐했지만 그때마다 서운해지는 건 어쩔 수 없었다.

"너 정말 유 서방이랑 아무 문제도 없는 거야?"

진아가 앉자마자 최 여사가 또 같은 문제를 꺼내며 나왔다.

진아는 고개를 저었다.

"없어, 그런 거."

"하지만 소문이 안 좋아. 유 서방이 어디 눈에 안 띄는 사람이니? 이래저래 다 연결되어 있는데 소문이 들릴 수밖에 없지."

"도대체 어떤 입들이 낸 소문이래? 우리 부부 사이를 보기나 했대?"

"두 사람 부부동반으로 사람들 눈에 노출되긴 하잖아."

"그럼, 남들 보는 앞에서 무조건 꼭꼭 껴안고 입 쪽쪽 맞추고 그래야 해? 그래야 부부금슬이 좋은 거야?"

"너, 엄마 앞에서."

최 여사가 탓하는 눈으로 진아를 쳐다보자, 진아는 얼른 실수를 깨달았다.

"미안해. 그냥 아무 문제도 없는데 자꾸만 단정하니까 화나잖아. 엄마는 왜 딸인 내 말은 안 믿고 다른 사람들 말을 더 믿어?"

난 그런 게 정말 싫단 말이야.

진아는 차마 그 말까지는 하지 못하고 웅얼거림으로 삼켰다. 자신이 미더운 딸이었으면 이렇게나 닦달을 했을까. 도대체 이놈의 자격지심은 언제쯤이야 사라질지.

"걱정되니까 그러는 거잖아. 엄마도 네 말을 믿고 싶지, 다른 사람들이 함부로 떠드는 말을 믿고 싶겠니? 혹시라도 네가 엄마한테 숨기는 게 있는 건 아닐까 싶어서 그러는 거잖니. 너 또 엄마한테 너만 무시하느니, 믿어주지 않느니 하는 소리 하려거든 하지도 말아. 엄마가 그 말 들을 때마다 얼마나 서운한지 알아? 열 손가락 깨물어 안 아픈 손가락이 어딨어?"

"알았어 뭐."

진아는 미안한 마음에 중얼거리듯 말했다. 사실 엄마한테 서운한 감정이 일 때마다 나만 주워서 키워온 딸이냐고 대든 적도 꽤 있었다. 사춘기 때는 특히 심해서 똑같은 일로 몇 번이나 감정싸움을 하곤 했었다. 하지만 결혼하고 나선 자신이 왜 그렇게 엄마를 괴롭혔을까 싶어 후회가 되었다. 그때는 정말로 억울한 마음에 따지고 슬퍼했던 거지만, 막상 집을 떠나니 못한 것만 생각나는 것이다.

"시부모님도 말씀은 안 하셔도 기다리실 테니까 얼른 손자부터 안겨 드려."

"알았어요."

"너무 늦잖니. 현아는 일을 한다고 해도 넌 집에만 있는 애가……."

또, 또 시작이었다. 이래서야, 기껏 공자 흉내 내면서 마음을 다스려 봐야 한순간 울컥하고 솟아오른 감정 때문에 다 망가져 버리고 만다.

딸의 표정이 흐려지는 걸 눈치 챘는지 최 여사도 말끝을 흐렸다. 잠시 침묵하고 있던 진아가 입을 열었다.

"엄마, 나 유치원 일 말이야, 다시 해볼까 하는데……."

"얘가, 얘가. 그게 무슨 소리야? 얼른 애부터 낳아야 할 애가 일은 무슨! 그리고 보육교사도 그래, 네가 전공으로만 건드렸지 실제로 해본 경험이라도 있어?"

어머니의 말은 조금 틀렸다. 물론 결과적으로야 전공으로만 건드린 게 되어버렸지만, 졸업하고 한 달 동안이나마 작은 어린이집에서 일을 한 적이 있었다. 그것도 엄마의 반대로 막혀 버리고 말았지만. 결국 그녀가 전공을 살리지 못한 건, 유치원 교사 같은 것 해봐야 무엇 하느냐고 완강히 반대를 한 부모님 탓이었다.

"네가 마음이 허해서 그러나 본데, 아이가 생기면 바빠서 그런 생각 할 틈도 없어져. 그때 되면 오히려 일 시작한 걸 후회할 테니까 그런 생각일랑 아예 말아. 도대체 네가 뭐가 부족해서 그런 힘든 일을 하겠다는 거니? 하루 종일 애들한테 시달려도 월급이라곤 쥐꼬리만큼 받고, 그렇다고 사회적으로 대단한 지위를 얻는 일도 아니고. 돈이 없어서 취직을 하겠다는 것도 아니고. 엄마가 시집 갈 때 준 통장만 해도 얼마야? 만약 돈이 부족한 거면 엄마가 더 줄게."

진아는 답답한 마음에 당장이라도 큰소리를 치고 싶었지만 애써 참아 눌렀다. 돈이 중요한 게 아니었다. 어머니의 말대로 돈이라면 부족하지 않았다. 아니, 통장뿐 아니라 남편의 재력만 해도 대단한 것이었으니까. 하지만 돈이 모든 걸 다 해결하지는 않는다. 그녀는 일이 갖고 싶은 것이다. 꼭 자신이어야 하는 존재 이유 같은 게 필요했다. 그걸 일로서, 자기 성취로서 돌려받고 싶다는데 그게 뭐가 그렇게 잘못일까?

무엇보다, 아이들을 가르칠 때 느끼는 보람을 그녀는 사랑했다. 성적이 그리 좋지 않아 부모님이 바라는 과를 지원하지는 못했지만, 그녀는 한 번도 자신의 전공에 불만을 가진 적이 없었다.

'도대체 나한테 기대도 하지 않으시면서, 하고 싶은 건 못하게 하시는 이유는 또 뭐야. 어차피 난 집안 배경에 맞출 만한 능력 없어. 그렇다면 지금 현재 내 능력에 맞는 일이라도 할 수 있도록 해줘야 할 거 아니야.'

불공평하다.

"성준 씨한테 말해보고, 만약 허락해도 안 되는 거야?"

"허락할 리도 없고, 결혼을 했으면 여자가 아이를 낳고 집안을 지켜야지. 유 서방이 허락을 한다 해도 엄마가 반대야. 아버지도 마찬가지이실 거고. 그러니까 딴생각일랑 말아."

"하지만 아직 아기 낳을 생각은……."

"더 긴말 마. 니들 부부한텐 아이가 필요해. 언니들 봐라, 다들 저마다 애들 낳고 잘살고 있잖니. 경아는 손 귀한 집안에 아들 낳아줘서 인정받았지, 선아는 또 어떻고. 시집을 갔으면 그 집안의 핏줄부터 보여 드려야 하는 거야. 아무리 시대가 변해도 그건 변하지 않아. 유 서방 나이를 생각해 봐. 언니들보다 네가 더 급한 상황이잖니."

"하지만 현아 언닌 결혼한 지 이 년이나 지났는데 아직이잖아."

"현아가 너랑 같아?"

진아의 가슴에 따끔한 바늘이 콕하고 찔러왔다.

"지 앞가림 오죽 잘해? 걔들이야 강 서방이 좀 더 있다가 갖자고 했겠지."

진아는 그냥 시선을 돌려 버리고 말았다.

'엄마가 보기에 앞가림을 잘한다는 현아 언니도 지금 별거를 하고 있다구요. 애기를 안 갖는 건 형부가 낳지 말자고 한 게 아니라 낳을 상황이 아니라서 그런 거라구요!'

당장이라도 그런 말이 나가 버릴까 봐 입술을 꾹 깨물어야 했다. 오랜만에 친정이라고 와봐야 엄마와 말을 섞으면 마음만 상하고 마는 것이다. 늘 이렇게 되어버리니 이제는 친정에 오고 싶다는 생각도 들지 않았다. 그래도 아버지가 보고 싶다고 전화를 해오면 마음이 약해져서 늘 오곤 했는데, 올 때마다 감정 상할 상황이 꼭 하나씩은 터지고야 마니.

"엄마, 나 저녁 준비해야 해. 갈게요."

진아는 못난 마음을 쏟아내 버릴까 봐 피하는 걸 선택했다.

"엄마 말 잘 새겨들어. 유치원 교사고 뭐고 딴생각은 아예 하지도 말아. 괜히 유 서방한테 말 꺼내서 다투지 말고."

"……알았어요."

집에서 구박을 받는 딸은 밖에서도 미움을 받을 거라 생각하는 건지, 늘 어머니는 딸이 사위에게 무시나 당한다는 식으로 근심을 흘렸다.

'하긴…… 다 틀린 말도 아니니까.'

왠지 힘이 빠졌다. 사실 어머니의 예상과 성준의 행동은 별반 다르지 않았기 때문이다. 지금이야 조금 달라졌다지만, 분명 쳐다봐 주지도 않았던 때가 있었다.

'차라리 계속 무관심한 채로 있어요. 어차피 당신이…… 귀하게 여겨줄 가치 같은 건 없으니까.'

가만히 있는 성준에게 괜히 서러움을 표현하는 참 맹한 여자 같으니. 진아는 스스로를 구박했다. 하지만…….

'이상하게도 당신, 이젠 나한테 그러지 않을 것 같아. 날 정말 귀하게 여겨줄 것도 같아.'

문득 아침에 그가 해주었던 포옹이 떠올랐다. 남편만은 자신을 소중하게 생각해 주는 것이다. 아니라면 그렇게 폭 끌어안아 주지 않았을 것이라고. 남편이라면, 자신을 그렇게 일방적으로 서운하게 하지는 않을 거라고.

"참, 니들 내일 결혼기념일이지?"

현관으로 배웅하며 최 여사가 한 말에 진아의 눈이 번쩍 떠졌다. 깜빡 잊고 있었다. 그러니까 두 사람이 부부로서 처음 맞는 결혼기념일이었다. 딱 일 년이 되는 날, 바로 내일…….

"으응, 내일이야."

생각도 안 하고 있었다고 하면 또 구박이 날아올까 봐 진아는 서둘러 표정을 바꾸고 얼버무렸다.

"유 서방한테 맛있는 거라도 사달라고 해."

"응, 알았어. 그럼 가볼게."

현관을 나선 진아는 곧 으리으리한 저택의 대문을 밀고 나왔다. 그 규모에 비해 언제나 텅 빈 느낌만 주던 집을 드디어 벗어났다. 이상하게, 빨리 남편이 보고 싶다. 다시 한 번 그가 꼭 끌어안아 주었으면 좋겠다.

4. 원수, 원수, 평생 원수

성준은 현지 대리점과의 마찰 문제로 내내 정신없는 하루를 보내고서 거래처 사장과의 약속 때문에 예약해 둔 일식집으로 향했다.

"내일 비행기 시간은 오전으로 잡아두었습니다."

"그래."

상현이 운전을 하고 성준은 뒷좌석에서 눈을 감은 채 뒷머리를 기대고 있었다. 하루 종일 일본 현지 상황을 체크하느라 수화기를 붙들고 살았더니 머리가 다 울렸다. 하지만 급한 불만 껐을 뿐, 결국 책임자인 그가 직접 넘어가 봐야 할 것 같았다.

"L4시리즈의 차별성 때문에라도 현지에서의 마찰은 없으리라고 생각했는데요."

"어쩔 수 없지. 튀면 튀는 만큼 반발력이 생기기 마련이니까. 더 커가는 과정이라고 생각하고 밀어붙여. 우리가 확신을 갖지 않으면 누가 신뢰를 해주겠어. 걱정 마, 잘될 테니까."

"네."

언제나 자신만만한 상사였다. 어떤 일이 닥쳐도 흔들림이 없었고, 어느 때 보면 마찰을 즐기는 모습까지 보였다. 자신은 언제쯤 성준과 같은 내공을 쌓을 수 있을지 까마득한 동시에 또 저절로 존경의 마음이 들었다.

"아……!"

그 순간 그 존경하는 상사가 갑자기 상체를 벌떡 일으켜서 상현은 자칫하면 핸들을 놓쳐 버릴 뻔했다.

"왜, 왜 그러십니까! 혹시 일본 건에 뭔가 마무리가 덜 된 건……."

상현의 관심은 오로지 일본 지사 일에 쏠려 있었다. 물론 그건 상사도 마찬가지일 터였다. 그래서 혹시라도 내일 현지에 도착하기 전에 미리 처리해 둬야 할 상황을 빼먹은 건 아닌가 싶어 놀라서 물어보았더니 룸미러 안에서 성준이 일그러진 표정으로 중얼거렸다.

"스포츠 센터, 끊자마자 못 가겠군."

맥이 쭉 빠진 상현의 손에서 핸들이 또 한 번 이탈할 뻔했다.

그는 겨우 정신을 가다듬고 핸들을 꽉 쥐었다.

'차장님, 도대체 요즘 왜 그러시나이까.'

그가 알고 있는 그 칼처럼 단호한 상사의 모습이 아니었다. 어딘가 나사가 몇 개 풀린 것 같은, 결코 보이지 않던 모습을 요즘 저렇게 자주 보이는 것이다.

"정 급하시면…… 일 처리하시고 그쪽 스포츠센터를 이용하시도록 준비해 놓겠습니다."

별로 군살도 붙지 않은 체격이라, 그렇게 급하게 관리를 해야 할 필요성을 전혀 찾지 못하겠는데 말이다. 어찌 되었든 상현은 어떻게든 상사의 편의를 맞추기 위해 말을 꺼내보았다. 하지만 성준은 다시 천천히 등을 기대고는 눈을 감았다.

"잠시 눈 붙일 테니까 도착하면 깨워."

진아에게 전화를 해보고 싶었다. 낮에 괜히 못난 속내를 드러내 버려서 못내 신경이 쓰이는 것이다. 충분히 의심으로 들릴 수 있을 말이었다. 하지만 전화하기가 망설여졌다. 신뢰라는 건 이래서 중요한 것 같다. 한 번 의심하기 시작하면 끝도 없다. 그래서 처음부터 그런 쪽으로는 고려하지 않으려고 했던 건데.

마음먹은 대로 되지 않는 일이란 게 있다는 것이 무척 힘이 빠졌다.

아침 식사 시간은 고요했다. 진아는 젓가락으로 깨작깨작 밥 알을 고르고 있었고, 성준도 어제의 숙취가 가시지 않아 국만 조금 떠먹고 있었다.

어제 진아는 성준이 들어오면 잘 생각으로 그의 퇴근을 기다렸다. 하지만 열 시가 지나고, 열두 시가 지나고, 급기야 새벽두 시가 되었을 때도 성준은 들어오지 않았다. 야근을 하든지, 아니면 누군가와 술자리를 하고 있겠지. 문득 둘 중에 어느 쪽인지 궁금해졌다. 전에는 한 번도 신경 쓰지 않았던 일이 목에걸린 가시처럼 인식되어 오자 진아는 초조해졌다. 하지만 끝내번호를 누를 수 없었던 건, 자신의 갑작스러운 행동 변화에 대한 갭 때문이었다.

아내가 남편의 늦은 귀가를 궁금해하는 건 당연한 권리인데도 그게 잘되지 않았다. 하지만 그렇게 따지면, 행동반경쯤아내에게 보고를 해야 하는 의무를 져버린 남편의 탓도 있었다.

서로 한쪽에서는 궁금해하면서도 전화를 하지 못했고, 또한쪽에서는 전화를 하고 싶어도 번호를 누르지 못하고 있었다.

'풋내 나는 첫사랑을 하는 사람도 나 같지는 않을 거다.'

못내 자신의 용기없음을 탓하며 성준은 속으로 중얼거렸다. 하지만 생각해 보니 자신의 첫사랑은 지금이 맞았다. 그러니 풋내가 풀풀 풍기는 건 당연하지 않을까.

결국 성준에게서 전화가 오지 않은 채 새벽 두 시쯤 되자 진아는 더 기다리지 못하고 잠들어 버렸다. 그리고 아침에 깨어났더니 언제 들어왔는지 성준은 옆에서 자고 있었다. 그 깔끔한 남자가 재킷도 벗지 않은 채 누워 있는 것이다. 또한 유감스럽게도 방 안에선 술 냄새가 진동을 했다. 진아는 머리가 딱딱 아파 와 창문을 살짝 열고 그길로 주방으로 가서 해장국을 끓였다.

전이라면 아무리 마셔도 저렇게 인사불성으로 취한 적은 없었다. 그런 생각이 들자 양념을 맞추는 진아의 손에서 힘이 쭉 빠졌다. 무언가 희망이 보이는 것 같았는데 결국은 헛된 바람이었을 뿐인 걸까? 늘 자로 잰 듯 단정하고 깔끔한 남자가 샤워도 하지 않고서 잠이 들 정도로 만취해서 들어오다니. 자신 때문에 뭐가 상당히 속이 상한 게 아닐지.

그리고 두 사람은 지금 이렇게 마주 앉아 있었다. 성준은 젓가락으로 밥알을 헤치듯 하고 있는 진아를 물끄러미 쳐다보다가 입을 열었다.

"어제…… 거래처 사장하고 술자리가 있었어. 전화 못해서 미안해."

한참 늦은 보고거든요!

"그랬어요?"

진아가 고개를 살짝 들어 성준을 흘겨보듯 말하자 성준은 절로 심장이 덜컹거렸다. 왜 또 잡아 잡수실 듯 쳐다보는지.

"혹시…… 기다린 거라면."

"그것보다 손가락 괜찮네요?"

성준은 자신의 말을 자르고 나온 진아의 말에 고개를 갸웃거리며 젓가락을 들고 있는 자신의 손을 내려다보았다.

"손가락이야 괜찮지. 그건 왜?"

"혹시 부러졌나 싶어서요. 전화도 못할 정도라니, 아주 똑 부러졌나 싶었거든요."

성준은 황망함을 담은 눈으로 아내를 쳐다보았다.

말을 해도 꼭 저렇게 얄밉게 해요.

"진아 씨, 그거 알아?"

갑자기 예의를 갖춰 부르자 진아는 눈을 가늘게 뜨고 그를 바라보았다. 성준이 무척 여유롭게 변한 얼굴로 한 손을 턱에 받친 채 낮게 말했다.

"손가락 안부는 남편 쪽에만 물어볼 게 아니거든. 아내님 손가락 쪽도 아주 성한데?"

진아의 눈에서 불꽃이 파바밧 튀었다. 톡 건드리자 바락 발사되는 진아의 파르르가 나온 것이다. 성준은 제대로 받아쳤다는 생각에 홀로 흐뭇해져서 모르는 척 시치미를 뗐다.

"당신은 내가 손가락이라도 부러졌으면 좋겠어요?"

"먼저 시작한 건 당신이거든."

"그렇다고 똑같이 맞받아쳐요? 무슨 남자가 그렇게 졸렬해요?"

"당신은 아는 단어가 졸렬밖에 없어?"

졸렬 아니면 색골, 아내의 단어는 너무나 무시무시한 것들뿐이었다.

"어머나, 미안하군요. 정정할게요. 유치하다고 할 걸 그랬나
봐."

"오십보백보다, 마누라."

"말이 나왔으니 말인데, 다음부터는 늦으면 늦는다, 약속이
있으면 그렇다, 말 좀 해줄 수 없어요? 집에서 기다리는 사람은
생각도 안 해요?"

모르는 척 국을 떠먹고 있었지만 사실 성준의 마음속은 요동
치고 있었다. 이건 또 무슨 합리적인 방향의 시위란 말인가. 설
마 이게 그 말로만 듣던 바가지란 것인가! 다른 남자들은 말만
들어도 사지가 부르르 떨린다는 바로 그 두려운 것이 드디어 자
신에게도 날아올 준비를 하고 있다는 것?

"왜? 어제 게임 승률이 별로 좋지 않았어?"

하지만 그 쑥스러움이란 게 도대체 뭔지, 성준은 자신을 기다
렸다는 진아의 말에 상기가 되어서 쓸데없는 말을 해버리고 말
았다. 도대체가 아내를 위해 레드 머시깽이를 몇 팩이나 마셨건
만, 아내를 위하기는커녕 헛소리만 주구장창 늘어놓게 하는 게
효과란 건지.

"미안하지만, 어젠 게임 안 했거든요?"

"그럼 뭐 했는데."

"뭐 하긴 뭘 해요, 당신……."

"기다렸어?"

참지 못하고 결국 성준이 물어보자 아무렇지도 않게 말하던 쪽이 또 당황스러움을 보였다. 실상은 다시는 기약 없이 기다리고 싶지 않다는 경고를 할 생각이었는데, 이러다 보니 무척이나 목을 빼고 기다린 상황이 되어버렸다. 감정이 상해 버린 진아가 톡 쏘듯 말했다.

"그래요. 기다린 게 뭐 잘못됐어요?"

할렐루야!

성준은 목에서 삐져나오려는 감탄사를 겨우 눌렀다. 아침부터 이 무슨 은총의 별무리인지 모르겠다. 마치 첫 고백을 한 소년처럼 더듬거리며 성준이 중얼거렸다.

"아…… 니. 잘못된 거 없지. 다음부터는 꼭 연락할게."

그뿐이냐, 이제 다시는 새벽까지 술 따위 마시지 말아야지. 아내가 기다리고 있다는데 그까짓 술이 대수냐. 꼭 필요한 상황이 아니라면 되도록 일찍 파해 버린다! 성준은 신이 나서 계획을 짜고 있었다.

"술도 그렇게 너무 마시지 말구요. 난 정말, 필름 끊기도록 술 마시는 사람 이해가 안 가더라."

"그런 뻔뻔한 소리는 하지 마시지 그래, 술고래 마누라?"

합!

안 그래도 자신도 모르게 말했다가 찔려서 눈치를 보고 있던 진아는 바로 공격이 가해져 오자 성준을 찌릿 노려보았다.

"하지만 뭐, 난 안 마시려고 노력하고 있다구요. 그리고 이번엔 별로 실수도 없었잖아요. 아가씨가 자꾸만 마시자고 해서 분위기 맞추려고 그랬던 건데."

"그래, 실수 없었지. 아무렴, 하나도 없었지."

생각 같아서는 그날 일을 고대로 비디오 촬영이라도 해서 아내에게 보여주고 싶은 마음이었다. 물론 그녀는 실수는 하지 않았다. 성준의 계획이 완전히 실패로 끝났을 뿐이지.

"진아야."

갑자기 성준이 저음으로 부르자 진아는 딸꾹질이 터져 나오려는 걸 참으며 그를 쳐다보았다.

"왜, 왜요?"

"내가 그날 말이야. 당신한테 들은 말이 있거든."

그날이라면, 아마도 술에 취한 날을 말하는 것 같은데. 진아는 무슨 말을 하려나 싶어 성준을 물끄러미 쳐다보았다.

"그날 들은 말이 있는데, 지금 확실하게 매듭짓자."

성준의 표정이 단호했다. 자연히 진아는 당황스러워지는 쪽이었다.

'매, 매듭이라니. 도대체 내가 무슨 말을 한 거지?

"난…… 그렇게 생각해. 노력해서, 안 되는 건 없다고."

"도대체 무슨 말이에요. 빙빙 돌려서 말하는 거 싫어요."

"당신, 아무리 마음속에서 내려 버린 결론이라고 해도, 변화의 가능성은 있는 거지?"

어떻게 그걸 빙빙 돌리지 않고 말할 수 있을까. 그날 느낀 상념을 어떻게 말로 다 설명할 수 있을까. 어떻게 날 사랑해 주지 않느냐고 따질 수 있을까.

진아는 가만히 성준을 쳐다보고 있었다. 무슨 말을 하는 건지 잘 이해하지 못하겠다. 하지만 그의 성격을 봤을 때, 아무런 의미도 없는 말을 일없이 흘리지는 않을 것이다.

그의 시선이 꿰뚫듯 자신을 보고 있다는 걸 느끼며 진아는 천천히 입을 열었다.

"왜 얼버무리는 식으로 말하는 건진 모르겠지만, 솔직히 무슨 뜻인지 이해가 잘 안 가기도 하고. 하지만 내 마음 안에 굳어져 있는 건 하나도 없어요. 내가 무슨 말을 했는지 모르겠지만, 그게 듣기 싫은 말이었다면 성준 씨가 이해해요. 난 취하면 좀 이상해지니까."

지금 이 순간만은 그에게 동조를 해주고 싶었다. 그라는 끈을 잡고 싶다. 자신의 손으로 놓쳐 버리고 싶지가 않았다. 모든 혼란을 접고서 결국 마지막으로 쥔 것은 남편이라는 이름이기 때문에.

'노력해 볼게요, 나도.'

마음이 닿은 걸까. 잘은 모르겠지만 성준이 편안하게 웃어주었다. 부드러운 미소가 그의 잘생긴 입가에 걸렸다. 그래서 진아도 함께 평온해졌다. 이게 바로, 평범한 부부가 갖는 아침 식탁의 풍경이라는 걸 진아는 깨닫고 있었다. 서로 바라보고 웃을 수 있어서 좋았다.

이제 시작이겠지? 진아는 왠지 쑥스럽다는 생각을 하며 입을 열었다.

"저기, 오늘요……."

"응."

"오늘 그러니까, 일찍 와요?"

첫 결혼기념일, 오늘은 꼭 그와 함께 보내고 싶었다. 첫 결혼기념일을 서로의 무관심 속에서 보내지 않아도 되어 너무나 다행이라고 생각했다.

"아, 오늘 일본 출장이 잡혔어. 현지 대리점에서 마찰을 일으켜서 말이야. 적어도 이틀 정도는 머물러야 할 것 같은데. 미안해. 대신 다녀오면 우리 근사한 식당에서 저녁 하자, 같이."

하지만 성준이 해준 대답은 조금은 맥이 빠지는 것이었다. 역시, 그녀도 잊고 있었던 결혼기념일을 그라고 기억해 줄 순 없었을 것이다.

"……네, 그렇게 해요."

따질 수가 없었다. 무엇보다 일 때문이었고, 또 겨우 좋아진 관계가 이런 일로 다시 벌어지는 것도 싫었다. 몇 년 산 부부도 아니고, 겨우 일 년이 지났을 뿐이다. 처음 맞는 기념일 정도는, 잊어버렸을 수도 있다. 그런 걸로 쨍알거리고 싶지 않았다. 아쉬운 마음, 서운한 마음이 없을 수는 없었지만 그녀도 친정어머니가 아니었다면 까맣게 잊고 지나갈 뻔했기 때문에 할 말이 없었다. 그냥, 만약 결혼기념일이란 것에 생명이 있다면 매우 불쌍하고 가여운 아이가 되었을 것 같다는 생각.

"갑자기 출장이 잡혔어. 현지에서 터진 일이라 손을 쓸 수가 없었거든."

왠지 아내의 표정이 억지로 웃는 것처럼만 보여 성준은 미안함에 어쩔 줄 몰라 하며 말했다.

"알아요. 난 괜찮으니까 신경 쓰지 말아요. 언제 출발해요?"

"오전에."

"그럼, 도착하면 전화해 줄래요?"

"그래."

성준은 그녀가 먼저 전화해 달라고 한 사실에만 흐뭇해서 미소 짓고 있었다. 아내의 표정이 못내 흐린 것은, 그녀가 먼저 일찍 들어오느냐고 물어본 날에 하필이면 일본 출장이 겹쳐서 그에 대한 서운함일 거라고만 생각했다.

"해장국 먹으니까 속이 다 풀린다. 고마워."

그래서 성준은 진아의 기분을 풀어주려 했고, 진아는 그런 남편의 마음을 이해하고자 엷게 웃었다. 그녀가 동글동글 귀엽게 눈가를 접으며 말했다.

"북어 때릴 때, 당신 생각 좀 했어요."

초침이 움직이는 소리가 평소보다 조금 크게 들린다. 진아는 텅 빈 침실에서 혼자 앉아 있었다. 이건 전과는 다른 거라고, 남편이 일부러 그런 것도 아니고, 절대 전처럼 무관심에서 나온 결과가 아니라고 계속 자신을 다그치고 있었다. 하지만 결국 혼자인 건 사실이었다.

"달력에 동그라미라도 그려둘 걸."

못내 아쉬운 생각이 들어 중얼거렸다. 도대체 기념일이란 게 뭔지, 괜히 무조건 의미있게 보내야 한다는 강박관념을 가지는 것이다. 그렇다, 그저 우스운 강박관념일 뿐이다.

"일본 출장 따위가 중요한 게 아니라구요. 우리가 결혼한 날이에요. 바로 작년 이날에, 당신이랑 내가 부부가 되었다구요."

지금이라도 전화기에 대고 바락바락 소리치고 싶었지만, 이미 놓친 버스였다. 들어보니 골치 아픈 일 때문에 넘어간 것 같은데, 거기에 대고 투정을 늘어놔 봐야 좋을 일도 없었다. 그렇다고 비행기를 돌려서 돌아올 것도 아니고. 좋다, 오늘은 넘어가 주겠다. 대신 돌아오면 날 잡아서 술을 진탕 마시고 푸닥거리를 해야지.

"난 내 머리로 기억한 것처럼 시침을 떼곤 마구 바가지 긁어야지. 강낭콩 크기만한 다이아몬드가 아니면 절대 안 봐줄 줄 알아."

괜히 혼자 중얼거리는 게 할 일의 다였다. 빨래도 했고, 욕실 청소도 했고, 냄비도 꺼내서 눌러 붙은 찌꺼기들을 싹 닦아냈다. 그렇게 하루 종일 일을 했는데도 또 손이 노니까 죽을 것처럼 심심해졌다.

"영화라도 봐야겠다."

어차피 민기를 만나기 전에는 혼자 했던 일이었다. 주체하지 못하는 혼자만의 시간, 그걸 그나마 의미있게 보내기 위해서 그녀는 혼자 영화도 보고, 쇼핑도 하고, 이것저것 시간을 보낼 방법을 찾았었다. 그리고 어느 날 갑자기 민기를 알게 되고, 늘 혼자 하던 걸 그와 함께하고……

"에이, 뭔 소리야."

진아는 중얼거리며 일어섰다.

벌써 해가 지려 하고 있었다. 영화를 보고 오면 아마도 잘 시간이 되어 있을 것이다. 그럼 얼른 자야겠다. 결혼기념일 따위 빨리 지나가 버렸으면 좋겠다. 그럼 곧 남편이 돌아올 테고, 기다렸다는 듯 술을 마시고 아주 독하게 주정해 줘야지.

계획을 착착 세우고 나니 조금은 홀가분해졌다. 그녀는 가뿐하게 나가기 위해 청바지를 갈아입었다.

두 시쯤 나리타에 도착해 막 지사로 이동하려던 성준은 문득 고개를 돌렸다가 신혼여행 길에 오르는 부부를 발견하곤 시선을 멈췄다. 신혼부부들은 그들만의 느낌이 있었다. 웨딩드레스 같은 건 입고 있지 않은데도 어쩐지 느껴지는 것이다.

환하게 웃고 있는 신부 쪽을 보고 있자니 자연스럽게 진아가 떠올랐다. 두 사람의 신혼여행지는 사이판이었다. 그날 진아는 눈처럼 하얀 투피스 정장을 입었다. 허리선이 유난히 잘록해 참 예쁘다는 생각을 했었다.

'그래, 그날부터…… 내 아내였지.'

너무 감상에 빠져 버린 걸까. 전혀 관계도 없는 타인을 한참 이나 보고 있게 되었다. 그래서 갑자기 뒤에서 상현의 목소리가 들려와 조금 놀랐다.

"차장님, 지사에서 차를 대기시켜 놓았다는데요."

"아…… 그래, 가야지."

그리고 몸을 돌리는 순간이었다. 갑작스럽게 떠오른 어떤 사실, 순간 성준은 무언가에 얻어맞은 듯 세찬 충격을 느끼며 쏟아내듯 소리쳤다.

"오늘이 며칠이지?"

"네? 6월 24일인데요."

"젠장!"

무심코 대답했던 상현은 갑자기 튀어나온 상사의 욕설에 깜짝 놀라 몸을 굳혔다.

"젠장! 젠장! 젠장!"

그러나 채 놀란 가슴을 쓸어내릴 새도 주지 않고서 성준은 계속해서 욕설을 쏟아냈다. 그 바람에 상현은 더더욱 굳어버릴 수밖에 없었다. 도대체 갑자기 무슨 일이 생긴 건지, 단정하게 빗어 넘긴 머리카락을 마구 헝클어뜨리며 욕설을 줄기차게 쏟아내고 있는 상사는 일순 미친 사람처럼 보이기까지 했다. 일본이 아니라면 시차 때문에 약간 상태가 이상해진 것이라고 생각할 여지라도 있겠지만…….

물론 화가 나면 성준도 거친 말을 쏟아낼 때가 있었다. 그럴 때마다 상현 쪽은 늘 적응이 되지 않아 쩔쩔 맸다. 무엇보다 지금은 난데없는 상황이라 더욱 놀랄 수밖에 없었다.

"차장님, 무슨 일이신지……."

눈치를 슬금슬금 봐가며 묻는 상현에게 성준은 바로 대답을 해주었다.

"젠자앙!"

상현은 그 기세에 눌려 그대로 찌그러졌다.

성준은 미칠 것만 같았다. 어떻게 그렇게 깜빡 잊을 수 있었는지. 6월 24일, 바로 진아와 부부가 된 날이었다. 첫 결혼기념일. 절대 잊어서는 안 되는 날이었고, 오히려 이쪽에서 기억해줘야 할 기념일이었는데.

"오늘 그러니까, 일찍 와요?"

아침에 진아가 했던 말이 떠올랐다. 어쩐지 억지로 웃는 듯한 모습까지 겹쳐지자 성준은 가슴이 타 들어갈 것만 같았다. 그녀가 먼저 내밀어온 손이었다는 걸 뒤늦게야 깨달았다.

'하지만 첫 해잖아. 그러니까 잊어버릴 수도 있다고…… 해봐야 내 타당성만 지우는 말이지. 빌어먹을!'

성준은 쏟아져 나오는 욕지기를 참기 위해 이를 꽉 물었다.

"다음 비행기 알아봐. 바로 서울로 돌아간다."

"예? 서울 말씀이십니까?"

"그래, 서울!"

괜히 상현에게 버럭 소리를 쳤다. 얼마나 호되게 구박했는지 상현의 눈이 터질 것 같았다. 성준은 이 남자는 왜 또 이렇게 속을 뒤집는 행동을 하고 있는지 쏘아보며 재차 말했다.

"난 내일 아침에 다시 올 테니까, 일단 미리 말한 대로 처리하고 있어. 그 정도도 못한다고 하진 않겠지?"

"하지만 차장님, 지금 지사 쪽에서 사람이 나와 있고, 이번 일은 차장님의 지시가 절대적인 일이라……."

"내 지시는 이미 설명한 걸로 아는데. 시간 없으니까 빨리 처리해. 아니, 내가 알아볼 테니까 자네는 가봐."

"하지만 차장님, 이번 건이 잘못되면 문책이 상당할 겁니다. 아무리 차장님이라 하셔도……."

"잘 들어. 내일 첫 비행기로 들어온다. 손을 떼겠다는 게 아니라 그사이에 고 과장이 자리를 지키고 있으란 소리야. 그것도 못하면 자네 사표는 내가 직접 수리해 주지. 내 인생에서 가장 중요한 하루야. 만약 그 하루 때문에 다른 걸 포기해야 한다고 해도 어쩔 수 없어. 지사 일은 좀 늦어지는 것뿐이야. 무슨 일이 있더라도 내가 처리해. 유감이지만 문책 받을 일 따위 생기지 않아. 하지만 그것조차 버티지 못한다면 그건 고 과장의 자질

문제겠지. 무슨 뜻인지 알아듣겠어!"

"옛써!"

상현으로서는 그렇게 대답할 수밖에 없는 상황이었다. 그렇게 군기가 바짝 든 상현을 두고 성준은 그 길로 돌아서서 티케팅을 하고 되돌아오는 비행기를 탈 수 있었다. 그리고 지금, 날아가는 비행기 안에서 두 시간 정도의 시간이 빨리 흐르기를 기다리고 있었다.

다른 부부와는 다른 것이다. 기념일쯤 한 번 정도는 잊을 수도, 놓칠 수도 있다. 하지만 그녀와 자신은 달랐다. 지금이 아니면 안 되었다. 회복될 수 있는 유일한 기회를 자신의 발로 걷어차 버릴 수 없었다. 하루를 버렸다. 어쩌면 자신의 모든 열정을 걸었다고 할 수 있는 일본 지사 건의 하루란 24시간의 개념만은 아닌 것이다.

하지만 그는 단호하게 다른 하루를 선택했다. 일에의 열정, 물론 중요하다. 하지만 지금의 그에게는, 진아를 향한 하루가 훨씬 더 귀하고 소중했다.

"당신, 아무리 마음속에서 내려 버린 결론이라고 해도, 변화의 가능성은 있는 거지?"

"내 마음 안에 굳어져 있는 건 하나도 없어요."

그녀에게 겨우 들었던 대답, 그것을 무(無)로 돌리는 일은 절대 용납할 수 없었다. 만약 돌아가는 편이 없다면 헤엄을 쳐서라도 이놈의 바다쯤 건너고야 말겠다!

진아는 간편한 청바지와 티셔츠 차림으로 밖으로 나왔다. 여자는 늘 음전한 차림을 해야 한다며 어머니 최 여사가 강요를 하는 바람에 언제나 정장 쪽을 선택해서 입어왔지만 오늘은 가뿐하게 입고 싶었다.

빌라 건물을 나서서 바닥을 한 걸음씩 밟으며 걸어갔다. 아래에만 시선을 두고서 한 발짝씩 걷는 걸음이 가벼울 수는 없었다. 이렇게 맹하게 걷다가는 오늘 안에 영화나 볼 수 있을지 모르겠다.

"치, 그냥 술이나 마실까? 자작도 제법 괜찮은데."

어차피 며칠 동안 남편도 없고 필름 끊겨봐야 구경할 사람도 없으니 괜찮지 않을까 싶다. 하지만 술은 좀 미뤄야 했다. 남편이 있을 때 마셔서 퍼부어주어야 하니까.

저녁노을이 깔리기 시작하는 시간이었다. 자박자박, 건물을 나서 몇 걸음을 걷고 있는 그때, 갑자기 그녀의 옆으로 세찬 굉음이 일더니 급브레이크를 밟은 차가 멈춰 섰다.

"엄마야!"

진아는 너무 놀라 가슴을 쓸어내리며 옆을 돌아보았다. 도대체 사람들이 자주 지나다니는 이런 곳에서 대체 어떤 무식한 인간이 이렇게나 속도를 내는 건지. 한마디 쏴붙여 줄 요량으로 고개를 돌리던 진아의 눈동자가 덜컥 정지했다. 눈에 익은 차, 무식하게 브레이크를 밟은 사람은 민기였다.

"어? 진아 씨네요."

고의인 게 분명할 텐데 민기는 안에서 싱긋 웃고 있었다.

"……민기 씨?"

새카만 머리카락, 민기의 입가에서는 미소가 사라지지 않았다. 러프한 재킷과 물 빠진 청바지 차림의 그가 보조석 쪽을 손가락으로 콕콕 가리키며 말했다.

"타요."

하지만 진아는 함께 웃을 수 없었다.

"이거, 우연이라곤 생각되지 않는데요."

"맞아요. 우연이 아니니까. 우연일 리가 없잖아요?"

"그럼 부탁할 테니까 그냥 지나가 줘요. 우연이었다면 적어도 웃을 수는 있지만, 이건 아니잖아요. 왜 민기 씨는 자신이 한 말을 지키지 않아요? 가끔 생각날 때 메시지만 보내겠다고 했잖아요."

진아는 자신의 의사를 무시하는 민기 때문에 조금 속이 상했다.

"나 구질구질해 보여요?"

하지만 의외의 말에 진아는 더 화낼 여유도 없이 그를 빤히 쳐다보아야 했다.

"네?"

"나 차이고도 매달리는 구질구질한 인간으로 보이냐구요."

"그럴 리가…… 없잖아요."

단지 그는 그녀로선 이해하기 어려울 정도로 복잡한 사람일 뿐이었다. 사상이 복잡한 사람, 아마도 그가 70년대에 태어났다면 한참 격렬한 운동권으로 빠졌을지도 모른다. 다소 기괴한 이상을 가진 자유주의자나. 나 지금 떨고 있니? 그럴 리가 없잖아요. 칫.

"난 민기 씨를 이해할 수가 없어요. 그래요, 처음부터 민기 씨는 쉬운 사람이 아니었죠. 난해한 사람이란 걸 알아서 더 좋다고 생각했어요. 하지만 힘들게 한 말을 그렇게 쉽게 무시하고 나오면 화낼 수밖에 없어요. 민기 씨는, 나한테 미련을 둘 정도로 아쉬운 사람 아니잖아요. 어차피 난 유부녀였고, 그걸 민기 씨도 알았죠. 어떻게 받아들일지 모르겠지만, 난 민기 씨한테 깨끗하고 순수한 걸 원했어요. 아주 이기적인 마음이지만 그랬어요. 미안해요."

"요즘엔 진아 씨가 나한테 만날 사과만 하네요. 뭐, 그것도 나쁘진 않지만. 그래도 생각보다 더 모질게 구니까 가슴이 좀 아픈데요? 무엇보다 난 그렇게 깨끗하고 순수한 사람이 되지 못해요. 그렇다고 야비하거나 치졸한 사람이란 건 아니니까 안심해요. 지금 눈 동그래졌어요."

민기가 자신의 눈 쪽을 콕콕 가리키며 장난스럽게 말하자 진아는 자신도 모르게 눈을 깜빡여야 했다. 민기는 그런 사람이었다. 이쪽을 어느 순간 끌어들여 동조를 하게 만들고 만다.

"진아 씨 번호 삭제했거든요. 그런데 생각보다 번호가 쉽게 잊어지더라구요. 그렇게 빨리 휘발되어 버릴 줄은 몰랐어요. 미련은 엄청 남는데도 그러는 걸 보니, 내 머리가 생각보다 더 나쁜가 봐요. 그래서 좀 서운해지는 거 있죠. 그냥 나 혼자 서운해졌어요. 이대로 가면 진아 씨 번호는커녕 얼굴도 금세 잊어버릴 것 같아서 나 혼자 조금 더 기억을 더듬어보려고 이 앞까지 왔어요. 그런데 아뿔싸! 진아 씨가 막 밖으로 나오는 거예요. 이건 명백히 진아 씨 반칙이에요. 끝내자고 해놓고서 마음 접을 생각하고 있는 남자 앞에 나타나다니."

도대체 누가 반칙인 건지 모르겠다. 저렇게 말하니 정말 자신이 반칙한 것 같기도 하고.

"전 그냥, 어디 좀 갈 생각이었어요."

"혼자?"

"그래요."

"남편은요?"

진아는 차가운 눈으로 그를 쏘아보았다.

"뭘 선동하고 싶은 거예요?"

"별로요. 그냥 궁금해서 물어본 건데."

"남편하고 가까워질 거라고 해서 어디든 함께 딱 붙어 다니겠다는 소린 아니잖아요. 우리가 무슨, 화장실 갈 때마다 손 꼭 잡고 가는 여고생도 아니고."

"하하, 그 표현 재미있네요. 그러지 말고 타요. 어디 가는지는 모르겠지만, 남편 분의 눈을 피해서 하루만 기사 노릇해 드릴게요. 그 정도도 안 된다고 하면 정말 야박한 거예요."

"하지만 타고 싶지 않아요."

"타줘요, 좀."

"민기 씨, 정말 왜 그래요. 민기 씨한테는 세상 모든 일이 쉬워 보일지 모르겠지만, 난 맹해서 민기 씨처럼 똑똑한 사람한테 대응할 수가 없어요. 날 놀리고 싶은 거예요? 선동해서, 위에서 내려다보고 싶어요? 그래서 이렇게 아무렇지도 않게 대하는 거예요?"

도대체 무슨 일이 있었냐는 듯, 넌 아직도 뭘 그런 걸 신경 쓰고 있느냐는 듯 그렇게 나오면 모든 사람이 따라가야 하는 것이냐고, 그에게 따지고 싶었다.

진아는 그렇게 힘들여 생각하고 있었지만, 언제나 그렇듯 민기의 대답은 간단했다.

"별거 아니에요. 조금 더 만나고 싶어요."

"별거 아닌 게 아니에요. 전 더 만나고 싶지 않아요. 그만 갈래요."

"졸졸 따라갈 거예요. 오늘 하루 종일."

"차는 못 따라올 곳으로 가버리면 돼요."

"그럼 차 따위 버리라죠."

"민기 씨!"

참다못해 진아가 소리치자 민기가 살짝 미간을 찌푸렸다. 진아는 또 못내 미안하기도 해서 한숨을 폭 내쉬었다.

"그러지 말고 제발 가요."

"아직은, 꼭 해야 할 말을 하지 않았어요. 그래서 갈 수가 없어요."

진아의 시선이 그를 물끄러미 향하자 민기가 씩 웃었다.

"속았다."

진아는 불쑥 걷기 시작했다. 그의 페이스에 말려선 안 된다. 진아가 걷기 시작하자 민기가 핸들을 돌려 천천히 따라붙었다.

"농담이에요, 정말 할 말 있어요."

"들을 말 없어요."

"흐음."

"잘 가세요. 미안해요."

"이현아."

순간 진아의 걸음이 우뚝 멈췄다. 그녀의 고개가 천천히 돌아가 민기에게서 정지했다.

"지금, 뭐라고……?"

"이현아, 진아 씨 언니 이름이죠?"

"당신은 도대체…… 뭐예요?"

불쾌한 마음에 진아는 중얼거리듯 묻고 말았다. 그러나 민기는 흔들림이 없었다. 늘 그랬듯, 언제나처럼 여유를 담은 엷은 미소를 띠고 말했다.

"정보의 교환 조건은 단 하나예요, 어서 타요."

진아의 눈빛이 매서워지고 있었다. 전혀 생각지도 못한 이름, 결코 이 남자와 연결시킬 수 없는 이름이 나왔다. 그 누구보다 그녀가 좋아하는 친언니의 이름이라서 더욱 문제였다. 진아는 정말이지 민기가 낯설어졌다.

"……좋아요."

천천히 불꽃이 지펴졌다. 그건 분노였다. 어째서 자신의 뒷조사를 한 건지, 자신을 반응하게 하는 이름이 현아라는 걸 그가 어떻게 알고 있는 건지. 물론 그를 100% 이해할 수는 없었지만 그래도 그란 남자를 반쯤은 알고 있다고 생각했다. 다만 그 누구라도 그에 대해 전부 다 이해하긴 힘들 거라고, 그렇게만 생각했다.

하지만 아니었다. 그는 이해하기 힘든 남자가 아니었다. 이해해선 안 되는 남자였다. 곤란한 사람이다.

"말해봐요. 도대체 왜 현아 언니의 이름을 들먹이는 건지. 치사한 사람이었군요, 민기 씨는."

"비난쯤 얼마든지 들어드릴게요, 지금만은."

진아는 보조석 문을 힘껏 열었다. 그리고 앉자마자 쾅 소리를 내며 거칠게 닫았다. 민기가 깜짝 놀랐다는 모션을 취하더니 싱긋 웃었다.

"그렇게 해서 문이 부서지겠어요?"

"조용히 해요. 당장 부수고 싶은 건 당신의 턱이니까."

"무섭군요, 진아 씨."

지금 그녀의 눈에는 민기가 더 무서웠다. 한 사람이 한 사람의 전혀 생각지 못한 모습을 발견하면 낯설어질 수밖에 없다. 생경하다는 생각이 드는 순간, 온몸의 솜털이 곤두서는 묘한 두려움까지 일었다. 그래서 미칠 것 같았다.

창밖에만 시선을 두고 있는 진아의 눈동자가 커진 건 그때였다. 가까운 곳에서 선 택시, 그리고 문이 열리자마자 택시 위로 불쑥 올라온 장신, 빛이 나도록 단정한 비즈니스 정장을 차려입은 남자는 성준이었다.

"……성준 씨?"

핸들을 만지작거리고 있던 민기의 시선이 옆으로 돌아갔다. 진아가 바라보는 곳으로 그의 시선이 향하는 순간 입가에 빙긋 미소가 걸렸다.

"장난 좀, 쳐볼까요?"

택시에서 내린 성준은 빌라로 내달리기 위해 막 몸을 틀던 차였다. 오다가 눈에 띄는 화원에서 산 탐스러운 꽃다발이 그의 손에 들려 있었다. 너무나도 미안한 마음을 그 안에 담았다. 깜빡 잊어버리고 만 자신의 실수가 다 보상되지는 못하겠지만, 이 장미 외에도 그녀에게 해줄 게 많았다. 그래, 해주고 싶었다.

그런 생각에 휩싸여 돌아서던 그때, 등 뒤에서 들려온 요란한 클랙슨 소리. 하지만 성준은 뒤돌아보지 않았다. 지금 당장 자신의 뒤에서 사고가 나더라도 그에게는 우선인 곳이 따로 있었다. 그래서 앞을 보고 달렸지만 클랙슨 소리는 더 높아져서 단지 내를 울리고 있었다.

무언가 이상하다는 걸 감지한 건 그때였다. 이상하게도, 그 소리가 꼭 자신을 향해 있는 것 같은 예감.

"미, 민기 씨, 지금 무슨 짓이에요!"

진아는 깜짝 놀라서 소리치고 있었다. 그가 정확히 성준을 겨냥해 클랙슨을 울리고 있는 것이다. 시끄러워서 진아까지 귀를 막게 할 정도로.

민기의 행동을 저지하기 위해 손을 뻗어보았지만 그는 가볍게 밀어냈다.

"재미있네요. 꽤 자극적이에요."

"당신…… 미친놈이었어요?"

"하핫, 진아 씨는 정말, 늘 느낀 거지만 재미있어요. 그럼 그만 출발할까요?"

룸미러 안에 성준이 다가오고 있는 모습이 담기자 민기는 싱긋 웃으며 브레이크를 놓았다.

"헛소리하지 마요! 난 내릴 거니까."

하지만 그 말이 끝나기가 무섭게 달칵하고 문이 잠겼다.

그사이에 성준은 이미 차 바로 뒤까지 와 있었다. 순간 그의 눈이 번쩍 떠졌다. 이상한 마음에 본능적으로 이끌리듯 다가간

차 안에, 보조석에 그녀가 앉아 있었다. 아내 진아가…….

"당신……?"

믿을 수 없었다. 저절로 그이 시선이 운전석으로 향하는 순간, 룸미러 안에서 서로의 시선이 부딪친 건지 아닌지 민기는 그대로 액셀러레이터를 밟아버렸다. 차는 튕기듯 앞으로 달려 나갔다.

"진아야!"

성준이 소리쳤지만 민기는 멈추지 않았다. 성준은 생각이고 뭐고 다 팽개치고 바람처럼 뛰었다. 붙잡아보겠다는 듯 달렸다. 하지만 차의 후미는 손이 닿을 수 없는 곳으로 멀어질 뿐이었다.

"왜 이래요! 세워요! 뛰어내릴 거예요!"

성준이 달려오는 모습이 사이드미러로 보였다. 그조차 점점 작아지고 있어서 진아는 미친 듯 소리쳤다. 무서웠다. 민기는 그저 엷게 웃고 있을 뿐이었는데 그가 무서웠다.

"미안해요. 그냥 잠깐 장난 친 것뿐이었어요. 어차피 오늘은 엇갈렸어요. 하지만 난, 그렇지 않았죠. 그러니까 기회는 나한테 와야 해요. 내가 가져도 되는 거예요."

"내릴 거예요!"

진아는 아무 말도 듣지 않겠다는 듯 격렬하게 반항하며 차 문에 손을 뻗었다. 순간 민기의 목소리가 들렸다. 낮은 목소리……

"나, 좀 화났거든요. 여기에서 타협해요. 더 화나면 좀 곤란해
져요. 나 자신도 모르겠어요."

진아의 심장이 서늘하게 식어갔다. 그녀는 벽에 몸을 딱 붙인
채 두려운 눈으로 민기를 쳐다봐야 했다.

더듬더듬 시선을 돌려 사이드 미러를 바라보았다. 하지만 이
미 성준의 모습은 사라지고 없었다. 그에게 너무 미안했다. 도
대체, 다른 남자와 함께 있는 아내를 보고 그는 무슨 생각을 했
을까.

이런 식으로 그에게 알려줄 생각은 없었다. 차라리 비난을 받
더라도 자신의 입으로 먼저 말하는 게 옳지 않았을까? 가슴이
아파서 숨조차 쉬어지지 않았다. 왜, 그는 거기에 있었던 걸까.
그래서 이런 바보 같은 자신의 모습을 봐버린 걸까. 그는 지금
일본에 있어야 하는데. 일본에 갔을 텐데…….

그 순간 생각난 건, 그의 손에 들려 있던 붉은 장미 다발.

'아아…….'

진아의 눈동자가 잘게 떨렸다. 기억해 낸 것일까. 그는 기억
해 내고서 돌아와 준 것일까. 시간을 봤을 때는, 그리고 택시
를 타고 왔다는 건, 설마…… 설마 일본에서 돌아왔다는 뜻일
까.

진아의 가슴이 무너져 내렸다. 너무나 아파서 숨을 쉴 수가
없었다. 그에게 미안해서 저절로 목이 메었다. 하지만 그와 자

신은 이렇게 또 어긋나고 말았다.

진아는 너무나 서글펐다. 낯설고 무서운 사람이 되어버린 민기와 슬픈 표정으로 꽃다발을 꽉 쥔 채 달려오고 있던 성준의 표정이 상반되게 그녀의 뇌리에 남았다. 그녀가 알고 있던 민기는 오늘 성준의 표정을 한 사람이었다. 조금은 아련하고 조금은 슬퍼 보이고 조금은 안쓰러워 더 부드러움이 드러나던 사람. 반면 성준은 지금의 민기처럼 왠지 어렵고 또 겁이 나게 만들었던 사람.

그런데 어째서 이렇게 뒤바뀌어 버린 걸까. 이런 식으로, 남편 외의 다른 탈출구를 찾았던 벌을 받는 걸까. 모르겠다. 무엇보다 성준의 표정이 너무나 깊이 남아서, 핏빛처럼 붉은 꽃다발을 들고서 애타는 얼굴로 뛰어오던 그 표정이 남아서 미칠 것만 같았다.

"유성준…… 한심하다."

꽃다발을 든 성준의 팔이 축 늘어졌다. 힘껏 쫓았지만 어차피 차를 따라잡을 수는 없었다. 그의 입가에 공허한 미소가 걸렸다. 건조하던 그 미소는 곧 차가운 냉소로 변해갔다.

"뭐가…… 당신 안에서 굳어진 건 하나도 없어."

차라리 눈앞에서 직접 부딪쳐 주먹이라도 날렸으면 나았을 것이다. 그 남자, 일부러 자신에게 클랙슨을 먹였다. 보란 듯, 진아를 옆에 앉히고서. 과연 아내는 무슨 마음이었던 걸까. 당황해하는 기색은 그나마 읽을 수 있었다. 차창을 통해 본 그녀의 움직임이 컸다. 말리는 것 같기도 했고, 화가 난 것 같기도 했고. 하지만 어차피 다르지 않았다. 그녀가 그 상황을 즐겼든, 아니면 말렸든 두 사람이 함께 있다는 사실은 달라지지 않았다.

성준은 몸을 돌렸다. 장신의 그림자가 길게 기울어졌다. 탐스러운 장미가 쓰레기통 안으로 털썩 떨어졌다. 미련없이 꽃다발을 버린 성준은 주머니에 손을 푹 찌르고 앞을 보고 걸었다. 아내, 그리고 그놈이 사라진 방향으로는 단 한 번도 돌아보지 않았다.

5. 전초전
(前哨戰)

째깍째깍, 초침은 계속해서 움직이고 있었다. 굵은 시침이 네 개의 숫자를 지나갈 때까지 성준은 거실에서 양주 한 병을 끝장내고 넥타이를 느슨하게 끄른 채 불성실한 자세로 기대듯 앉아 있었다.

"열한 시, 아직도 안 들어오겠다는 거군."

씁쓸한 조소가 그의 뚜렷한 입술 선을 헤치고 흘러나왔다.

"신데렐라라도 되는 줄 아나? 열두 시 땡 하면 호박마차라도 타고 오겠다는 거야? 오다가 호박마차가 사라질 수도 있다는 걸 아셔야지. 딱 한 시간만 더 기다린다. 그 뒤에는 호박마차가 깨지든 사라지든 이제 몰라."

새로운 양주병을 열었다. 콸콸 채우고서 쭉 들이켰다. 침실은 그가 꺼내놓은 옷가지로 한창 엉망이 되어 있었고, 거실의 풍경 역시 다르지 않았다. 양주병이 널려 있고, 신문은 아무렇게나 펼쳐져 마구 흐트러져 있었다. 비뚜름한 조소를 입가에 단 채 현관만 주시하고 있는 그 순간 현관문이 열렸다. 성준의 눈빛이 차갑게 가라앉았다.

성준은 비뚤어진 조소를 입가에 품고서 열리는 현관문을 바라보았다. 어떤 모습으로 들어올지 참 기대가 되었다. 현장을 들켜 버렸으니 잔뜩 기가 죽어 있을까? 가증스럽게도 한 떨기 여린 꽃인 양 발발 떨 수도 있겠지. 혹은 뻔뻔하게, 무슨 일이 있었느냐는 듯 연극을 할 수도 있다.

어떤 모습이든 간에, 열두시를 넘기지 않은 건 그나마 다행이란 생각을 지울 순 없으니 인간 유성준, 대체 이게 무슨 꼴이냐? 지금 열두 시를 넘기지 않은 게 뭐가 중요하냐 이 말이다. 열두 시를 넘기든 말든, 밤을 새고 오든 말든 그녀가 딴 놈과 함께 있다가 온 건 지울 수 없는 사실인데.

눈에 불길이 치솟는 그때, 드디어 진아의 모습이 드러나더니 그대로 앞으로 쿵 엎어졌다.

"……."

성준은 할 말을 잃고 말았다. 나름대로 예상했던 그 어떤 가정에도 해당되지 않았다. 기가 죽은 것도, 발발 떠는 것도, 뻔뻔하게 시치미 떼는 것도, 그 어느 것도 아니었다. 그녀는, 그냥 엎어져 있었다.

순간 걱정이 되어서 벌떡 일어날 뻔했지만 성준은 애써 그 자리를 지킬 수 있었다. 그나마 그게 가능했던 건, 진아가 곧 주섬주섬 일어났기 때문이다.

"당신…… 뭐냐?"

하도 기가 막혀서 그런 말밖에 나오지 않았다. 도대체 잘 들어오다가 엎어지는 이유는…… 젠장! 단 한 가지 이유뿐이었다. 아니나 다를까, 진아는 잔뜩 취해 있었다. 이 무슨, 막 돌아가는 콩가루 집안인지. 남편은 양주를 수도 없이 채워 마셔, 아내는 현관 턱에 걸려서 자빠지질 않나.

"아이코야, 가슴 깨지겠네."

주섬주섬 일어나 그것도 말이라고 한다. 성준은 취기가 단번에 가신 눈으로 아내를 쳐다보았다. 도대체 이진아란 여자를 이해하지 못하겠다.

"어? 남편님, 들어와 있었어요?"

역시나 저 단어가 나왔다. 하긴, 그렇게 확실하게 엎어졌는데 맨정신으로는 도저히 불가능할 일이다.

워낙 황당해서 얼굴을 마주한 순간 터뜨리려 했던 그 수많은 분노도 동결되어 버렸다. 도대체 이진아는 어떤 사람일까? 어떤 모습을 알고 있고, 어떤 모습을 모르고 있는 건지 분간조차 가지 않았다. 잘 볼 수 없었던 청바지와 산뜻한 티셔츠 차림으로 진아가 비시시 웃었다.

"미안해요. 많이 늦었죠?"

뭐? 많이 늦어? 그것보다…… 웃어? 당신이 지금 웃을 수 있어?

대답할 필요도 없는 말이었다. 늦은 게 그렇게 중요한 일이었던가. 사과를 할 부분이 그 부분인가. 이젠 아내에게 지쳤다.

그는 자리에서 일어났다. 한 손을 주머니에 찌른 채 잠시 진아를 들여다보았다. 뻔뻔하게 눈을 맞춰올 줄 알았더니 그나마 옆으로 살짝 시선을 흘리고 있다. 그나마 수치스러운 건 아는 거냐? 생각했지만 고개를 돌린 진아는 테이블을 쳐다보고는 이렇게 말했다.

"세상에, 술 엄청 마셨네요."

성준은 소파에 걸쳐 두었던 재킷을 낚아채듯 쥐었다. 더할 수 없이 차가운 눈으로 진아를 똑바로 쳐다보며 재킷을 걸쳤다. 느슨하게 풀려 있던 넥타이도 반듯하게 고쳐 맸다.

고개를 돌린 진아가 조용히 그 모습을 바라보고 있었다. 성준은 말쑥한 본래의 모습으로 돌아가 소파 옆에 두었던 여행용 가방을 들었다.

"오늘 밤엔 호텔에서 자고, 내일 일본으로 건너가. 돌아오면 한 번은 얘기해 봐야겠지만 당분간은 떨어져 있자."

진아는 아무 말도 하지 않았다. 그래도 무슨 말이라도 해주길 바라며 조금 더 서 있어 보았지만 그녀는 계속해서 멍하니 쳐다보고만 있을 뿐이었다.

성준은 그런 진아를 흘끗 쳐다보고는 가방을 들고서 그녀를 스쳐 지나갔다.

"성준 씨."

그 순간 들려온 목소리에 성준의 발걸음이 멈칫했다. 그러나 그 걸음은 완전히 멈추지 않았다. 그때 빠르게 다가온 진아가 성준의 재킷 소매를 잡았다.

이거 놔.

성준은 말도 하기 싫어 그녀의 손을 털어냈다. 그리 힘을 주지도 않았는데 작은 몸이 휘청거리듯 밀쳐지는 순간 성준의 가슴이 따끔했다. 어떻게 해야 할지 모르겠다. 과연 무엇이 좋은 방법인 건지를. 다만 지금은 터져 버릴 것 같은 분노를 참기 힘드니 떨어져 있기를 선택했다. 싸늘하게 식은 눈으로 아래를 내려다보며 말했다.

"이혼은 싫다고 당신 입으로 말했으니까 당장 닦달하진 않겠어. 당신은 이 집에서 지내. 난 좋은 방법이 떠오를 때까지 호텔에서 머물 테니까."

"여보……."

순간 성준의 팔뚝에 힘이 들어갔다. 피곤과 취기로 엉망이 된 머릿속은 더 엉켜지고 이미 싸늘한 눈매도 온기라곤 찾아볼 수 없을 정도로 가라앉았다.

"그렇게…… 부를 수 있는 건가?"

진아는 고개를 숙였다. 눈언저리가 빨갛게 달아올랐다.

"날, 그렇게 부를 수 있는 당신이 대단해. 당신이란 여자를 이해할 수가 없어. 나한테 할 말 없어?"

"말하려고 했는데 나가려 하고 있잖아요."

"……뭐?"

"호텔 가겠다면서요."

"도대체 얼마나 뻔뻔하면 당신처럼 말할 수 있어? 그래, 당신이 뻔뻔하겠다니 나도 그래 보자. 그놈, 누구야? 보란 듯 같이 있던 그놈, 어떤 놈이야? 어째서 당신 옆에 있는 거야? 당신은 나한테 뭘 원하는 거야!"

겨우 눌러두고 있던 분노가 터져 나왔다. 가방을 쥔 손에 잔뜩 힘을 주고 진아를 노려보자 그녀가 천천히 입을 열었다.

"물 좀 마시구요."

"……"

가장의 권한이 가볍게 무시당했다. 성준은 부리나케 달려가 진아의 팔을 움켜쥐고 벽으로 거칠게 밀어붙였다, 는 건 그의 상상일 뿐이었다. 그저 냉장고로 가서 물을 따라 들고 나오는 그녀를 지켜볼 뿐이었다. 벌컥벌컥 냉수를 마신 그녀가 성준을 스윽 지나치더니 소파로 가서 앉았다.

"뭐 해요. 여기 앉아요."

진아가 앞자리를 가리키며 말하자 성준은 기가 차다는 눈으로 그녀를 쳐다보았다. 그가 전혀 미동도 없자 진아는 후후 웃으며 테이블에 빈 물 컵을 내려놓았다. 그리고 무엇을 하나 싶었더니 그 컵에 양주를 붓더니 그대로 원샷해 버린다.

"앉아요. 어차피 서서는 말 못하잖아요."

취한 건지, 아닌 건지 알 수가 없다.

"그동안 당신과 살면서 깨우친 건 딱 하나밖에 없어. 취한 당신과 말을 섞어봐야 허사라는 것."

"그럼, 술친구라도 해주든지."

"그놈, 누구야."

그가 알고 싶은 건 단 한 가지뿐이었다. 어차피 들어봐야 소용없는 말이겠지만 그녀에게 직접 들어야 하는 말이기도 했다. 이제 더는 물러설 수 없었다. 아니, 물러설 곳도 없었다. 이것이야말로 이육사가 외치던, 매운 계절의 채찍에 갈겨 북방으로 휩쓸려 온 상태였다. 서릿발 칼날진 그 위에 서서 한 발 재겨 디딜 틈도 없는 것이다.

"……그놈이요?"

하지만 그 순간 진아가 맹한 얼굴로 되물어와서 성준은 황당할 여유도 없어졌다. 제아무리 세상에서 더없이 뻔뻔한 여자라고 해도 저렇게 되물을 순 없는 게 아닌가?

"당신, 나하고 장난하자는 거야?"

"장난 같은 거 안 해요."

"그런데!"

버럭 소리쳤던 성준은 겨우 분노를 누르고서 다시 말을 이

전초전(前哨戰) 249

었다.

"그런데 내 앞에서 그런 식으로 되물어?"

"그놈, 그 남자……."

정말 모르겠다는 듯 고개를 갸웃거리며 중얼거리던 진아가 갑자기 소리 높여 외쳤다.

"아아, 그 남자!"

뻔뻔하다 못해 질긴 그 여인은 그제야 알아들었다는 듯 손뼉을 짝 치며 생글생글 웃는 얼굴을 하는 것이다. 어떻게 저럴 수 있을까. 제정신이라면 도저히 불가능한 일이다. 그래, 그렇다, 그녀는 현재 취했다.

"우리 언니 친구예요."

"……뭐?"

"우리 언니 친구라구요. 심심해서 나한테 놀러왔대요. 우리 언니도 알고 있었대요. 그런데 우리 언니가 안 말렸대요."

도대체 무슨 소리를 하는 건지.

하지만 진아는 진실만을 말하고 있을 뿐이었다. 취해서 흐리멍덩한 머릿속에서 정리되는 말은 저런 것이었다. 사실 정리 자체가 잘되지 않았다. 너무 복잡하고, 슬프고, 또 죽을 만큼 괴로운 일이라 차라리 오늘 있었던 일을 머릿속에서 싹 지우고 싶었다. 그럴 수만 있다면 기억 따위 모조리 다 버려 버리고 싶다.

그래서 술을 마셨더니, 잠시나마 그게 가능하기도 했다. 지금은 그저…… 희미하게 아픔이 남아 있을 뿐이었다.

"그걸 지금 말이라고 해?"

하지만 성준의 분노는 진아의 상태를 기다려 줄 여유가 없었다. 결국 한계였다. 폭발하고 말았다.

네 시간 전, 강변의 한 커피숍에서 진아는 민기를 노려보며 앉아 있었다. 팔짱을 끼고서 일방적으로 노려보기를 한참, 민기가 찻잔을 들며 말했다.

"눈 찢어지겠어요."

"당신, 도대체 누구예요?"

"윤민기죠."

"장난하지 말아요!"

"하지만 뭐라고 대답해야 할까요? 나쁜 놈입니다, 그렇게 말할 수도 없고. 이상한 놈입니다, 그건 더 곤란하잖아요."

"여기 물 더 주세요!"

진아는 민기를 무시한 채 손을 척 들고서 주위 사람들이 깜짝 놀랄 정도로 크게 소리쳤다. 민기가 쿡 웃었다.

"처음 진아 씨를 봤을 땐, 무척 귀엽고 연약하고 내성적이고, 그렇게 보였어요. 안타까워 보였죠. 항상 슬픈 눈을 하고 있었으니까."

"슬프지 않았어요."

"하지만 그렇게 보인걸요."

"슬퍼 보이는 건 민기 씨도 만만치 않았으니까 괜히 나한테만 모든 걸 떠안기지 마요."

차가운 물이 나오자 진아는 단숨에 들이켰다. 민기가 짝짝 박수를 쳐주었다.

"터프하네요."

"그런 식으로 말하지 말라고 했죠?"

"칭찬한 건데."

"우리 언니 이름이 거기서 왜 나왔어요? 그때, 남편이란 거 알고 있었죠? 고의로 한 행동이었죠? 그렇게 해서 민기 씨한테 얻어지는 게 뭐예요?"

민기는 설핏 웃더니 안주머니에서 담배를 꺼내놓았다. 하지만 곽만 만지작거릴 뿐 꺼내지 않고서 말했다.

"얻어지는 거야 있죠. 진아 씨 눈이 남편을 발견하자마자 알아버렸어요. 아, 저 사람이구나. 그러니까 갑자기 마음이 꿈틀거리는 거 있죠. 내 존재를 남편에게 알릴 좋은 기회였잖아요. 경고라고 볼 수 있을까요? 우리 공평하게 경쟁해 보자고."

민기의 말이 너무 비열해서 말도 안 나왔다. 항상 남편한테는 비열하다느니, 치졸하다느니, 그런 말을 입에 달고 살았는데 진짜 비열한 걸 못 봐서 했던 말이었다.

"도대체 뭘 경쟁해요? 내가 이혼하길 원해요? 그 정도로 날 좋아했어요? 날 곤란하게 만들어서 민기 씨한테 좋을 게 뭐가 있어요?"

"혼자 판단하고서 그게 정답이라고 단언하지 말아요. 만약 내가 정말 진아 씨가 좋아서, 남편한테 돌아가는 게 싫어서, 주기 싫어서 그랬던 거라면 어떻게 할 건데요? 미친놈처럼 보이는 행동 좀 했다고, 내 진심까지 무시할 건가요?"

도대체 말이 통해야 대화를 이어나가지, 생각하던 진아가 또 버럭 소리쳤다.

"여기 물 한 잔 더 주세요!"

민기가 쿡쿡 웃고 난리가 났다. 도대체 어떻게 이런 상황에서도 저렇게 여유로울 수 있는 걸까? 아니면 정말 미친 사람인 걸까? 그것도 아니면 요상한 상황에서 자기만족을 하는 기묘한 감각 체계를 갖고 있는 걸까. 해석 불가능한 남자였다.

"자, 어서 물부터 마셔요."

아르바이트생이 가져다준 물을 권하며 민기가 싱긋 웃었다. 하지만 진아가 전혀 마시지 않고 쏘아보기만 하자 어깨를 으쓱하며 말했다.

"잡아먹힐 것 같아요. 그만 좀 노려봐요, 무섭잖아요."

"앞에 포크 같은 거 있으면 치우는 게 좋을 거예요."

"뭐가 그렇게 증오스러워요? 남편 앞에서 함께 있는 걸 보인 게 그렇게 화나요?"

"뭐예요?"

소리 높여 외쳤던 진아는 곧 맥이 쭉 풀려서 어깨를 늘어뜨렸다. 화를 내야 할 사람은 자신이 아니라 성준이었다.

"다 끝났어요. 용서해 주지 않을 거예요. 바랄 수 없어요. 사과할 자격도 없어요."

"하지만 기껏 남자랑 한 차에 타고 있었을 뿐이에요. 남편이 그런 일 정도로 속 좁게 이혼씩이나 하자고 하겠어요?"

"만약 민기 씨가 그 사람이라면, 아무렇지도 않겠어요?"

"몰라요, 난."

"됐어요. 그것보다 얼른 대답해요. 우리 언니 이름이 왜 나왔어요?"

"사실 난, 그것보단 진아 씨 부부 쪽 일에 상관하고 싶은데. 여자들은 참 알 수가 없어요. 그새 남편한테 정이 들어버린 거예요? 그다지 좋아하지도 않았으면서."

진아의 턱이 파르르 떨렸다. 지금 이 자리에서 그건 아니라고 외치지 못해서 속이 상해 죽겠다. 정이 들어버렸다거나 전에는 좋아하지 않았는데, 지금은 좋아졌다거나 그렇게 가볍게 말할 수 있는 부분이 아니었다. 그것과는 아주 다른 문제. 애타는 얼굴로 달려오던 성준의 얼굴만이 계속 생각나는 것이다.

흘끗 진아를 쳐다본 민기가 입을 열었다.

"좋아요, 말해줄게요."

그리고 여태껏 만지작거리기만 하던 담배를 꺼내며 말을 이었다.

"현아는…… 내 연인이었죠."

갑자기 나온 말에 진아의 눈이 커졌다. 뭔가 이상한 소리가 윙, 하고 지나간 것 같은데 잘 이해하지를 못하겠다.

"지금…… 뭐라고 했어요?"

성준은 가방을 팽개치고 성큼성큼 걸어가 진아의 손에서 잔을 낚아챘다. 던지듯 놓아버리고서 진아의 손목을 잡아 일으켜 세웠다.

"당신, 내가 지금 장난하자는 것 같아?"

진아는 힘을 잃은 눈을 천천히 들었다. 가까이에서 성준을 올려다보았다. 화를 내고 있는데도 슬퍼 보이는 눈, 그 눈을 만지고 싶어 손을 올리려다가 스스로 따끔하게 찔려서 그냥 내리고 말았다.

"무슨 관계냐고 물었어. 내가 듣고 싶은 건 그거야."

시선을 피한 진아가 입매를 살짝 일그러뜨리며 낮게 중얼거렸다.

"관계는 무슨 관계. 빌어먹을."

"……."

성준의 눈동자가 활짝 열리고 말았다. 지금, 무슨 말을 들은 거지?

"에이씨, 젠장."

잘못 들은 건 아닌 것 같았다. 저렇게 확인을 시켜주고 있는 걸 보니. 더없이 불성실한 표정으로 입술을 삐뚜름하게 하고서 그의 아내가 곰살스런 욕설을 날려주고 있는 것이다. 바로, 진아가 들어오기 전에 성준이 짓고 있던 표정이었다. 아내의 막돼먹은 표정에 밀려 성준의 표정은 이미 정상이 되고 말았지만.

"더러워서 살 수가 있나. 멍청하게 태어나려면 태어나지도 말아야 해?"

진아는 현재 악에 받쳐, 취기에 받쳐, 주사에 받쳐 반쯤 술의 나라로 가 있는 상태였다. 그러니 입에서 나오는 것이라고 다 말이 아닌 상황이었고, 그걸 고스란히 지켜보고 들어야 하는 성준만 황당한 상태였다.

어이없다는 표정으로 가만히 진아를 들여다보던 성준이 냉정하게 말했다.

"당신은 꼭 중요한 순간엔 술로 피신을 하지."

"머리가 울려서 미치겠어요."

"헤어지자."

"토할 것 같…… 지금 뭐라고 했어요?"

"헤어져."

"뭐라고요?"

"끝내자고! 딴 놈 만나서 술 마시고 들어와서 나한테 불만을 퍼부을 거면 끝내. 왜 같이 살아. 함께 살 이유가 없잖아!"

"내가, 딴 남자 만났다고 이혼하잔 거예요?"

그래도 못내 대놓고 표현하지 못했던 말을 진아가 지금 절로 흘리고 있었다. 성준은 황당해서 일순간 숨이 다 턱 막혔다. 세상이 이래도 되는 건가? 여기가 동방예의지국인 그 나라가 맞는 건가?

"그래. 더는 못 참아주겠어. 당신이 미워. 당신 얼굴만 봐도 화가 나. 미칠 것 같아. 질투를 내가 감당할 수 없어. 어차피 당신은 내일이면 또 지금 한 말의 반 정도도 기억하지 못하겠지. 그러니까 다 말할게. 사랑하고 사랑해서 미치겠으니까 끝내자. 당신이 내 신경을 갉아먹고 있으니까 헤어져. 죽이고 싶도록 당신을 사랑하니까 차라리 날 죽이지 않으려거든 당신이 내 눈앞에서 사라져!"

젠장, 성준은 욕지기를 속으로 삼켰다. 이건 무슨 술만 마시면 되풀이되는 집안 광경인지. 하지만 모든 건 진심이었다. 그녀 때문에 못살겠다. 직접 눈으로 목격하지 않았다면 모를까, 보아버린 이상 잘될 것 같지가 않았다. 하루하루 자신은 미쳐 갈 것이다. 조바심과 질투로 말라죽어 갈 것이다. 혹은 터져 버리든지.

천천히 진아의 시선이 아래로 떨어졌다. 취기와 슬픔으로 머릿속이 엉망이라고 해도 성준의 지금 말의 어감만은 확실하게 알아들을 수 있었다.

'사랑하고 사랑해서 미치겠으니까 끝내자. 당신이 내 신경을 갉아먹고 있으니까 헤어져.'

너무나…… 미안했다. 눈물이 날 것 같은 자신을 누르며 진아는 조용히 입술을 열었다.

"좋아요. 헤어져요."

성준의 눈빛이 흐려졌다. 하지만 그는 마음을 단단히 먹고 온 몸에 힘을 주었다.

"그래."

"그래요. 해요, 이혼."

"알았으니까 그만 반복해."

"해요. 하지만…… 정말 잘못했어요."

"내가 사랑했던 여자의 이름, 이현아죠. 사랑했고, 사랑했으니 결혼하기로 했고. 하지만 가진 것 없는 남자, 그것도 그녀보다 한 살이나 어린 남자는 현아 씨 집안에서 환영받지 못했어요. 뭐, 드라마나 영화에서 제법 자주 있는 일이잖아요. 한쪽이 사정없이 기우니 가차없이 반대를 받는다. 다만 반대받는 경우는 흔히 여자 쪽인데 난 남자라는 게 다를 뿐이었죠. 통속적인 이유로 반대를 받았고, 그래도 현아는 포기하지 않았죠. 나 역시 마찬가지였어요. 하지만 내가 해줄 수 있는 게 없더군요. 아무것도 해줄 수 없다는 게 너무 슬펐어요. 심장이 터질 것처럼 안타까웠죠. 현아는 아버님을 설득해 보겠다고 했어요. 하지만 유감스럽게도 끝까지 허락은 떨어지지 않았고, 현아는 포기했어요. 난 현아가 미웠어요. 당신 아버지가 미웠어요. 그래서 상처 주고 싶었어요. 내가 아팠던 만큼 그쪽도 아팠으면 했어요. 그 수단으로 선택한 게 당신이었어요."

말을 하는 민기는 무척이나 담담해 보였다.

"내 주파수는 모조리 현아한테 향해 있기 때문에 당신에 대해서도 어렵지 않게 알아낼 수 있었어요. 남편과 사이가 좋지 않다는 걸 말이죠. 그건 나한테 주어진 행운의 틈이었어요. 기회였죠. 우연인 것처럼 접근했어요. 당신이, 나 때문에 괴로워하기를 원했어요. 물론 현아에게는 직접적인 공격도 되지 않겠죠. 당신의 아버지한테도 마찬가지겠고. 하지만 나 자신에게는 위로가 되었죠. 적어도, 네 가족 중 한 사람을 내가 조종하고 있다. 이혼까지 했으면 싶었는데, 마지막 순간에 진아 씨가 노선을 변경하더군요. 결국 나 혼자 우스운 꼴이 되었죠. 타이밍이 어긋났어요. 조금만 더 빨랐다면, 진아 씨를 아프게 할 수 있었을 텐데. 그럼, 내 안에서 현아의 동생을 파괴했다는 만족감이 채워졌을 텐데."

진아는 자리에서 일어났다. 어떤 말도 나오지 않았다. 심장만 한없이 떨릴 뿐이었다. 그나마 다행스러운 건, 민기도 그 이상은 지금껏 짓던 묘하게 이질적인 미소를 머금고 있지 않는다는 것 정도. 가만히 고개를 숙인 채 어두운 눈으로 아래를 보고만 있다.

"그렇게 됐어요. 미안해요, 진아 씨한테는 아주 많이 미안……."

"시끄…… 러워요."

"하지만 난 말하고 싶어요. 고의로 다가갔다지만 진아 씨가 좋아졌던 것도 사실이에요. 진아 씨는 좋은 사람이니까."

"듣기 싫다고 했죠? 누가 나 좋은 사람이라고 알려달래요? 누가 다 좋아했다고 말해달래요? 당신을 정말 좋아했고, 좋은 사람이라 생각했고, 위로받고, 순수하고 아름답게 생각한……."

진아는 울컥 올라온 슬픔 때문에 잠시 말을 멈춰야 했다. 민기가 묘한 시선으로 그런 진아를 빤히 바라보았다. 마치 의문스러운 무언가를 바라보듯.

진아는 눈물을 목 너머로 삼키고서 겨우 말을 이었다.

"그 모든 감정들이 아까울 뿐이에요. 다시는 내 앞에 나타나지 말아요. 지금…… 당신한테 냉수를 들이붓지 않는 이유는."

코끝이 시큰해져서 진아는 또다시 잠깐 말을 멈췄다가 다시 이었다.

"냉수를 다 마셔 버렸기 때문이에요. 난, 현아 언니한테 가요. 당신 때문에 현아 언니한테도 죄인이 되어버렸으니까. 난 현아 언니한테 당신과의 일을 다 말했는데, 그때 언니 마음이 어땠을지…… 시간 나면 그거나 한번 생각해 봐요."

진아는 그대로 돌아서서 커피숍을 빠져나갔다.

민기는 진아가 떠난 자리에 홀로 남아 있었다. 어두운 눈동자가 더욱 짙게 가라앉았다. 낮은 중얼거림이 흘러나왔다.

"진아 씨, 그거 모르죠? 현아…… 아마도 알고 있을 거예요. 내가 일부러 당신에게 접근했다는 거, 이미 다 알고 있을 거예요. 더럽게 냉정하거든요, 그 여자."

연구소 앞에 택시가 서자마자 진아는 총알처럼 내려서 현아가 일하는 오층으로 달려 올라갔다. 그리고 정신없이 사무실 문을 열었다. 야근하는 사람들이 꽤 되었다. 언젠가 와봤던 언니의 자리를 더듬어 찾았을 때 현아가 앉아 있는 걸 발견하고 겨우 마음이 놓였다. 진아는 후들거리는 다리를 진정시키며 현아에게 다가갔다.

"어머, 진아야!"

볼펜으로 책상을 하릴없이 톡톡 두드리며 깊은 생각에 빠져 있던 현아가 눈을 크게 떴다. 진아는 삐져 나올 것 같은 눈물을 눌러 삼키며 애써 웃었다.

"언니, 나 잠깐 할 말이 있어서 왔어."

겨우 미소를 지어 말하자 현아가 자리에서 일어났다. 안쓰러워하는 표정으로 다가와서 진아의 어깨를 만져 주었다.

"표정이 왜 이러니? 무슨 나쁜 일 있어?"

"잠깐…… 시간 내줄 수 있지?"

"당연하지. 커피라도 마시러 갈까?"

고개를 끄덕이는 진아의 어깨를 감싸 안고서 현아가 걸음을 옮겼다. 다정한 기운, 진아는 이런 언니를 슬프게 한 자신이 너무나 미웠다.

"네 번호 찍혀 있더라. 근데 언니가 머리가 좀 아파서 연락하지 못했어."

잠시 후 휴게실에서 두 사람은 커피를 앞에 둔 채 앉아 있었다. 진아는 고개를 저었다.

"괜찮아. 내가 찾아왔잖아. ……언니, 나 있잖아. 언니한테 꼭 해야 할 말이 있어."

현아의 깊은 눈매가 진아를 가만히 훑었다.

"그래…… 해봐."

"민기 씨가 동일인물이란 거 알고 있었지? 내가 좋은 사람이라고 한 남자가 언니가 사귀던 사람이라는 거 이미 알고 있었던 거지? 그런데도 내가 그 이름을 말할 때 그냥 다 들어준 거지?"

하지만 현아의 눈동자엔 변함이 없었다. 기묘할 정도로 작은 흔들림도 없었다.

"언니……."

"그래, 알고 있었어. 그 사람이 민기 씨라는 거, 네가 말한 이름이 그 민기 씨라는 거, 알고 있었어."

"미안해. 난 그것도 모르고서 언니 앞에서……."

"네가 미안할 문제가 아니야. 넌 아무것도 모르고 한 말이었으니까."

"하지만 놀랐을 거 아니야. 갑자기 내 입에서 그 이름이 나왔는데……. 언니와 사귀었던 사람을 내가 좋은 친구라고 내 멋대로……."

순간 현아가 진아의 말을 자르고 입을 열었다.

"진아야, 너 오해하고 있는 게 있어. 사실…… 언제까지 숨기고 있을까 싶었다. 민기 씨와 나와의 관계? 글쎄, 지금 내가 말하고 싶은 건 그게 아니야."

"그건…… 무슨 말이야?"

"그날 너한테 민기 씨 이름 듣고 두 사람의 일 알게 된 거 아니야. 이미, 알고 있었어. 민기 씨가 나를 겨냥하고 너한테 접근했단 거, 이미 알고 있었어. 그 사람만 나 못 잊는 거 아니야. 나도, 마찬가지니까."

난데없는 말에 진아의 눈동자가 파동 쳤다.

"언니……?"

"하지만 별거의 원인은 민기 씨가 아니야. 그건 그냥 우리 부부 사이의 문제지. 내가 민기 씨를 못 잊고 있는 건 사실이야. 하지만 내가 못 잊는 건 과거에 존재하고 있는 그 남자일 뿐이야. 이젠 그 남자 사랑하지 않아. 다만 완전히 도려내지지가 않아서, 나한테 존재했던 정말 의미있던 사람이라서 기억하고 있을 뿐이야. 남편을 사랑해. 잘해보고 싶었어. 남편하고 결혼하는 순간 그 사람은 잊어버렸어. 하지만 민기 씨는 그러지 못한 모양이야. 아직도 나에 대한 복수심을 갖고 있는 걸 보면 말이야."

시니컬한 현아의 어투가 잘 적응되지 않았다. 진아는 넋이 나간 사람처럼 중얼거렸다.

"난, 언니 말을 잘 이해하지 못하겠어."

"그래, 그렇기도 할 거야. 하지만 그런 존재란 것도 있어. 사랑은 끝났더라도 가슴에는 남아 있는 사람. 민기 씨는 나한테 그런 남자야. 말끔하게 내가 걷어찬 사람이야. 결혼까지 약속하고서, 그에게 모든 것을 주겠다고 하고서, 그를 허락하고서 마지막에 배반했어. 부모님의 허락 없이도 함께 살기로 했지. 솔직히 그땐 그럴 생각이었어. 하지만 마지막엔 자신이 없어지더라. 용기가 나지 않았어. 사법고시를 패스한 남자와의 보장된 미래를 두고, 아무것도 없는 한낱 가난한 작곡가와 아슬아슬한 삶을 살아갈 수 있을지. 부모님한테서 버림받고 내가 과연 잘해 나갈 수 있을지. 한 남자만 믿고서 살아갈 만큼 나 자신의 욕심을 버릴 수 있을지."

진아는 낯선 사람을 바라보듯 현아를 바라보고 있었다. 도저히 납득이 가지 않았다. 지금 자신의 이야기를 하고 있는 현아는, 진아가 알고 있던 정 많고 따스한 현아의 모습이 아니었다. 마치 다른 사람 같았다. 그녀가 알고 있는 현아는 그런 이유로 사랑하는 사람을 버릴 여자가 아니었다. 오히려 보장된 미래 대신, 사랑하는 사람 그 하나를 선택할 사람이었던 것이다.

"결국 민기 씨를 버릴 수밖에 없었어. 기다리는 그 남자한테 내가 보낸 건 아버지의 대리인이었어. 자존심 상하게 만들어 스스로 떠나게 만들려고 김 비서 아저씨한테 돈 봉투를 들려 보냈어. 물론 내가 주는 거라고 확실하게 말하라 했지. 전화가 왔더라. 피하지 않았어. 내가 준 게 맞느냐고 묻길래 그렇다고 했어.

그렇게 끝났어. 민기 씨가 그 얘기까지는 하지 않았지?"

진아는 믿을 수가 없었다. 도대체 이젠 누구의 말을 믿어야 할지 모르겠다. 뭐가 어떻게 되어가는 건지 하나도 정리되지가 않았다. 민기는 분명 모든 것을 자신의 이기심인 양 악랄하게만 말했었다. 하지만 현아는 또 다른 사실을 말하는 것이다.

"그 사람을 사랑한 건 거짓이 아니라고 해도, 그건 감정의 일일 뿐, 그 이상으로 발전시켜 나갈 자신이 없었어. 사랑은 사랑으로 끝나는 게 아름다운 거야. 근데 왜 자꾸만 사랑에 집착해? 날 사랑한다면 가난한 당신의 미래까지 사랑해 줄 순 없는 날 놓아줘야 하는 거 아니야? 그게 내가 한 말이야. 민기 씨는, 충분히 날 미워할 만해."

"하지만 어째서 나야? 언니를 미워했으면 언니한테 복수했어야지! 왜 그런 행동을 해서, 언니 앞에서 내가 그 남자와의 일을 말하게끔 만든 거야. 민기 씨가 나빠. 그 사람이 나쁜 거야!"

진아는 눈앞에서 무너져 내리는 모든 것을 바라보며 소리치고 말았다. 현아의 너무나 냉정한 어조, 민기의 비뚤어진 애정, 꽃다발을 들고 달려오던 성준의 안타까운 표정. 모든 것이 뒤섞여서 진아를 괴롭히고 있었다. 똑똑하고 현명한 사람들은 다 그렇게 행동하나? 정말 자신은 바보이기 때문에 이게, 이 상황이 이해가 안 되는 걸까?

"날 공격해 봐야 얻을 게 없다는 걸 알고 있었겠지. 남편과 내 사이 역시 좋지 않단 걸 민기 씨가 모를 리 없으니까. 하지만 민기 씨의 마음속엔 아직도 증오가 꿈틀거리고 있었겠지. 그래서 선택한 방법이 네가 아니었을까 해. 어차피 난 이미 불행해져 있으니까."

"그, 그렇다면 그걸로 끝냈어야지! 그걸로 복수했다고 생각하면 되잖아!"

"글쎄, 그것까진 잘 모르겠다. 그것만으론 만족이 되지 않았던 걸까? 아니면 내 이런 꼴이 한심해서 널 이용해서 한 번 더 조소를 덧얹어주고 싶었던 걸까?"

"무슨……."

진아는 바르르 떨며 현아를 바라보고 있었다. 귀를 막고 싶다. 현아의 저런 말들이 너무나 가슴을 후벼 파고 있었다. 어째서 다른 사람도 아닌 현아가 저렇게 차갑게 말하고 있는 걸까. 진아는 떨리는 목소리로 겨우 입을 열었다.

"알고 있었다면, 어째서…… 말리지 않은 거야. 어째서 나한테 아무 말도 안 해준 거야? 적어도 한마디는 해줄 수 있었잖아. 언니, 나 진아야. 언니 동생이잖아."

"어쩌면, 그런 생각이 들었어. 어렸을 때부터 넌…… 언니들한테도, 엄마한테도, 아버지한테도 항상 무시당하는 쪽이었어. 아무도 널 신경 써주지 않았어. 그래서 내가 널 지켜줘야지 생각했어. 나만이 할 수 있는 거라 생각했어. 그러다 보니까 넌 내 보호 안에 있어야만 한다는 인식을 하게 된 것 같아. 내가 아니면 한 걸음도 못 걸을 것 같다는 착각. 그나마 네가 서 있을 수 있는 건 내 덕분이란 자만. 교만이 너무 컸던 걸까? 내 자아가 너무 컸던 걸까? 널 챙겨주면서 어느 순간부터 난 만족감을 얻고 있었어. 지배의식, 이라고 표현할 수 있을까? 결국 엄마처럼, 언니들처럼, 널 무시하고 있는 날 발견하고 난 너무 놀랐어."

진아의 머릿속이 텅 비었다. 자신이 듣고 있는데도 왜 자신의 이야기가 아닌 것 같은 건지. 어째서 언니까지 이런 말을 하는 걸까? 어째서 모두 자신만 갖고 괴롭히는 걸까. 왜…….

"민기 씨가 너한테 접근하고 있다는 걸 알고서도 어째서 아무 말도 하지 않았느냐고 했지? 그래, 너라면 괜찮을지도 모른다고 생각했어. 미안하지만 어쩔 수 없다고 생각해 버렸어. 그렇게 해서라도 민기 씨가 증오를 해소한다면 난 내 짐을 조금은 더는 거니까. 네가 나한테 도움을 주는 셈이 되는 거지. 나 널 많이 도와줬으니까 너도 날 위해 그 정도는 해줘도 되잖아? 그땐 남편과의 일에만 신경 쓰기에도 머리가 터질 것 같아서, 민기 씨가 계속 저렇게 나오는 게 귀찮았어. 어떻게든 내 머릿속에서 덜어내고 싶었어. 그래서 가만히 뒀어. 널 가장 무시한 사람은…… 사실은 나였나 봐."

소리도 없이 현아의 눈에서 눈물이 흐르고 있었다. 마지막까지 한 치의 흔들림도 없이 말하고 있었지만 결국 그녀는 울고 있었다. 하지만 진아는 그 눈물을 위로해 줄 수가 없었다. 누가 누구의 눈물을 위로해 준다는 건지.

이 상실감을 뭐라고 표현할 수 있을까. 마음의 한쪽이 모조리 무너져 내린 것 같은 이런 기분을, 딛고 있던 땅이 꺼져 내리는 것 같은 이런 슬픔을.

순간 갑자기 현아가 소파에서 천천히 내려앉더니 진아의 앞에서 무릎을 꿇었다. 진아의 눈동자가 흔들렸다. 충격 속에서 눈물을 떨구며 현아가 낮게 말했다.

"미안해, 진아야. 정말 미안해. 너, 가정 안에서 행복하고 싶다 했지? 그 말을 듣고, 제부하고 잘해보고 싶어하는 널 보면서 나 너무 창피했어. 창피해서 미칠 것 같았어. 민기 씨도, 나도 결국 너한테 졌던 거야. 잘난 척하면서, 널 마음대로 이용할 수 있다고 생각한 우리가 사실은 너보다 더 불쌍한 사람들이었어. 잘난 척하지만 결국 과거에 사랑하던 사람도, 그리고 현재의 남편도 만족시키지 못한 내가 가장 한심한 사람이었어."

현아의 목소리가 한없이 떨리고 있었다.

진아는 천천히 자리에서 일어났다. 힘없는 목소리로 중얼거렸다.

"나…… 갈게."

고개를 숙이고 있는 현아에게선 대답이 없었다. 그저 어깨를 떨며 흐느낌을 삼키고 있을 뿐. 진아는 넋이 나간 사람처럼 현아를 스쳐 지나갔다.

"난, 아무 말도 해줄 게 없어. 머리가 너무 아파서, 지금은 아무 말도 못하겠어. 그래도 하나만, 딱 하나만은 말할래. 언니도,

민기 씨도…… 그러는 거 아니야. 저건 멍청하니까 휘둘러도 될 거라고 생각한 거지? 저건 한심하니까 유혹에 넘어갈 거라 생각한 거지? 그리고 결국 그렇게 되었던 거지? 두 사람이 조종하는 대로 실에 매달려서 멋지게 춤을 춘 거지? 그래도, 그러는 거 아니야. 언니처럼 똑똑하지 못해서, 민기 씨처럼 느긋하지 못해서 적당한 말은 찾지 못하겠어. 그럴싸한 말도 머릿속엔 없어. 그냥, 너무하는 것 같아. 두 사람 다, 정말 그러는 거 아니야."

진아는 휴게실을 빠져나왔다. 모든 것이 텅 비어버렸다. 생각지도 못한 진실에 휘말려서 인생 전체가 끝난 것 같다. 사람이 언제 자살을 하고 싶은 건지 알 것 같았다. 모든 것이 텅 비어서 너무나 공허할 때, 참을 수 없이 허전할 때, 아무것도 없다는 생각이 들 때, 사람들은 그 텅 빈 몸을 없애 버리고 싶은 게 아닐까.

엘리베이터를 타고 문이 닫혔다. 진아는 그제야 눈물을 터뜨렸다. 옆에 있어주었던 언니마저 떠났다. 이제, 아무도 남지 않았다. 민기의 행동 같은 건 지금 생각나지도 않았다. 가족이기에, 누구보다 사랑하고 믿었던 언니이기에 덮쳐 온 상실감은 차마 표현할 수 없을 정도로 거대했다. 도저히 회복이 가능할 것 같지 않았다.

현아를 찾아오기 전까지는 성준에게 미안해서 그로 인한 아픔이 참 컸었다. 하지만 지금은 남편을 잃은 것보다, 언니를 잃었다는 사실이 더 슬펐다. 모든 것이 다 빠져나가는 기분이었다.

그리고 술을 마신 것 같은데, 슬픔과 상실감과 괴로움과 오기가 알코올과 뒤범벅이 되어서 지금은 도무지 정리가 되지 않는 것이다. 무엇보다, 이제 남편한테까지 버려진다는 아득한 상실감과 두려움만이 남았다. 그래서 자신도 모르게 눈물이 쏟아져 나왔다. 잘못했다고, 성준에게 사과를 하면서 울고 말았다.

성준은 온도가 느껴지지 않는 눈으로 진아를 쳐다보고 있었다.

"······뭐?"

"미안해요. 내가 정말 잘못했어요. 당신한테 너무 미안해요. 진심으로 미안해요."

훌쩍훌쩍, 울면서 진아가 되풀이했다. 눈물이 흘러내려 눈가가 죄다 짓무른 것 같다. 하지만 성준은 위로해 주지 않았다. 이미 마음이 식어버린 후였다.

"잘못했으니까 한 번만 용서해 줘요. 다시는 안 그럴게요. 진심으로 반성하고 있으니까······ 정 안 되면 일 년, 일 년만이라도 좋으니까 시간 좀 줘요. 그래요, 하숙한다고 생각하면 되잖아요. 아니, 파출부라고 생각해도 좋아요. 나 밥 맛나게 잘하잖아요. 청소도 얼마나 깨끗하게 잘하는데. 돈 내라고 하면 돈도 낼게요. 나 자격 없지만, 한 번만 봐줘요. 부탁해요, 성준 씨."

진아는 진심으로 애원하고 있었다. 다른 건 취기 때문에 정상적인 판단이 힘들었다. 다만 성준과 헤어져야 한다는 것, 그래서 그로부터 멀어져야 한다는 것, 더 이상은 자신의 곁에 누구도 남아 있지 않다는 것. 그 두려움을 생각하니 너무나 가슴이 아팠다. 가능하다면 단 한 번이라도 좋으니 기회가 주어졌으면 좋겠다. 정말 꼴도 보기 싫겠지만 제발 자신을 버리지 말아주었으면 좋겠다. 포기하지 말아줬으면 좋겠다. 잘해보고 싶다. 언니에게서 받아낸 독한 말을 해독할 기운이 없었다. 하지만 성준이 있기 때문일까, 그렇게나 후들후들 떨리던 기운만은 옅어져 있었다.

'당신만이라도…… 날 버리지 말아줘요. 내가 어리석었어요. 하지만 그 말까진 도저히 못하겠단 말이에요.'

남편만이라도, 라고 생각하며 붙잡는 걸까, 남편이기 때문에 위로해 줬으면 하는 걸까, 사과만이라도 하고 싶은 걸까, 아니면 정말 간절하게 그를 바라는 걸까?

하루 동안 너무 많은 일들이 일어나서 도무지 잘 정리가 되지 않았다. 하지만 집에 돌아와서 이렇게 남편의 얼굴을 보고 있으니, 비록 외면받고 있긴 해도 그가 옆에 있다는 게 한없이 마음이 놓였다. 진심으로 용서를 빌고 싶은 것도 사실. 그가 떠나지 않았으면 좋겠다. 옆에 있어주었으면 좋겠다. 다른 사람이 아닌 그가.

성준은 싸늘하게 굳은 심장으로 그녀를 바라보고 있었다. 도대체 그녀가 무슨 말을 하는 건지 모르겠다. 무엇보다.

"그걸 지금 말이라고 해!"

진심으로 화가 나서 소리쳐 버렸다. 버럭 외친 순간 진아의 어깨가 흠칫할 정도로. 그걸 보니 성준은 또 가슴이 아려와서 좀 참아보자고 다독였지만 그게 잘되지가 않았다.

"무시도 작작 해라. 하숙? 파출부? 당신이란 여잔 도대체 날 얼마나 끌어내려야 속이 시원하겠어? 얼마나 추락시켜야 마음이 놓이겠냐고! 당신에게 나란 인간의 가치가 그 정도밖에 안 돼? 내가 당신을 그렇게 취급할 수 있을 것 같아?"

뭐지? 따지려던 건 이런 게 아닌데, 어떻게 지금 이 상황에서 파출부 운운하면서 기간이나 늦춰달라고 할 수 있냐고 그걸 따질 생각이었는데.

그래서 정신 통일을 하고 정확한 논점을 닦달해야지 싶었지만 진아가 훌쩍거리는 통에 성준은 착잡해지기만 했다. 그래서 낮은 소리로 일단 가장 화나게 하는 것부터 물었다.

"지금껏 함께 있었으면서. 술도 마시고, 같이 있다가 와선 나한테 용서를 해달라고?"

"같이 있지 않았어요. 처음에 잠깐만 같이 있었어요."

"미치겠군."

"미안해요."

"난 당신과 잘될 것 같지가 않아. 미쳐 버리든지, 당신을 미치게 하든지 둘 중 하나겠지."

"정말…… 도저히 안 되는 거예요?"

"나한테 묻지 마."

진아는 고개를 떨쳤다. 정말 안 되는 걸까.

"당신, 정말 야박해요."

성준은 핫! 소리를 내며 진아를 쳐다보았다. 과연 지금 그녀가 자신을 탓할 상황인가!

"내가 도대체 이진아의 어떤 면을 보고 살아온 건지 모르겠다. 당신이 내가 아는 그 이진아가 맞아?"

"그건…… 모르겠어요."

"그래, 좋아. 갑자기 마음을 바꾼 이유는 뭔데?"

"뒤늦게…… 가정의 소중함을 알아버렸다고 하면 믿어줄래요?"

"기가 막히는군. 다 필요없어, 필요없고. 그놈이 뭐 하는 놈인지, 당신한테 어떤 놈인지 그것부터 말해."

고개 숙인 진아의 얼굴에서 핏기가 가셨다. 지금 이 자리에서 현아의 일까지 모조리 다 설명하고서 진실을 말하는 게 나은 걸까, 아니면 끝까지 잡아떼는 게 나은 걸까? 도저히 뭐가 정답인지 모르겠다. 하지만 집안 식구들에 이어 가장 믿었던 현아에게까지 무시당했단 사실을, 동생으로도 취급받지 못한 사실을 알리는 게 죽기보다 싫었다. 그렇게 해서 성준에게까지 무시당할 걸 생각하니 눈앞이 깜깜해졌다.

진아는 초조함에 입술을 축였다가 깨물었다가 물어뜯기를 반복하며 대답을 찾아보았다. 결국 진아는 오늘 있었던 일을 솔직하게 말할 용기를 내지는 못했다.

"그냥 난…… 조금, 속았을 뿐이에요. 내가 돈이 있다는 걸 알고 그 남자가 날 이용하려고…… 사천만 땡겨달라고……."

진아는 입술을 꼭 깨물었다. 그나마 이 못난 자존심을 지키려고 덜 떨어진 뇌구조로 끌어다 붙인 변명이 이랬다.

"그치만…… 내가 미쳤어요? 내 돈을 주게. 돈 얘기를 하는 순간 정신을 차렸어요."

차마 말이 나오질 않아 헛소리만 나가는 것이다. 하지만 때려죽여도 현아와 민기에게 동시에 바보 천치 취급을 받은 일을 자신의 입으로 말할 수 없으니 어쩌겠는가. 기껏 끌어 붙인 말도 그다지 자존심을 지켜주는 사연은 아니었지만.

급기야 성준의 얼굴이 창백해지고 말았다. 더듬더듬 그가 입을 열었다.

"뭐…… 라고? 그래서. 이용당한 걸 알아채서 돌아오겠다고?"

사람을 바보 취급하는 것도 정도가 있지, 이걸 정말 받아들이란 걸까? 밖에서 사기를 당하고 들어와 안에서 사과를 하고 있다고? 지금 그걸 믿으라고? 이런데도 계속 아내를 존중해 줘야할 이유가 있는 걸까?

"한심하군, 정말."

그녀의 말을 덜컥 믿을 만큼 자신은 한가한 사람이 아니다.

"그렇다고 대놓고 무시할 건 없잖아요. 이미 아니까 당신까지 그렇게 말하지 말아요. 정 욕하고 싶으면 속으로 해도 되잖아요. 측은지심도 없어요?"

하지만 저렇게 나오고 있으니 도대체 이 상황을 어떻게 받아들여야 하는 건지. 정말로, 그놈은 제비족일 뿐이었던 거? 성준은 절레절레 고개를 저었다.

"당신, 아직도 그런 거나 따질 여유는 있는 거냐?"

"빈정거리지 말아요."

"내가 뭐라고 말해주면 될까? 위로도 싫고 동정도 싫고, 비난도 싫다."

"……."

"당신은 당신 입장만 생각하는 사람이니까."

"미안해요."

"왜 자꾸 사과만 해!"

"미안해요."

"내가 없어도, 사실은 상관없는 거 아니었어?"

성준은 고개를 돌렸다. 이제는 제발 그녀를 외면하고 싶었다. 그가 최고로 치는 건 신의였고, 또 상대방에 대한 존중이었다. 하지만 아내는 이미 오래전에 신의를 깨버렸고, 이젠 존중할 수도 없게끔 만들고 있다. 정이란 정은 홀랑 떨어지게 했다. 그런데 무슨 애정으로 아내를 지켜주고 말고 할까.

솔직히 그럴 필요성을 못 느끼겠다. 그나마 지금 이렇게 서 있어주는 건 아직은 남편이 맞으니 그에 대한 책임감이 있을 뿐. 감정이란 게 단번에 없어질 수는 없겠지만, 너무나 실망스럽기 때문에 마음이 물러나고 있는 것도 사실이었다.

"그렇게…… 냉정하게 말하지 말아요. 당신이 없는데, 어떻게 상관이 없어요?"

애초에 처음 민기와 가까워지게 된 것도 그의 부재가 원인이었는데.

"……내가 있어야 한다는 소리야?"

"네."

"당신, 정말 뻔뻔하다."

"……그렇죠?"

성준은 기가 막혔다. 팔짱을 척 끼고 단호한 눈매로 말했다.

"그렇다면 이제부턴 내가 싫은 건 절대 하지 않고, 모든 걸 내가 시키는 대로 하겠다는 걸로 알아들어도 되겠지? 내가 바라는 아내로 있겠다는 말로 들어도 되겠냐는 뜻이야."

이 자존심이 상하는 말에 그녀는 동의할 리가 없었다.

"네, 분부만 내려주세요."

그럴 리 없다 생각했건만.

"하……."

진아는 허리까지 구십도 각도로 넙죽 숙여가며 충성을 외치는 것이다. 이건 또 무슨 새로운 인간상의 출현인지.

성준은 도대체 뭐가 뭔지 몰라, 얼떨떨한 마음으로 다시 한 번 물었다. 마치, 끊임없이 확인하듯.

"내가 필요없는 게 아니었어?"

아니면 이용당했다는 걸 깨닫고 나서 그나마 남편의 필요성을 찾았단 소리인 걸까. 아내는 독하고 못됐으니 그럴 가능성도 충분히 있었다.

"당신이 내가 필요없지 않다면, 난 그런 거 아니란 말이에요."

어차피 누워서 절 받기 식의 질문과 대답이라는 걸 알면서도 성준은 진아의 대답이 싫지 않아서, 자꾸만 듣고 확인 받고 싶어서 묻고 있었다. 하지만 역시 가장 중요한 문제는 따로 있었다.

"날…… 사랑하지도 않잖아."

성준의 가슴이 낮게 가라앉았다. 어차피 취한 그녀를 떠보는 말밖에 되지 않는데. 취했을 때의 그녀에게 듣는 말이라 해봐야 슬픈 진심, 아니면 지금 상황을 넘기기 위한 무조건적인 애원의 대답일 뿐일 텐데.

"사랑…… 하지 않는 건, 당신도 마찬가지 아니었어요?"

성준은 머리카락을 깊게 쓸어 넘겼다. 역시 그것까지 긍정적으로 답해주길 바란 건 무리였나 보다.

"하나만 묻자."

"네."

"······그놈이랑, 키스했어?"

고개를 번쩍 치켜든 진아가 눈을 동그랗게 뜨더니 고개를 도리도리 저었다.

"그런 거 안 했어요!"

했잖아!

튀어나오려는 말을 성준은 겨우 삼켜 눌렀다. 하지만 생각해보면, 그건 취한 그녀의 기억 밖에 있는 일이었을 테니 저렇게 대답해 올 수도 있었다.

"손은, 몇 번 잡았어?"

"하나만 물어본대 놓곤······."

"헤어질까?"

그 순간 성준은 무언가 자신에게 어슴푸레 비치는 서광의 존재를 깨닫고 있었다. 혹시······ 휘어잡을 수 있다는 건가? 하지만 한심하잖아! 아내의 외도 사실을 빌미로 잡아서 협박하겠다니! 싫다. 그렇게까지 타락하고 싶지는 않은데.

"몇 번······ 이 아니라, 한 세 번? 네 번 정도?"

저렇게 넙죽넙죽 대답하고 나오니, 인간 유성준이 자꾸만 악마의 유혹에 빠져드는 것이다.

"확실하게 말해."

"알았어요, 다섯 번."

"그걸 셌단 말이군."

"물은 건 당신이잖아요!"

뭐라고 해도 위로가 되지 않았다.

다섯 번이나 잡으셨단 말이다!

물끄러미 진아를 쳐다보는 체해도 성준은 속으로 분통을 터뜨리고 있었다.

기가 죽은 얼굴로 진아가 웅얼거리듯 또 사과했다.

"미안해요."

"됐어. 됐고, 당신이 나한테 바라는 게 정확히 뭔데?"

성준은 건조한 눈으로 진아를 바라보며 물었다. 물론 금방까지 타락한 인간이 되고 싶지 않다고 생각했지만, 이것도 나름대로 기회라면 기회라는 생각을 지울 수 없었다. 놓쳐 버릴 수가 없었다. 독한 마누라에게 그동안의 복수를 할 기회였으며, 그래도 아직 가슴에 남아서 잘 사라지지 않는 사랑이라는 놈에게 위로를 해줄 수 있는 기회였다. 사랑이 죄지, 무엇이 죄겠는가. 이렇게 기가 막힌 아내를, 자신은 사랑하고 있다.

얄미워 죽겠다. 그러니 그만큼 복수해 줘야지. 한심해 죽겠다. 그러니 그만큼 골려줘야지. 원망스러워 죽겠다. 그러니 그만큼 후회하게 해줘야지. 아직은 사랑이란 놈이 남아 있어서 죽겠다. 그러니 그녀 당사자가 이 마음을 거둬가게 만들어줘야지. 당신을 좋아하는 마음을 당신이 가지고 가게 해버려야지.

"당신 옆에 있게 해줘요."

"왜. 이혼하기 싫어서?"

진아가 고개를 끄덕였다. 저럴 땐 고개 좀 저어주면 안 되나?

"날 사랑해서는 아니고?"

"지금 이 상황에서 사랑해서라고 대답한들 그대로 믿어줄 거예요?"

남편을 사랑하지 않는다는 게 아니다. 그저 사랑한다는 사실만으로 매달리고 싶지 않은 것이다. 사랑이란 단어 하나로 모든 행동이 정당화된다고 생각하는 두 어리석은 사람을 이미 잘 알고 있다. 사랑하기 때문에 사랑했던 사람을 상처 주는 방법을 선택한 민기, 사랑하기 때문에 더 나은 행복을 위해 상대를 놓아주는 게 현명한 일이라고 생각하는 현아. 그런 식의 사랑이라면 하지 않는 게 낫다고 진아는 생각하고 있었다.

자신이 남편에게 들려주는, 고백하는 사랑은 좀 더 다른 종류였으면 좋겠다. 미안함의 표현만이 아니라, 이 상황을 넘기기 위한 임기응변식의 덮어씌우기 용이 아니라…… 정말 마음에서 우러나서 표현하는 언어. 그걸 자신의 마음속에서 키워서 이 남자에게 보여주고 싶다. 자신은 그 기회를 얻고 싶었다. 간절할 정도로…….

진아의 대답이 세상에서 가장 얄미운 우문현답이란 걸 인정하며 성준은 옅은 한숨을 흘렸다.

"앞으로는."

그가 말을 이어서 진아는 겨우 마음이 놓였다.

"이것만 잘 알아둬. 내가 당신과 이혼하지 않는 대신, 당신은 한 가지만 하면 돼."

"그게 뭔데요? 다 할게요!"

필사적일 정도로 적극적으로 외쳐 오는 진아를 내려다보는 성준의 눈동자가 가늘어졌다. 훑듯이 그녀의 얼굴을 바라보다가 곧 건조한 표정으로 돌아가 말을 이었다.

"나는, 당신이 사랑해야 할 사람이 아니야. 당신 안에서 날, 사랑하고 싶은 사람으로 만들어. 내일 아침에도 이 말을 기억한다면 당신을 용서해 줄지 어떨지 한번 재고해 볼 테니까."

그렇게만 되면 평생 난 당신을 외면하지 않아. 사기를 당했든 외도였든, 그 어떤 일이 있었다고 하더라도.

"그러니까 그렇게 죽상 할 거면 뭐 하러 부부싸움은 하고 그래."

진아는 친구 윤정을 만나 백화점 속옷 매장을 돌고 있었다.

"뭐, 누군 일부러 했나? 부부싸움은 칼로 물 베기라는데 그럴 수도 있지."

윤정이 고개를 설레설레 저었다. 그녀는 부부싸움을 했다며 비상사태를 선포한 친구에게 화해의 빌미를 마련해 주기 위해 이렇게 진아를 백화점으로 끌고 나왔다. 진아가 한숨을 폭 내쉬었다.

"성준 씨 오늘 일본 출장에서 돌아오거든. 뭐라도 해서 화를 풀어줬으면 좋겠어. 뭐, 우리 남편이 부부싸움 같은 걸로 속 좁게 화를 내고 그런다는 건 아니야. 내가 좀 성질나게 한 거니까 괜한 오해는 말아줬음 좋겠네."

"웃기고 있어. 내가 뭐라던? 저 혼자 난리 부르스야. 너도 웃겨. 부부싸움을 했으면 지가 알아서 해결할 일이지, 아직 시집도 안 간 내가 뭘 안다고 상담 요청이니?"

"내가 언제 상담 요청을 했다고 그래? 그냥 답답하니까 전화한 거지. 넌 친구가 돼서 그 정도도 못 들어주니? 그리고 방법이 있다고 얼른 나오라고 한 사람은 너였거든?"

그 말은 맞았다. 성준이 일본 출장은 간 지 이틀째, 드디어 오늘이 돌아오는 날이라서 괜히 불안해졌다. 막상 그가 출장에서 돌아오면 어떤 얼굴을 해야 할지 슬슬 겁이 나는 것이다. 그날은 차라리 술기운이라도 있었지, 또렷한 정신으로 이 모든 일들을 떠안고 해결하자니 머리가 다 아파왔다. 무엇보다도 다시 현아와 민기, 그리고 자신을 설명해야 할 상황이 올까 봐 가장 겁이 났다. 이제 미운오리새끼에 바보 취급받는 건 현아까지로 족했다. 성준에게는 그런 빌미를 제공해 한심해 보이고 싶지 않았다.

놀랍게도 그날 있었던 일이 흐릿하긴 했지만 꽤나 많이 떠오르는 것이다. 무엇보다 성준이 차가운 기색으로 굳어서 집을 나가려 했던 모습이 가장 선명하게 떠올라서 진아의 심장에 콕 하고 박혔다.

만약 그대로 끝났다면 어떻게 됐을까, 그걸 생각하자 욱신하고 조여올 정도로 심장이 아팠다. 만약 자신이 또 실수를 해서 성준이 정말 집을 나가 버린다면, 헤어지겠다고 해버리면, 그 차가운 기색을 다시 풍기면…… 아마 자신은 너무나 아플 것이다.

그래서 한숨을 푹푹 내쉬고 앉아 있다가 윤정과 수다라도 떨어야지 싶어 전화를 했는데 이 눈치 빠른 친구가 진아의 어조가 무거운 걸 눈치 채고는 무슨 일이냐며 꼬치꼬치 캐물어왔다. 그래서 부부싸움을 했을 뿐이라고 대충 둘러댔더니 이렇게 속옷 매장으로 불러내게 된 경위였다.

"당신 안에서 날, 사랑하고 싶은 사람으로 만들어. 내일 아침에도 그걸 기억한다면 당신을 용서해 줄지 어떨지 한번 재고해 볼 테니까."

그런 말을 한 사람은 이튿날 새벽에 일어나 보니 벌써 사라지고 없었다. 테이블 위에 메모가 남아 있었는데, 일본 출장 때문에 급히 가봐야 한다는 내용이었다.

진아는 메모지를 잘근잘근 깨물며 그 전날 밤 일을 곰곰이 되짚어보았다. 그랬더니 성준의 그 말이 마치 전구에 불이 들어오듯 번쩍하고 떠오른 것이다.

'사랑하고 싶은 사람이라……'

왠지 듣는 순간 참 아릿한 어감이라는 생각을 했다. 사랑하는 사람도 아니고 사랑하고 싶은 사람이라니, 그건 또 무슨 언어의 비틀기일까. 왠지 비장감마저 느껴지는 문장이었다. 아니면 자신이 너무 조사 하나에까지 예민하게 반응을 하는 걸까? 하지만 분명 그저 단순한 말 같지는 않았다. 짧은 말을 의미없이 풀어서 한 것 같지도 않고……

'사랑하고 싶어지기만 하면 된다는 건가? 그렇지만 사랑하고 싶은 건 맞는데? 벌써 그런 생각은 했단 말이야. 나도 후회하고 있었다구. 성준 씨를 사랑하고 싶었단 말이야. 아아…… 그거구나. 사랑한 건 아니고 사랑하고 싶었던 거구나.'

그제야 말뜻의 차이를 알 것도 같았다. 그렇다면 얼른 노력해봐야지. 사천만 땡겨달라고 수작을 부리며 달라붙는 남자에게 넘어갈 뻔한 아내를 몇 대 줘패서 쫓아내 주지 않은 남편의 아량에 감사한 마음이 없다면 그건 도둑놈 심보였다. 아니, 도둑년 심보.

도대체 남편은 부처님의 어떤 부위 토막이길래 그렇게 자비로울 수 있는 걸까? 아니면 두고두고 복수를 하려고 그러나? 무엇보다 남편이 자신을 사랑한다고 했던 말이 아직도 실감나지 않았다.

정말 그가 사랑한다는 사람이 자신이 맞는 걸까? 취하긴 했지만 그날 일이 똑똑히 기억났다. 그가 했던 말 한 마디 한 마디까지 선명하게 떠오르는 것이다. 그렇다면 확실한 건데, 어쩌면 그 부분만 홀랑 잘못 들은 건 아닐까?

"윤정아, 죽이고 싶도록 상대방을 사랑한다는 건 어떤 걸까?"

속옷 매장으로 끌고 와서 지 것만 열심히 사고 있는 윤정의 팔을 꽉 잡아 돌려 세우며 진아가 묻자 윤정이 고개를 갸웃했다.

"뭐야? 그건 또 무슨 무서운 집착이야? 그거 'M'이잖아. 흠, 'S'라고 해야 하나?"

"그건 또 뭐야? 둘 다 대학 보결로 붙은 주제에 내 앞에서 영어 하기냐?"

"야! 넌 그게 언젯적 얘긴데 아직도 지껄이는 거야? 그리고 영어 아니거든, 알파벳이거든!"

두 사람의 대화를 듣고 있던 매장 여직원이 설핏 조소 같은 걸 흘렸다. 윤정이 흘끗 노려보자 여직원은 흠흠 헛기침을 하며 다른 곳을 보는 체했다. 윤정이 '내가 너 때문에 못살아' 하는 눈으로 진아를 째려보았다.

여직원을 피해 다른 곳으로 쭉 돌아가며 윤정이 말을 이었다.

"S란 새디스트, 가학하는 사람을 말하는 거야. 그러니까 다른 사람을 막 때리면서 좋아하는 사람. 글고 M은 매저키스트. 다른 사람한테 막 맞는 걸 좋아하는 사람."

"뭐, 뭐어!"

"네 말이 그렇잖아. 죽이고 싶도록 상대방을 사랑한다니, M보다는 S쪽이잖아?"

진아의 얼굴에서 핏기가 사악 가셨다. 언감생심 남편과 그런 쪽을 연결시켜 보니 저절로 소름이 돋는 것이다. 그 깔끔한 남자와 혁대? 사슬? 가죽 바지에 채찍? 우와, 상상하니 그것도 나름대로 제법 쓸 만하군, 이 아니잖아!

"그, 그런 게 아니라구!"

진아는 괜히 엄한 상상을 하게 한 윤정에게 벼락 고함을 퍼부었다. 윤정이 픽 웃더니 시침을 뻑 떼고는 다른 매장을 향해 걸어갔다.

"어머, 아니면 아닌 거지 성질은 내고 난리래. 그래, S는 스텝이고, M은 매니저다. 됐니?"

"누가 S고 M이고 그게 중요한대? 내 말은, 사랑하고 사랑해서 미치겠으니까 헤어지자, 뭐 그런 걸 말하는 거라구."

윤정이 미끈한 하이힐을 우뚝 멈췄다.

"어머, 네 남편이 그러던? 사랑해서 미치겠으니까 헤어지재? 히야, 복도 많은 년. 너 횡재했구나? 어떻게 그런 끈질긴 애증의 말을 다 흡수했대 그래? 무슨 별것도 아닌 부부싸움 끝에 그런 간지 작살에 솜털 쭈뼛 서게 하는 요란뻑적지근한 말이 다 튀어나오니? 이게 이게 어쩐지 피부가 탱탱해졌더라니, 아주 남편이 주는 양분을 쏙쏙 빨아들였구나?"

진아가 한심하다는 눈으로 윤정을 물끄러미 쳐다보았다. 이래서 세상은 그나마 살 만한가 보다. 이리 채이고 저리 채이는 그 이진아가 한심해할 수 있는 인간이 존재한다니, 유일하게 그녀가 한심하게 볼 수 있는 인물인 윤정을 가만히 들여다보며 진아가 말했다.

"너 솔직히 대답해 봐. 요즘 야오이, 헨타이 뭐 이런 데 탐닉한 거지?"

"호호호. 지도 알 건 다 아네 뭐."

그리고 윤정은 진아의 손목을 턱 잡더니 또 다른 속옷 매장으로 쏙 들어가서 잠자리 날개 같은 슬립과 보기에도 소름이 오싹 돋는 속옷 세트를 강매시켰다. 그것도 올 블랙으로.

"레드가 야할 거라 생각하지만 사실은 아니거든. 역시 섹시는 블랙이지."

얼떨결에 카드로 속옷 세트를 구매한 진아는 윤정의 말에 입을 쩍 벌렸다.

"너 이게 무슨 짓이야. 내가 언제 속옷 산댔어? 하던 대로 너거나 사!"

"웃기네. 지금 중요한 게 나니?"

버럭 소리친 윤정이 진아에게 손가락을 까딱까딱하며 귀를 가까이 대라는 시늉을 했다. 속옷이 담긴 종이가방을 들고 진아는 쭈뼛거리며 윤정 쪽으로 상체를 기울였다. 윤정이 속닥거리며 말했다.

"이거 입어. 그리고 남편 옆에 누워. 그 뒤는 남편이 다 알아서 해주실 거야. 그럼 그걸로 The End지. 더 앤드가 아니라 디앤드. 그리고 너 그건 알고 있겠지? 조명은 반드시 식육점 불빛이어야 할 것."

진아의 눈이 그야말로 휘둥그레졌다. 하지만 뻣뻣하게 굳은 그녀를 본체만체하며 윤정은 홀가분하다는 듯 진아를 스쳐 지나갔다.

"됐다, 이 언니가 할 일은 다 했어. 이걸로 끝! 어이, 아줌마. 한번 잘해보라고."

어깨를 두드려 격려해 주는 것도 잊지 않았다.

진아는 침실에서 조마조마한 마음으로 앉아 있었다. 윤정이 떠넘기고 간 그 남세스러운 속옷은 화장대 서랍 깊숙이 넣어놓았다.

"그래 뭐, 부부싸움이란 게 다 그런 거지. 화끈하게 풀어주면 되는 거거든. 그리고 따끈한 밥 지어주고 열심히 청소해서 집 안 반들반들 윤나게 만들고. 가정에 대따 충실한 모습을 보이면 성준 씨도 돌아봐 줄 마음이 들지 않겠어?"

중얼거리던 진아는 그게 아니야! 를 외치며 머리카락을 쥐어 뜯었다.

"마음이 중요한 거라구! 이런 저차원적인 유혹으로 그 잘난 유성준 씨가 넘어올 리가 없잖아. 뭣보다 내가 뭔가 대단한 테크닉을 소유한 여자도 아니고, 매력으로 치자면 완전 빵점인데 무슨 수로 그 어려운 걸 해내!"

진아는 화장대를 팔꿈치로 툭툭 쳐가며 괴로움을 토해냈다. 가만히 숙고해 보니 자신에게는 매력이라곤 털끝만큼도 없는 것이다. 인생에 제대로 만나본 남자라곤 제로인데다 그나마 알고 있는 두 남자 중 한쪽 놈은 언니에 대한 복수란 일념으로 고의로 접근한 쪽이었다.

그러니 자신에게 오로지 남자라곤, 이제 정 떨어질 일만 남아 언제 집을 뛰쳐나갈지 모를 남편뿐이었다. 게다가 그 남편이란 인물은 어떤 사람이냐? 고상하고 고매하며 깔끔하고 단정하기로 치면 둘째가라면 서럽다. 그러니 그 이지적이고 이상이 좀 더 높은 곳에 있을 것 같은 남편이 자신의 속옷 푸닥거리에 넘어가 줄 리가 만무했다. 또한 그딴 야한 속옷을 입어봐야 섹시의 분위기가 폴폴 풍겨줄 것 같지도 않고.

'당신 이렇게 저급한 사람이었어? 유치하군. 날 그렇게 수준 낮은 인간으로 인식했다니. 당장 이혼해!'

그런 소리가 나오지 않으면 다행이었다.

"이럴 줄 알았으면 티 팬티에 가터벨트까지 살 걸 그랬지?"

오오, 아니야. 진아는 수세미가 될 정도로 머리를 헝클어뜨리며 화장대로 엎어졌다. 뺨을 반질반질한 원목에 비비며 힘을 잃은 목소리로 중얼거렸다.

"중요한 건 이런 방법이 아니야. 진심을 담은 마음으로 다가서야 하는 거야. 내가 이 가정을 소중하게 생각한다는 걸 그 남자가 느껴줘야 해. 그러니까 이딴 가벼운 행동 따위로 유야무야 넘길 게 아니야. 성준 씨가 그런 황당한 유혹에 걸려들 리가 없잖아. 더 무시당하기 전에 그만두자."

진아는 중얼거리며 자리에서 일어났다. 빗으로 머리카락을 단정하게 빗어 내리고 엷게 한 화장을 살짝 정리하는 것으로 마무리했다. 그리고 마지막으로 거울을 한 번 더 보며 비 맞은 중처럼 중얼거렸다.

"강요해서 될 일이 아니야. 먼저 진심으로 다가서는 거야. 다른 게 중요한 게 아니라구. 흥, 한심한 기집애. 우리 '남편'이 가터벨트 따위에 휘둘릴 것 같아? 아 참, 가터벨트는 사 오지도 않았지."

진아는 어깨를 축 늘어뜨리고서 침실을 나섰다. 남편이 오기 전에 찌개를 한 번 더 데워놓을 생각이었다. 그런데 그 순간 디지털 도어록이 해제되는 소리와 함께 문이 열렸다. 며칠 만에 성준을 본다는 생각에 심장이 철렁, 혹은 두근거린 것도 잠시, 남편 스스로 문을 열고 들어온 것이란 현실이 인식되자 마음이 한없이 가라앉았다.

'솔직히 난 손 다섯 번 잡아본 죄밖에 없단 말이야!'

하지만 다섯 번이든 열 번이든 남편의 입장을 생각해 보니 그 또한 뻔뻔한 생각이 아닐까 하는 자각이 일었다. 진아는 다시 한 번 더 마음을 가다듬으며 현관으로 다가갔다.

성준이 조금 피곤한 얼굴로 들어서다가 현관 앞에서 쭈뼛쭈뼛 서 있는 진아를 발견하곤 멈칫했다.

"다녀…… 왔어요?"

며칠 만에 봐서 그런 걸까. 괜히 심장이 벌떡거리고 난리였다. 아마도 이건 긴장이 되어서 그런 걸 거다. 그가 무슨 마음을 먹고 있을지 오로지 그게 걱정되어서 그런 걸 거다. 절대 두근 거린다거나 설렌다거나 그런 감정 같은 건 아닐 것이다.

"그래……."

하지만 성준의 저음이 들려오자 심장이 두방망이질 치는 걸 보니 어쩌면 바락바락 외면하고 있는 그 방향이 맞을지도 모른 다는 생각이 들었다. 혹시 두근거리는 거야? 정말? 정말? 아이 고, 이걸 어째.

도대체 어째서 인생의 진리는 이런 걸까. 왜 모두들 조강지처 를 버리고 나서야 그 중요성을 깨닫는 것이며, 아파봐야 건강이 최고라는 생각이 드느냔 말이다. 한껏 실망시키고 나니 이제야 저 사람이 저렇게 멋진 사람이었구나 싶다.

피곤한 기색이 묻어 있어서일까, 낮은 음성은 더욱 묘하게 감 수성을 자극해 왔고, 살짝 찌푸려진 미간도 참 수려한 모양인 걸 알게 되었다. 어두운 검은색의 눈동자는 가장 까만 초콜릿을 녹여놓은 것 같고, 깔끔하게 쉐이빙 된 턱 선에선 산뜻한 청량 감이 느껴졌다. 참 깨끗한 이미지의 남자다. 그 뺨에 손을 대 보 면 손끝에 시원한 바람이 묻어날 것 같다.

성준은 답지 않게 멍한 눈으로 자신을 쳐다보고 있는 아내 때 문에 막상 안으로 들어서지 못하고 있었다. 아직 무거운 마음에 몇 번을 망설이다가 직접 문을 열고 들어왔는데, 왜 저렇게 앞 을 막고 서서 사람 얼굴을 뚫어지게 쳐다보고 있는 건지 모르겠다. 반기는 건지, 반기지 않는 건지 도통 파악하지 못하겠다. 뭐야, 나가란 건가?

"그 표정은, 며칠 더 있다가 오란 뜻이야?"

냉담한 말이 나갔다. 순간 진아의 눈이 깜빡깜빡 요란하게 움직이더니 얼른 손을 내저었다.

"아, 아니에요. 얼른 들어와요. 피, 피곤하죠?"

"더듬긴 왜 그렇게 더듬어. 내가 그렇게 부담스러워?"

"누가 뭐라고 했다고!"

발칵 소리쳤던 진아는 지금 자신이 그럴 주제가 아니란 걸 깨닫곤 얼른 꼬리를 내렸다. 침울해진 표정으로 돌아서며 웅얼거리듯 말했다.

"그렇게 말끝마다 고드름 얼리지 말아요. 너무 눈치 주면 베란다로 가서 잘 거예요. 구박하는 소리로 들리니까."

몇 걸음 걷는데 어느새 다가왔는지 성준이 진아의 손을 잡더니 무언가를 쥐어주었다. 진아는 불퉁한 눈으로 아래를 내려다보았다가 깜짝 놀라 눈을 활짝 열었다. 손에는 작은 상자가 쥐어져 있었다.

"이게…… 뭐예요?"

성준은 시선을 마주치지 못하고 타이를 끄르는 척 고개를 돌리며 중얼거렸다.

"고 과장…… 이 준 거야. 결혼기념일, 선물이라고."

"고 과장님이라면…… 상현 씨?"

"그래, 상현 씨. 혼자 좀 남겨놨더니 다음날 갈 때까지 쩔쩔매고 있던 그 사나이가 주더라고. 열어봐. 손가락에 맞을 거야."

그리고 성준은 침실로 쑥 들어갔다.

진아는 자그마한 상자를 들고 소파로 가서 앉았다. 고급스러운 포장을 조심조심 풀어보니, 성준의 말로 이미 짐작을 했듯 반지 케이스가 드러났다. 심플한 디자인의 화이트골드 링이 들어 있었다.

"와아, 예쁘다."

그리 화려한 것은 아니었다. 하지만 소박한 느낌이 더 마음에 들어버린 진아는 반한 듯 반지를 바라보았다. 안쪽에 글귀가 새겨져 있어 살펴보니 연도와 날짜, 바로 두 사람의 결혼 날짜였다. 진아는 고개를 갸웃거렸다.

"보통 선물이라면 문구 같은 걸 새겨줄 텐데 상현 씨는 특이하네."

진아는 중얼거리며 반지를 손가락에 끼어보았다. 정말 딱 맞는 사이즈였다. 너무 마음에 들어 몇 번 허공에 비춰보고 반짝거리는 빛에 취해 있다가 벌떡 일어나 침실로 들어갔다. 하지만 성준은 욕실에 들어갔는지 없었다.

"가만, 상현 씨한테 전화를 해야 하나, 말아야 하나?"

중얼거리며 욕실 쪽을 쳐다보았다가 괜히 얼굴이 확 붉어져서 시선을 다른 데로 짚었다.

"내가 지금 무슨 생각을 하고 있는 거야?"

뿌연 수증기 안에 서 있는 남편의 튼실한 몸이라니…… 미쳤어, 미쳤어! 한껏 소리를 쳤지만 하필이면 시선을 짚은 곳이 화장대 서랍인 것은 본능인 걸까, 우연인 걸까? 진아는 열이 확 오른 뺨을 양손바닥으로 눌러가며 고개를 도리도리 저었다.

'이건 다 저 남자 때문이야. 괜히 이상한 말은 해갖고선.'

사랑한다는 어감을 흘린 남편, 슬픈 얼굴로 꽃다발을 들고 뛰어오던 그. 그런 일이 있었는데도 한 번 더 기회를 준 남자였다. 자꾸만 심장이 이상한 방향으로 뛰고 있었다.

두근두근, 두근두근. 생각을 지워 버리기 위해 진아는 얼른 몸을 돌렸다. 그때 한쪽에서 진동 소리가 들려와 진아는 주방으로 가는 걸음을 틀어 침대에 걸쳐 놓은 성준의 정장 재킷을 들었다. 안주머니에서 휴대폰이 진동하고 있었다.

"흐음……."

이걸 받아야 하나 말아야 하나 잠깐 망설이다가 휴대폰을 꺼내보았다. 하지만 잘했다는 생각이 들었다. 액정에 찍힌 이름은 고상현이었다. 진아는 얼른 휴대폰을 열어 귀에 댔다.

"안녕하세요, 상현 씨."

순간 저쪽에서 화들짝 놀라는 소리와 함께 반가운 어조가 넘어왔다.

[아, 사모님! 안녕하세요? 그간 잘 지내셨어요?]

"네. 상현 씨도 잘 지내셨죠? 근데 성준 씨가 지금…… 그러니까 잠깐 어디 먼 곳에……."

이상하게도 샤워 중이란 소리가 입 밖으로 나가지 않았다.

[아아, 그러시군요. 잘 들어가셨는지 전화드려 봤습니다. 며칠 동안 차장님 스트레스 많이 받으셨거든요. L4시리즈가 장애도 없고 네트워크 부하도 줄여주는데 그런 기술력은 저희가 월등히 앞서거든요. 하지만 특별한 기술은 어디에서든 경쟁자가 붙는 법이지요. 정보가 새어나간 건 아니냐고 회사 쪽에서 얼마나 닦달을 하는지, 그래서 이번 대리점 마찰 건도……]

상현은 아주 열정적인 남자였다. 즉, 일에 한해서는 누구도 그 정열을 막을 수 없었다. 그러니 이렇게 아무것도 모르는 진아를 붙들고서 떠벌떠벌 한참을 떠들고 있는 거겠지. 그만큼 혼신을 다해 일을 한다는 건 성준과 궁합이 잘 맞는 파트너라는 소리이긴 하겠지만 조금만 어려운 소리만 나와도 편두통이 생기는 진아로서는 머리가 딱딱 아파왔다. 네트워크 부하를 줄여준다니, 네트워크에게도 부하가 있나요? 그 부하는 몇 명이나 되나요?

"저기…… 상현 씨, 오늘 돌아오셨을 텐데 피, 피곤하시죠?"

진아는 말을 잘라 버릴 요량으로 얼른 다른 말로 얼버무렸다.

[네? 아닙니다. 저보다야 차장님께서 피곤하시죠. 정말 대단하십니다. 또 한 번 존경하게 되었어요. 아무리 경쟁자가 붙어도 원조의 기술력을 따를 수는 없거든요. 차장님께서 그냥 단번에 기술력의 차이를 보여주시며 상대방을 눌러주는 기술, 압권이지요. 암펠 쪽에서도 무한한 신뢰를……]

"호호호, 그랬구나. 정말 잘됐네요. 저도 우리 남편이 막 존경스러워지네요. 참, 그런데 반지요, 너무 감사해요. 결혼기념일도 다 기억해 주시고, 반지가 정말 예뻐요. 제 맘에 쏙 드는 거 있죠."

[네? 반지요?]

그러나 돌아오는 대답은 영 껄쩍지근한 것이었다.

"⋯⋯네, 반지요."

[아! 반지요? 어제, 차장님께서 이동하시는 도중에 갑자기 차를 세우게 하시더니 보석 가게로 뛰어들어 가시던데. 역시 사모님 반지를 사신 거군요. 그런데 그걸 왜 저한테 감사를⋯⋯.]

그, 그것이⋯⋯.

서로 남의 다리를 긁고 있는 실정이었으니 양쪽 다 황당할 수밖에 없었다. 고개를 갸우뚱하며 진아가 말을 이으려는 그때 욕실 문이 달칵 하고 열렸다.

"잠깐만요, 성준 씨 바꿔 드릴게요."

진아는 얼른 말하고는 욕실 쪽으로 몸을 돌렸다.

"저기, 성준 씨 미안해요. 상현 씨한테 온 전화인데 내가 받⋯⋯."

중얼거리던 진아의 말이 서서히 흐려졌다. 자신도 모르게 눈이 휘둥그레졌다. 욕실에서 나온 성준은 하반신에만 커다란 타월을 둘렀을 뿐 상반신은 벗은 차림이었다. 떡 벌어진 어깨와 균형 잡힌 세련된 상반신 누드를 접한 순간 일 년이나 함께 살아온 마누라란 사실도 잊고서 당황해 버리고 말았다.

"그래? 이리 줘."

성준은 별다른 반응 없이 젖은 머리카락의 물기를 닦으며 한 손을 내밀었다. 그런데 한참을 내밀고 있어도 손에 휴대폰이 와 닿는 감촉이 없어서 그가 고개를 돌렸다.

"……"

침대 쪽에 멀찍이 서서 아내가 굳어 있었다. '여보세요! 여보세요!' 핸드폰 안쪽에서 상현이 외치고 있든 말든 진아는 쩡 얼어 있었고, 성준은 오늘따라 몇 번이나 접한 아내의 이상한 석화(石化)에 미간을 살짝 찌푸렸다.

"뭐 해? 휴대폰 달라니까."

"아…… 휴, 휴대폰요. 네, 여기 있어요."

그리고 팔을 내밀었는데 참 거리가 멀기도 하였다. 쓸데없이 침실은 넓어선 침대에 딱 달라붙어 휴대폰을 내밀고 있으나 손이 닿을 리가 만무했다. 다른 때 같았으면 받으러 갔겠지만 성준은 짙은 눈썹을 살짝 찌푸리고는 말했다.

"이리 가져다주지 않겠어?"

휴대폰 너머에선 여전히 상현이 여보세요! 를 외치고 있었다. 하지만 진아는 잘 움직이질 못했다. 이상하게 발이 잘 안 떨어졌다. 또 왜 그러는지 손끝까지 떨리고 있는 것이다. 당황스러워 미칠 것 같았다. 도저히 그의 앞까지 걸어갈 수 없을 것 같다는 생각이 들자 그 순간, 진아는 다른 방법을 선택했다. 그대로 허리를 구부려 바닥에 휴대폰을 놓고서 마치 아이스링크 위에 퍽을 날려 보내듯 휴대폰을 땅볼로 휙 밀어 보냈다.

"여기 있어요!"

그리고 후다닥 침실을 나가 버렸다.

"……하!"

한편 성준은 보도 듣도 못한 아내의 행동에 기가 막혀 있는 상태였다. 저건 또 무슨 의미의 행동이라고 이해해야 하는 걸까? 땅볼로 바닥을 긁으며 도착한 휴대폰은 발치에 부딪쳐 정지해 있었다. 기가 막혔다. 손도 닿기 싫다는 건가? 그래서 그런 짓을 해!

이마에 마구 뛰어 오르는 핏대를 겨우 갈무리한 성준은 휴대폰부터 처리하기 위해 허리를 숙여 휴대폰을 집었다. 정말 진아가 저럴 때마다 서운해서 미치겠는 것이다. 하지만 사실 진아의 마음은 성준이 생각하는 것과는 다른 것이었다. 그는 진아가 자신과 닿기 싫어서 그런 행동을 한 것이라 생각하고 있었지만 진아는 그저 쑥스러웠을 뿐이다.

성준의 타고난 세련된 체형, 그 벗은 나신이 진아의 눈에 비친 순간 심장이 난데없는 발작을 일으키는 것이다. 그 결과 느닷없이 수줍은 십칠 세의 소녀가 된 진아는 차마 휴대폰을 건네주러 그 먼 거리를 종단하지 못했고, 결국 멀리서 퍽을 날리듯 던져 버릴 수밖에 없었던 것이다. 그러나 그 우스운 사연을, 성준이 어떻게 알겠는가.

"여보세요."

휴대폰을 귀에 대보았지만 유감스럽게도 이미 끊긴 후였다. 확인해 보니 상현의 번호였다. 아무래도 마지막까지 상사가 잘 들어갔는지 확인전화를 해본 모양인데.

"아!"

그 순간 성준의 미간이 와락 찌푸려졌다. 부재중 통화가 찍힌 게 아니니 아내는 상현과 통화를 했다는 것이다. 그랬다는 것은…… 역시 자신의 허접한 거짓말이 탄로났을 가능성이 있었다.

"미치겠군. 아무튼 고상현, 타이밍도 못 맞춰요."

지끈거리는 이마를 탁 친 성준은 얼른 아내를 따라 나가려다가 달랑 타월 한 장만 걸치고 있다는 사실을 깨닫고 옷장으로 직행해 간편한 옷으로 갈아입었다. 설마 반지를 산 주체가 자신이라는 걸 알게 되어서 화가 났나? 상현이 산 걸로 말해놨는데 알고 보니 그게 아니라니 속았단 생각에 성질이 난 걸까? 다 새빨간 거짓말이었으니 순간적으로 화가 났을 가능성은 분명 있었다. 그래서 바닥으로 슬라이딩해서 휴대폰을 던져 준 건가?

하지만 그게 그렇게 화낼 일인가? 솔직하게 말할 걸 괜히 거짓말을 했나? 하지만 쑥스러운 걸 어떡해. 별의별 생각을 다 하며 정상적으로 옷을 착용한 성준은 얼른 침실을 달려나갔다.

"여보, 진아야."

또 서재로 숨은 건가 싶었지만 진아는 주방에서 저녁 식사를 차리고 있었다. 흘끗 성준을 돌아본 진아가 수저를 놓으며 말했다.

"……앉아요. 저녁 다 됐어요."

왠지 시선을 못 맞춰오는 걸 보니 쓸데없는 거짓말을 했다고 삐쳐 있을 확률이 컸다.

"그래……."

일단 의자에 앉은 성준은 흘끗 진아의 눈치를 보며 물을 마셨다. 찌개를 가운데에 놓은 진아도 자리에 앉았다. 식사는 조용한 가운데 진행되었다. 안 보는 척하면서 흘끗 보니 진아의 손가락엔 반지가 없었다. 그것부터 살펴봤어야 했던 건데! 뭐냐? 내가 줬다고 하니까 끼기도 싫다는 거냐! 성준은 되도록 무심한 어조로 툭 던지듯 말해보았다.

"반지는?"

달그락, 젓가락이 식탁 위에 놓이는 소리였다. 역시 진아가 일시정지 상태로 성준을 물끄러미 쳐다보고 있었다. 하지만 성준도 나름대로 심통이 나 있는 상황이었기 때문에 시선을 맞받아쳤다. 냉담한 어조로 말했다.

"왜, 나한테 할 말 있어?"

"반지요, 상현 씨가 선물한 게 아니던데요?"

"그랬던가?"

진아의 눈썹이 찌푸려졌다. 이젠 함께 뻔뻔하게 나오시겠다 이거군!

"그래요. 상현 씨하고 통화할 때 물어봤어요. 당신이 산 거라면서요."

"그런데?" 그것보다 내가 준 반지를 끼지 않았다는 사실부터 고찰해 보고 따지시지?

"근데 왜 상현 씨가 준 것처럼 말해요? 그리고 반지에 적힌 날짜는 또 뭐고. 결혼기념일을 잊은 건 당신 쪽 아니었어요? 난 기억하고 있었다구요."

이건 뻥이었지만 일단 기선을 제압하기 위해 꼭 필요한 거짓말이라는 게 있는 거다.

"잊어버리지 말라고 경고하듯 새긴 게 맞는 거예요?"

"나 원 참, 당신 정말 세상을 마이너스적인 사고로 산다. 휴대폰 꺼낼 때 다른 주머니는 확인하지 않았어?"

갑작스러운 말에 진아는 고개를 살짝 기울였다.

"네? 당연히, 안 했죠?"

"그 반지 세트야. 확인하고 싶으면 해봐. 다음부터는 확실히 기억하겠다는 의미로 새긴 문구였고. 당신에게 보내는 경고가 아니라 내 다짐이라고. 일본에서 갑자기 구입하게 돼서 괜찮은 문구가 떠오르지 않은 탓이기도 했지만."

그제야 진아의 눈매가 느슨하게 풀어졌다. 젓가락도 다시 들었다. 하지만 이번엔 성준 쪽이 젓가락을 탁 놓았다.

"그런데 왜 끼지 않는 건데? 내가 준 거라고 하니까 싫다는 뜻이야?"

"거참, 당신이야말로 세상을 마이너스적인 생각으로 사는 사람이네요. 어차피 곧 설거지해야 하니까 빼놓은 거잖아요. 내가 본 것 중에 제일 예쁜 반지라서 아끼고 싶었단 말이에요."

표독스럽게 째려보면서 하는 말이긴 했지만, 또 은근슬쩍 그가 한 말을 표절해서 한 말이기도 했지만, 말의 뜻이 그나마 예뻐서 성준의 마음이 급속도로 풀렸다. 입가에 빙그레 돌려는 미소를 눌러 삼키곤 헛기침을 했다.

"흠흠, 그랬군."

"선물을 할 거면 본인이 산거라고 말하면 안 돼요? 소심해 빠져선."

"하……."

"설거지 다 하면 낄 거니까 당신도 꼭 해요. 세트라면서요?"

"이봐 마누라, 나 아직 당신을 용서해 줄지 재고해 보지 않았거든?"

"그럼 반지는 왜 사 왔어요? 용서해 주겠다는 의미 아니었어요?"

"내놔라, 그 반지."

"도로 달라는 사람처럼 치사한 사람 없더라, 완전 졸렬해."

"뻔뻔한 것보다 나아."

"반성하고 있으니까 용서해 줘요."

기다렸다는 듯 치고 나온 진아의 말에 닦달조로 나가던 성준의 입매가 서서히 굳어졌다. 그가 숟가락을 들며 낮게 말했다.

　"그날 한 말 기억하고 있다면 알 텐데. 직접적인 사과를 듣자는 게 아니야. 내가 요구하는 건 단 하나라고 했어."

　"하지만 그걸 어떻게 표현할 수 있어요? 어떻게 하면 바로 인식시킬 수 있는데요? 방법이 없잖아요."

　"즉각적으로 표현할 수 있는 건 아니겠지. 그러니까 시간을 갖자는 거야. 당신은 아무렇지도 않게 그런 일을 넘길 수 있을 것 같아? 당신 알다시피 나 졸렬하고 치사하잖아. 하지만 당신이 정말 그런 마음을 갖게 됐는지 어떤지는 알아낼 자신이 있어. 그건 내가 판단하고 생각할 문제니까 당신은 그 이상에 대해선 관여하지 마."

　그리고 성준은 냉랭해진 얼굴로 식사를 계속했다. 물론 그를 얄미워해서는 안 된다는 걸 알고 있었지만 진아는 정말이지 그가 얄미웠다. 반지도 딴 사람이 선물한 척하고, 정말이지 능구렁이 백 마리는 보유하고서 엄청 차갑게 틱틱거리는 남자가 아닌가.

　"우리 솔직해지죠?"

　진아가 차갑게 말하자 성준이 그녀를 흘끗 쳐다보았다.

　"뭐가?"

　"당신한테 만약, 속으로 돈 오천 정도를 땡길 여자가 의도를 숨기고 고의로 접근해 온다고 쳐요. 당신, 그 여자 안 쳐다볼 자신 있어요?"

그러니까 저는 끝까지 어쩔 수 없는 상황이었다, 이 소리겠
다?

"미안하지만 난 흔들리지 않을 자신 있어. 차라리 당신이 나
한테 그 오천 땡겨달라고 하면 흔들려 주지. 억이라고 해도 좋
아. 한번 해볼래?"

진아의 얼굴이 확 달아올랐다.

"몰라요, 당신하곤 더 말 안 할래."

그리고 벌떡 일어나 서재로 쏙 들어가 버리자 성준은 낮은 한
숨을 폭 내쉬었다. 그녀의 말이 어쩌면 원론을 제시해 주고 있
는 건 아닌가 하는 생각이 들었다. 아무렇지도 않게 자신이 흔
들렸다는 사실을 표현하고 있는 그녀, 중요한 것은 외도니 뭐니
하는 게 아니라 두 사람 사이에 꼭 필요한 사랑의 감정이 아직
견고하게 자리 잡지 못한 게 가장 큰 곤란점이 아닐까?

흔들릴 수 있는 상황에 처하면 사람은 시험을 받게 된다. 인
간이라면 누구나 그럴 것이다. 그러니 그녀는 잘못한 것이 없
다, 그걸 표현하는 건 아닌 것 같다. 만약 두 사람 사이에 사랑
이 있다면 그런 흔들림 같은 게 있을 수 있었을까? 지금 저렇게
뻔뻔하게 철면피 같은 말을 흘릴 수 있었을까?

사랑이 문제였다. 어쩌면 그녀가 바라는 건, 남편이 아니라
애인인지도 모르겠다. 법적으로 옆에 있는 남자가 아니라 그녀
의 마음을 어루만져 주고 두근거리게 해주고 기쁘게 해줄 애인

같은 존재.

"그까짓 것, 내가 못해줄 것 같아?"

해준다. 다만 한 번 하기로 했으면 확실하게 해줄 것이다.

그전에, 그래도 아직도 잘났다고 철면피처럼 나오는 그녀를 좀 더 안달나게 하고 나서. 그러고 난 후에 해줄 것이다. 그녀를 사랑해 주고 싶다. 그녀가 사랑받는 사람이라는 걸 다른 사람이 아닌 자신이 느끼게 해주고 싶다. 남편이 아니라 사랑하는 남자로서 서고 싶다. 하지만 역시 가장 원하는 건…… 그녀에게 사랑받고 싶다.

욕실 문이 달칵 열리자마자 뿌연 수증기가 후끈 풍겨 나왔다. 그 피어오르는 수증기 속에서 쭉 뻗어나온 미끈한 날 다리, 종아리에서 발목으로 이어지는 유연한 선, 그리고 앙증맞은 발톱에서 빛나고 있는 패디큐어. 바닥을 딛고 선 진아의 뽀얀 몸을 가리고 있는 것은 별이 흩뿌려진 밤하늘처럼 까만 브래지어와 브리프, 그리고 후 불어보면 금세 녹아 사라질 것 같은 아슬아슬한 슬립이 다였다.

마침 보던 신문을 접고 누우려던 성준은 문득 고개를 돌렸다가 굳어버리고 말았다. 꿀꺽, 목울대를 울리며 침 삼키는 소리가 적나라하게 울리는 그 순간, 진아는 눈매를 가늘게 뜨고서 살랑살랑 옆으로 걸어가 붙박이장을 열었다.

젖은 머리카락이 길게 떨어져 등을 가렸다. 하지만 잘록한 허리와 동그란 엉덩이 선은 그대로 드러났다. 성준의 손가락 끝이 움찔하며 몸이 묵직하게 반응을 해왔다. 거친 숨소리를 겨우 잇새로 삼키고 있는 그때 그녀가 안에서 꺼낸 것은 성준의 은회색 타이였다.

그녀가 이쪽을 바라보며 해사하게 웃는다.

"타, 타이는 갑자기 왜."

열이 꽉 찬 성준이 잔뜩 쉰 목소리로 그것도 질문이라고 했다.

"오늘 밤, 당신을 천국으로 보내줄게요."

성준의 새까만 동공이 확장되는 순간, 도톰한 입술에 야릇한 미소를 머금은 진아가 섹시한 여신처럼 사뿐사뿐 걸음을 옮겼다. 물론 한 손에는 넥타이가 들려 있었다.

"자, 잠깐……."

당황스러움이 극에 달한 성준의 저지, 그러나 한쪽 무릎부터 침대를 딛고 올라선 진아는 소리 없이 웃을 뿐이었다. 캣 우먼처럼 잔뜩 엎드려 올라서는 진아의 등 곡선이 간드러지게 휘었다.

진아는 엎드린 채 손을 뻗어 그 가느다란 손가락으로 성준의 눈꺼풀을 만졌다. 순간 긴장으로 성준의 몸이 바위처럼 단단하게 굳었다. 그때마다 꿈틀거리는 보기 좋은 근육. 일부러 더, 보란 듯 감질맛 나게 속눈썹을 훑고 뺨을 죽 그어 내려가 쇄골을 더듬다가 가슴 근육에서 살짝 손톱을 박아 넣자 성준의 목에서 억눌린 신음이 터져 나왔다.

진아도 옅은 탄성과도 같은 묘한 소리를 흘리며 드디어 성준의 허벅지 위로 기마 자세로 올라탔다. 그리고 성준이 앗 소리를 내기도 전에 팔을 뻗어 은회색의 타이로 성준의 눈을 가려 버렸다.

더는 참지 못하고서 성준이 이를 악물었다. 진아는 그의 허벅지에 닿은 자신의 동그란 엉덩이를 일부러 더 고혹적으로 움직이며 그의 허벅지 근육을 살짝살짝 건드렸다. 그때마다 요동치는 쫄깃한 근육, 탄탄한 그 요동을 느끼며 진아가 성준의 탄력 있는 입술을 살짝 깨물었다.

"하아……."

일부러 그의 입술 바로 앞에서 붉은 입술 틈으로 탄성을 흘려 주자 성준의 숨소리가 걷잡을 수 없이 거칠어졌다.

그가 진아의 허리를 붙잡으려 손을 뻗자, 진아는 살짝 몸을 빼고서 일부러 더 관능적으로 몸을 움직여 주었다. 그리고 살며시 상체를 돌려 성준의 귓바퀴에 숨결을 불어넣고서 귓불을 살짝 깨물었다.

"읔!"

신경줄이 팅 끊긴 성준이 잡아채듯 진아의 허리를 강하게 틀어잡고서 자신 쪽으로 왈칵 끌어당겼다. 본능적으로 진아의 입술을 더듬어 찾았다. 그리고 드디어 그 숨결을 입술로 만진 순간 뜨거운 폭발력을 내뿜으며 진아의 입술을 물어뜯

듯 열었다.

진아는 허물어지듯 그에게 매달린 채 경쟁하듯 거친 숨결을 내뿜었다. 거물급 그의 욕망이 진아의 엉덩이를 건드리는 순간 진아는 자지러지는 호흡을 토해내며 상체를 뒤로 젖혔다. 동시에 성준이 진아의 젖가슴을 찾아 힘껏 그러쥐었다.

"아아아……."

탄성을 흘리며 두 육체가 엉킨다. 그리고 드디어 흠뻑 젖은 그녀의 안으로 그의 잔뜩 열 오른 중심이 열락을 찾아 헤매듯 간절하게 침입을…… 하는 것이 진아가 생각한 오늘 밤의 시나리오였다.

그녀는 욕실에서 서성이며 그 모든 일련의 과정들을 체크하고 있었다. 금방 샤워를 마쳐 촉촉하게 젖은 몸에 하얀 타월을 감은 채 손에는 윤정이 강매시킨 속옷을 들고 있었다. 그 촉감이 얼마나 부드러운지 조금만 힘을 줘도 부서질 것 같다. 혹은 조금 더 온도가 높으면 녹아내린다든지.

"어휴, 못 입어. 절대 못해!"

하지만 결국 외친 말은 그것이었다. 아무리 생각해도 캣 우먼처럼 엎드려 기어갈 용기도 없는 데다 그래 봐야 캣우먼처럼 보일 자신도 없었다. 잘해봐야 배탈이 나서 방바닥을 긁으며 돌아다니는 걸로 보일 것이다.

또한 이 속옷을 입고 남편의 앞에 설 용기는 더더욱 없었다. 게다가 몸매도 그다지 아름답지 않고……. 종아리부터 발목으로 떨어지는 곡선? 솔직히 종아리에 알이 좀 배겨 있어서 조금만 더 통통하면 닭다리가 될 뻔했다. 종아리 볼록, 발목 가는 그것.

"기왕 시작할 거면 확실하게 해줘야 한다는 거거든. 아니면 아예 시작하질 말든지."

진아의 지론이었다. 쓸데없이 건드려 보기만 했다가 고파서 환장한 여자 정도로 인식되면 더욱 큰일인 것이다. 상대가 성준이니 더더욱 그랬다. 잘못하면, 쫓겨나기 싫으니까 별 짓을 다 한다고 쓸데없이 혐오감만 불러일으킬 수도 있었다. 워낙 자제심과 배려와 포용력이 큰 분이시라 겨우 아내랍시고 이해해 주고 넘어가 주고 있는데, 괜히 가벼운 여자 취급 받을 이유가 없었던 것이다.

"당신 안에서 날, 사랑하고 싶은 사람으로 만들어."

도대체 뭘 어쩌라는 말인지 모르겠다. 그녀가 그의 가슴에 주었던 생채기가 부메랑처럼 돌아와 그녀에게 과제가 된 상황이리라곤 전혀 예측하지 못하고 있었다.

"언니야, 정말 언니가 밉다. 그래도 이 세상에서 다른 목적 없이 유일하게 잘해주는 남잔데, 통 앞이 보이질 않아. 아무리 잘

되면 내 탓 못 되면 조상 탓이라지만, 이래서야 또 언니가 원망
스러워지잖아. 한심이, 한심이!"

진아는 옅은 한숨을 폭 내쉬고 윤정이 선물한 속옷이 아닌 보
통 평범한 흰색 레이스 속옷으로 갈아입었다. 그리고 미리 가지
고 들어온 원피스까지 입고서 욕실 문을 열었다.

뿌연 수증기 속에서 드러나는 날 다리가 아니라, 종아리까지
덮는 긴 원피스를 입은 발육부진의 매력 꽝 다리로 욕실을 나섰
다. 그렇다면 침대 위에서 신문을 보다가 무심코 이쪽을 돌아보
고는 쩡 얼어버리며 가쁜 숨을 몰아쉬어야 할 남편은?

'자네, 자!'

암울하게도 성준은 이미 반듯하게 누워 눈을 감고 있었다. 참
맥이 풀리지 않을 수가 없었다. 진아는 일단 윤정이 년 때문에
산 속옷을 화장대 서랍, 본래 그네들이 있던 태초의 자리로 돌
려놓고서 스탠드 불빛만 남겨놓은 채 침실의 불을 껐다.

가만히 다가가 살포시 이불을 들어 올리고 안으로 들어갔다.
성준은 이틀간의 일본 출장으로 피곤했는지 푹 잠들어 있는 것
같았다.

바르작거리다가 결심을 하고서 성준 쪽을 보며 누웠다. 자는
모습도 그렇게 반듯할 수 없었다. 아무튼 이 남자는 모든 면이
반듯, 반듯, 잘 닦인 하이웨이 같다.

베개에 뺨을 묻고서 스탠드 불빛에 의지해 남편의 옆얼굴을
바라보았다. 우뚝 솟은 콧날은 그의 지적인 면모를 드러내 주는

일부분이었다. 참 멋지게 뻗어 있기도 하구나. 그리고 그 아래에 뚜렷한 인중을 지나자 표정이 없으면 차가워 보이기만 하는 입매가 보이고, 뺨을 다시 짚어 올라가 감긴 속눈썹을 또 한참이나 바라보았다.

내 남편이지…… 이제 멀리 있지 않은 내 남편이야.

순간 터무니없게도, 왜 그런 갑작스런 소유욕이 인 것일까. 진아는 그대로 벌떡 일어났다. 그리고 다시 고개를 내려 가만히 성준을 내려다보았다. 문득 그가 참 야속하다는 생각이 들었다. 또 참 못된 남자라는 생각도 더불어.

어떻게 이 남자는 이렇게 아무렇지도 않게 잠이 들 수 있는 걸까? 그래도 아내인데, 무슨 마음인지는 모르겠지만 M이니 S이니 하는 소리를 들을 정도로 집착 비슷한 사랑에 관한 어조까지 흘렸으면서. 하지만 지금 결과는 어떠한가. 아무리 피곤했다고 해도, 이렇게 싱싱한 아내가 옆에 있는데 아무렇지도 않게 잘 수 있는 걸까? 오 개월 전부터 이 모양이었던 것이다. 생각해 보니 무지 억울해졌다.

'사랑한다고 말만 하면 뭘 해. 결국 아내 취급해 주지 않는 건 똑같잖아!'

지금 이 순간, 남편의 저 겉만 섹시해 보이는 입술을 톡 때려주고만 싶다. 관능적인 기운만 풍기고 있으면 뭘 하냔 말이다.

입술이 대체 뭘 하려고 있는 인체기관인가. 바로 이성끼리 키스를 하기 위해 있는 부속품이 아닌가? 물론 아니다. 입은 밥 먹으라고 있는 거다. 잘먹고 잘살라고 있는 거다.

하지만 잘살려면 잘 먹어서만은 충족되지 않는다. 감각을 나누고 충만해지는 기쁨을 누리며 질적으로 향상되어야 제대로 사는 게 아닌가. 물론 그게 남녀 간의 접촉으로만 누려질 수 있는 건 아니겠지만, 그래도 사랑만큼 마음이 꽉 차 오르는 감정이 어디에 또 있을까? 하물며 부부는 더욱 그렇겠지.

'어쩌면 이 남잔 나한테 이성적인 관심은 없는 건지도 몰라. 그냥 아내로서만 사랑한다는 뜻인지도. 한 번 책임지기로 했으니까 끝까지 책임지는 것. 그러니까 한눈을 팔았다는데도 용서해 줄 수 있는…… 거지, 뭐야? 정말 그런 거야?'

그냥 이래저래 생각해 보다가 든 상념의 방향이었는데 문득 그럴 수도 있다는 생각이 들자 머리카락이 쭈뼛 섰다. 정말 그럴지도 모른다는 추측이 해일처럼 밀려드는 것이다. 충분히 순도 100%의 가능성 있는 추측이었다. 즉, 그런 연유로 날 용서해 주었다는 걸까? 아니라면 어떻게 그럴 수 있겠어.

하지만 그런 건 아닐 것이다. 남편이라는 직업으로만 자신을 대하는 건 아닐 것이다. 좋아하는 마음도 조금은, 아주 살짝은 있을 것이다. 그 증거로 아직 내쫓지도 않았고, 그렇다고 혐오스러운 눈으로 쳐다보든지, 펄펄 뛰든지, 증오하든지, 뭐 그런 방향도 아니고. 게다가 그는 일본에서 반지까지 사서 선물해 주었다. 그런데도 지금은 어떤 마음도 없이 쿨쿨 잘만 자고 있고.

'이걸 어떻게 해석해야 하는 걸까?'

진아는 곰곰이 생각하고 있었다. 하지만 생각할수록 머리만 더 아파왔다.

'사랑하면 안고 싶고, 안으면 키스하고 싶고, 키스하면 자고 싶고…… 뭐, 그런 게 사랑 아니야? 난 바로 그런 사랑을 받고 싶단 말이야. 하지만 그런 게 아니라면……. 그저 영혼의 동반자 정도만 필요한 거라면.'

그거야말로 진정 오 마이 갓이었다. 그럴 수 없었다. 절대!

남편도 분명 욕구가 있는 남자일 터였다. 그건 오 개월 전의 경험에 의하면 충분히 알 수 있는 부분이었다. 아무튼 엄청 괴롭혀 대면서 끈질기게 다가오던 남자였으니까.

하지만 이 년의 매력이 유한해서 오 개월 전부터는 이쪽의 몸에 관심이 뚝 끊어지고 말았단 말이지. 그래서 아내나 단지 영혼의 동반자로 인식하고서 온갖 용서를 해주고 그래도 데리고 살아주면서, 몸으로는 다른 여자를 찾는다.

……찾는다!

'안 돼!'

진아는 자신도 모르게 손톱을 물어뜯었다. 알 수 없는 질투가 온몸을 따끔따끔하게 찔렀다. 다른 여자를 만나는 남편이라니, 가능성이 없다고 볼 순 없어서 더욱 초조해졌다. 남편은 잘생겼고 매력적이고 매너있고 능력있는 남자다.

'하지만 내 남편이란 말이야.'

그 누구도 빼앗겠다고 하지 않았는데, 진아 혼자 위기감을 느끼고 있었다.

'만약 한눈팔면, 그때 난 뭐라고 해. 너도 그랬으면서 왜 난 안 되는데? 평소의 그 차가운 눈으로 물어보면 난 어떡하냐구.'

왜 혼자서 상상하고 혼자 실망하고 혼자 괴로워하다가, 결국 혼자 눈시울이 붉어지는 건지 모르겠다.

"남편 옆에 누워. 그 뒤는 남편이 다 알아서 해주실 거야. 그럼 그걸로 The End지."

윤정의 목소리가 떠올랐다. 진아는 혼자서 이래저래 고민하다가 천천히 다시 이불 속으로 들어갔다. 그 순간 성준이 몸을 움직이더니 벽 쪽으로 돌아누웠다. 그의 넓은 등이 시야를 가로막은 순간 진아는 명치끝이 아릿해졌다. 그냥 돌아누운 것뿐인데, 이상하게 거부당한 느낌.

그래서일까, 자신도 모르게 손을 뻗어 그의 등 위에 가만히 손바닥을 대고 말았다. 순간 그의 몸이 움찔한 것 같아 화들짝 손을 뗐지만, 그녀는 다시 손가락을 꼼지락거리다가 가만히 손을 뻗어 다시 손바닥을 대보았다. 성준의 체온이, 따스한 온기가 손바닥을 타고 심장으로 흘러들었다.

'사랑하고 싶다…… 이 남자를…….'

체온이 심장을 건드린 순간 자연스럽게 든 생각이었다. 동시에 진아의 명치끝이 찌르르 울렸다. 눈물이 핑 돌았다. 코끝이 시큰해 오면서 그제야 깨닫게 되었다. 이것이었나 보다. 그가 말한 의미가 바로 이것이었나 보다.

"나…… 생각했는데. 당신 말처럼 생각했는데. 알아낼 자신 있다면서요. 정말 그런 마음을 갖게 됐는지 바로 알아낼 자신 있다고 하고선……."

그의 등에 살며시 이마를 기댔다. 소리도 없이 흘러내린 눈물이 조용히 시트를 적시며 떨어졌다. 하지만 등을 돌린 성준에게선 어떤 미동도 느껴지지 않았다. 그저 규칙적인 숨만 쉬며 잠들어 있을 뿐.

알아낼 수 있다고 자신있게 말하고선, 언제나처럼 오만한 콧날과 만지면 시원한 바람이 느껴질 것 같은 깔끔한 얼굴로, 문득 쳐다보면 꼭 시선을 붙들어 버리는 그런 매력적인 얼굴을 하고선 돌아봐 주지 않아서 이쪽을 아릿하게 하고선…… 전혀 모르고 있는 것이다.

진아는 얼른 눈물을 닦았다. 바보 같다. 그냥 제멋대로 눈물이 터지고 말았다. 심장에서 올라온 눈물이 뜨뜻하게 지펴져 눈물샘을 녹여 따뜻한 액체를 밀어냈다. 눈꺼풀엔 심장과 직결되는 통각 담당 기관이 있는 걸까? 눈물이 눈꺼풀을 건드리며 나올 땐 심장이 함께 저릿하며 아픈 걸 보니.

눈물을 닦고서 성준의 등에 다시 얼굴을 기댔다. 내 남편이지만 소유를 주장할 수 없는, 아직은 먼 거리에 있는 남편이라 조심스럽게 기댈 수밖에 없었다.

한 손을 그 등에 가만히 대고서 스르르 눈을 감았다. 돌아서 안아주지 않는 남편이었지만, 이렇게 만지고 있는데도 전혀 반응이 없는 남편이었지만, 그래도 손바닥을 지펴주는 성준의 온도가 너무 따뜻하고 고마워서 진아는 저절로 단잠이 밀려들었다.

성준은 가만히 눈을 감고 있었다. 사실 처음부터 말짱하게 깨어 있었다. 이상한 병이 걸렸는데, 밖에서 잘 때는 몰라도 집에 있을 때는 꼭 진아가 옆에 누워야 잠이 오는 것이다. 그건 '징그러워 죽겠으니까'의 압박을 받았던 때도 마찬가지였다. 그 말 때문에 실망스러웠을 때도, 그래도 아내가 옆에 있어야 폭 잠에 빠져들 수 있었다.

이건 확실히 병이지 싶었다. 싫다는 여자를 굳이 안을 수는 없더라도 옆에 눕혀 놓아야 마음이 안정된다니.

'귀찮다, 사랑이란 건.'

그래서 오늘도 진아가 욕실에서 나오기를 기다리고 있었다. 눈만 감고 있었을 뿐 신경은 예민하게 그녀 쪽을 인식하고 있었다. 가만히 이불 속으로 들어온 아내, 이제 자야지 생각한 그 순간 이상한 체온이 느껴졌다. 언제나처럼 멀찍이 떨어져서 등을 돌리고 잘 줄 알았던 아내가 자신 쪽으로 눕는 게 여실히 느껴진 것이다.

이건 편집증인 걸까? 이젠 눈을 감고서도 아내의 일거수일투족에 집중을 하고 있단 말인가. 그런데 그 순간 아내가 벌떡 일어나더니 한동안 앉아 있는 것 같았다. 눈을 떠서 볼 수도 없는 상황이라 더더욱 초조했다. 도대체 뭘 하고 있는 건지 확인이라도 하면 마음이 편할 것 같은데. 한 번 신경을 쓰기 시작하자 점점 더 조바심이 일어 손끝까지 저릿해졌다. 그래서 그 압박감을 견디다 못해, 진아가 다시 누운 순간 자신도 모르게 돌아눕고 말았다. 명대로 살려면 그 순간 꼭 돌아누워야 할 것 같았다.

이제 그만 하고 잠이나 자야지. 도대체 아내가 무엇 때문에 오늘따라 커다란 행동 패턴을 보이고 있는 건지는 모르겠지만 아무튼 둘 다 누웠으니 자야지 싶었다.

그러나 그의 바람은 깨끗하게 무시되었고, 그 순간 등에 와 닿은 건 진아의 손이었다. 거짓말 하나 안 보태고 눈알이 튀어나올 뻔했다. 그나마 눈꺼풀이 제 역할을 다 해 막아주었기에 망정이지 아니었으면 큰일 치를 뻔했다.

아무리 막으려고 해도 몸은 이미 꿈틀거렸고 아내의 손은 화들짝 떨어져 나갔다. 순간 허전한 마음이 일어 자신의 본능 체계에 심각한 호통을 내려주었다. 괜히 움찔거려서 아내의 복된 손길을 내치고 말았는가.

하지만 얼마 안 있어 다시 와 닿은 손. 그리고 한참 후에 다가

온 것은 그녀의 이마, 보드라운 숨결, 말랑말랑 마주 끌어안아 주고 싶은 체온이었다. 그리곤 들려오는 진아의 목소리.

잠들어 있을 거라 생각한 걸까, 그녀의 젖은 목소리가 성준의 심장을 온통 흔들어놓았다. 그리고 그녀는 잠이 든 것 같았다.

처음으로 먼저 다가와, 그것도 술에 전혀 취하지 않은 맨정신으로 자신의 등에 바짝 달라붙어 잠이 들어 있었다. 고른 숨소리가 들려왔을 때 성준은 그제야 정상적인 호흡을 할 수 있었다.

'모르겠다.'

어두운 방 안에서 그는 중얼거렸다. 사랑하고 싶은 사람으로 인식하라고 했다. 언젠가 들었던, 지금 생각해도 가슴 아픈 그녀의 말에 대한 나름대로의 복수였다.

그래서 그런 말을 했는데, 이제 그녀도 조금은 이쪽을 돌아볼 마음이 생겼다는 것일까?

당장이라도 진아를 와락 끌어안고서 이 짙은 마음을 인식시키고 싶었다. 하지만 끝내 그러지 못한 것은, 그 빌어먹을 자존심 때문이 아닐까 싶었다. 하나 더 이름 붙이자면 조바심이라고 할 수 있을까?

용서해 주는 건 쉽다. 몸을 맞댐으로서 마음이 통한 것으로 착각하는 것도 쉽다. 하지만 그 쉬운 걸 실행에 옮기지 못하는 이유는, 그녀가 좀 더 고민해 줬으면. 조금이라도 더 나를 위해 슬퍼해 주었으면……. 가학적인 취미가 있는 걸까.

그녀도 이 사랑의 어려움을 인식해 주었으면 좋겠다. 그래서 그 후론 오래오래 정말 서로를 보며 사랑하고 살자고.

사랑하고 살자고…….

6. 장미의
전쟁

6장
장미의
전쟁

[**뭐**? 소파에 나가서 자더라고!]

"그래. 소파에 나가서 자더라고!"

윤정에게 비상시국 선포를 했을 때 윤정은 두말없이 진아를 만나주었다. 지금 두 사람은 호프집에 앉아 울분을 터뜨리는 중이었다.

처음엔 고상하게 차만 마실 생각이었는데 참새가 방앗간을 지나치지 못하듯 발걸음은 술을 찾아 전진하고 말았다. 주사가 있는 진아로서는 딱 한 잔만 마실 생각이었다. 하지만 어젯밤 일을 말하다 보니 화딱지가 나서 어느 순간 말술로 변한지 한참 된 상황이었다.

"새벽에 일어나 보니까 글쎄, 우리 남편이 거실 소파에서 자고 있는 거야."

"이 바보야, 그럼 너 이제 끝난 거야. 오죽 네가 꼴 보기 싫으면 소파로 나가서 자겠니? 그거 아주 쫑인 거거든. 난리났네, 난리났어."

윤정은 정말이지 아주 적나라하게 위로를 해주고 있었다. 카운슬러의 질적인 면이 상당히 아쉽다 이 말이다. 진아는 잔뜩 풀린 눈으로 이리 비틀 저리 비틀거리며 시위했다.

"너 지금 그걸 위로라고 하니?"

"위로? 내가 왜 위로를 해? 너 내 객관적인 의견을 물어본 거 아니야? 그러니까 대답해 줘야지. 그런 경우 남편의 덧정은 완전히 떨어진 거라니까."

"난 지금 위로가 필요하거든?"

"어휴, 이 바보. 내가 위로해 봐야 뭐가 해결되는데? 네 남편이 아주 너한테 정나미가 떨어진 게 문제지. 그건 말야, 볼장 다 본 거고 갈 때까지 간 거거든, 아무렴! 그러기에 있을 때 잘하란 말도 모르니? 도대체 뭘 어떻게 했길래 남편 분께서 그렇게 화가 난 거야?"

모르겠다. 자신은 그저 그의 옆에 딱 붙어서 잠이 든 것밖에는. 설마…… 바로 그 딱 붙은 것이 문제였단 말인가! 그렇지 않고서야 잘 자던 남자가 갑자기 일어나서 에잇, 하고 밖으로 나갈 이유가 없지 않은가.

새벽녘 알람 소리에 깨서 아침 준비를 하기 위해 일어난 진아는 옆자리가 텅 비어 있다는 걸 발견했다. 그때까지는 그저 남편이 샤워 중인 것이려니 했다. 그래서 얼른 쌀을 씻으려고 침실 문을 밀고 나가는데, 소파에 길게 누워 있는 남편을 발견하곤 소스라치게 놀랐다. 그리고 다음 순간 든 감정은 심장이 시큰할 정도의 서운함이었다.

　생각 같아서는 소파째 들어서 창밖으로 내던지고 싶은 걸 꾹 참으며 진아는 주방으로 쏙 들어갔다. 이래서 죄짓고 살아선 안 되나 보다. 입에선 하고 싶은 말이 차고 넘치는데, 입장이 입장이다 보니 남편의 명백한 잘못을 눈앞에 보고도 아무런 비난도 못하는 것이다. 그래도 자신은 남편이 없는 사람 취급하며 오 개월을 소 닭 보듯 했을 때도 각방만은 쓰지 않았는데.

　"너무하는 거 아니야?"

　비난할 수는 없었지만 열 받은 걸 표현할 수는 있었다. 도마에 애호박을 놓고서 생선 자르듯 뭉텅뭉텅 썰었다. 그래도 화가 가시지 않아 파를 가지런히 놓고서 신나게 다졌다.

　다다다다닥!

　도마가 깨질 정도로 혹은 잘라내 버리겠다는 기세로 다졌더니 파가 즙이 되어서 깜짝 놀랐다. 정신을 차려보니 파의 난사 현장이 눈앞에 펼쳐져 있는 것이다.

　하지만 파에 대한 애도도 잠시, 냄비를 꺼냈다가 또 서운한 마음이 훅 일어서 개수대에 덜컥 떨어뜨렸다. 순간 싱크대의 표면과 부딪친 냄비가 요란한 소리를 내며 징 울렸다.

쏴아아.

물을 틀고서 냄비를 한번 헹구는데, 성준의 목소리가 들렸다.

"무슨 일이야?"

모습을 보니 놀라서 뛰어온 것 같았다. 진아는 꼴도 보기 싫었지만 비시시 웃는 척을 하며 남편을 돌아보았다.

"왜요?"

"왜…… 냐니, 시끄러운 소리가 나서 다친 건가 했지."

아직도 눈에 졸음이 묻어 있는 남편은 정말 놀라서 달려온 것 같았다. 어떻게 인간이 되어선, 금방 자고 일어났는데도 저렇게 청량한 얼굴인가 말이다.

진아는 씻지도 않고 주방으로 직행한 자신을 떠올리곤 얼른 고개를 원위치시켰다.

"별일 아니니까 걱정 말아요. 냄비가 손에서 미끄러진 것뿐이니까."

흥, 걱정되긴 뭐가 걱정돼? 저렇게 성인군자인 것처럼 하면서 결국 속으론 이를 갈았단 거잖아. 그러니 거 좀 붙어서 잤다고 그냥 학을 떨며 밖으로 나가 버렸지.

"정말 안 다쳤어?"

성준이 다가오려는 기미가 보여 진아는 호박을 썰던 시퍼런 칼날을 슬쩍 들어 보이는 것으로 입장을 표명했다.

"가서 얼른 씻어요. 전혀 안 다쳤으니까."

씻지도 않았는데 가까이 오면 그쪽이 다칠 확률이 있습니다, 그 뜻을 아주 잘 갈아진 칼로 대변해 주자, 목숨이 아까웠던 건지 성준은 돌아서는 것 같았다.

"놀라게 좀 하지 마라."

그런 말을 중얼거리며 나가는 성준의 등에 대고, 고개도 돌리지 않은 채 진아가 말했다.

"왜 밖에서 잤어요?"

"응?"

"왜, 거실에, 나가서, 잤냐고, 묻잖아요."

"아아……."

그제야 죄인은 자신의 죄를 눈치 챈 것 같았다. 하지만 그 죄가 얼마나 악질적인 건지는 잘 모르는 건지.

"침실이…… 더워서. 바람만 쐬고 들어갈 생각이었는데 그대로 잠이 들었더라. 소파에서 잤더니 몸이 뻐근하다."

그리고 성준은 사라졌다. 사실은 그 말을 하면서 그가 얼마나 심히 찔렸는지 진아가 알 리가 없었다. 저가 무슨 파르테논 신전을 받치는 기둥이라고 생각하는 건지 우렁차게 솟아 있던 기둥만 잠깐만 가라앉힐 생각이었는데 피곤을 견디지 못하고 잠이 들어버린 것이다.

전날 밤, 진아가 깊은 잠에 빠질 때까지 한참을 기다린 후에야 성준은 천천히 진아 쪽으로 마주 돌아누웠다. 마음 같아서는 등에 와 닿는 진아의 부드러운 체온과 숨결을 더 느끼고 싶었지만, 그러기에는 아래에서 그놈이 너무 닦달을 하는 것이다. 어쩔 수 없이 성준은 진아의 어깨를 살짝 그러쥐는 것으로 마음을 달래고는 조금 떨어져서 잠을 청했다.

사실 따지고 보면 아내가 너무하는 것이다. 자신은 아직 결혼한 지 일 년밖에 안 된 남자고, 지난 오 개월간은 그 아내의 근처에도 가지 못했으며, 이후로는 손만 대면 서재로 숨어버리거나 사슬을 달아버리는 등 듣도 보도 못한 행태를 취하는 바람에, 그날 술에 취했을 때 얼렁뚱땅 관계를 가진 날 말고는 전혀 그녀를 안지 못했다. 그러니 미친 듯이 허리 아래쪽이 아우성을 치는 건 당연한 결과였다. 아주 그냥 마구 끓고 있었다.

아무래도 며칠 동안 주구장창 마신 레드 머시깽이의 효력이 있는 건지, 약발이 무지 잘 듣는 체질인 건지, 이건 무슨 석유에 절여놓은 장작도 아니고 사정없이 활활 타오르는 것이다. 이 상태로 가다간 독수리 오형제의 도움을 받아야 할지도 모르겠다. 하지만 어찌 아내를 두고서 그런 추잡스러운 짓거리를 하겠느냐. 그런즉, 햄릿이 괜히 혼자서 허공을 향해 독백을 하는 게 아니란 사실을 여실히 깨달았다.

'죽느냐, 사느냐, 그것이 문제로다. 그러니, 제발 좀 죽어라!'

성준은 괜히 자신의 불끈한 욕망만 닦달해야 했다. 그렇다고 확 덮쳐 버리자니, 조금씩이라도 디뎌 밟아오는 아내의 걸음을 뒷걸음질치게 할까 봐 걱정이고. 게다가 무슨 일이 있어도 또다시 서재로 홀랑 달아나 쇠사슬 체인을 거는 것만큼은 죽어도 못 봐주겠다.

"좀 안아봐도 되겠습니까?"

정중하게 물어보았지만 새근새근 잠든 아내가 대답할 리 없었다. 잘못 생각했다. 조건을 다른 걸로 하는 건데. 뭐 그렇게 고매한 인물이라고, 사랑하고 싶은 사람으로 만들라느니, 그딴 추상적인 조건을 걸 게 아니라…… 이 마음이 풀릴 때까지…… 하자!

뭘 해! 후우. 나오느니 한숨이었다.

모로 누운 진아의 원피스가 살짝 떠서 가슴골이 언뜻언뜻 드러났다. 숨을 쉴 때마다 오르락내리락 하는 뽀얀 살결이 성준의 심안을 흩뜨리고 있었다.

성준은 사탄을 퇴치하기라도 하듯 눈을 질끈 감았다가 아무래도 불을 꺼야지 싶어 침대를 짚고 일어났다. 그리고 상체를 기울여 진아의 너머에 있는 스탠드를 끄려는 순간 바로 아래에서 올라오는 진아의 체취에 휘청거리고 말았다.

'그 원수 같은 레드, 내일부터 두 번 다시 마시나 봐라.'

눈앞이 팽글 돌면서 빈혈기마저 느껴지는 이 증상은 아무래도 병이지 싶었다.

달칵, 겨우 스탠드의 불빛을 죽이고서 제 자리로 돌아가려는데, 하필이면 그 순간 진아가 뒤척이더니 성준의 가슴팍에 손을 뻗었다. 그게 또 하필이면 남자의 상체에서 유일하게 솟아난 돌기에 닿은지라 성준의 화덕에 장작이 와르르 던져졌다. 화덕은 순식간에 열기로 꽉 메워져 들끓어 오르더니 증기가 막 뿜어져 나오는 동시에 기관차가 미친 듯 달리기 시작했다.

치우기 위해 진아의 손목을 잡은 게 더 문제였다. 자신의 손바닥에서 느껴지는 열을 자신이 느낄 수 있을 정도였다.

성준은 별수없어 진아의 손목을 놓고 벌떡 일어났다. 그리고 그 길로 거실로 나가 소파에 벌렁 누웠다. 몸은 피곤해서 죽겠는데 눈은 말똥말똥, 머릿속은 고뇌로 뱅글뱅글 돌아갔다. 그나마 거실에서는 숨이나마 편하게 쉴 수 있었다.

"평생 원수다, 당신."

작심삼일이라 하지 않는가. 이 냉전기, 적어도 사흘은 넘겨야 했다. 자신도 무조건적인 용서의 총체로 이루어진 배려의 인간은 아니라는 것을 보여주어야 했다. 사흘도 못 돼서 맥없이 무너질 수는 없었다. 화날 일이 있으면 화나고, 질투할 일에는 뇌가 뽑혀 나갈 정도로 안달을 내며, 분노가 치솟아오르면 열 받을 줄도 아는 사람이라는 걸 알려줄 필요가 있었다.

앞으로 이틀, 두 번의 밤만 참아보자는 것이다. 결국 아내에게 매운 맛을 보여주겠다고 생각해 놓고 반지가 보이자마자 차를 세워 홀랑 뛰어가 버리고 만 자신이 아닌가.

그래, 이틀 밤만 더 참자.

성준은 다짐하고 또 다짐했다. 작심삼일만 채우고, 이 몸도 그렇게 호락호락하지 않다는 것만 강단지게 보여주고, 그러고 나서 아내에게 당당하게 요구하는 것이다.

"자자!"

요구는 무슨, 싹싹 빌면서 애원해야 할지도 모르겠다.

'사랑해, 진아야. 한 번만 안아보자. 미칠 것 같으니까 널 내게 줘라.'

물론 닭살은 좀 돋겠지만, 그래도 그런 낭만적인 말이면 낫지.

'몸에서 사리가 나올 것 같단 말이다, 이 독한 마누라야!'

성준은 이를 드르륵 갈며 눈을 감았다. 잠깐 눈만 붙였다가 안으로 들어가야지. 아래에서 아직도 묵직하게 존재감을 드러내고 있는 저 기둥만 어떻게 해결되면 그때 들어가야지. 그렇게 생각하며 성준은 스스로를 가라앉혔던 것이다.

하지만 이틀간의 출장, 그것도 바다 밖이라는 먼 거리는 역시 피곤했던 건지 성준은 그대로 잠이 들고 말았다. 절대 각방은 결사반대라는 그의 원론을, 유감스럽게도 스스로 어기고 만 사연이었다.

"근데 너 내가 사준 속옷, 그거 입고 서비스 좀 했어?"

윤정의 질문에 진아가 버럭 소리쳤다.

"그게 왜 네가 사준 거야? 내 카드로 긁었거든?"

"이 기집애가 아무튼 이래요. 왜 이렇게 애가 맹한지 몰라. 지금 네가 샀느니 내가 샀느니 그게 중요해? 요는 그 섹시 언더웨어의 야릇함을 남편에게 만끽하게 해줬느냐 아니냐 이 말이잖아."

"그게 말이지…… 아직 못 입었어. 하지만 너무 야하단 말이야. 아아, 몰라몰라. 너무 야해."

"얼씨구."

발그레해진 볼을 비비면서 몸을 배배 꼬는 진아를 윤정은 어처구니없다는 눈으로 쳐다보아야 했다.

"이 봐라, 이 봐. 내가 이럴 줄 알았어. 야 이 삐꾸야. 내 말 좀 잘 들어봐. 부부싸움이란 게 말이야, 네 말대로 칼로 물 베기 아니야. 부부가 살다 보면 다툴 수도 있지? 요는 그 다음이거든."

윤정이 눈을 게슴츠레 뜨곤 손가락 하나를 고상하게 치켜세운 채 말을 이었다.

"남편들은 말이야, 아니, 남자들은 말이야. 의외로 애 같은 성향이 있어서 평소엔 위엄있게 굴다가도 결정적인 순간엔 여자가 먼저 풀어주고 손 내밀어주기를 바라는 동물이거든? 어루만져 주길 바란다구. 한번 먼저 예뻐해 줘봐, 기냥 달려들어 보라구. 그럼 남편이 멀쩡한 침대 놔두고 소파 나가서 달달 떨면서 자겠어?"

진아의 눈썹이 와락 찌푸려졌다.

"우리 남편은 그렇게 빈곤한 사람 아니거든? 달달 떨면서 쪼그리고 자는 거 어울리지 않고, 우리 거실 전혀 춥지 않고, 지금

6월이거든?"

"내가 말한 건 실내 온도 같은 게 아니거든? 보일러 터지고 그런 게 아니거든? 마음의 온도를 말하는 거잖아. 남편은 화해를 생각하고 있는데 만약 네가 무시한 거면 어떻게 할래? 그래서 기껏 기대하고 있었는데, 맹한 마누라는 등 확 돌리고 뻣뻣하게 누워 자더란 거야. 너라면 그 마누라가 예쁘겠니? 예쁘겠어?"

잘하면 삿대질까지 하겠다. 진아는 풀린 눈으로 윤정을 흘겨보았다.

"너, 내 남편 대변인이야? 우리 성준 씨 보좌관이니? 수상해. 너 우리 남편한테 반했지? 그래서 편드는 거지?"

진아의 말에 윤정이 순간 눈을 치켜떴다.

"이것이 친구의 진정한 충고를 갖고 뭐가 어쩌고 어째?"

"언제부터야? 결혼식 때부터였어? 그때부터 우리 남편 보고 반한 거야? 잘생겨서 뿅 간 거야?"

"아주, 웃겨라. 웃겨. 내가 미쳤다고 친구 남편한테 넋 놓고 있니? 하기야 잘생기긴 했다만. 몸매도 꽤 되고."

"어쭈?"

"일단 정신 좀 차려라, 응?"

진아는 양손으로 자신의 뺨을 홀쭉하게 파삭 눌렀다. 그리고 뭉크의 〈절규〉의 모습으로 괴롭게 중얼거렸다.

"그럼 나더러 어떻게 하라는 거야. 속옷은 죽어도 못 입겠지,

그렇다고 먼저 헐벗은 내 경우를 보여줄 수도 없지. 우리 성준씬 정말정말정말 수준 높은 사람인데 그 앞에서 쇼걸을 어떻게 해."

"아주 쇼를 해라, 쇼를 해."

윤정이 비웃고 있든 말든 진아는 몸서리를 치며 한탄에 빠졌다. 그런 상황이란 말이다, 친구야. 네가 이 상황을 어떻게 이해하겠니. 그렇다고 정확한 사연을 들려줄 수도 없고, 답답해 미칠 것 같았다.

"정 못 입겠으면 왈칵 달려들기라도 해봐. 솔직히 내가 보기엔 그거 반드시 해봐야 할 것 같아. 남자들이 의외로 꽁하고 속에 담아두는 타입이거든. 말로 표현 안 해서 그렇지, 뭔지는 모르겠지만 너 땜에 엄청 화나 있는 건 맞는 것 같으니까 더 늦기전에 눈 딱 감고 한번 달려들어 봐. 만약 그래도 반응없으면 너한테 정 떨어진 게 확실하고, 만약 밀쳐 내거나 하면."

"……하면?"

"사 주 조정 기간이 필요할 상황이 생기는 거지 뭐."

결혼도 안 해본 주제에 너무나 자신있게 돌아온 대답에 진아가 꽥 소리쳤다.

"안 돼!"

"그저 짐작이야."

"하지만 짐작도 싫단 말이야. 우리 남편한테 쫓겨나면 나 어디로 가? 유씨 가문 귀신이 되어야 하는데, 우리 아버지한테 나 맞아 죽어."

윤정이 쯧쯧 혀를 찼다. 최악의 상황에 직면한 진아는 결국 몸을 가누지 못하고서 한바탕 테이블 위를 휘저었다. 그러다가 무슨 생각이 들었는지 갑자기 고개를 번쩍 들더니 핸드폰을 쑥 내밀곤 퀭한 눈으로 말했다.

"윤정아, 1번이거든? 우리 남편 좀 불러줄래? 나 좀 데리고 가라고 해줘봐."

"아주 가지가지 한다, 가지가지 해. 만약 전화했는데 안 오면? 귀찮다고 성질내면서 화풀이하면? 유부녀 불러다가 술 퍼먹인 장본인으로 비난하면 난 어떡하고?"

"우리 성준 씨 그런 사람 아니란 말이야. 불러줘, 불러달라구."

윤정은 별수없어 한숨을 폭 내쉬곤 핸드폰을 열었다.

"……안녕하세요? 아, 저 진아 친군데요. 진아가 지금 많이 취했거든요. 글쎄 말이에요. 안 그래도 취하면 곤조가 심한 것이, 너무 오랫동안 술하고 사별 같은 이별을 해서 그런지 조금만 마셔도 저렇게 거적이네요. 아주 난리도 아니에요, 지금."

순간 진아가 헉! 소리를 내며 상체를 벌떡 일으켰다. 칼손으로 목을 긋는 시늉을 하며 눌러 죽인 소리로 반항했다.

"야, 그렇게 말하면 어떡해? 너 내 친구 맞아?"

안달복달 난리를 치자 윤정이 귀에 휴대폰을 댄 채로 씨익 웃었다.

"장난이야. 아직 안 받았어, 이것아."

같은 시간, 성준은 사무실로 방문한 원수 덩어리를 노려보며 앉아 있었다. 벌써 어두워지는 시간이라 빨리 마무리를 하고 퇴근할 요량으로 정신없이 서류를 훑어보고 있는데 종원이 설렁설렁 사무실로 찾아온 것이다.

"웬일이야? 일 안 해?"

"허! 이미 모두 퇴근한 시간에 무슨 일?"

"진정한 프로라면 그런 말을 입 밖으로 낼 수 없겠지."

"유성준아, 넌 삶의 퀄리티란 것도 모르나? 죽도록 일만 해서 뭘 해. 이렇게 지인들도 찾아보고 가끔 바람도 쐐주고 그러면서 심도있는 대화를 나누는 게 바로 잘살아가는 삶이지, 안 그래? 근데 홍차도 안 내오냐?"

성준은 고개를 설레설레 저으며 한쪽에 있는 원두커피를 내려서 종원의 앞에, 그리고 자신의 몫으로도 한 잔 놓았다.

"커피 마셔. 홍자 따위 없어."

"저런! 난 이 시간이면 딜마 아쌈 티를 마셔줘야 하는데."

늘 있는 너스레라 성준은 들은 척도 하지 않았다.

"한데 어째서 나만 보면 그 수려한 미간에 세 줄 주름을 등장시키는 건가, 친구."

서른 때부터 슬금슬금 나오기 시작한 배가 이젠 한정없이 빵

빵해져서 보통 벨트로는 그 원둘레를 감당할 수 없게끔 되어버린 종원이 잘났다고 배를 더 내밀면서 느긋하게 물어왔다.

"그건 네가 아침에 거울을 볼 때마다 스스로에게 화가 나는 이유와 같은 이치겠지."

"허! 아침에 거울 볼 때마다 내 섹시함에 내가 질리는데, 혹시 그걸 말하는 거야?"

"잡소리 그만 하고 찾아온 이유나 말해. 할 일 없이 오진 않았을 거 아니야."

"그게 말이야. 이리 좀 와봐."

종원이 상체를 기울여 달라는 듯 손가락을 까딱거렸다. 하지만 성준이 전혀 반응이 없자 머쓱한 얼굴로 허허 웃음을 터뜨리고는 별수없다는 듯 그 자세로 말했다.

"우리 마누라쟁이 말이야. 넷째 가졌다."

순간 성준의 눈이 번쩍 떠졌다.

"뭐?"

"넷째 가졌다고, 넷째! 얼마 전에 천오백 번째 부부싸움 화해를 한 기념으로 오랜만에 무드를 좀 잡아봤거든. 그때 그냥 딱! 맞아떨어진 거야. 흐흐."

음흉하게 웃는 친구를 바라보는 성준의 눈동자에는 알 수 없는 기색이 묘하게 흐르고 있었다. 혼자만의 만족감에 빠져 흘흘 웃고 있던 종원이 그 기운을 알아차리고는 고개를 갸웃했다.

"왜 그래, 친구. 설마 지금 날 변태로 보고 있는 거야?"

"아, 아니. 그냥 좀…… 놀라워서. 넷째라니."

사실은 부러웠다. 듣는 순간 부러워서 미칠 것 같았다. 아기라…… 넷째라…….

자신과 진아를 반반씩 닮은 아기들이 거실을 어지럽히며 뛰어놀고 있다. 아내는 소파에 앉아 뜨개질을 하며 그런 아이들을 포근한 미소로 지켜보고. 아버지는 퇴근을 하자마자 선물과 과자를 바리바리 싸들고 집으로 뛰어간다. 현관문을 여는 순간 그 곰살맞은 아이들이 우르르 달려와서 아빠! 하고 안긴다. 사랑스러운 아내도 함빡 웃으며 그를 향해 다가온다. 그때 아내의 배는 또 사랑스럽게 부풀어 있다. 그것은 그가 아내에게 다섯 번째 임신을 시켰기 때문이다. 이 얼마나 아름답고도 평화로운 광경인가. 물론 아내가 다섯 번째 산통을 겪어야 할 테니 좀 안쓰럽긴 하겠지만…….

"부럽다."

너무 상상에 빠져 버렸던 걸까. 성준은 자신도 모르게 속내를 흘려버리고 말았다. 순간 종원이 푸허헐 웃어 젖히기 시작했다.

"뭐야, 애가 갖고 싶어 죽겠다는 표정이었어?"

"그, 그게……."

성준은 겸연쩍어서 뒷머리를 만지작거리며 웃었다.

"내가 말이지, 마누라쟁이하고는 만날 3차 세계대전을 일으켜도 애들은 한없이 좋다 이 말이야. 우리 마누라쟁이가 말이지

나는 천하에 원수 보듯 대해도 애들한테는 더할 수 없이 좋은 엄마라 이 말이야."

언제 서로 헐뜯었냐는 듯 지금 종원은 행복감에 넘치는 얼굴을 하고 있었다. 흔히 아이는 부부의 끈이 된다고 했나. 바로 저 친구 부부가 그걸 극렬하게 보여주는 케이스가 아닐까 싶었다.

"축하해. 언제 한번 저녁식사나 같이 하자. 제수씨 드시고 싶은 거 뭔지 미리 알아두고."

"역시 넌 성실한 친구야. 이로써 마누라가 임신했을 때 유달리 먹고 싶어하는 값비싼 음식 한 건 해결."

"왜 찾아왔나 했더니. 쯧쯧."

"어허, 무슨 소리! 그래, 니네 부부는 어때? 잘 지내고 있는 거겠지?"

성준이 찌릿 종원을 노려보았다.

"관심 끊으시라고 했지? 난 잘 지내고 있으니까."

"바로 반응해 오는 걸 보니 아닌데 뭘 그래. 그러지 말고 니네 부부도 아이 가져. 그럼 다 해결된다니까?"

"해결이고 뭐고 우리 부부는 서로 사랑하면서 사는 것 외엔 할 일이 없는 사람들이거든?"

"잘났군, 끝까지 잘났어."

투덜거리며 고개를 돌리던 종원의 시선이 문득 한 지점에서 멈췄다.

"가만…… 저게 뭘까나?"

턱을 긁적이며 중얼거리는 종원의 살집에 갇힌 작은 눈동자가 어딘가를 향해 있었다. 그 작은 구멍이 반짝 빛나는 걸 알아챈 순간 성준의 낯빛이 하얗게 질렸다. 역시나 친구의 시선이 꽂힌 방향에는 레드 머시깽이 박스가 놓여 있었다. 성준은 벌떡 일어나 박스를 발로 툭툭 쳐서 책장 너머로 밀어버렸다.

"호오! 그거였어? 역시 레드……."

"시끄러워."

성준은 괜히 쑥스러워서 소리를 버럭 치고는 소파에 털썩 앉았다. 이건 원, 창피해서 못살겠구만.

종원이 눈을 가늘게 뜨더니, 아니 본래부터 가는 눈으로 탐색하듯 성준을 보며 말했다.

"너, 설마하니 능력이 딸려서 아직 소식이 없는 건……?"

"무슨 소리!"

버럭 소리쳤지만 그런 말에 반응하는 자신이 더 웃겼다. 제길, 유연하게 반응했어야 하는 건데.

"아직 진아도 어리고, 또 신혼 생활을 더 누리고 싶기도 하고……."

유연하게 변명하는 건 더 쉽지 않은 일이었다.

"어리긴 뭐가 어려! 우리 마눌은 그보다 더 어렸을 때 첫째 낳고 둘째 낳고 잘만 키웠구만!"

"우리 진아가 워낙 몸이 약해야지……."

"이건 뭐, 우리 마눌은 초합금 로봇이라도 되냐? 하긴, 우리 마눌이 좀 튼튼하긴 하지."

"그런 소리가 아니야. 아무튼 진아하고…… 곧 아이 낳을 거다!"

무슨 대단한 결심이라도 되는 양 성준이 비장하게 말하자 종원이 큭 웃었다. 나이를 들어갈수록 이 친구는 어째 더 귀여워지는 건지 모르겠다.

몇 년 전까지만 해도 한창 일에만 미쳐서 표정은 차갑고 바늘도 안 들어갈 것처럼 냉했었는데, 요즘엔 말랑말랑한 모습도 보이고 꽤나 애교도 부리고 있다. 물론 본인은 애교라고 절대 인정하지 않겠지만. 남자가 변하는 이유는 단 하나, 여자에 의해서인데 말이지.

"참, 오늘 가볍게 술 한잔하자. 우리 넷째 잉태 축하파티 해야지."

"오늘?"

"왜, 마누라한테 그렇게 빨리 달려가고 싶어?"

바로 그런 마음이었기 때문에 성준은 허세를 부릴 수밖에 없었다.

"누, 누가 그렇대? 알았으니까 마셔. 마시자고."

술 마시고 늦게 들어가면 싫어할 텐데, 외로워할 수도 있고……. 아무래도 신경이 쓰여서 걱정스러운 눈을 하고 있는데 휴대폰이 울렸다. 처음 보는 번호라 살짝 미간을 찌푸린 성준은 종원에게 양해를 구하고 휴대폰을 귀에 댔다.

[안녕하세요. 저기, 저 진아 친군데요.]

갑작스러운 말에 성준의 눈동자가 살짝 흔들렸다.

"아, 네. 그런데 무슨 일이신지…… 혹시 진아한테 무슨 일이라도?"

[아, 그건 아니에요. 사실은 진아가요. 정말 죄송한데, 좀 취했어요.]

순간 성준의 미간이 바로 찌푸려졌다. 또 술! 그러나 성준은 애써 웃으며 정중한 어조로 입을 열었다.

"어딘지 말씀 좀 해주시겠어요? 제가 지금 바로 가겠습니다."

"뭐야? 친구, 방금 전 나하고 술 마실 거라 했잖은가!"

펄펄 뛰는 종원을 피해 돌아선 성준은 휴대폰을 귀에 더 가까이 붙였다. 시끄러우니까 떠들지 말라는 뜻을 담은 모션이었다.

[정말 오시겠다구요? 저기…… 화나신 건 아니시죠? 미안해요. 그게, 진아는 안 마시겠다고 했는데 제가 마시자고 한 거거든요.]

"아닙니다. 진아가 취하면 좀 힘들어서요. 제가 가겠습니다."

[세상에! 정말이요? 이 기집애 뻥 쳤어. 완전 사이좋잖아요!]

성준은 무슨 말인가 싶어 눈을 깜빡거려야 했다. 현재 진아만큼 윤정도 취한 상태였기 때문에 감정 표현이 솎아지지 않고서 그대로 나온다는 걸 그가 알 리가 없었다.

윤정으로서는 부부싸움 후에 각방을 쓰는 부부라는 말만 들어서 이 부부가 끝날 날만 남았구나, 싶어 못내 걱정했던 것이다. 그런데 성준이 저렇듯 친절하게, 뿐인가, 아내에 대한 걱정과 배려를 뚝뚝 묻히고 있으니 친구로서 행복한 마음이 걸러지지 않고 튀어나올 수밖에 없었다.

[사랑하시죠? 사랑하시죠? 우리 진아 사랑하시죠?]

초록은 동색이요, 친구는 비슷한 사람들끼리 어울린다고 윤정의 푼수기도 진아와 만만치 않았다. 내친김에 마구 확인 받으려는 윤정의 어투나 행동이 어째 진아와 비슷한 것 같아 성준은 자신도 모르게 웃고 있었다.

"조금만 데리고 있어주십시오. 금방 가겠습니다."

[어머어머! 다른 대답으로 돌려 버리는 센스! 하지만 그 말이 더 좋았거든요! 와우, 최고예요! 브라보! 만만세!]

[이 기집애야! 그만 안 끊을래? 너 독 마셨니? 독 마셨어?]

문득 저 너머에서 진아의 목소리가 넘어와서 결국 성준은 쿡쿡 웃고 말았다. 친구라는 사람의 상태를 보니 둘 다 꽤나 마신 모양이었다. 진아의 어투도 만만치 않았고. 물론 또 술! 이라는 것에는 머리가 지끈거리기도 했지만, 아내가 자신을 불러주었다는 생각에 슬그머니 기분이 좋아졌다. 단지 그것만으로도 기쁘다니, 자신도 자신을 못 말리겠다.

한편 뭐가 그렇게 좋은지 평화로운 미소를 짓고 있는 친구를 쳐다보고 있던 종원은 눈치를 살피다가 안주머니에서 무언가를 슬쩍 꺼냈다. 사실 오늘 친구를 찾아온 목적은 이래저래 여러 가지였다. 넷째의 잉태 사실을 알리려는 의도도 있었지만, 그것보다 바로 이것!

그는 안주머니에서 꺼낸 무언가를 살짝 펼쳐서 얼른 성준의 커피 잔에 털어 넣었다. 알 만한 사람들은 아는, 바로 그 최상의 정력제. 이름하여 갈아 만든 비아그라 되겠다. 사실은 오늘 친구를 술집으로 유인해 몰래 타 마시게 할 생각이었지만, 지금 상태를 보니 술 약속은 깨질 모양이었다. 저렇게 행복한 얼굴로 아내를 에스코트하러 가겠다고 하니.

'역시 니들 부부한테는 애가 생겨야 해.'

손수 빻은 가루가 커피 안으로 녹아들자 종원은 뿌듯한 얼굴로 소파에 느긋하게 기대앉았다. 방금 전 발견했던 레드 그것도 그렇거니와, 역시 친구도 이쪽으로 관심이 많은 것 같으니 가져오길 너무 잘한 것 같다.

'잘되면 나한테 한 턱 쏘라구. 이제 뜨거운 밤을 보낼 일만 남았다는 거지, 거럼!'

그 사이에 성준은 통화를 끝내고 재킷을 걸쳤다.

"나 그만 나가봐야 할 것 같아."

서두르는 성준을 보며 종원은 정말이지 기가 막혔다. 그럼 내 갈아 만든 비아그라는! 누가 커피잔에 정력 키워주겠대?

"거참, 성격 급하네. 아무리 급한 일이 있어도 그렇지, 친구를 이렇게 막 쫓아내면 쓰냐?"

손목시계를 보던 성준이 종원을 흘끗 쳐다보더니 쯧쯧 혀를 찼다.

"별로 반갑지도 않은 친구보다야 날 기다리고 있는 아내한테 가야지. 시끄러우니까 빨리 일어나!"

"시끄러운 건 너라고. 기왕 내린 커피라도 다 마시고 출발하든가지. 너 말야, 우리 넷째는 아예 안중에도 없다 이거야?"

종원이 왕 삐침 모드에 성준은 고개를 절레절레 저으며 어쩔 수 없다는 듯 소파에 앉았다. 저 사나이, 남자 주제에 한 번 삐치면 오래갔던 것이다. 그제야 종원이 만족스러운 미소를 띠며 커피잔을 들었다.

"사실은 오늘 반드시 우리 넷째 잉태 축하주를 마실 생각이었지만, 뭐, 별수없지. 아쉬우나마 커피로라도 건배하자고."

종원이 건배의 제스처를 취하자 성준도 별수없이 커피잔을 들었다.

"미안하다. 다음에 꼭 축하주 마시자."

"몇 잔 정도로는 안 될 줄 알아. 아주 코가 비뚤어질 정도로 마셔야 한다고. 건배!"

"그래, 알았다."

성준은 친구의 너스레에 즐겁다는 듯 웃고는 커피를 마셨다.

"원샷이야, 원샷! 다 마셔야 우리 넷째가 엄마 뱃속에서 잘 자란다고!"

행여나 한 모금만 찔끔 마실까 봐 종원은 최대한 바람을 넣으며 탄력을 넣었다. 역시나 예의있고 성실한 친구는 종원의 그 말에 휘둘려 정말 커피를 다 마셔 버렸다. 저 친구가 저래서 귀엽단 말이지.

성준은 그때, 종원이 어떤 형태의 미소를 띠고 있었는지 전혀 알지 못했다. 그 미소가 얼마나 능글맞았는지를 그때 알았다면, 이후의 일명 '침대 뽀개기' 사태를 막을 수 있었을까?

진아는 기분 좋게 취한 상태였다. 확실히 기분이 좋았다. 윤정이 부러워할 정도로 성준이 성큼 달려와 주었기 때문이 아니라고는 절대 말 못하겠다.

"안녕히 들어가세요. 다음에 또 봬요. 우리 진아 많이 사랑해 주세요! 다음에 또 봬요!"

성준이 집 앞에서 내려주자 윤정은 그 '다음에 또 봬요' 라는 말을 골백번은 하고서 사라졌다.

그때 진아는 골이 띵 울려서 보조석에 뺨을 기대고 한껏 늘어져 있었다. 윤정의 목소리가 들리긴 하는데 몸이 제대로 곧추서 있어주지 않았다.

집으로 돌아가는 길에 두 사람은 모두 말이 없었다. 진아는 취해서 반쯤 기절한 상태라고 하더라도 성준마저 이상할 정도로 가라앉아 있었는데, 말 그대로 어딘가가 이상했기 때문이다.

처음엔 그저 피곤해서 그런 것이려니 했다. 한데 윤정을 내려주고 아내를 돌아본 후부터 시작된 갱년기 증상 비슷한 것이 자꾸만 몸을 귀찮게 구는 것이다. 물론 그가 갱년기 여인의 증상을 알 리가 없었지만 꼭 그 증상을 호소하는 중년 여인들처럼 온몸에서 열이 확확 났다. 그런데 그 느낌이 전혀 낯설지 않았다. 그러니까 바로 어젯밤에 아내를 두고서 일던 반응과 비슷한 것이었다.

'혹시 레드 어쩌고의 부작용인가?'

하지만 정량 이상으론 마신 일은 없었다. 그러니 그다지 연관 관계는 없어 보였다. 피곤해서 그런 건 더 아닌 것 같고……. 곰곰이 자신의 상태를 되짚어보았지만 딱히 짚이는 데가 없었다.

문득 아내가 무얼 하고 있나 싶어 핸들을 돌리며 흘끗 쳐다보았다. 진아는 뺨을 기대고 운전석 쪽으로 앉아 잠들어 있었다. 그 순간 온몸의 감각을 건드리는 그 찌릿찌릿한 증상들은 또 극으로 달했다.

'……젠장.'

대체 이게 무슨 일인지 모르겠다. 꼭 약이라도 한 사람처럼 몽롱해지고 심장이 벌떡거리는 걸로도 모자라 아내의 얼굴만 봐도 찌릿 하는 감각이 전신을 지배하다니. 아무리 굶었다고 해도 그렇지 자신이 이렇게 짐승이었던가. 이건 짐승이 아니라 금수의 수준이었다! 아내를 두고 헐떡거리는 것도 하루이틀이지,

이젠 쳐다보기만 해도 이런 증상이라니 마치 자신이 세상에 둘도 없는 변태처럼 느껴졌다.

아무튼 어찌어찌해서 집까지 도착해 주차를 시킨 성준은 보조석으로 돌아가 진아를 겨우겨우 끌어 내렸다.

"으응…… 나 더 잘래."

진아가 시트를 꽉 껴안고 도무지 내리려 하지 않아서.

"잠깐만 일어나 봐. 얼른 들어가서 자자."

겨우 구슬려서 끌어 내린 상황이었다. '아이구, 우리 착한 애기'. 그 말이 안 붙어서 다행이었다.

핸드백을 팔에 달랑달랑 들고 위기 천만하게 바닥을 딛고 선 진아는 현재 짧은 스커트 차림이었다. 움직일 때마다 힐이 휘청거려서 보는 성준이 다 불안했다. 빼딱빼딱, 이리 비틀, 저리 비틀, 주유소 앞에서 노니는 바람 인형마냥 한참을 흔들리던 진아가 퀭한 눈을 들어 문득 성준을 쳐다보았다. 아니, 노려보았다.

"……왜?"

성준은 몸에서 솟구치는 정체불명의 열 때문에 시선을 슬쩍 피하며 물었다.

"어디 아파요?"

진아가 눈을 비비며 다가오자 성준은 성큼 물러서야 했다. 이거 정말 미치겠다, 이 몸 왜 이러냐.

"아, 아프긴. 괜찮아."

"괜찮긴 뭐가 괜찮아요!"

별안간 진아가 버럭 소리를 치는 바람에 성준은 화들짝 놀랐다. 그것보다 미치겠다. 이건 완전 제대로 된 변태가 되자는 건지, 앙칼진 그 목소리가 날아온 순간 전기가 이는 충격과 함께 흥분 상태가 확 치솟는 것이다.

"소리…… 지르지 마. 내가 지금 좀 몸 상태가……."

"이 남자 정말 이상할세. 아프냐고 물었더니 괜찮다고 해놓곤 몸 상태가 뭐요? 아픈 거잖아요. 근데 왜 안 아픈 척해요? 나한텐 말해주기도 싫단 뜻이에요? 얼굴이 빨갛잖아! 설마 술 마시고 운전했어요?"

저렇게 취하고도 상대방의 얼굴 상태를 파악할 수 있다니, 그녀는 진정한 주당이었다. 성준은 얼른 진아를 데리고 갈 요량으로 그녀의 손목을 쥐었다가 또 후끈 감각이 일어 얼른 손을 뗐다. 흠흠, 헛기침을 하고서 고개를 돌리는 성준을 쳐다보는 진아의 눈이 가늘어졌다.

"사 주 조정 기간이 필요할 상황이 생기는 거지 뭐."

동시에 때마침 떠오른 윤정의 목소리에 진아의 모든 감각이 차단되었다. 술이 확 깨는 것 같다.

"나 밀쳐 내면 정말 화낼 거예요."

이제 막장이었다. 취기는 용기와 함께, 라는 문구가 있었던

장미의 전쟁 349

가, 없었던가. 진아는 성준에게 성큼 다가섰다.

"거기 그대로 있어요."

하지만 성준은 그만큼 뒤로 물러날 수밖에 없었다.

"그, 그 자리에서 정지…… 하지?"

"흥, 그렇다 이거죠? 내 친구 앞에선 아내가 부르면 무조건 달려오는 모범적인 남편의 얼굴을 하고서, 막상 나만 남으니까 또 외면하시겠다?"

그런 게 아니란 말이다! 성준은 미치고 팔짝 뛸 노릇이었다. 저대로 더 다가오면, 이 파르테논 신전의 한쪽 기둥이라 착각하고 있는 그놈을 접하고야 말 것이다.

"드, 들어가자. 일단."

"싫어요! 도대체 왜 싫어요?"

"무, 무슨 질문이 그러냐?"

"왜 날 그렇게 싫어하냐구요! 미안하다고 했잖아요. 도대체 얼마를 더 빌어야 해요? 무릎이라도 꿇어요? 사과문이라도 써요? 한 번 실수는 병가지상사라고, 남자가 받아들이기로 했으면 깨끗하게 용서해 줘야지, 왜 계속 그러는 건데요? 아니면 차라리 때려요. 그렇게 화나면 한 대 치라구요."

진아가 막 나가고 있었다. 거의 폭주의 수준이었다. 취할 때면 드러나는 무서울 정도의 솔직함이 풀가동된 것이다.

성준은 애가 탔다. 그녀를 용서하지 못하는 게 아니라 이런 자신의 몸 상태를 용서하지 못한다는 걸 어떻게 설명할 수 있을까?

"기왕 끝장날 것 한번 막판까지 가보자구요. 뭐 해요? 안 쳐
요?"

취하면 매저의 기운까지 발동되는 건지 때리라고 난리였다.

"내가 당신을 어떻게 때려!"

이젠 성준도 성질이 나서 버럭 소리쳤다. 순간 진아가 휙 하
고 흔들리더니 저 혼자 몇 걸음 옆으로 휘청거려 떠밀려 가더
니, 이렇게 소리쳤는데.

"어라? 막 때리네? 지금 나 쳤어요? 치란다고 진짜 치니?"

"당신, 지금 장난하는 거지?"

"헤헤헤."

성준은 손바닥으로 반듯한 이마를 꾹 눌렀다. 내 마누라는 대
체 왜 저 모양일까.

"하지만 당신도 너무하잖아요. 솔직히 내가 뭐, 대단한 바람
이라도 피웠어요? 손 다섯 번 잡아본 적밖에 없다구요. 당신은,
정말 그런 적 없어요?"

단호하게.

"없어."

"거짓말!"

"없어. 다른 여자가 매력적이라고 생각한 적도 단 한 번도 없
어."

진아는 콕 찔려서 얼른 다른 곳을 보는 척했다.

"어라…… 주차장이 언제부터 이렇게 넓었지?"

아무튼 저 곤란하면 시침을 떼는 악독한 여인이었다, 그녀는.

그가 이를 갈고 있는 부분이 손을 몇 번 잡았느니 하는 게 아니라 상대방의 매력에 이끌린 점이고, 지금 그걸 탓하고 있다는 걸 그녀는 알고 있는 것이다. 그러니 저렇게 못 들은 체하는 거겠지. 적어도 그런 판단은 되는 걸 보니 완전히 취한 건 아닌 모양이었다.

"이제 그런 일 없을 거예요. 검은 머리 파뿌리 될 때까지 당신만 매력적이라고 생각하고 살 건데, 당신은 대체 왜 그렇게 계속 좀생이처럼 굴어요?"

"뭐? 조, 좀…… 뭐?"

"좀생이요, 좀생이! 좀생원! 잘못했다는데 왜 자꾸만 먼 구름 흉내 내냐구요! 무지개 끝에 숨은 황금단지인 양 멀어지기만 하는 거냐구."

성준은 한숨을 폭 내쉬었다.

"그런 거 아니야. 믿어줘, 진심이야."

"진심이면 그 자리에서 정지해요. 왜 자꾸 도망쳐? 싫지 않다는 사람이 그렇게 계속 피해요? 나 무슨 병 걸렸어요? 설마 나도 모르는 새에 병 걸린 거예요?"

성준은 더 이상 뒷걸음질칠 수도 없는 거리까지 몰리고 말았다.

얼른 주차장을 빠져나가서 집으로 올라갔으면 좋겠다. 그래서 차가운 물에 샤워라도 하면 나을 것 같은데, 아내가 저렇게 끝장을 보고야 말겠다는 듯 전투욕에 불타오르고 있으니 미치고 팔짝 뛸 노릇이었다.

'샤워하고, 샤워하고 나서 대화하자. 응?'

그러나 그 순간 다행스럽게도 진아가 걸음을 우뚝 멈췄다. 성준은 살았다는 기분으로 그녀를 쳐다보았다. 고개를 푹 숙인 진아가 낮게 입을 열었다.

"성준 씨, 나 취하지 않았거든요?"

성준의 고개가 갸웃했다. 하지만 진아는 고개를 숙인 채여서 얼굴이 잘 보이지 않았다.

"나 안 취했다구요. 전혀 안 취했어요. 그냥 취한 척한 것뿐이에요. 그러니까 말해줘요. 내가 싫으면 싫다, 미우면 밉다. 솔직하게 말해줘요."

순간 성준은 진아가 너무 안타까웠다. 그렇게 힘들었던 걸까? 생각 같아선 당장이라도 뺨을 어루만져 주며 불안한 마음을 안심시키고 싶은데……

'제길, 어루만진다는 생각을 하니까 또 이 난리네.'

성준은 거친 욕설을 퍼부었다. 자신에게 향한 것일 수도 있고, 부작용을 일으킨 레드 머시깽이 회사를 향한 것일 수도 있었지만, 도무지 줄어들지 않는 분신을 향한 것일 확률이 가장 컸다. 사면초가의 난관에 봉착했다. 오목으로 치자면 쌍삼쯤 되겠다. 이렇게 해도 망하고 저렇게 해도 망한다. 정력제의 부작용인 거면, 이럴 때 아내를 안았다가 괜히 진아의 몸에도 잘못된 영향을 끼칠 수도 있다는 걱정이 들지 않을 수 없다. 아니, 아니다. 이런 해괴한 욕구를 가라앉히기 위해 아내를 안는다는 것 자체가 그의 성격상 용납되지 않았다.

"얼마나 말해줘야 믿을지 모르겠지만 당신 때문이 아니야."

"글쎄, 나 안 취했다니까요!"

외쳤지만 진아는 자신의 말이 순 뻥이라는 걸 몸으로 증명해주었다. 바로 힐이 삐끗해선 옆으로 휘청 넘어진 것이다. 엎어지려는 진아를 겨우 낚아챈 성준이 깊은 한숨을 흘렸다. 심장 떨어질 뻔했다. 취하긴 뭘 안 취……

성준의 몸이 바짝 긴장했다. 단지 엎어지려는 그녀를 지탱하려 잡은 것뿐인데 진아가 그 순간을 노린 건지 자신도 모르게 그런 건지 성준의 목을 와락 끌어안아 버렸다.

"지, 진아야."

"나 미워하지 말라구요. 싫어하지 말아요. 작정하고 그런 건 아니었단 말이에요. 나 내가 미혼인 줄 알았어요. 남편은 날 봐주지도 않고, 옆에 있어주지도 않고 그래서 내가 결혼한 건가 미혼인 건가 나조차도 헷갈려 버렸어요. 흑, 그대로 이혼당하면 어차피 이혼녀 되고 얼마나 앞이 깜깜했는지 알아요? 하지만 성준 씨는 잘났으니까 나보다 더 어린 여자랑 재혼할 수도 있을 거 아니에요. 내가 성준 씨한테 당당한 건 그래도 어리다는 것 뿐이었는데, 흑, 성준 씨는 그것도 필요없다는 것처럼 봐주지도 않았잖아요. 설마 성준 씨, 나보다 더 영계가 좋은 거예요? 스무 살짜리하고 결혼하고 싶어요?"

"무슨……."

기가 막혔다. 그녀의 사고회로는 도대체 어디로 뻗어가는 건지. 황당한 말에 도무지 어떤 반응을 해야 할지 모르겠다. 이런 생각을 할 수 있는 그녀가 진정으로 대단하다.

"하지만 난 성준 씨한테 이혼당하면 이혼녀 되고, 그럼 어떻게 혼자서 세상풍파를 헤치면서 살아요? 난 제대로 할 줄 아는 것도 없는데, 언니들은 무시할 거고, 아부지는 집안에 먹칠했다고 내쫓을 테고, 엄마는 친구들한테 창피해서 어떡하냐고 다이아 알반지를 내 이마에 던져 버릴 거고. 창피하니까 이제 밖으로도 나오지 말라고 옥탑방에 가둘 거예요. 어흑, 성준 씨는 집에서 쫓겨나지도 않을 거고, 나보다 더 어린 여자애랑 결혼해서 알콩달콩 잘살 거고, 우연히 길거리에서 만나면 나 무시할 거고. 내가 배 나온 사십대 남자랑 재혼할 때 성준 씨는 엄청 잘 빠진 여자랑 신혼여행 갈 거잖아요!"

성준은 절레절레 고개를 흔들었다. 누가 배 나온 사십대 남자한테 당신을 내주기라도 한대? 그놈은 또 어떤 놈이야! 괜히 진아의 과대망상에 휩쓸려 성준까지 흥분하고 있었다. 존재하지 않는 대상에게까지 질투를 하다니, 자신은 어떤 성분으로 이루어진 인간인가.

"당신은 내가 다른 여자랑 재혼했으면 좋겠어? 그래도 아무렇지도 않아? 나보다 배 나온 사십대 아저씨가 더 좋아?"

그러면서도 그녀가 귀엽다는 생각이 든다. 자신도 모르게 진아의 머리카락에 손을 뻗었다가 얼른 철수를 시켰다. 부드러운 머리카락에 손가락이 닿는다는 생각만으로도 불끈해져서 그 큰 키를 접은 채 엉거주춤하게 서야 했다. 진아는 여전히 혼자만의 상상에 빠져 오열 중이었다.

"배 나온 아저씨가 뭐가 좋아. 잘생긴 우리 신랑이 있는데 내가 왜 그래야 하는데요? 딴 여자한테 뺏기고 싶지 않은데, 욕심나서 죽겠는데 왜 자꾸만 멀어져요. 흑흑, 끅, 다들 너무해요. 언니가 제일 나빠. 흑, 엄마도 나빠, 아버지도 나빠. 그중에서 내가 제일 나빠. 하지만 성준 씨는 나쁘지 않아요."

정말 두서없는 주사였지만 성준의 눈매는 잔잔해지고 있었다.

"나…… 안 나빠?"

자신도 잘못을 했다. 그런데 그녀는 자신이 나쁘지 않다고 한다. 어느 순간부터, 그래 그 남자가 진아와 함께 사라진 날 이후부터 그녀는 명백한 잘못을 저지른 쪽이 되어 있었고 그는 실수를 용납해 주는 성인군자가 되어 있었다. 따지고 보면 그게 아닌데. 원인과 결과를 따지면 그녀만큼 자신도 잘못을 한 것인데. 그래서 진아를 받아들인 건 용서가 아니라 화해라고 표현해야 옳은 건데…….

"나, 나쁘지 않아?"

성준이 부드럽게 물었다. 마음이 따스해지고 있었다. 그녀가 건넨 상냥한 언어로 인해. 물론 그걸 표현하는 어조는 눈물범벅에 전투적인 느낌이 다분했지만. 진아는 말 잘 듣는 아이처럼 손등으로 눈물을 닦아가며 고개를 열심히 끄덕였다.

"나쁘지 않아요. 우리 가족들도 다 나 싫어하고 무시했는데 성준 씨만 안 무시해요. 다쳤을까 봐 걱정해 주고 취하면 달려와 주고 멀리 가면 선물 사다 주고. 성준 씨는 나쁘지 않아요. 그래서 좋아하고 싶은데 성준 씨는 나쁘지만 않지 사랑을 주지 않아요. 그냥 매너있는 사람인가 봐. 나 말고 다른 여자들한테도 그럴 건가 봐. 다치면 걱정해 주고 취하면 달려와 주고 멀리 가면 선물 사주고."

"아니야. 당신이니까 그런 거야."

"정말요?"

"그래, 당신이니까."

성준의 눈매에 다정함이 어렸다. 그래, 이진아니까.

"내가 멍청해도 괜찮아요? 다른 여자들처럼 영어로 스피킹도 못하는데?"

성준이 쿡 웃음을 터뜨렸다.

"대학도 보결로 붙었는데?"

"왜 그러냐, 당신. 그게 대체 뭐가 문제야?"

"사실은…… 나 고백 안 한 거 하나 더 있어요."

성준이 고개를 갸웃했다. 진아는 최후의 고백을 하는 사람처럼 비장하게 말했다.

"사실은 나, 고등학교도 떨어졌었어요. 언니들 다니던 사립 고등학교에 떨어져서 겨우 다른 데로 부랴부랴 들어갔어요."

성준이 큭 웃음을 삼켰다. 그런 고백이야 수만 개도 괜찮았다. 하지만 성준의 느긋한 태도에 진아는 파르르 떨었다.

"비웃어요? 나름대로 얼마나 괴로운 경험인데."

"꼭 머리가 좋다고 현명한 건 아니야. 공부 잘했다고 다 지혜로울 순 없어. 당신은 그걸 좀 더 알아야겠다. 그럼 자신감도 생기게 될 거야."

"난 멍청해요."

"멍청하지 않아."

"머리도 나빠요."

"그렇지 않아."

"흑, 나 성준 씨가 좋단 말이에요!"

갑작스러운 방향 전환에 성준의 눈이 커졌다.

"……그런 말을, 그렇게 갑자기 좀 하지 마."

"지금처럼 다정하게 대해줬으면 좋겠어요. 계속 내 보호자가 돼줬으면 좋겠어요. 사랑스러운 눈으로 쳐다봐 줬으면 좋겠어요. 날 사랑해 줬으면 좋겠어요. 어떻게 하면 돼요? 어떻게 하면 성준 씨 나 사랑해 줄래요?"

성준의 눈동자가 흔들렸다. 요상한 욕구로 만신창이가 된 몸속에서 앙증맞도록 파란 새싹이 돋아나고 있는 기분. 그 초록색이 온몸을 정화해 주는 느낌이었다.

벌써부터 터뜨린 눈물이 그녀의 눈동자 가득 고여 별처럼 반짝였다. 간절한 눈으로 그를 바라보는 그녀가 너무나 사랑스럽다. 아니, 고맙다.

'바보다, 당신. 여기에서 어떻게 더 사랑해.'

하지만 고백은 잠시 미뤄야지. 사랑한다는 말 백 마디보다 지금 당신을 바라보고 있는 내 눈이 훨씬 더 깊은 사랑을 표현하고 있다는 걸 스스로 알 수 있도록 만들어야지.

"사랑하고 싶어지면 된다고 했죠? 하지만 그건 어떻게 해야 하는 거죠? 사랑하고 싶어졌단 말이에요. 하지만 표현하는 방법을 모르겠어요. 성준 씨는 알아낼 수 있다고 했죠? 하지만 아무 말도 안 하고 있으니까 역시 아직 아닌 거죠? 나는 그런 것 같은데 성준 씨는 날 용서해 주지 않으니까 아직 먼 거죠? 난 성준 씨가 잘생겨 보이고 자꾸만 더 멋져 보이고 안아줬으면 좋겠고 보이지 않으면 생각나고 아주아주 많이 미안하고 그런데, 그걸론 안 되는 거죠? 더 해야 하는 거죠? 그래야 사랑인 거죠?"

"진아야……."

심장을 뚫고 올라오는 뜨거운 기운은 분명 여태까지 자신을 괴롭히던 부정적인 기운과는 다른 것이었다. 순수하게 그녀로 인해 벅차오르는 감동이었다. 충만하게 채워지는 만족감이었다.

"가르쳐 줘요. 나 당신한테 사랑받고 싶어요. 성준 씨가 날 외면하니까 여기가 텅 빈 것 같아요. 쿵 떨어지는 것 같아요. 막 바늘이 콕콕 쑤시는 것 같아요."

진아가 성준의 손을 와락 끌어 자신의 가슴에 얹어놓았다. 물론 심장을 가리키며 호소하는 것이겠지만 성준의 상태는 절대 느긋할 수가 없었다.

그녀가 한 말과 눈꺼풀을 적시는 눈물, 그리고 지금 손을 잡아당기고 있는 행동이 온통 뒤섞여 머릿속이 뱅글뱅글 돌면서 당장이라도 화산이 폭발할 것 같았다. 도대체 그녀의 말 몇 마디로도 흥분의 정점에 달할 수 있다니, 그건 아마도 지금의 비정상적인 상태와 그녀의 중얼거림이 크로스가 된 게 아닐까 싶었다.

"성준 씨가 좋아요. 째려보면 아프고, 외면하면 슬프고, 거실에 나가서 자면 괴롭고, 뜬구름이라고 생각하면 서러워요. 나 성준 씨하고 진짜 부부가 되고 싶어요. 밤엔 꼭 끌어안고 자고 아침엔 모닝키스 하고 출근하기 전엔 꼭 안아주고. 그날처럼, 그때 나 안아줬잖아요. 꼭 끌어안아 줬잖아요. 그쵸? 키스하고 안고 성준 씨하고 그것도 하고 싶어요!"

점점 갈수록 높아지는 수위에 따라 몸의 고문도 최고치로 갱신에 갱신을 거듭하던 그때, 결국 진아의 마지막 말과 함께 성준의 심장이 팡 터져 버렸다. 징, 하고 머릿속이 울리는 동시에 쩡 굳어버렸다.

"……뭐?"

내가 지금 무슨 말을 들은 거지? 설마아, 그럴 리 없어.

"그거요, 그거! 부부라면 해야 하는 그거! 침대에서 하는 그…… 읍!"

하얗게 탈색된 성준은 서둘러 손을 뻗어 진아의 입을 막아버렸다. 간간이 지나다니는 사람들이 있었기 때문에 그대로 둘 수 없는 노릇이었다. 게다가 어떤 아주머니는 딸과 함께 지나가고 있었다.

'진아야, 그거 19금이다! 자라나는 새싹들 앞에서 할 말이 아니지 않니!'

물론 감정은 끓어 넘칠 듯했고 그로서는 대환영의 말이었지만 하필이면 이 지경의 몸 앞에서 그것도 밖에서 이러느냔 말이다.

고뇌하는 성준과 달리 진아는 입이 막혀서 몸부림을 치고 있었다. 커다란 손바닥에 눌려 압사되기 직전 진아의 상태를 알아차린 성준이 화들짝 놀라 손을 떼자 진아는 한꺼번에 돌려받은 호흡을 고르느라 사정없이 헉헉거렸다. 그 소리 그만!

"일단 들어가자."

"싫어요. 안 들어갈래."

손목을 잡았지만 진아는 홀랑 그 손목을 빼내고 버텼다. 도대체 어쩌라는 건지.

"들어가자니까."

"싫다니까요!"

"진아야."

"들어가면 안아줄 거예요?"

허······.

성준은 할 말을 잃고 말았다. 이래서 술이 무서운 거다.

"난······ 취하지 않은 당신을 안고 싶어."

사실은 그것보다 부작용을 일으킨 몸 상태가 문제였다. 그래서 아내가 내미는 복된 손길을 스스로 거부할 수밖에 없었다. 이 무슨, 세상에서 가장 타이밍 안 맞는 영혼이란 말인가. 살아오면서 그렇게 운 나쁜 사내는 아니었거늘.

슬픈 눈으로 진아를 바라보는데, 순간 그녀가 몸을 돌리더니 반대 방향으로 걸어가기 시작했다. 성준은 얼른 달려가 그녀의 어깨를 돌려 세웠다.

"어디 가니. 집은 저쪽이야."

"놔요. 술 깨러 가는 거니까."

"뭐?"

"안 취하면 안아준다면서요. 그러니까 술 깨야지."

진아야, 좀!

성준은 이 무슨 팔자냐는 생각에 일단 진아의 손을 우악스럽게 틀어쥐었다. 방법은 이것밖에 없는 것 같다.

"알았어, 들어가자."

"들어가면요?"

똑바로 쳐다보며 물어봐오는 진아를 그로서는 감당할 수 없다는 결론을 내렸다. 그녀는 자신의 상식 밖이며, 예상할 수 있는 범위를 넘어선 사람이다. 성준은 한숨을 폭 내쉬곤 입을 열었다.

"그래. 들어가서…… 안아줄게."

그 순간 진아의 입가에 바로 미소가 피었다. 그렇게 밝을 수가 없었다. 아주 빛이 났다.

"헤헤헤."

요상하게 웃는 진아의 어깨를 감싸 안고서 성준은 돌아섰다. '오늘 밤은 절대 불가!'를 외치던 쪽은 성준이었지만, 막상 진아의 체온과 맞닿자 끓어오르는 쪽은 확실히 그였다. 헤헤헤 웃으며 그의 팔에 뺨을 마구 비비고 있는 철없는 아내 쪽은 그저 '좋아'의 상태 그 이상도 그 이하도 아닌 것 같았다. 그러니 저렇게 아무렇지도 않게 요구를 하고 있을 수 있겠지. 도대체 뭐가 뭔지 모르겠다. 한 번만 안아보자고 할 쪽은 오늘 아침까지만 해도 분명히 자신 쪽이었다.

자신이 얼마나 음흉한 마음을 품고 있는지 안다면 그녀는 어떻게 반응할까? 그저 무관심해 보이는 남편과 애정을 확인하는 정도로만 생각하고 있는 것 같은데, 성준 쪽은 그런 순수한 의도가 절대 아니었다. 순수한 섹스는 하지 않느니만 못하다고 생각하고 있는 바였다.

그때 재킷 안주머니에서 진동이 느껴져 성준은 진아를 놓치지 않으려고 노력하며 핸드폰을 꺼내 귀에 댔다.

"여보세요."

액정도 확인하지 못하고서 말했더니 종원의 목소리가 넘어 왔다.

[친구, 소중한 아내는 get 했어?]

"지금 바쁘니까 나중에 통화해."

안 그래도 휘청거리는 진아를 간추려 걷는 것도 힘든데 종원의 느긋한 일상에 응수해 줄 여유가 없었다. 그래서 막 전화를 끊으려는 찰나 종원이 말을 이었다.

[참, 내가 네 커피에 뭘 좀 탔는데…….]

순간 성준의 걸음이 우뚝 정지했다.

[그게 최강 비아그라였지, 아마? 벌써 효능이 시작되었을 텐데, 어째 뜨뜻한 아랫목에 갇혀 있는 것 같지 않아?]

성준의 정지된 동공이 천천히, 천천히 확장되었다.

[고마움에 말을 잃었군 그래. 그럼 좋은 시간 보내라고.]

"야, 한종워—언!"

그러나 전화는 이미 끊긴 후였다. 사고를 쳐놓고 삼십육계 줄 행랑을 쳐버린 친구 때문에 성준은 굳어버리고 말았다.

휴대폰을 쥔 손이 아래로 툭 떨어졌다. 그제야 그 모든 갑작스러운 상황들이 전부 이해가 되었다. 그건 레드 머시깽이의 부작용도 아니었으며 갱년기 증상은 더더욱 아니었다. 활활 지펴지는 그것은 변태의 미열이 아니었고, 아내의 손만 잡아도 불뚝

불뚝 솟아오르는 기둥은 절대 자신의 잘못된 성벽이 아니었다. 모든 것은, 한종원의 탓이었다. 그 악마 같은 놈이 벌인 수작!

빌어먹을 자시—익!

성준은 안으로 분통을 터뜨릴 수밖에 없었다.

"진아야, 당신은 또 어디 가니!"

종원에게 이를 가느라 진아를 잠시 놓쳐 버렸더니 또 그녀가 출타 중이었다. 도대체가 못살겠다는 생각으로 달려가 진아의 손목을 겨우 끌어당겼다. 그러나 그 순간 그의 눈동자가 활짝 열리며 동작이 딱 멎었다.

"……어머니?"

막 빌라 입구를 빠져나오다가 두 사람을 알아보고 걸음을 멈춘 사람은 그의 어머니 심순옥 여사였다.

"어휴, 너희들 왔구나. 다행이네, 못 만나고 돌아가나 했다."

심순옥 여사가 다가오고 있었다. 성준의 머릿속이 한정없이 마구 엉컸다. 일단 그는 진아부터 뒤로 숨겼다.

"어머니, 갑자기 무슨 일로……."

할 수 있는 한 진아를 뒤로 숨기고는 어색하게 웃으며 말하자 심 여사가 그런 성준을 흘끗 쳐다보더니 입을 열었다.

"내가 뭐 못 올 곳 왔니? 니들이 하도 안 찾아오니까 내가 온 게 아니야. 그나저나 둘이 함께 외출했다가 오는 길이니? 역시 들은 대로……."

거기까지 말한 심 여사가 웬일인지 입을 딱 다물자 성준은 눈을 가늘게 떴다.

"왜, 왜요?"

"아, 아니다. 나, 날씨가 좋구나."

어둑한 밤이었다. 날씨가 좋은지는 잘 모르겠다. 하지만 심여사는 당황하는 모습을 보이고 있었다. 성준은 아무래도 수상쩍어서 심 여사를 살펴보았다.

한편 심 여사는 시침을 뻑 떼고는 아들의 날카로운 시선을 피하려고 노력했다.

그녀가 갑작스러운 방문을 하게 된 것은 지원의 영향이었다. 오라비 부부의 사이가 너무 좋아졌다며 전화로 언질을 넣어준 것이다. 안 그래도 그것 때문에 한 걱정이었던 심 여사는 며칠을 궁금해 하다가 결국 확인차 아들의 집으로 침투했다. 도대체 결혼한 지가 언젠데 손자 손녀 소식은커녕 명절 때 외에는 들리지도 않으니, 이러다가 흉물스러운 소식이라도 듣게 되는 건 아닌가 걱정이 되었던 것이다.

대대로 집안 쪽에서는 절대 이혼 불가라는 방침을 내걸고 있긴 했지만, 아무래도 아들 내외가 풍기는 분위기가 꼭 그쪽으로 흐를 것 같아 앉아서도 노심초사였다.

간간이 들려오는 소문들도 그렇게 좋은 것들이 아니어서 더더욱 심란했다. 만약 이혼이라도 하겠다고 나오는 날엔 다른 사람이 아닌 그녀가 경을 치게 될 것이었다. 지금껏 무엇보다 가정의 화목을 최고의 가훈으로 친 집안인데, 그녀의 자식 대에서 이혼 얘기가 나오면 친지들 앞에서 고개를 들 낯이 없었다. 그녀가 시집온 이래 처음으로 접하는 실책이 될 터였다.

하지만 안달 난 마음만 구만 리였지, 이혼이 불가이듯 아무리 자식이라도 부부 간의 문제에 대해선 절대 간섭하지 않는 것 또한 가풍이기도 했다. 그래서 심 여사는 그저 마음만 졸이며 아들 내외의 무사를 기원하고 있는 판국이었다.

바로 그때 지원이 전화를 해와서, 둘의 사이가 그렇게 좋다고 질투를 잔뜩 섞어서 말하니 도저히 가만히 앉아 있을 수가 없었다. 어떻게든 이 눈으로 똑똑히 확인을 해봐야지 싶어 벌써 전부터 한번 와봐야지 했는데, 알아보니 아들이 며칠 동안 일본 출장을 갔다고 해서 시기를 기다리다가 잡은 날이 바로 오늘이었다.

그런데 연락하지 않고 온 게 잘못이었을까, 현관문은 꼭 닫혀 있었고 아무리 기다려도 둘 중 하나도 나타나지 않았다. 전화라도 해볼까 했지만 괜히 바쁜 애들 방해하는 것 같고 해서 조금만 더 기다리다가 갈 요량으로 막 밖으로 나왔는데 다행스럽게도 앞에서 딱 마주친 것이다.

'호오, 둘이 함께 들어오다니 역시 지원이 말이 맞았던 게로구나.'

심 여사는 얼씨구절씨구 춤이라도 추고 싶었다. 드디어 사랑하는 아들자식의 핏줄을 이은 손자 혹은 손녀를 보게 생긴 것이다. 그나저나 우리 며느리는……. 그런 생각을 한 순간 성준의 뒤쪽에서 작은 소동이 일더니 그 며느리가 튕겨지듯 옆으로 왈칵 쏟아져 나왔다.

"어머니임, 안녕하세요!"

지금껏 성준이 알게 모르게 가해온 힘 때문에 갇혀 있던 진아는 겨우 빠져나오자 살 것 같았다. 도대체 왜 그러는 건지 당최 나가지 못하게 하는 것이다. 얼마나 답답한지 죽는 줄 알았다.

하지만 그녀가 누구인가. 어떻게든 압제에서 벗어나 남편의 등 뒤에서 벗어난 진아는 다시 자신을 잡아오려는 성준의 손을 휙 밀어버리고서 허리를 숙여 공손하게 인사를 했다, 고 멋대로 착각했다.

하지만 그건 진아의 생각일 뿐, 취한 사람은 자신이 얼마나 휘청거리는지 제 상태를 전혀 알지 못한다. 스스로는 무척이나 정상적으로 인사를 했다고 인식하고 있겠지만, 정신이 말짱한 두 사람에게는 전혀 그렇게 보이지 않았다. 휘청휘청, 비틀비틀 난리가 났다.

'미치겠다, 진짜.'

성준은 샐샐 웃으며 간드러지는 콧소리로 인사를 하는 진아 때문에 관자놀이를 꽉 눌렀다. 어떻게든 숨겨주려고 했는데 도무지 진아가 이 마음을 몰라주고 저리도 팝콘 행세를 하고 있는 것이다. 당연히 심 여사가 놀란 눈으로 진아를 훑어보며 물어왔다.

"애, 왜 이러니?"

"아이구, 어머니임. 늦게 들어와서 죄송합니다아. 제가 얼른 저녁을 준비해 드려야 하는데요. 얼른 올라가세요. 아주 마앗난 저녁 해드릴게요."

"아, 아니다. 배 안 고프니 저녁은 걱정 마렴. 그보다 아가, 너 술 마셨니?"

"아이쿠! 아닙니다! 아니에요! 전혀 취하지 않은걸요! 술은 마셨지만 절대 안 취했답니다!"

손을 크로스로 마구마구 휘젓는 진아를 심 여사는 황당해 죽겠다는 눈으로, 성준은 미치고 팔짝 뛰겠다는 눈으로 쳐다보았다. 그들 중에서 느긋한 사람은 당사자인 진아뿐이었다.

"사실은 오늘 부부동반 모임이 있어서요. 이 사람이 술이 약해서 그런지 와인 한 잔에 이렇게 취했네요."

어떻게든 진아를 제자리에 세워놓으려고 노력하며 성준이 어색한 웃음으로 변명했다.

하지만 심 여사는 '아아, 그렇군' 하고 호락호락 넘어갈 인물이 아니었다. 일단 수긍하는 얼굴을 하긴 했지만 여전히 미심쩍은 눈으로 며느리를 쳐다보고 있다가 문득 말했다.

"애가 이렇게 잘 웃는 애였니?"

궁금하신 건 그것입니까!

성준은 한술 더 뜨는 어머니 때문에 한숨을 삼켜야 했다.

"아주 애가 애교가 통통 튀네. 그 심술 살들은 다 어디 갔어? 늘 이렇게 볼을 퉁퉁하게 불리고 있더니."

너무나 직설적인 심 여사였다.

"아이구, 어머님. 제가 언제 또 심술을 부렸다구 그러세요. 어머님도 참. 그쵸, 성준 씨?"

"그, 그래."

"어머, 성준 씨. 화났구나? 화났어요? 내가 창피해요?"

"아니야."

"아이, 창피해하면 싫어요. 고등학교 한 번에 붙었다고 잘난 척하면 정말 나빠요, 알죠?"

"잘난 척 안 해. 그보다 당신 괜찮아? 한 자리에 좀 서 있어 봐."

"어휴, 난 아까 전부터 한 자리에 서 있었거든요? 성준 씨하고 어머님이나 좀 움직이지 마세요. 막 어지러워 죽겠네."

지금 이 순간 성준은 두살박이 딸을 데리고 유원지에 나온 아빠의 심정을 절실히 깨닫고 있었다. 이리저리 콩 튀듯 튀는 아내 때문에 진땀이 다 났다.

심 여사는 참으로 놀란 눈으로 그런 아들 부부를 바라보고 있었다. 며늘애가 취한 건 그렇다 치더라도, 그런 며늘애를 붙잡으려고 따라다니는 아들의 모습이 영 신기했다. 무엇보다 며느리, 진아가 저렇게 생글생글 잘 웃는 아이란 건 전혀 몰랐던 사실이었다.

몇 번 볼 때마다 늘 우울한 얼굴 혹은 어딘지 모르게 기가 죽은 모습으로 시선을 피하기만 했었다. 그래서 더 걱정이 구만리였는데, 취해서 그렇다고 하더라도 이렇게 환하게 생글거리니 자신이 다 즐거워질 정도였다.

무엇이 어떻든 부부 사이가 좋아서 저렇게 즐겁게 술을 마신 것이라면 그 자체가 심 여사에게는 기쁜 일이었다. 그것은 곧 손자 생산과 연결된 일이기 때문이었다. 아들의 나이가 있으니 아무래도 조바심이 날 수밖에 없었다.

"어머니임, 얼른얼른 올라가세요. 커피라도 대접해 드려야죠. 헤헤."

"얘가 진짜 잘 웃을세."

"진아 원래 잘 웃어요."

안 그래도 아까 전부터 제 아내를 부르는 어조에 숨길 수 없는 다정함이 배어 있어 그것도 듣기 좋았다. 그때 또 '그' 진아가 생글생글 웃어오며 말했다.

"어머니임, 저 웃으니까 예뻐요? 예쁘죠? 어머님은 더 예쁘세요!"

"그, 그래. 고맙구나."

"헤헤, 별말씀을요! 만나뵙게 돼서 반갑습니다!"

역시나 취해도 보통 취한 게 아닌 모양인 듯. 진아의 취중 언어 세계를 이해하지 못해 고개를 갸웃거리는 심 여사의 옆에서 성준은 이마를 탁 쳤다. 심 여사는 취한 며느리와 정상적인 대화를 나누는 것은 일단 포기하고 성준을 붙들고 말했다.

"그동안 왜 그렇게 소식이 뜸했니? 소식 없으면 걱정한다는 거 알면서, 쯧쯧."

"일이 좀……."

바빴기 때문이라고 변명을 할 생각이었다. 그러나 쏙 끼어든 진아가 성준의 말을 자르고서 자신 있게 외쳤다.

"죄송해요, 어머님! 제가 그동안 바람을 좀…… 읍!"

성준은 그야말로 화들짝 놀라 진아의 입을 왈칵 막았다. 읍읍! 소리를 내며 손을 밀어내려고 하는 진아를 힘껏 고정하고서 성준이 고개를 들었다. 거짓말 하나 안 보태고 등줄기를 타고 식은땀이 흘러내렸다.

'미치겠다, 이진아!'

겸연쩍게 웃으며 심 여사를 바라보자 역시 눈을 깜빡거리고 있었다. 뭔가 쌩하고 왔다 간 것 같기는 한데 아직 그 정체는 모르는 표정.

"새아기가 지금…… 뭐라고 했니?"

"취…… 해서요. 오늘 바람을 좀 쐬고 왔더니 좋다고 하네요."

"그런데 애 입은 왜 그렇게 막아? 숨 못 쉬겠다, 놔줘라, 얘."

"아니…… 이 사람이 취하면 좀 이상한 소리를 많이 해요. 괜히 어머니 들으셔서 오해하실까 봐."

"취한 사람이 다 그렇지 오해는 무슨 오해. 아무튼 얼른 들어가자. 이건 무슨 집 없는 사람들도 아니고 앞에서 너무 오래 얘기했네."

그리고 심 여사가 빌라 입구 쪽으로 몸을 틀려 하자 성준은 '플리즈'의 심정으로 말했다.

"올라가시게요?"

"왜? 싫니?"

"아니, 그게 아니라…… 어차피 진아가 취해서 신경 써드리지도 못하고."

"어미가 남이니? 그리고 애가 저렇게 취했는데 걱정이 돼서 어떻게 그냥 돌아가."

"괘, 괜찮습니다. 제가 알아서 할게요. 진아도 시어머니 앞에서 이렇게 취했으니, 지금은 몰라도 내일이면 무척 창피할 거고."

"됐다, 무슨. 사람이 취할 수도 있는 거지. 넌 내가 그렇게 닫힌 시어미 같니? 며느리도 여자야, 술도 마실 수 있고 취할 수도 있는 거지. 너 지원이 취했을 때 어떤 모양새인지 못 봐서 그러니? 걔 취한 거에 비하면 애 취한 건 일도 아니다 얘. 그건 대체 뭘 먹고 컸길래 술만 취하면 파출소에 끌려가나 그래."

성준은 지금 이 순간 진심으로 동생을 향해 이를 갈았다. 그 망나니 같은 것! 지원이 오로지 자신의 능력으로 술에 대한 어머니의 면역력을 이렇게나 키워놓은 것이다.

"얼른 들어가지 않고 뭐 하니?"

"그게 오늘은 그만 돌아가시는 게 좋을 것 같은데요?"

하지만 가라고 하면 더욱 가기 싫어지는 심 여사의 성격인 것을.

"싫다, 얘! 아들 키워봐야 만고 쓸모없다더니, 넌 오랜만에 본 어미를 그렇게 쫓아내고 싶니? 그리고 내가 오늘 돌아가면 새아기가 내일 얼마나 고민하겠니? 취한 모습 보였다고 괜히 노심초사하기라도 해봐."

암, 그렇고말고. 곧 애를 가질 몸인데 어떤 스트레스도 받지 말아야지.

"내가 내일 아침에 해장국이라도 끓여줘야겠다."

그건 차라리 벼락 소리였다.

"내일 아침까지…… 있으시게요?"

"그래, 뭐 잘못됐니? 이렇게 되면 오기로라도 있을 테다. 어서 들어와!"

소녀적인 감성이 남아 있는 어머니는 아들의 이유있는 견제를 무조건적인 쫓아내기로 인식한 것인지 한창 삐친 것 같았다.

저런 어머니의 뒷모습은 마치 누군가를 연상하게 하는 모습이었다. 짓궂고 잘 삐치고 도대체가 상대방의 사정이라곤 요만큼도 안 봐주는…… 바로 오늘 밤 그의 몸 상태를 이 모양으로 만든 그 빌어먹을 비아그라의 대부 종원! 그와 꼭 닮은 것이다.

"푸아! 도대체 왜 그렇게 말을 못하게 해요? 아, 진짜 숨 막혀 죽을 뻔했잖아요!"

성준의 손에서 저절로 힘이 빠져 자연스럽게 진아가 풀려났다.

"왜 자꾸 말을 막아요? 어머님한테 솔직하게 말씀드리고 사죄하고 싶은데."

또 화들짝 놀라서 심 여사의 동태를 살폈지만 다행스럽게도 이미 안으로 들어간 후였다. 성준은 안도의 한숨을 폭 내쉬고 말했다.

"사죄 안 해도 돼. 그러니까 절대 그런 말 하지 마. 알았지?"

지금 진아는 초등학생 수준의 선악 판단 능력을 가진 것 같았다. 사과하고 싶어 미치겠다는 얼굴, 그뿐이었다.

"남편 말 좀 들어. 당신이 아무리 사과하고 싶다고 해도 통할 상황이 있고 그렇지 않은 상황이 있는 거야."

"하지만 우리 며느리, 하시는데 어떻게 그래요? 더 찔리잖아요."

"내가 괜찮으니까 찔리지 않아도 된다고. 알아들었어?"

"어? 그럼 이제 나 용서해 주는 거예요?"

"그래, 용서. 깨끗하게 용서."

"정말이죠?"

진아가 성준의 팔에 와락 안기더니 얼굴을 마구 문질렀다.

"미안해요. 나 이제 진짜 잘할게요. 고마워요, 성준 씨. 사랑해요, 성준 씨."

성준의 심장이 정신없이 뛰었다. 손을 뻗어 진아의 턱을 들어올리고 눈을 맞춘 채 물었다.

"……내일 아침에 꼭 다시 말해줘야 한다."

"응. 매일매일."

착하게도 고개를 끄덕이고 있었다. 하지만 마음을 놓기엔 일렀다. 결과는 내일 아침이 되어봐야 아는 것이다.

"……들어가자."

지금으로선 어쨌든 진아를 갈무리해서 손을 꼭 잡고서 안으로 들어갈 수밖에 없었다.

"정말로 나빠. 하나도 안 취했는데 어머님까지 완전 취한 사람 취급이야."

비틀비틀 딸려오면서도 할 말은 다 하고 있었다. 역시나 취한 것도 같고, 아닌 것도 같고. 아무튼 전쟁을 끝낸 기분으로 엘리베이터에 오른 성준은 그제야 한차례의 폭풍우가 지나갔다고 안도했다.

하지만 무심코 아래를 내려다본 순간 그것도 아니란 걸 청천벽력처럼 깨닫고 말았다. 심장이 그대로 덜컹 내려앉으며, 어쩔수 없이 지금 이 시국의 심각성을 또 한 번 깨달아야 했다.

그동안은 갑작스러운 어머니의 출현과 또 진아의 돌발발언 때문에 혼이 쏙 빠질 정도여서 인식하지 못하고 있었는데, 문득 아래를 내려다보았다가 여전히 착각에 빠진 파르테논 신전을 발견한 것이다. 화려하게 쳐진 텐트, 그 순간 그는 얼른 벽 쪽으로 딱 붙어 서야 했다.

"아가, 그런데 너 방금 전에 바람이 어쩌고 하더니 그게 무슨 소리니? 혹시 우리 성준이가 바람피웠니?"

"아, 그거요? 아니요, 성준 씨가 아니라…… 읍!"

여전히 아래에선 불뚝불뚝 미칠 지경인데 진아가 또 심 여사의 마수에 걸려들 뻔해서 성준은 아내를 구출하기 위해 얼른 몸을 날렸다. 심 여사가 그런 성준을 찌릿 노려보았다.

"역시 틀림없어. 네 이놈! 딴 짓 한 거지?"

"아, 아니에요. 그럴 리가 없잖아요."

"그럼 그 동안 왜 그렇게 소문들이 흉흉했는데?"

"소문을 뭐 하러 믿으세요."

"그럼 애 입 좀 놔주지 그러니? 그러고도 아니야? 찔리니까 막는 게지."

"취한 사람 말 들어서 뭐 하시게요. 아아, 도착했네요. 어서 내리세요."

심 여사의 애먼 사람 헛다리짚어 닦달하기와 아내의 멈출지 모르는 푼수기, 거기에 파르테논 신전의 압박으로 성준은 녹초가 될 지경이었다. 첩첩산중 설상가상도 이보다는 낫겠다. 도대체 잘 오시지도 않던 분이 어째서 이런 시기에 찾아와서 이 사단을 만들고 난리란 말인가. 평생 원수인지 마누라인지 모를 어떤 여인의 어깨를 달랑 안아 들다시피 해서 현관으로 걸어가는 성준의 심정은 오로지 딱 한 가지였다.

차라리, 죽는 게 낫겠다.

"알았지? 눈 꼭 감고 자. 일어나지 말고, 나오지도 말고 푹 자는 거다?"

오늘 성준은 완벽한 아빠 콘셉트였다. 진아를 침대에 가둬놓고 이불을 폭 덮어주곤 벌써 몇 번을 다짐받고 있었다.

집 안에 들어오자마자 어머님의 식사를 준비해야 한다며 주방에 들어갔다가 접시를 몇 개나 깨먹었는지. 잘못하면 발까지 베일 뻔했던 것이다. 다행히 성준이 아슬아슬하게 구해냈지만 명줄이 십 년은 줄어든 줄 알았다. 취한 아내는 그 어떤 테러범보다 위험했다.

"어머님 저녁 차려 드려야 하는데……."

"내가 차려 드릴 테니까 자라고. 당신 어머니 앞에서 실수하고 싶니? 미운 며느리 되고 싶어?"

취한 아내의 정신 수준에 맞추기 위해 성준은 생전 팔자에 없는 유치원생 눈높이의 대화를 하고 있었다. 길가의 꽃은 꺾어선 안 된다. 그럼 곰지가 때치한다!

"알았어요. 안 그래도 졸려요."

"어머니 화난 것 같으니까 절대 나오면 안 돼."

"에?"

물론 심 여사는 화나지 않았다. 주방에서 진아를 업고 헐레벌떡 뛰어나오는 아들을 보고 필사적으로 웃어 젖히는 분이었다, 그분은.

"아이고, 열부 났구나. 열부 났어. 참사 현장에서 생존자 구출하니?"

어쩌면 그러실까. 성준은 혀를 끌끌 차고는 이불을 한 번 더 여며주고 자리에서 일어났다. 그 순간 진아가 팔을 쑥 뻗어 성준의 재킷을 잡는 바람에 성준은 멈칫했다.

내려다보니, 생각은 초등학생, 어리광은 유치원생 수준인 아내가 생글 웃고 있었다. 다만 그 웃는 모습은 색기가 흐르고 있어서 더 문제였다.

"빨리 들어와요. 나 안아줘야지."

성준은 한마디밖에 할 수 없었다.

"당신…… 기억력 참 좋구나."

그 좋은 기억력 덕분에 겨우 줄어든 줄 알았던 아들놈은 또 아우성이었다. 안 그래도 이 미친 상태를 필사적으로 감추기 위해 집에 들어서자마자 허리를 구부정하게 하고 있어야 했다. 안 그래도, 금방 포경수술을 한 사람처럼 더듬거리며 걸어가자 심 여사가 버럭 구박했다.

"넌 자세가 왜 그래? 애도 안 낳은 것이 벌써 허리가 휘었어? 아니면 어디 아픈 거야?"

"아, 아니요. 저녁때 먹은 회가…… 아무래도 상했나 봐요. 아랫배가 좀 아프네요."

겨우 그렇게 말해서 위기를 모면했다. 도대체 그 비아그라는 어떻게 된 마성의 약인가. 지금 또 아내가 건드리자 결코 수그러들 수 없다며 아우성을 치고 있었다. 성준은 살려달라는 심정으로 진아의 손을 재킷에서 떼어냈다.

"나갔다 올게."

그러니까 오늘만은 빨리 자라. 어머니 와 계시잖니, 이 뻔뻔한 마누라야!

"키스해 주고 나가요."

다리 힘이 쭉 풀렸다. 성준은 괴롭다 못해 슬픈 눈으로 진아를 내려다보았다. 하지만 진아는 이미 대기 상태였다. 팔을 뻗고서 안아주기를 기다리며 선홍빛 입술로 다시 속삭였다.

"키스해 줘요."

더 견딜 수가 없었다.

성준은 그대로 위에서 덮쳐 누르듯 진아를 끌어안고서 왈칵 입술을 겹쳤다. 보들보들한 입술이 그의 뜨거운 입술을 기꺼이 받아들였다. 열리는 입술에 혀를 구기듯 밀어 넣었다.

진아의 양뺨을 비틀듯 감싸 쥐고서 고개를 틀어 결합을 깊게 하고 혀를 섞었다. 자신만큼이나 뜨거운 진아의 혀를 감아올리는 순간 찌릿하고 심장이 요동을 쳤다. 아플 정도로 팽창한 욕구에서 화끈화끈 열이 일었다. 치아가 딱딱 부딪칠 정도로 깊은 키스를 할 때마다 입술이 떨어졌다가 다시 겹치는 젖은 소리가 울렸다.

진아의 목에서 올라오는 신음 소리가 성준의 이성을 갉아먹는 것 같았다. 성준은 키스를 하며 진아의 가슴을 찾았다. 더듬어 그려 내려가다가 봉긋한 곡선과 만나는 순간 감싸 쥐었다.

진아에게서 탄성이 터지는 순간 성준은 그 소리를 막듯 더욱 빈틈없이 입술을 겹쳤다. 격렬하게 몇 번이나 깨물듯 빨아가며 손은 이미 아래로 내려가 스커트를 밀어올리고 있었다.

허벅지를 힘주어 쥐자 그녀가 성실하게 반응해 오며 온몸을 떨었다. 벅찬 희열이 성준의 몸을 터뜨릴 것 같았다. 감각이 춤을 추고 있었다. 손의 움직임이 긴박해지자 진아가 열락을 견디지 못하고 성준의 입술을 깨물었다.

"읏!"

날카로운 아픔에 성준이 움찔하자 진아가 잠깐 입술을 떼더니 무슨 생각인지 그의 상처 난 입술을 혀로 할짝할짝 핥았다. 미칠 것 같았다.

성준은 욕망으로 탁하게 흐려진 눈으로 진아를 내려다보았다. 혀가 민감한 입술 살갗을 그릴 때마다 성준의 맥박이 파동쳤다. 성준은 진아의 뺨을 만지작거리며 다시 키스를 시작했다.

진아의 허리가 비틀렸다. 입술로 막아보았지만 신음 소리는 그 입술을 비집고 흩뿌려졌다. 바깥이 신경 쓰였지만 성준은 어쩔 수 없었다. 머릿속이 하얗게 폭발할 것 같은 감각에 지배당하고 있었다.

순간 이겨내지 못하고 그대로 진아의 위로 올라갔던 성준은 결국 입술을 뗐다.

"하아……."

진아가 가쁜 숨을 몰아쉬었다. 가만히 몸을 떼자 진아가 애원하듯 그를 붙잡았다. 성준은 진아의 콧등에 자신의 이마를 톡 누르고서 다시 그녀의 눈을 쳐다보며 말했다.

"기다려. 어머니 잠자리 봐드리고 올게."

"빨리…… 와야 해요."

"알았어."

입술에 짧게 입을 맞췄다. 이 순간의 행복감을 어떤 것과 비교할 수 있을까. 성준은 사랑스러운 아내의 뺨을 살며시 쓸어주고는 자리에서 일어났다.

결국 침대에만 눕혀놓고 나오겠다는 약속은 지키지 못했다. 시간은 한참이나 지나 있었다. 게다가 아래의 그 녀석도 한참이나 일어나 있었다.

"성준아! 자니?"

순간 밖에서 심 여사의 목소리가 들려와서 성준은 난감해졌다.

"나, 나갑니다!"

대충 대답하고서 돌아보니 다행히 진아는 눈을 감고 있었다.

방금 전의 키스로 젖어서 풀어져 있는 입술에 시선이 닿는 순간, 그 녀석은 또 용맹을 드높였다. 살아남기 위해 성준은 시선을 거두어야 했다.

"그나저나 큰일이군."

도대체 이런 상태로 어떻게 밖을 나간단 말인가. 어머니 앞에서 결코 못 보일 꼴이었다. 겨우 잠든 아내, 밖에선 눈을 시퍼렇게 뜨고서 아들을 기다리고 있는 모친. 두 여자 사이에서 성준은 불기둥을 건설한 일꾼으로서 짙은 땀방울을 흘리고 있어야 했다.

심 여사는 한참이 지나도 아들이 나오지 않아 심심해서 하품을 흘리고 있었다.

"애가 도대체 뭘 하는 거야?"

중얼거리고 있는데, 문득 어떤 소리가 들려와서 심 여사의 귀가 솔깃해졌다. 소리가 나는 방향은 침실 쪽이었다. 그리고 그것은 못내 의심스러운, 어떤 야릇한 소리……

"쿡."

심 여사의 입술에서 웃음이 삐져 나왔다. 그렇게 재미있을 수가 없었다. 한 치의 틈도 내 주지 않을 것 같은 아들이, 가끔씩 모친에게마저 퉁명스럽게 구는 아들이 지금 모친을 밖에 앉혀두고 그새를 못 참고서 아내와 애정표현을 하고 있는 것이다.

"성준아! 자니?"

물론 방해야 하고 싶지 않았지만, 짓궂어지는 건 어쩔 수 없었다. 한참이나 아들 내외의 남세스러운 소리를 들어주던 심 여사는 일부러 소리 높여 외쳤다. 어미를 밖에 두고 꼭 그렇게 유난을 떨어야겠냐는 비난도 조금은 깔려 있었다.

"내일 해, 내일!"

그 말까지 덧붙여 주지 않은 건 그래도 본인이 고상해서라고 생각하는 심 여사였다.

"나, 나갑니다!"

아니나 다를까, 안쪽에서 아들의 당황스러운 목소리가 터져 나왔다. 얼마나 놀랐을까. 심 여사는 쿡쿡 웃느라 정신이 없었다. 그나저나 이 집의 방음 시설이 별로 좋지 않다.

"곧 애도 태어날 텐데 만날 저렇게 애정표현하다간 애 교육상 안 좋을 텐데."

벌써 별 걱정을 다 하는 심 여사였다.

그렇게 얼마를 더 기다렸을까. 드디어 침실 문이 열리더니 성준이 밖으로 나왔다. 그런데…… 그 모습이 참 기괴해서 심 여사는 고개를 갸웃했다. 하지만 얼마 가지 않아 그 기괴한 차림의 이유가 이해되자 터져 나오려는 웃음을 젖 먹던 힘까지 다해 참아야 했다.

침실 문을 열고 나타난 성준은 긴 롱코트에 감싸여 있었다. 무슨 학질에 걸린 사람마냥. 결코 이 계절에, 그것도 집 안에서 할 수 있는 차림이 아니었다. 무엇 때문이겠는가. 차마 아들을 두고서 생각하기는 참으로 곤란한 부분이기는 하였으나, 대뜸 상황 판단이 되니 어쩌란 말인가. 결국 심 여사는 이미 속으로 자지러진 상태였다. 다만 아들의 피눈물 나는 노력을 동정해서 차마 겉으로 드러내지 못할 뿐.

한편 성준은 한참을 안에서 기다리고 있었다. 그러니까 불기둥이 가라앉기를. 그러나 비아그라의 위력에 아내의 유혹까지 가세를 한 그 시점에서 도저히 스몰 사이즈의 아들은 되어주지 않았다. 기대를 한 자신이 바보였다. 가능성 제로의 기대였다.

성적인 자극을 받으면 비아그라의 위력은 그 누구도 막지 못한다. 그런데 지금 그에게는 너무나 짙은 아내의 체취와 또 입술의 흔적이 남아 있는 것이다.

그렇게나 간절하게 원한 아내의 입술이고 몸짓이었다. 그러니 그가 금세 정상으로 돌아가는 것은 무리라고 봐야 옳았다. 게다가 깨물리기까지 해서 입술 한 부분이 따끔거렸다. 도대체 어떻게 해야 이 열악한 상황을 어머니의 앞에서 노출시키지 않을 수 있을까.

결국 그가 선택한 것은 외투였다. 입술은 어쩔 수 없다 쳐도, 창피해 죽겠는 그 부분만은 어떻게 좀 가려야 하지 않겠는가.

"어머, 너 웬 외투니? 당장 벗어라, 얘. 보는 내가 다 덥다."

심 여사가 고의로 아들을 골리자, 성준은 찌푸린 미간으로 심 여사의 앞으로 걸어가 앉았다.

"정말 회를 정말 잘못 먹었는지 어쨌는지, 몸이 으슬으슬 춥 네요."

시끄럽다, 애! 그러기에 밖에 어미가 있는데 왕성하게 애정표 현을 하래니?

"진아는? 자니?"

성준은 고개를 끄덕이는 것으로 대답을 대신했다. 어쩐지 표 정도 안 좋아 보이고, 얼굴에 열이 가득해 보이는 것이 아직도 여운이 가시지 않은 모양이었다.

뭐, 어쨌든 심 여사로서는 그것이 곧 손자 생산과 직결되는 일이니 쌍수 들고 환영할 일이었다. 그나저나 아들이 저렇게나 아내한테 푹 빠져서 시도 때도 없을 정도라니, 참 놀랄 노릇이 었다.

'쯧쯧, 아무리 좋아도 그렇지. 자제도 할 줄 알아야지.'

아무리 생각해도 그 단정하고 빈틈없는 제어력을 가진 아들 과는 잘 어울리지 않는 모습이었다.

"회 때문이니, 그 열도?"

하지만 이걸 어째. 자꾸만 놀려주고 싶은 걸.

"그, 그런가 봐요."

성준은 모친과 일절 시선을 맞추지 못했다. 종원의 수작만 없 었어도 이렇게 민망한 상황까지 되었겠는가. 그저 바라는 것은,

모친께서 제발 오늘만은 그 기민함을 발휘하지 않으셔서 자신의 이 상태를 단지 상한 회 때문이라고만 생각해 주시기 바랄 따름이었다. 하지만.

"그 입술도? 찢어진 것 같은데. 생선한테 깨물렸니?"

"윽!"

한종원, 너 다음에 만나면 최소 사망이다!

종원도 종원이지만 심 여사의 짓궂음은 실로 자애로운 어머니의 그것이 아니었다. 꼭 저렇게 걸고 넘어가셔야 하는 걸까. 이건 창피한 것 이상의 수준이었다. 이런 수치를 받고도, 신전은 허물어지지 않는구나. 도대체 어머니 앞에서 이 같은 상태로 앉아 있어야 한다니, 마치 발가벗고 앉아 있는 기분이었다. 이 수치를, 꼭 되갚아주고야 말 것이다.

'젠장, 그나저나 더워 미치겠네.'

안 그래도 더운데 코트 때문에 더 질식할 지경이었다. 화덕에 장작이 몇 꾸러미는 한꺼번에 던져진 느낌. 혹은 86도 정도는 되는 찜질방에 들어가 앉아 있는 느낌. 사우나의 문이 잠겨 나가지 못하고서 몇 시간은 갇혀 있는 느낌.

'돌겠네.'

"난 피곤해서 자야겠다. 손님방에서 잘 테니까 너도 그만 자."

그 순간 들려온 어머니의 목소리는 마치 신의 은총과도 같았다. 언제까지 이렇게 계속 죄지은 학생마냥 꼼지락거리면서 벌받는 기분으로 앉아 있어야 하나 싶었는데.

"그럼 주무세요."

성준은 절대 사양하지 않았다. 서둘러 자리에서 일어나 손님 방으로 함께 가보려다가 오늘만은 포기했다. 벌떡 일어났더니 골이 띵 울리고 벌써부터 해소를 원하는 어딘가 때문에 더 이상은 정상적인 거동이 불편한 상태였다. 차라리 멀찍이 떨어져 있는 게 낫지, 어머니 앞에서 이불을 깔아드리다가 헐떡거리는 꼴을 보일 순 없지 않은가.

"참, 얘!"

막 손님방으로 들어가려던 심 여사가 부르자 성준은 슬쩍 돌아선 채 그녀를 쳐다보았다.

"네."

"이건 노파심으로 하는 말이다만……."

어쩐지 심 여사의 눈동자가 장난기로 반들거리는 것 같아 성준은 침을 꿀꺽 삼켰다.

"……네. 말씀하세요."

"여기 방음 안 좋더라. 무슨 말인지 알겠지?"

그리고 심 여사는 안으로 쑥 들어갔다.

K.O.패.

어머니로부터의 완벽한 패배였다. 그런즉, 시끄러우니까 조심해라. 그것은…… 다 들으셨다는 말씀이시며 또 한 번 그랬다가는 가만 안 두겠다는 협박이었다.

성준은 거실에 붙어 있는 욕실에서 샤워를 했다. 아무래도 아내가 포진하고 있는 침실 전용보다는 멀찍이 떨어진 거실 쪽이 안전하다는 판단에서였다. 그리고 선택은 맞아떨어진 건지, 차가운 물줄기 아래에 오랫동안 서 있었더니 눈물 날 정도로 고맙게도 불기둥은 그나마 각목 정도는 되어주었다.

하지만 아직도 안심할 순 없었다. 이대로 들어가면 아내의 요청을 견뎌낼 자신이 없으니 아주 오랫동안 샤워를 해서 진아가 완전히 잠들기를 기다렸다. 어머니가 그렇게까지 말했는데 본능에 눈이 멀어서 모친을 난감하게 만드는 불효자는 될 수가 없었다.

그래서 성준은 진아가 푹 잠들기도 기다릴 겸 찬물에 가라앉히기도 할 겸 오래오래 물줄기 아래에 있다가 온몸이 얼어붙을 지경이 되자 겨우 욕실을 나섰다. 거실은 고요했다.

'내일 공사부터 해야겠군.'

방음 시설을 어떻게든 손봐야 할 것 같았다.

성준은 그런 생각을 하며 침실 문을 열었다. 드디어 길고도 고된 하루가 끝난 느낌이었다. 너무 지쳐서 베개에 머리를 대면 그대로 잠이 들 것 같았다. 생각해 보니 시간도 꽤 흘러서 보통 비아그라의 지속 시간을 얼추 넘긴 것도 같고. 이제 아내의 돌발 공격만 없다면 무사히 하루를 넘길 수도 있을 터였다.

그렇다. 아내의 돌발 공격만 없다면…….

생각하며 침대로 시선을 돌린 순간 성준의 눈이 번쩍 떠졌다. 분명히 침대에서 자고 있어야 할 아내의 자리가 텅 비어 있었다. 성준은 본능적으로 욕실 쪽으로 달려갔다. 설마 토할 것 같아서 욕실에 갔다가 그 안에서 미끄러지기라도 한 건!

생각이고 뭐고 욕실 문의 손잡이를 잡고서 벌컥 열려는 순간 안에서 먼저 가해온 힘이 문을 획 밀었다.

그리고……

그녀가 나타났다. 별무리를 한 양동이쯤 퍼부은 밤하늘의 빛깔을 한 야시시한 속옷 차림으로, 잠자리 날개 같은 슬립을 아슬아슬하게 걸친 채…….

big - bigger - biggest

종원의 저주는, 아직 끝나지 않았다.

『열혈남편, 독한아내, 섹시청년』 제2권으로…

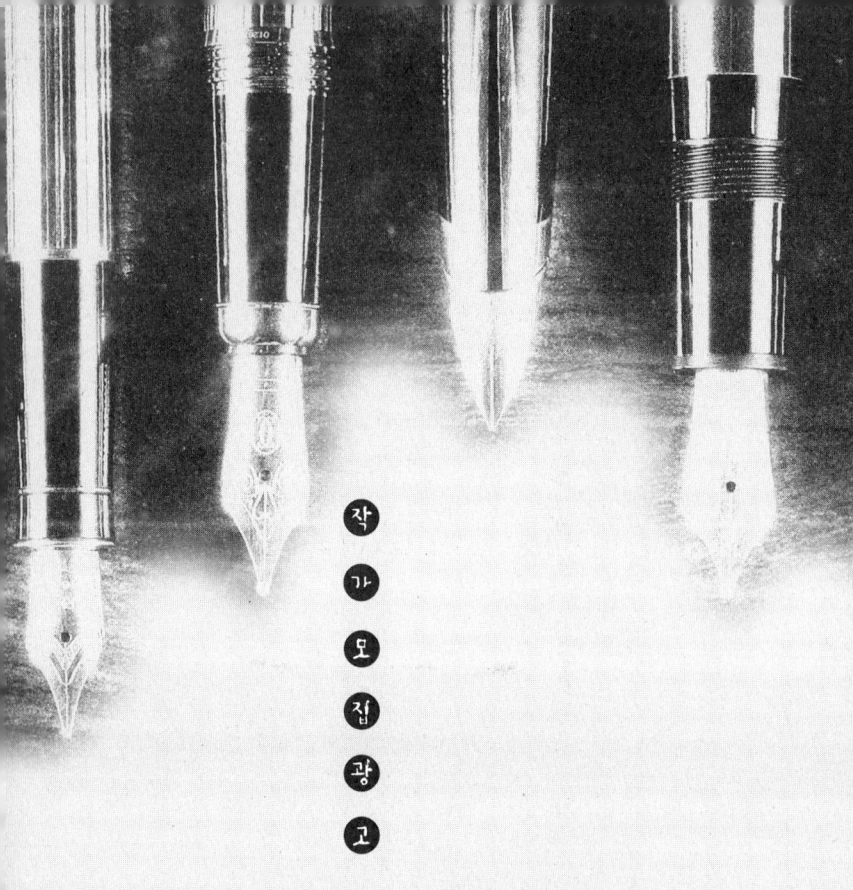

작

가

모

집

광

고

도서출판 청어람의 문은 항상 열려 있습니다.
실력있는 작가 분들의 많은 관심 부탁드립니다.

TEL:032-656-4452 • FAX:032-656-4453
http://www.chungeoram.com
http://chungeoram.egloos.com
e-mail:romance-eoram@hanmail.net